페오도시아의 유령

유령

장혜영 장편소설

어문학사

# 목차

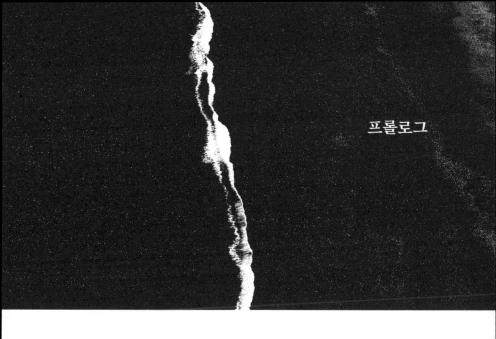

그 함은 금속으로 제작되었다. 길이 12센티미터, 너비 8센티미터, 높이 6센티미터로 언뜻 '티파니의 보물 상자'를 연상시킨다. 아마도 테두리마다 월계수 금띠를 둘렀기 때문일 것이다. 뚜껑 표면에 양각한 다이아몬드 조각도 멋스러운 분위기를 더한다. 앞면에서부터 오른쪽으로 돌아가는 풍경은 봄·여름·가을·겨울 순서대로 부각되어 있다. 봄에는 진달래와 매화가 피어 있고 여름에는 녹음과 시냇물이 흐르며, 가을에는 황금들판과 사과가 열려 있으며, 겨울에는 눈 덮인 산기슭에 벤치가 놓여 있다. 봄을 배경으로는 교복을 입은 학생이, 여름은 결혼식을 하는 신랑·신부가, 가을에는 벤츠운전석에 귀밑머리가 희끗희끗한 중년의 남자가, 겨울은 백발의 노인이 개화장을 어깨에 기댄 채 벤치에 앉아 있다. 이들은 모두 고개를 들어 위를 쳐다보고 있으며 두 팔을 쳐들고 손바닥을 벌려 영문 대문자 Y모양의 제스처를 취하고 있다.

이 쇠붙이 갑은 부친이 임종 전에 아들 정재동만 옆에 불러 놓고 물려준 유품이다. 재동은 정체불명의 케이스를 받으면서 아마도 부친이 오랫동안 생각해 온 아이디어를 바탕으로 어느 금속 회사에 주문하여 특별히 제작했을 거라는 느낌이 들었다. 생각보다 무겁지도 않았고 그렇다고 가볍지도 않았다. 물론 크지도 작지도 않다. 흠잡을 데 없이 균형이 잘 잡힌 장방형 박스였다. 노인은 함을 아들에게 넘겨주며 이런 말을 남겼다.

"이 박스 속에 내 70여 년 인생이 전부 담겨 있다. 그런 만큼 아무 때나 열어 보지 말고 더 이상 삶이 의미가 없다고 생각될 때, 앞날이 캄캄하여 자살하고 싶을 만큼 고단할 때 열어 보아라."

부친이 세상을 하직한 지 3년이 되는 지금까지 정재동은 아직 한 번도 장롱 안에서 이 박스를 꺼낸 적이 없다. 그것은 아직은 삶에 의미가 없거나 자살할 정도로 고단함을 느끼지도 않았기 때문일 것이다. 하지만 그는 이 쇳덩이 갑에 대해 생각해 본 적은 여러 번 있었다. 관심사는 주로 금속함 안에 든 내용물이었다. 장장 70여 년 인생이 과연 어떤 내용물로 압축되어 있을지 궁금증이 들어서였다. 그래서 상자를 장롱 안에 간수하기 전에 여러모로 관찰했지만 어떤 추정도 할 수 없었다. 궤 앞면의 자그마한 금속 자물쇠 디자인은 그것에 딸린 키도 없었거니와 구멍도 없는, 그냥 장식물에 지나지 않았다. 중량도 금속 케이스에 더할 만한 추가 무게를 느낄 수 없었다.

그런데 내가 왜 오늘 이 상자를 꺼냈지. 갑자기 삶의 의미가 증발되기라도 한 건가. 아니면 자살 충동이라도 느꼈나. 언제부턴가 영문도 없이 속이 답답하고 불안하고 짜증이 발작하는 일이 잦아지고 있는 듯싶었지만 그 역시 병원에 가봐야 될 만큼 병적인 증상이라고 하기에는 이르다. 그러니까 아직은 내 인생이 심각한 위기에 몰려 막다른 골목에 이른 것 같지는 않다.

그런데 왜 이걸 꺼냈지?

그 의문이 풀리기도 전에 오랫동안 잊고 있었던 궁금증 하나가 머릿속에서 다시 꿈틀거리기 시작했다. 이 상자 안에 든 것이 박스에 새겨진 조각처럼 과연 다이아몬드라도 되는 걸까? 영화 〈티파니에서 아침을〉에 여주인공 홀리(오드리 헵번)가 하루를 시작하기 전 총 82면으로 커팅된 화려한 다이아몬드를 보고자 뉴욕 맨해튼 5번 거리의 티파니 매장에 갔던 것처럼 말이다. 그 다이아몬드가 들어있는 "티파니 보석상자"는 다이아몬드를 넘어 인간의 꿈과 기대가 담긴, 누구나 갖고 싶어 하는 또 다른 하나의 보물이었다. 그러나 부친에게는 생전에 고가의 다이아몬드를 구입할 만한 재산이 없었다. 그렇다면 부친이 나에게 남겨준 꿈과 기대는 무엇일까. 자기앞 수표 몇 억? 하지만 그 역시 아버지는 자신의 유산을 모두 어머니와 자식에게 상속시켰다. 그것도 아니면 일기, 70년 인생살이에서 체득한 교훈…….

재동은 아무 의문도 풀지 못한 채 금속상자를 도로 장롱 안에 보관했다. 그가 교수로 벌어들이는 봉급과 그림을 그려서 얻는 수입 그리고 아버지한테서 물려받은 유산만으로도 사는 데는 걱정이 없으니 설령 상자 안의 물건이 돈이라고 해도 급히 꺼낼 필요는 없었다. 그것이 일기책이든, 유언장이든 그 또한 당장은 필요하지도 않았다. 그리고 삶은 흔들림 없이 지속되고 있으며, 게다가 자살 같은 건 그와는 아무런 인연도 없다. 적어도 현재까지는.

# 1장

## 폭풍 전야

### 1

정재동은 순간 망연자실했다. 캔버스 앞에 말뚝처럼 박혀버렸다. 손에 들린 콩테 스케치 연필은 스스로의 사명을 망각한 채 멈춰 있다. 현장스케치를 거부한 대가이다. 요즘 미술학과 학생들에게 러시아 미술을 강의하면서 아이바조프스키의 '아홉 번째 파도'에 푹 빠져버렸다. 그림을 보면서 재동은 느닷없이 자신의 지금까지의 그림이 너무 고요하고 정적이어서 죽어 있음을 깨달았다. 물론 여행 작품인 황하 발원지나 나이아가라 폭포처럼 동적이고 살아서 꿈틀거리는 장쾌한 풍경도 없지 않다. 하지만 그 역시 자연 그 자체일 뿐 인간의 삶과 운명과는 하등의 연관이 없기는 마찬가지다.

아이바조프스키처럼 가시적이고 물리적인 현장을 기피하고 상상의 갈피를 샅샅이 뒤져나갈 것이다. 역동적이고 삶이 속속들이 녹아든 생생한 기억들을 불러내야 한다. 스스로가 정한 '기적'이라는 타이틀에 걸맞은 표상들을 일일이 건져내야 한다. 하지만 웬일인지 상상은 물론 기억조차도 그것과 연관된 소재들을 제공하지 못한다. 죄다 일상에 젖은 평범하고 익숙한 장면들만 끊임없이 기억의 기슭으로 홍수처럼 흘러갈 따름이다. 핸들을 좌우로 돌리고 브레이크와 액셀을 밟았다 뗐다 하는 기계적인 동작의 출퇴근길 운전, 변함없이 그 자리를 지키고 서 있는 건물, 간판, 가로수와 가로등들 그리고 차들이 붐비는 거리, 대학교 캠퍼스의 청사와 사무실, 테이블과 의자들, 날마다 반복되는 동료들과의 인사말, 이제 외워버린 강의 내용과 얼음이 절렁거리는 커피잔……. 하늘과 태양도, 흐름이 멈춰버린 채 고요하게 잠든 한강도 기적이라는 주제와는 거리가 멀다. 지글지글 타오르는 30도가 넘는 폭염도 벌써 일상이 된지 오래다. 에어컨이 뿜어내는 차가운 바람과 헐떡이는 열대야는 날마다 반복되는 기후현상일 따름이다. 나무들은 고열에 늘어진 채 정적 속에 죽어 있고 바람 한 점 없는 대기는 망망한 공간을 콘크리트처럼 응고시킨다.

뭐라도 그려야 한다. 상상을 소환하지 못하면 무의식의 막연한 그림자라도 따라가 보자. 어쩌면 기적의 이미지는 상상이 아닌 무의식의 끝자락 어딘가에 숨어 있는지도 모른다. 무작정 추적하다 보면 뭐라도 걸려들겠지. 상상도 무의식에 뿌리박을 때에만 싹을 틔우는 생명체라고 믿어보자.

나는 작심하고 팔을 들어 콩테를 캔버스에 밀착시켰다. 눈앞에는 아무것도 없다. 나는 현실을 포기한다. 나는 상상의 흐름에 그림을 맡길 것이다. 굳어 버린 고착되고 불변하는 현실이 아니라 생명이 꿈틀거리는 상상 속의 순간적인 이미지를 포착해낼 것이다. 그렇게 나는 무작정 손을 움직였다. 내가 움직이는 손동작, 연필의 작동은 틀림없이 상상의 조종에 의한 결과일 거라는 확고한 믿음으로 팔에 힘을 주입하기 시작했다. 하지만 그것은 단지 머릿속의 영역에서 유발된 생각일 뿐 연필은 요지부동이다. 이마에 진땀이 흘러내렸다. 귀밑 태양혈의 맥박이 쿵쿵 세차게 뛴다.

바로 그 순간이었다. 정재동은 갑자기 연필이 캔버스 위에 선을 긋기 시작함을 깨닫고 흠칫했다. 팔이 저절로 움직이기 시작했기 때문이다. 정재동은 반사적으로 고개를 돌려 보았다. 누군가 뒤에서 그의 팔꿈치를 떠밀고 있다는 생각이 들어서였다.

"만지지 마."

그림을 그리는데 감히 스튜디오에 들어와 그의 팔을 건드리며 장난칠 사람은 이 집안에서 아내와 아들뿐이다. 모친은 아들의 스튜디오에 드나든 적이 없고 여동생은 실명으로 앞을 보지 못하기 때문이다. 하지만 정재동의 예측은 빗나갔고 그로 인해 한 번 더 소스라쳤다. 뒤에는 아무도 없었다. 다시 고개를 돌려 캔버스에 시선을 회수해 보니 신기하게도 연필은 여전히 화판 위에서 자연스럽게 이동하고 있었다. 연필은 왼쪽 상단에서 4시 방향을 향해 2시 수평선까지 내려오다가 다시 코스를 바꿔 7시 방향 수평선까지 내려간 다음 오른쪽으로 하강했다. 그렇게 그려진 이미지의 모양은 "ʒ"의 형태를 띠었다. 그리고 연달아 오른쪽으로 조금 옮겨 위에서부터 6시 방향으로 수직선을 긋기 시작했다……

"오빠, 내려와 식사해."

여동생 정유리가 아래층에서 부르는 소리에 그만 팔을 조종하던 정체불명의 손이 물러났다. 그러자 덩달아 연필도 이동을 멈췄다. 이른바 상상을 불러들여 그려낸 밑그림(더 정확히 표현하면 선으로 그어진 부호)은 무엇을 의미하는지 알 수 없는 이미지를 드러냈다. "ʒ" 모양의 이미지와 그 옆에 그리다 만 "丨" 모양의 이미지다.

"이게 뭐지, 뭘 의미하냐고? 그림도 아니고 문자도 아니고……."

재동은 혼잣말로 중얼거렸다. 그리고 도대체 누가 내 팔을 움직여 이런 신비한 그림을 그리게 했지. 재동은 한동안 물끄러미 캔버스에 그려진 미스터리의 밑그림을 쳐다보았다. 아니, 노려보았다. 한참 지나서야 연필을 내려놓고 테라스로 나왔다. 밥보다는 담배 생각이 났다. 하루 세끼 식사, 벌써 40여 년 동안이나 반복된 따분한 일상이다. 정말이지 먹지 않아도 죽지만 않는다면 목에 씌워진 무거운 이 식사 멍에를 벗어던지고 싶을 때가 한두 번이 아니다.

게으른 햇빛이 스스로가 토해낸 33.3도의 폭염에 혀를 빼문 채 바닥에 늘어져 헐떡이고 있다. 오늘은 그나마 하늘에 가끔씩 구름이 끼며 흐릴 때도 있었지만 더위는 조금도 물러서지 않는다. 에어컨 바람을 벗어난 지 몇 분 되지도 않았는데 어느새 땀이 난다. 모친 강수애 여사가 정성들여 가꾸는 화분들은 찜통더위에 고체덩이들처럼 굳어버린 채로다. 아직 익지 않은 감이 나무에서 떨어져 고열에 썩어가고 있었다.

재동은 벽면에 기대 놓은 안락의자에 앉아 담배를 붙여 물었다. 발밑에 옹기종기 들어앉은 빌라들도 보광로 건너편의 신동아 아파트도 그리고 그 위에 커튼처럼 드리운 하늘도 무더위에 말린 무청처럼 맥없이 늘어진 채 미동조차 없이 숨죽이고 있다. 벌레들도 더위를 먹고 거품을 물었는지 울지 않아 사방은 물 뿌린 듯 적막하다.

담배연기를 빨아 입안 가득 물었다가 한꺼번에 뿜어냈다. 바람 한 점 없는 공기 속에서 연기는 갈 곳을 잃은 듯 한동안 허공에 뭉쳐 있다가 한참만에야 서서히 퍼져 나갔다. 그러자 빈 공간으로 궐련 끝에서 담배 타는 연기가 아주 천천히, 그리고 곧게 피어오른다. 가느다란 회색 나뭇가지 같다. 연기라고 믿기 어려울 만큼 추호의 흔들림도 없이 일직선으로 피어오른다. 그런데 어느 순간 기적처럼 담배연기가 조금씩 흔들리기 시작했다. 그렇다고 갑자기 바람이 부는 것도 아니었다. 연기는 스스로 바람에 날리는 댕기처럼 흔들린다. 어느 순간 재동은 자신의 눈앞에서 연기가 하나의 신비한 이미지로 그려지고 있음을 느끼자 화들짝 놀랐다. 분명 눈앞에 펼쳐진 이미지는 아까 스튜디오의 캔버스에 그려진 "⚡" 모양의 그 부호였기 때문이다. 재동은 아까 풀지 못한 미스터리에 대한 집착이 불러낸 착시현상일 거라는 생각에 두 눈을 깜박거려 보았다. 여전히 그 부호다. 손으로 눈 등을 비빈 후 다시 확인했으나 변하지 않는다.

"귀신이 곡할 노릇이다! 오늘 도대체 왜 이러지?"

재동은 안락의자에서 벌떡 일어섰다. 그 움직임 때문에 생겨난 공기의 유동에도 연기가 새긴 부호는 사라지지 않았다.

"여보, 여기서 또 담배 펴요?"

등 뒤에서 아내 이미리의 목소리가 들려 재동은 고개를 돌렸다. 그를 첫눈에 반하게 했던 그 출중한 미모 때문인지 테라스에 갑자기 고광도의 조명등을 비춘 느낌이다.

"당신, 마침 잘 왔어. 빨리 일루 와 봐."

영문을 몰라 어리둥절해 하는 이미리의 팔소매를 잡아끌었다.

"뭔데요? 테라스에서 담배 피지 말래니까 또 무슨 핑계대려고……."

"그게 아니라, 이것 좀 봐."

재동은 몸을 돌려 방금 전 나타났던 담배연기를 손으로 가리켰다.

아내는 연기를 보더니 손으로 코부터 가렸다.

"어머, 이 고약한 냄새!"

"이게 안 보여? 이 신비한 부호……."

"뭐가요? 그냥 담배연기잖아요."

아내는 남편의 손에서 절반쯤 태운 담배부터 빼앗으려고 했다. 그 통에 방금 전 연기 이미지도 덩달아 사라졌다.

"당신 때문에 이미지가 사라졌잖아. 이상한 부호가 나타났었는데……."

"아까부터 뭐가 이상하다는 거예요?"

"어떤 부호인데, 나도 알 수 없는 거야. 이렇게 생긴 거."

재동은 허공에 대고 손가락으로 방금 전에 본 부호를 그렸다.

"바람에 연기가 흔들린 거겠죠. 그런 구실로 담배 핀 거 무마하려고요? 다시는 피면 안 돼요."

"바람이 어디 불어? 설령 바람이 분다 해도 연기가 S자형의 곡선을 그리지 어떻게 각을 나타낼 수 있어?"

"곡선이겠지 설마 직각이겠어요. 착시현상일 거예요."

"아니야, 연기만 그렇게 보였으면 나도 착시현상이라고 믿겠어. 그런데…… 이리 와 봐."

"또 뭔데요? 음식이 다 식는데……."

재동은 바가지를 긁는 아내의 손을 잡고 스튜디오로 들어와 캔버스 앞으로 인도했다.

"이것 봐, 이 부호. 연기가 이 밑그림과 똑같은 부호를 나타냈다고. 그리고 이 그림도 내가 그린 게 아니라 방금 전 누군가 뒤에서 내 팔을 움직여 그린 거라니까."

"당신, 요즘 정말 왜 이러세요? 방에 아무도 없는데 누가 당신 팔을 움직였다고 그래요. 당신, 요즘 팔 경련이 일어난다고 그랬 잖아요. 아니면 상상이 만들어 낸 것일 수도 있고요. 당신 아들도 아버지를 닮아선지 요즘 이상한 그림만 그려요. 빨리 내려가 보세요."

"무슨 그림인데?"

"날마다 큰 동그라미 안에 작은 동그라미가 있는 그림만 그려요."

"큰 동그라미 안의 5시 지점에 작은 동그라미가 있는 그림말이지?"

"당신도 보셨어요? 무슨 그림이냐고 물어봐도 대답을 안 해요."

재동은 아내의 손에 등을 떠밀려 아래층으로 내려가며 말했다.

"그거 롯데놀이공원에 갔다 온 다음부터 그리기 시작한 건데 나하고도 뭔지 말을 안 해."

"그러니까 빨리 내려가 식사하고 애랑 한번 얘기해보세요."

재동은 아내가 떠미는 대로 계단을 내려갔다. "ʒ"의 미스터리도 풀리지 않았는데 또 동그라미의 미스터리를 풀어야 한다. 이상한 하루다.

## 2

식사가 끝나자 정재동은 거실로 나와 소파에 앉았다. 의도가 담긴 시선으로 방 안을 둘러보았다. 모든 것이 그대로다. 아무것도 달라진 것이 없다. 어제랑 아니, 한 달 전, 일 년 전, 십 년 전과도 달라진 것은 아무것도 없다. 거실 가운데 남쪽을 향해 장방형으로 배치된 소파들과 테이블, 그 맞은편 창문 밑에 놓인 평면 TV, 벽 구석에 세워 놓은 에어컨, 측면 벽에 걸린 뻐꾸기 벽시계, 등 뒤 북쪽 벽면을 거의 다 차지한 그가 그린 산수화, 창가에 줄지어 선 화분들……. 죄다 옛날 그대로다. 그리고 왼편에 앉은 모친 강수애 여사와 그 옆의 여동생 정유리, 오른쪽에 앉은 아내 이미리와 그 옆의 아들 정환이 역시 날마다 얼굴을 맞대야 하는 식구들이다.

이렇게 고착된 채 미동조차 없는 실내 구조의 지속(더 정확히 표현하면 반복)은 재동에게는 눈에 거슬렸다. 특히 요즘 들어서는 이 굳어진 주변 환경과 일상이 연일 계속되는 무더위와 겹치면서 저도 모르게 권태와 의욕상실과 짜증을 유발했다. 그가 그린 저 대형 유화 속의 한강은 산업혁명 시대의 거대한 콘크리트 구조물인 잠수교와 마찬가지로 움직임을 멈춘 고체 덩이처럼 굳어 있다. 바람도 없고 숲의 설렘도 없는데 하늘에 떠 있는 한두 점의 구름조차 제자리에 멈춰 있다.

정체된 이 실내에서 그나마 달라진 것이 있다면 금년 여름 들어 유례없는 폭염 때문에 벽걸이 대신 입식 에어컨을 새로 사들인 것뿐이다. 하지만 그 역시 한 달도 못되어 평범한 일상의 포로가 된지 한참 된다. 최근 들어 이상한 집착에 빠진 아내 이미리가 주방이며 거실의 가구들에 무언가를 부착하고 씌우는 행동도 변화인지는 모르겠으나, 그 역시 밤이면 강수애 여사가 자지도 않고 일일이 뜯어내고 제거하여 아침이면 원상태로 복원되곤 했다.

물론 이 집 안에 변화가 전혀 없는 건 아니다. 에어컨은 방 안의 가열된 공기를 밖으로 빨아내고 신선한 공기를 갈아주며, 벽시계는 잠시도 쉼 없이 작동하며 시간을 앞으로 견인하고 있다. 하지만 그것도 배출과 흡수, 24시간의 단순한 반복으로 인해 일상이 쳐놓은 철통같은 경계를 벗어나지 못하고 있다.

식구들의 팔꿈치, 엉덩이, 발바닥의 마찰로 인해 소파와 타일 바닥의 미세한 마모도 변화라면 변화일 것이다. 더구나 화분들은 모친과 아내가 매일 물을 주어 조금씩 성장하고 있다. 그런데 이러한 변화들은 너무나 미세하여 육안으로는 포착조차 안 된다. 그게 다 무슨 '기적'에 속하는가. 그냥 따분하고 무의미하게 반복되는 그 흔해 빠진 평범한 일상일 따름이다.

모친 강수애 여사는 아침부터 TV뉴스만 쳐다보고 있다. 제21차 이산가족 1차 상봉 관련 뉴스에 관심이 있는 모양이다. 하지만 어제 속초 한화리조트에서 이산가족 등록을 마치고 197명을 태운 전용버스가 고성 남북출입국 사무소를 통과하는 장면만 오전 내내 반복적으로 방영되고 있을 뿐이다. 재동은 식상한 나머지 아예 뉴스에는 시선마저 주지 않고 있다. 이제 오후 3시가 넘어 단체상봉이 시작되어야 새로운 속보가 뜰 것이다. 재탕 뉴스만 하릴없이 멀거니 쳐다보는 모친이 이해가 되지 않았지만 제지할 수도 없었다. 그것 말고는 딱히 할 일도 없었기 때문이다. 관심보다도 무료함을 달래는 방편인지도 모른다.

실명 상태인 여동생 유리는 귀에 무선 이어폰을 끼고 무슨 노래인가를 듣고 있다. 물어보나 마나 최근 발매된 인기아이돌들의 노래를 수십 번이고 되풀이해 듣고 있을 것이다. 아내는 오늘은 진공청소기에 이상한 그림이 그려진 스티커를 열심히 부착하고 있다. 그런 스티커는 어디서 생긴 건지 알 수 없다. 저렇게 열심히 부착하면 무슨 쓸데가 있는가. 밤이 되면 시어머니 강수애 여사가 칼을 들고 모조리 긁어낼 테니 말이다. 아들 환이는 손에 스마트폰을 든 채 게임에 푹 빠져 있다. 보나 마나 그 애가 좋아하는 그 몇 가지 게임을 수도 없이 반복하여 놀고 있을 것이다.

나는 돌덩이처럼 굳어버려 움직이지 않는 이 일상이 싫다. 방법을 강구하여 이 고정된 구조를 깨뜨리고 싶다. 물론 물리적인 접촉과 힘이 아닌 식구들이 눈치채지 못하게 신비한 통로를 이용하여 재편성하고 싶다. 손이 아닌 인간의 의지로 이 모든 정지되고 반복되는 현상의 늙은 시스템을 갱신하고 싶다. 내가 보지 못하는 유령의 힘이 나를 지배할 수 있다면 나 역시 하나의 유령이 되어 물체를 지배하지 못한다는 법이 어디 있는가. 왜 염력이라는 말도 있지 않은가. 인간의 의지 또는 의도대로 힘 또는 작용이 물질적인 매개물이 없이 대상 물질에 작용한다는 뜻을 가진 초능력 말이다. 어쩌면 아까 내 팔을 움직이고 담배연기를 조종한 것도 외부에 존재하는 타자의 초능력인지도 모른다. 그것이 눈에 보이지 않는 정체불명의 존재라는 이유에서 그들은 유령일 것이고, 그 유령이 나에게 접근하고 내 팔을 움직였던 것은 틀림없이 정신적 통로를 경과한 것이리라. 그렇다면 나도 얼마든지 내 의지를 동원하여 눈앞에 놓여 있는 임의의 사물을 신체적인 접촉이 없이도 움직일 수 있을 것이다.

나는 전신의 에너지를 모아 시력에 공급했다. 눈 하나 깜빡하지 않고 앞에 놓인 차탁에 시선을 집중했다. 그런 후 그 시선의 에너지를 투입하여 이태리산 오동나무 차탁을 내 앞으로 끌어당겼다. 식구들 중 누구도 나에게 관심을 가지는 사람은 없었다. 저마다 말없이 날마다 반복되는 각자의 일상에 깊숙이 빠져 있었기 때문이다. 모친 강수애 여사는 염치도 없이 반복되는 이산가족 상봉 TV뉴스에, 아내 이미리는 스티커를 부착하는 청소기에, 여동생은 이어폰에서 반복적으로 울리는 아이돌들의 음악에, 아들은 게임이 반복되는 휴대폰에 몰두해 있었다. 그들은 일상에 취해 있지만 나만은 지금 일상을 넘어서려고 안간힘을 쓰고 있다.

불현듯 거짓말처럼 차탁이 내 시선에 이끌려 앞으로 조금씩 이동하기 시작했다. 순간 나는 흥분하여 자기도 모르게 탄성을 내질렀다.

"야, 정말 움직인다! 그러면 그렇지, 내가 뭐랬어? 될 수 있다

했잖아."

그제야 식구들의 의아한 시선이 일제히 나에게 집중되었다.

"당신, 뭐하시는 거예요? 뭐가 될 수 있다는 거예요?"

아내가 먼저 반응했다.

"아니, 아무것도 아니야."

"애비야, 귀신이라도 들린 거냐. 뭐가 움직인다고 뜬금없는 소리 하고 그래?"

모친 강수애 여사가 아들에게 걱정 어린 시선을 던진다. 하지만 그것도 잠깐일 뿐 그녀는 또다시 TV화면에 시선을 돌렸다. 벌써 수십 번도 넘게 시청했을 화면임에도 처음 접한 뉴스인 양 흥미진진한 표정이다.

나는 흥분을 가라앉힌 후 냉정한 시선으로 다시 눈앞에서 벌어진 방금 전의 '기적'을 확인했다. 그러나 차탁이 여전히 원래 그 자리에 놓여 있음을 발견하고는 실망했다.

오동나무로 만든 테이블이라 재질이 워낙 무거워서 그런가. 좀 더 가벼운 건 없어. 주변을 둘러보다가 나는 문득 TV화면에서 시선을 멈췄다. 여자 아나운서가 내 시야에 포착된 것이다. 가상공간에서의 그녀는 아무런 중량감도 없을 것이라는 생각이 나를 유혹했다. 다시 앵커에게 시선을 고정하고 '염력'을 작동시켰다.

'아가씨, 여기 나와 봐. 너 왜 하루 종일 같은 뉴스만 반복하고 있어. 싫증도 안 나? 좀 다른 새로운 뉴스도 섞어서 보도하라고.'

이런 내 불만을 탑재한 시선이 집요하게 그녀를 화면 밖으로 유인했다. 저 여자를 화면 속에서 현실 공간으로 인도해 나올 수만 있다면……. 물론 말도 안 되는 황당하고 어리석은 망상일 테지. 하지만 내가 막 염력을 포기하려는 순간 그야말로 천지개벽에 맞먹는 기적이 일어났다. 여자 앵커가 자리에서 일어나더니 TV화면으로부터 방 안으로 걸어 나와 내 앞에 멈춰 섰던 것이다. 나는 경악한 나머지 전신을 화들화들 떨며 소파에서 간신히 일어섰다.

"안녕하세요?"

손을 내밀어 악수를 청했다. 하지만 그녀는 마네킹처럼 그 자리에 선 채 꼼짝하지 않는다.

"애비야, 너 지금 누구랑 말하는 거니?"

모친의 목소리를 듣고서야 나는 제정신이 번쩍 들었다.

"아니, 방금 저 아나운서가……."

"아나운서가 왜?"

여자 앵커가 화면 밖으로 나왔다고 말하려고 했으나 그녀는 어느새 화면 속으로 들어가 아까와 다름없이 뉴스를 진행하고 있었다.

"아무것도 아닙니다. 어디서 본 사람 같아서……."

나는 멋쩍은 김에 도로 자리에 앉아 커피를 마셨다. 그것은 일시적인 착시현상에 불과했으며 그래서 유령이 되기는 다 글렀다. 상상이 마법을 부려 시선을 농락한 장난이었다.

그때 시력을 상실한 데다 귀에 이어폰까지 껴 주변상황을 전혀 파악하지 못하는 유리가 앉아 있기가 지루했던지 소파에서 일어났다. 주방에 들어가 커피 잔을 씻어 싱크대에 엎은 후 다시 거실을 지나서 자신의 방으로 들어갔다. 이 모든 동작들을 누구의 도움도 받지 않았을 뿐만 아니라 가구나 벽에 부딪치지도 않은 채 마치 시력이 멀쩡한 사람처럼 자연스럽게 수행했다. 유리가 맹인임에도 정상적인 사람처럼 행동할 수 있었던 건 이 집 안의 모든 가구들과 물건들이 그녀가 앞을 보았을 때 놓여 있었던 그대로 위치가 고정되었기 때문에 가능했을 것이다. 유리는 실명한지 이제 겨우 1년 반 정도밖에 되지 않는다. 이태원 클럽에 놀러 갔다가 새벽 귀갓길에 외국인 망나니들에게 겁탈 당하며 함께 눈도 멀었다. 치한들이 그녀를 납치할 때 두 눈에 정체불명의 액체를 뿜어서 실명된 후 직장을 그만두고 집에서 지냈다. 누군가 유리가 모르게 소파 하나라도 자리를 옮겨 놓았다면 그녀는 벌써 몇 번이나 부딪쳤거나, 발이 걸려 넘어졌을 것이다. 유리 때문에도 방 안의 가구들과 물건들은 위치를 고정할 수밖에 없었다.

아들 환이도 자리에서 일어나 2층의 자기 방으로 올라갔다. 오후에는 영어학원에 가야 한다. 오전에는 벌써 피아노학원을 다녀왔다.

재동은 이때다 생각하고 덩달아 소파에서 일어났다. 마침 아내 이미리도 스티커를 청소기에 부착하다 말고 남편에게 층계를 올라가는 환이를 눈짓으로 가리켰다. 올라가서 그 이상한 그림의 원인을 알아내라는 신호일 것이다. 큰 동그라미와 작은 동그라미 그림만 며칠째 그리는 환이가 이미리는 은근히 신경이 쓰이는 모양이다.

아니나 다를까 환이는 또 방에서 그 알 수 없는 그림을 그리고 있었다. 그림 삼매경에 빠진 듯 사람이 방에 들어온 줄도 모른다. 아무튼 환이는 일단 그 그림에만 집착하면 좋아하는 휴대폰게임도 뒷전으로 밀려났다.

"환이야, 너 학원 갈 준비는 안 하고 뭐해?"

"안 가면 안 돼? 난 학원가기 싫어."

환이는 고개도 돌리지 않은 채 심드렁하게 말했다.

"왜 싫은데?"

"피아노학원, 영어학원, 태권도학원 매일 가는 게 신물 나."

신물. 아내가 자주 쓰는 표현이니 아마 엄마한테서 배운 단어일 것이다. 이미리는 그 말을 혀끝에 달고 산다. 집 안 가구들에 돌아가며 스티커를 부착하는 것도 모르긴 해도 그것들의 변하지 않는 모습에 신물이 났기 때문인지도 모른다.

"엄마한테 야단맞고 싶으면 가지 마. 그런데 이건 도대체 뭔데 날마다 그리는 거냐?"

대답이 없다. 이렇게 한 번 입을 다물면 좀처럼 열지 않는 성미다. 재동은 오늘 처음으로 그림을 자세히 들여다보았다. 동그라미는 중첩되어 있고 사다리처럼 칸막이가 나 있다. 작은 동그라미도 가까이에서 보니 하나가 아니라 두 개다. 오른쪽 동그라미는 더 작고 그 뒤의 원은 계란 모양인데 후미에 기다란 곡선이 그

어져 있다. 큰 동그라미 밑과 작은 타원형에는 여러 개의 짧은 선
이 그어져 있다. 도대체 정체가 무엇인지 알 수가 없었다.

"이게 도대체 뭔데 날마다 이 그림만 그려?"

여전히 묵묵부답이다. 대답을 기다린 것도 아니다. 그게 부자
간에 반복돼 온 일상이니까.

"학원 안 갈 거야? 시간이 늦었다. 또 동그라미야, 신물 나게."

아내가 1층에서 올라오며 소리쳤다. 재동은 벽이며 테이블이
며 의자며 도처에 도깨비 그림 같은 무늬의 스티커를 붙여 놓은
실내를 일별한 후 환이의 방에서 나왔다. 어쩌면 저 동그라미와
선들도 유령의 조화인지도 모른다는 생각을 하며 자신의 방으로
들어왔다.

3

재동은 2층 테라스로 나와 안락의자에 앉았다. 테라스의 넓은
콘크리트 바닥은 불에 단 쇳덩이처럼 뜨거웠다. 바닥에서 솟구
치는 지열의 화기는 아래 마당에 심은 감나무가 던지는 그늘의
서늘함마저 가열시키며 공간을 독점했다. 강수애 여사가 가꾸는
화분의 무궁화꽃과 나팔꽃은 조화처럼 미동 하나 없이 무더위 속
에 응고된 채로이다.

그렇게 테라스를 훑어보다가 눈결에 아래 골목길에서 어떤 행

인이 재동이네 집 쪽을 기웃거리는 모습이 잡혔다. 재동은 의자에서 일어나 테라스 끝의 난간으로 걸어갔다. 골목길에는 이상한 옷차림을 한 중년 남자가 서성거리고 있었다. 요즘에는 보기 어려운 상투를 쪽진 머리에 몸에는 하얀 바지, 저고리를 입고 발에는 백고무신을 신은 채 집 주변을 어슬렁어슬렁 오가며 담장 안을 기웃거렸다.

혹시 시골에서 우리 집을 찾아온 먼 일가친척인가. 처가댁의 내가 잘 모르는 낯선 친척인지도 모른다. 이곳은 주민생활 구역이라 차도 다니지 않고 지나가는 외지 행인도 드물다. 이곳에 사는 주민들만 가끔씩 오갈 뿐이다.

재동은 셔츠를 걸치고 아래로 내려가 대문 밖에 나가 보았다. 그가 나타나자 사내도 급히 집 모퉁이를 돌아 옆 골목으로 피신했다. 분명 걸어갔을 터이니 멀리 가지는 못했을 거라 짐작하고 뒤를 따라 모퉁이를 돌아가 보았다. 그런데 놀랍게도 옆 골목은 텅 비어 있었다. 그 골목의 굽이를 돌아 가시권을 벗어나려면 60~70미터는 걸어야 한다. 그런데 그가 10미터쯤 걸어오는 사이에 사나이는 쥐도 새도 모르게 유령처럼 사라져 버린 것이다. 오후 4시가 넘었는데도 밖은 시루 속처럼 푹푹 찐다. 집 안의 에어컨 바람 앞에서 떠난 지 5분도 안 되는데 높은 습도 때문인지 벌써 셔츠가 땀에 젖기 시작했다.

기왕 나온 김에 그냥 발길이 향하는 대로 골목길을 따라 아래로 내려갔다. 그렇게 하릴없이 익숙한 골목길을 흔들흔들 걷다

보니 느닷없이 술 생각이 났다. 의욕을 살해하는 이 무더위와 권태가 지속되는 일상을 뭐라도 빌어서 도망가고 싶었다. 그리고 술이라는 단어의 뒤에는 자연스럽게 김현재의 이름이 꼬리처럼 매달렸다. 차 키를 집에 두고 나왔다는 생각이 들었지만 그렇다고 돌아서 올라가기도 싫었다. 모든 것을 죽여 버리는 이 무더위 속에서는 움직임 자체가 싫어졌기 때문이다. 그냥 발길 닿는 가장 가까운 식당에 들어가 김현재 교수를 불러내어 간단하게 대포 한잔 하고 싶다. 그러고 보니 그와 하고 싶은 말도 많았다. 김 교수는 대학에서 드물게 말을 트고 지내는 친구 사이였다. 그가 소설가라서가 아니라 그냥 폼 잡지 않고 수수한, 사람 됨됨이가 좋았다. 휴대폰을 꺼내 단축키 5번을 눌렀다. 발신음이 한창 울렸지만 받지 않는다.

소설을 창작하나. 글을 쓸 때면 보통 전화를 꺼놓기 일쑤이다. 사람이 워낙 반응이 굼뜬지라 평소에도 전화를 금방 받은 적은 별로 없었기에 한 번 더 걸었다. 아니나 다를까 이 친구가 그제야 전화를 받는다.

"정 화백, 무슨 일로……."

느릿느릿하고 나직한 음성이다. 아마 연일 계속되는 무더위에 엔간히 지친 모양이다.

"우리, 얼굴 본 지 오래 됐잖아. 이 더운데 서재에 박혀 글만 쓰지 말고 밖에 나와 바람도 쐬야지."

"난 정 화백이 바쁜 줄 알았는데……."

"나와서 말해. 대포 한잔 하면서."

"대포, 어딘데?"

"집 앞이야. '한일정육점식당'."

"그런 식당도 있어? '한일정육점식당'이 어딘데?"

"보광동 삼거리에 오면 돼. 금방이야."

"알았어."

소설가치고는 너무 말수가 적다. 필요한 말만 한다. 소설을 쓴다는 게 신기할 따름이다. 마침 거리 쪽의 창가에 빈자리가 있기에 일단 자리를 잡고 얼음물을 마시며 에어컨 바람에 골목을 내려오며 흘린 땀을 식혔다. 양쪽 벽의 선풍기도 죄다 틀었다. 그제야 더위가 주춤하고 물러서며 좀 숨통이 열렸다. 김현재가 도착하려면 10여 분 정도는 걸릴 것이다. 그는 한남동에 살기에 차로 오면 금방이다. 지금은 차가 막힐 시간대도 아니다. 일단 먼저 삼겹살을 주문하고 고기를 굽노라면 들어설 것이다. 하지만 정작 고기가 다 익어 지글지글 타들어가는 데도 김현재는 나타나지 않는다. 어디냐고 문자를 보냈더니 "가는 중"이라는 짤막한 답장뿐이다. 재동은 일단 술을 시켜 한 잔 했다. 20분이 넘어 술 반병을 비운 뒤에야 김현재가 식당에 모습을 드러냈다. 늦었다고 미안한 기색도 없거니와 배포 유하게 서두르지도 않는다.

"코앞에서 왜 이렇게 늦었어? 기다리다 못해 나 먼저 먹었어."

"잘했어. 자전거 타고 오느라고 좀 늦어진 거야."

"차는 어쩌고?"

"차고에 있지."

이 무더위에 자전거를 타고 오느라 현재는 얼굴은 물론 등의 셔츠도 땀에 젖어 있다. 키는 작아도 배는 뚱뚱한 몸집이라 누구보다 더위를 곱절이나 타는 체질이다. 그런데도 앉기도 전에 등 뒤의 창문을 닫고 선풍기를 끈 다음 자리에 앉았다.

"왜 더운데 다 닫고 끄고 그래."

재동은 일어나서 다시 창문을 열고 선풍기를 돌렸다.

"에어컨을 켰잖아."

말은 그렇게 던졌지만 다시 일어나 창문을 열거나 선풍기를 켜지는 않았다. 마음이 여린 그는 주로 다른 사람의 주장에 순종하는 편이다.

"난 정 화백이 대작을 창작하느라 바쁜 줄 알고 연락도 안했는데."

"그림이 안 돼. 그려지지가 않아. '기적'이라는 제목만 달아놓고는 방학 동안 아무것도 그리지 못했어. 아이디어가 고갈됐나 봐. 김 교수는 그동안 뭘 좀 썼어?"

"쓰긴 쓰는데, 뭐가 나올지 모르겠어."

"또 지구온난화와 이상기후에 대한 내용이겠지?"

"그렇긴 한데, 소설이 잘 안 돼."

"지구온난화와 이상기후 현상이 이른바 경제발전을 빙자한 인류의 탐욕 때문에 비롯된 악과이다, 뭐 이런 거 아니야?"

"맞아."

"그래서 차도 집에다 두고 자전거 타고 다니고?"

"역시 친구야."

"김 교수 혼자 차 안 타고 다니고 에어컨 사용 안 한다고 지구 온난화가 호전되고 기온이 내려갈 것 같아?"

"그렇긴 하지만 나라도 실천해야 할 것 같아서. 그런데 정 화백은 왜 그림이 안 되는 거지?"

"자, 건배. 늦게 왔으면 몇 잔은 내야지. 얘기만 하지 말고."

"정 화백도 천천히 마셔. 이 더위에."

정재동은 한사코 김현재의 잔에 자신의 술잔을 부딪친 후 먼저 잔을 비웠다. 잔을 상에 내려놓다가 젓가락을 바닥에 떨어뜨렸다. 김현재는 수저통에서 새 젓가락을 꺼내 재동의 앞에 놓아준 다음 두 번에 꺾어 잔을 비웠다.

"그런데 말이지. 나 오늘 이상한 일만 겪었어. 말하지 않고는 견딜 수가 없어서 김 작가를 이렇게 불러낸 거야."

"정 화백은 상상력이 너무 풍부해서 탈이야."

"예단하지 말고 일단 들어나 봐. 오늘 내가 캔버스에 그린 이미지가 뭔지 알아. 아니, 내가 그렸다기보다 유령이 그렸다고 하는 것이 더 정확할 거야. 누군가 뒤에서 내 팔꿈치를 조종했으니까. 그림도 아니고 정체불명의 어떤 부호가 그려졌어."

재동은 젓가락으로 잔 안의 술을 찍어 테이블에 '夂丨'를 새겼다.

"환이나, 제수씨가 장난을 쳤겠지."

"아니거든, 환이는 물론 아내도 스튜디오 안에 없었어. 캔버스에만 이 부호가 그려진 게 아니야. 테라스에 나가 담배를 폈는데 연기도 이 부호를 새긴 거야."

"담배 연기가 바람에 흔들린 거 아니었어?"

"밖에는 바람 한 점 없었어. 푹푹 찌는 폭염뿐이었다고. 밖을 봐봐. 지금도 바람이 없잖아. 그리고 설령 바람이 불었다고 하더라도 연기가 곡선으로 흔들리지 어떻게 각을 이룰 수 있어?"

재동은 한 번 더 테이블에 부호의 각진 부분을 그렸다.

"인간은 보고 싶은 것만 보는 법이잖아. '기적'을 바라니까 상상력이 비정상적인 것을 만들어서 기적인 것처럼 보여준 것일 수도 있지. 내 눈에 자동차 배기가스, 콘크리트 건물들과 아스팔트가 뿜어내는 지열 그리고 에어컨이 토해내는 열기만 보이듯이. 그런 거 아닌가? 기적이 만들어낸 착시현상 같은 거."

말수가 적은 김현재에게는 파격적인 장편대론이다. 숨이 차보일 지경이다. 학생들에게 어떻게 문학 강의를 하는지 의문이 들 정도로 그는 평소에는 입이 무거웠다.

"우리 둘은 바꿔 태어났어야 되는데. 정 화백이 소설을 쓰고 내가 그림을 그리고."

"나한테 상상력이 어느 정도인지는 모르겠으나 단 하나 확실한 것은 김 작가처럼 이상기후 같은 소재로 그림을 그릴 수 없다는 사실이야."

"왜, 지구온난화와 이상기후도 기적이라면 기적이잖아. 정상적인 일상생활의 절주를 깨뜨리니까."

"설령 지구온난화와 이상기후 현상이 기적이고 그 기적으로 인해 정상적인 일상생활의 절주가 파괴된다고 해도 걱정할 건 없다고 생각해. 인간은 으레 변화된 새로운 환경에 적응하는 능력을 가진 특별한 동물이니까. 내가 '기적'이라는 그림을 그리려고 한 동기도 바로 그것 때문이었어. 우리의 삶은 너무 정상적이고 그래서 변화가 거세된 일상의 반복뿐이기 때문이지. 최근 러시아 화가 이반 아이바조프스키의 '아홉 번째 파도'라는 그림을 보고 느낀 거야. 흑해 지역의 전설에 의하면, 아홉 번째 파도를 만나면 살아남을 수가 없다고 하지만 아이바조프스키의 그림에서는 선원들이 살아남았어. 그 그림과 비교해보니 내 그림은 너무 정적이고 고요하여 죽어버린 이미지였다는 걸 깨달았어. 그래서 나도 아이바조프스키처럼 일상 속에서는 만날 수 없고, 그래서 현장 스케치가 불가능한 현실의 한계를 극복하고 상상을 불러내어 화폭에 살아 숨 쉬는 그림을 그리고 싶었어."

　술기운 때문인지, 잔잔한 홍분 때문인지 재동이 저도 모르게 음성이 높아지자 주변사람들의 시선이 이쪽으로 집중되었다. 화백·미술이요, 작가·소설이요 하는 단어가 어울리지 않는 장소라서 사람들의 호기심을 더 자극한 모양이다. 김현재는 진작 그것을 인지한 듯 음성을 한껏 낮추며 속삭이듯 말했다.

　"현실에서 그런 파도를 만난다면 실제로는 다 죽지 않을까? 지구온난화와 이상기후를 방치했다간 인류가 이 땅에서 살 수 없듯이."

"실제와 미술작품은 다르잖아. 그리고 김 교수는 소설가야. 누구보다 내 말의 뜻을 잘 이해할 거라 믿었는데 실망이야. 한마디로 나는 무의미하게 재현되는 이른바 정상적이라는 탈을 뒤집어쓴 일상으로부터 아홉 번째 파도가 치는 그런 곳으로 도망가고 싶어. 거기서 기적을 만나고, 그것을 소재로 역작을 생산해내고 싶다고. 끝없이 회전만 하는 익숙한 일상이 지긋지긋하니까."

재동은 말할수록 미진한 현실에 화가 난 듯 술잔을 들자 한 모금에 바닥을 비웠다. 그리고는 사레가 들려 한참이나 기침을 했다. 김현재가 재빨리 옆에 비치된 빈 유리컵에 물을 따라 건네고는 웃으며 말했다.

"역시 정 화백은 O형이야. 피가 펄펄 끓어 넘쳐."

바로 그때 벽걸이TV화면에서 새로운 기상정보가 방송되기 시작했다.


기상청이 내놓은 예상 경로에 따르면 19호 태풍 솔릭은 어제 오전엔 여수 쪽으로, 오늘은 제주를 관통해 목포에 상륙할 것으로 전망됩니다. 상륙 시점은 23일 새벽으로 예상됩니다. 이번 태풍은 경로가 한반도에 위협적인 데다 그 위력 또한 막강한데요. 특히 '솔릭'은 중심의 구조가 매우 탄탄한 이른바 '도넛 태풍'이어서 북상해도 세력이 크게 약해지지 않을 것으로 보입니다.


"바로 저거야. 내가 학수고대하던 거. 지긋지긋한 일상에서 도망갈 수 있게 된 것 같아. 난 여태껏 일상에 파묻혀서 상상력이 너무 빈곤해졌어. 새를 봐야 하늘을 날 상상을 하지. 땅바닥을 기는 지렁이만 보고 어떻게 비상을 꿈꿀 수 있겠어. 아이바조프스키는 바다에서 태풍을 만나 풍랑에 조난당한 경험을 했기에 '아홉 번째 파도' 그림을 상상해낼 수 있었던 거라고."

정재동이 흥분하여 목청이 높아지자 김현재는 입에 숟가락을 대고 조용하라고 눈짓했다. 그리고는 친구의 기분을 다운시켜 미안하다는 듯 미소를 지었다.

"정 화백도 바다 건너 해외 출장 자주 다니잖아."

"정상적인 날씨에 비행기 타고 여객선 타고 다니느라 태풍이나 풍랑 같은 건 전혀 만날 기회가 없었거든. 집 안의 소파에 앉아 있는 거나 다를 바 없는 편안한 일상이었을 따름이었어."

"태풍은 서울에서도 볼 수 있잖아. 이상기후 때문에 일 년에도 여러 차례 태풍이 올라오니까."

"서울의 태풍, 숲이나, 가로수, 산, 고층건물이 밀집하게 들어선 도심 속 태풍을 말하는 거야? 바람이 육지에 막혀서 기껏해야 유리창 깨지고 간판 따위나 날아가는 거 말고 또 볼만한 거 뭐가 있어?"

"하지만 지방에서는 주택과 농경지가 침수되고 과일이 떨어지고 지붕이 날아가고 해안가에서는 선박이 파손되는 피해가 많거든."

"그러나 다 기물파손일 따름이야. 인명피해가 발생하는 건 아니잖아. 난 내 몸으로 당해보고 싶어. 아이바조프스키처럼 내륙에서 나가 폭풍이 거침없이 불어드는 멀리 섬으로 갈 거야. 아예 육지에서 가장 멀다는 가거도로 갈 거라고."

김현재는 정재동이 팔소매를 불끈 걷어 올린 팔을 내밀어 부딪치는 술잔을 맞부딪치고는 입만 댔다 뗀 채 도로 내려놓았다.

"인간의 육체가 피해 대상이 되면 그건……. 사람이 더는 지구상에 살 수 없을 정도로 정상적인 기후환경이 파괴되었음을 의미하는 거 아닐까? 지금 같은 상황이 지속된다면 그럴 날도 멀지 않은 것 같아. 인류가 조속한 대책을 강구하지 않으면 말이지. 그래서 나부터 행동으로 옮기려고 차고, 아파트고, 이상기후에 불리한 영향을 미치는 모든 것을 포기하고 시골로 귀농해서 조용하게 글이나 쓰면서 살 생각이야."

김현재가 이렇게 길게 말하고, 또 재동이 그의 말을 자르지 않고 끝까지 경청했다는 것은 두 사람에게는 다 기적 같은 일이었다. 하지만 오늘 재동은 그런 것에 신경 쓸 겨를이 없었다. 방학 내내 그리지 못했던 '기적'이라는 그림을 태풍이 올라오는 가거도에 가야 그릴 수 있을 것 같았다. 내일이라도 당장 떠나야겠다고 생각했다.

"그래, 그럼. 김 교수는 귀농해서 소설이나 쓰고 나는 가거도에 가서 태풍 속에서 '기적'이나 그리고."

술상을 파하고 식당에서 나왔으나 이전과는 달리 2차, 3차를 이어가지 않고 그냥 헤어졌다. 가거도로 가려면 재동은 준비할 것이 많았기 때문이다. 자전거에 올라타면서 현재가 한마디 당부했다.

"조심해. 섬 태풍은 위험하니까."

"택시 불러줄까, 술 마시고 자전거 탈 수 있겠어?"

두 사람 다 상대방에게 당부만 하고 대답은 하지 않은 채 갈라졌다. 하긴 앞날에 대해서는 누구든 한 치 앞도 알 수 없기 때문이다.

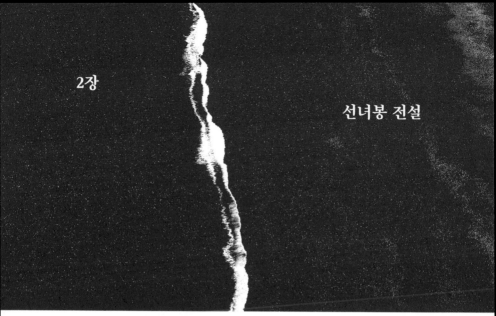

**2장**

## 선녀봉 전설

### 1

　가거도행 '페리카호' 쾌속여객선 승객은 재동과 어떤 아가씨까지 합쳐 단 두 사람이 전부였다. 첫눈에도 100만 불짜리 몸매임을 알아볼 수 있는 그 아가씨는 20대 중후반으로, 등에는 배낭을 지고 손에는 무슨 악기 케이스 같은 박스를 든 채 홀로 승선했다. 앞쪽에 앉은 재동을 지나쳐 맨 뒷좌석 창가로 들어가 앉는다. 검은 마스크에, 검은 선글라스를 쓰고 모자까지 눌러 써 얼굴 모습은 숨겨져 있었다. 그러나 사람의 미모는 옷 같은 것으로 가려지지 않는다. 그녀의 우아한 자태가 주변에 뿜어내는 분위기는 세련미와 숙녀미가 짙었기 때문이다. 단순히 하얀 셔츠와 회색 바지를 입었음에도 옷 밖으로 드러난 어깨의 부드러운 곡선이라든지, 다리 윤곽 그리고 깨끗한 피부와 가슴과 어깨, 등에 드리운 장발에서 풍기는 느낌은 은은함과 화사함으로 충만했다.

그런데 이상한 것은 저런 보기 드문 도시 미녀가 무슨 사연 때문에 곧 태풍이 들이닥칠 가거도로 들어갈까 하는 궁금증이다. 이 시간에 가거도로 들어갈 수 있는 여행과 용무 중 어느 것도 설명이 안 되니 말이다. 나는 기적을 찾아 가거도행을 결정한 것인데, 그렇다면 저 아가씨도 혹시 기적을 만나려고 이 배를 탄 걸까. 여자는 마치 운송 중의 조각상처럼 가거도에 도착할 때까지 꼬박 4시간 30분 동안 꼼짝하지 않은 채 시선을 창밖의 바다에만 던져 놓고 있었다.

배가 가거도에 도착해 대리항에 하선하자 밖에서는 언제부턴가 빗방울이 떨어지고 있었다. 목포에서 출항할 때까지도 하늘도 맑고 비도 내리지 않았는데 이곳에는 벌써부터 태풍의 도래를 예고하는 듯 하늘에 비구름도 떠다니고 바람도 나그네의 옷자락에 매달린다.

포구에서는 태풍 대비 선박대피작업이 한창이다. 섬마을 사람들이 총동원된 듯 부두 전체가 배와 사람들로 뒤엉켜 북적거렸다. 선박들마다 상호 충돌을 대비해 뱃전에 타이어를 부착하는 사람들이 있는가 하면, 같은 크기의 어선들을 로프로 단단하게 한데 묶는 작업을 하는 어부들도 보인다. 일부는 배의 홋줄을 단단히 고정하고 어망과 각종 어구들을 높은 곳으로 옮겨 동이거나, 방수포를 덮고 있었다. 저 편의 사람들은 여럿이 모여 소형

낚싯배들을 로프로 비끄러매 뭍으로 끌어당겨 옮겼다. 좀 큰 선박들은 밧줄을 자동차에 연결하여 언덕 위로 인양했다. 육지의 항구들에서는 권양기로 인양하지만 이곳에서는 인력으로 작업하는 셈이다. 하늘에는 수도 없이 많은 갈매기 떼가 종횡무진으로 날아다니며 요란한 소리로 울어대는 통에 말소리가 들리지 않아 사람들의 목청도 덩달아 그만큼 높아졌다.

정재동은 문득 발걸음을 멈췄다. 평소 같으면 휴대한 스케치북을 꺼내어 항구의 모습을 재빨리 현장 스케치했을 것이다. 더구나 이런 장면은 지금까지 그렸던 정적인 그림에 비해 너무 동적이고 활력이 넘쳤다. 하지만 그는 이곳으로 내려오기 전 더 이상 사생 작업 같은 건 하지 않겠다고 다짐했었다. 이제부터는 모든 스케치 소재를 기억에만 담아 둘 것이다. 그리고 기억을 먹고 사는 상상을 호출해 그림을 그릴 것이다.

쉽게 눈에 띄는 산중턱의 민박집을 향해 언덕길을 올라갔다. 사전 예약 같은 건 아예 하지도 않았다. 그가 살아오면서 알고 있던 모든 상식을 포기하고 싶었다. 그 상식이야말로 일상의 반복과 타협한 지긋지긋한 이른바 질서이기 때문이다. 아예 차며 스마트폰, 노트북 따위도 모두 집에 내버리고 그림에 필요한 화구와 갈아입을 옷가지들만 챙겨왔다.

마을 안에서도 태풍 대비 준비에 부산하다. 창문에 테이프를 붙이거나, 지붕을 손질하고 강풍에 날아갈 물건들을 고정하고……. 준비를 마친 주민들은 섬을 나가 뭍으로 피신가려고 여객선 나루터 쪽으로 내려가고 있었다.

민박에 이르자 마침 60대 남자가 출입문에 자물쇠를 잠그고 있다. 아마도 목포나 순안 쪽으로 피신 나가려는 모양이다. 태풍 때문에 손님도 없을 것이기 때문이다.

"사장님, 숙박이 가능합니까?"

재동이 묻는 말에 사장은 문을 잠그다 말고 고개를 돌린다. 뜻밖에도 젊어 보인다. 섬사람답게 덩치도 크고 풍채도 늠름하다.

"이 난리 통에도 여행객이 들어오다니, 두 분이 함께 오신 거요?"

두 사람이라는 말에 재동이 의아한 표정을 짓자 사장은 턱으로 그의 등 뒤를 넌지시 가리키며 웃었다. 고개를 돌려 보니 아까 한 배를 타고 온 그 여자가 저만큼 떨어져 서 있었다. 역시 마스크와 선글라스에 모자를 쓴 채로 손에는 악기 케이스를 들고 있다.

"아니요, 모르는 사람입니다."

"네, 그러시군요. 같이 오셨으니까, 아무튼……. 아가씨도 여기 묵으실 거죠?"

여자는 대답 대신 고개만 가볍게 끄덕인다.

"난 뭍으로 나가는 길이니까, 손님들 좋을 대로 하세요. 마침 금방 잡아온 광어, 도미 등 며칠 동안 먹을 식재료도 충분합니다. 손님은 두 분뿐이니 아무 방이나 소원대로 쓰시면 됩니다."

사장은 다시 문을 열고 방 안으로 들어가 주방 안을 일일이 소개했다. 그 사이 아가씨는 어느새 1층의 한 방으로 들어가 버렸다.

"감사합니다. 선불금을 드릴까요?"

"아닙니다. 24일 날 올 거니까, 그때 계산해도 됩니다. 신분증만 여기 등록하면 끝입니다. 아무튼 좋은 시간 되세요."

사장은 재동이 내미는 신분증을 기록하며 능청스럽게 두 눈을 껌벅거린다. 아가씨가 들어간 방 쪽을 흘깃 하며 의미 있는 눈웃음을 지었다.

"정말 모르는 사이라니까요."

"알았습니다. 태풍 조심하시고요, 전 그럼 갑니다. 막배라. 참, 그리고 아가씨 신분증번호도 여기 등록하셔야 합니다."

사장은 키 뭉치를 탁자 위에 놓고는 허리를 굽혀 인사한 후 밖으로 사라졌다.

어이없었다. 하지만 태풍이 분다는데, 남들은 다 뭍으로 피신가는데 단 둘이 섬으로 들어와 민박을 찾았으니 바꿔놓고 그라도 치정관계라는 추측 외에는 달리 해석할 수 없었을 것이다.

"좋을 대로 생각하라지. 나만 아니면 그만이잖아."

재동은 여자가 들어간 1층을 피해 홀로 청백함을 주장하며 2층으로 올라갔다. 2층 복도에서 두 번째 방문을 열고 안으로 들어갔다. 주인이 섬을 나가면서 에어컨을 끄고 문을 닫아놓은 탓에 방 안은 가마솥처럼 후끈후끈하게 가열되어 있었다. 일단 들어서자마자 에어컨부터 작동시켰다. 바다를 향한 쪽의 미닫이를 열고 테라스로 나와 보았다. 비록 바람도 불고 빗방울도 날렸지만 기온은 오늘도 32.3도로 불가마 더위가 계속되고 있다. 하지만 전망은 좋아 폭염과 빗발 속에서 선박대피작업과 섬을 빠져나가는 주민들의 행렬이 이어지는 포구의 전경이 한눈에 안겨온다. 아까 그가 타고 온 여객선은 육속 몰려드는 승선객들 때문에 아직도 출항하지 못하고 부두에 정박한 채로 있다. 널찍한 테라스에는 식탁과 장의자, 파라솔도 마련되어 있어 여기서 스케치 작업은 물론 그림을 그리기에도 안성맞춤이었다. 재동은 습관적으로 불쑥 스케치 생각이 나 잠시 망설였지만 금시 고개를 젓고 방 안으로 돌아 들어왔다. 아이바조프스키의 '아홉 번째 파도'가 머릿속에 떠올랐기 때문이다. 다시는 현장스케치 같은 개케묵은 전통 사생에 매달리지 않을 것이다.

땀에 젖기 시작한 셔츠를 벗고 준비해온 작업복을 갈아입었다. 휴대한 박스와 붓, 안료, 팔레트 등 화구들을 가방에서 꺼냈다. 집에서 그리다가 중단된 캔버스는 창을 등진 곳에 세운 후 튜브의 물감을 팔레트에 짜놓았다. 그러나 지금부터 시작될 그림은 컴퓨터에 입력된 시스템처럼 반복되어 온 전통화법을 포기하고 전혀 새로운 방법으로 그려질 것이다. 캔버스 바탕색 칠하기, 구도 잡기, 주제를 정하고 밑그림 그리기……. 그 모든 기존의 익숙한 유화 창작 절차를 생략했다. 밑그림은 그냥 '乙'로 삼으면 된다. 캔버스 공간은 압축된 세상이고 붓과 물감은 마치 인간이 타자에 의해 낯선 세상에 던져지듯이 화판에 던져질 것이다.

재동은 눈을 감은 채 선 자리에서 열 바퀴를 돌았다. 그런 다음 뾰족붓으로 비틀거리며 팔레트의 물감을 찍었다. 눈을 뜨고 3m 정도 앞에 놓인 캔버스를 확인한 다음 그쪽을 향해 손에 든 붓을 던졌다. 어지러워 몸의 균형을 상실한 탓에 붓은 제멋대로 날아가 'Ɛ'자 아래의 7시 방향에 부딪친 후 바닥에 떨어졌다. 그제야 재동은 그 색상이 놀랍게도 빨강 물감임을 알았다. 그리고 보니 그 빨간색은 우연하게도 열 바퀴의 회전과 자연스럽게 연결되면서 10개월의 임신과 누군가에 의해 세상에 던져진 핏덩이를 상징하는 듯싶었다. 빨간색이 'Ɛ'자와 아무런 연결도 없는 것에 대해서는 그로서도 아직은 설명할 방법이 없었다. 다만 그 간단한 홍색 점 하나에 느닷없이 엄마 생각이 떠오르며 눈시울이 뜨거워졌다.

다시 눈을 감고 붓에 안료를 묻힌 후 캔버스 앞으로 걸어가 줄 하나를 그었다. 여기서부터 인생은 시작될 수밖에 없을 것이다. 하지만 그 인생의 방향에 대해서는 그 자신도 모른다. 무작정 시간을 따라 공간을 횡단하여 앞으로 나가는 것이다. 시작도 끝도 모른다. 눈을 뜨고 보니 뜻밖에도 그 색깔은 검은색이고, 빨간색과 이어지지도 않은 채 'Ɛ'의 밑 부분을 횡단하여 3시와 4시 사이를 향해 뻗어나갔다. 타자의 지배에 의해 살아야 하는 어린 시절을 상상하며 그린 선인데……. 뭐라고 말이 나오지 않는다.

갑자기 시장기가 들었다. 배를 타고 4시간 넘게 항해했고, 또 민박을 잡고 그림을 그리다보니 시간이 퍽이나 흘렀던 것이다. 계단을 따라 아래층 식당으로 내려갔다. 뭐라도 만들어 시장기부터 달래야겠다. 1층에 내려오자 잠깐 잊고 있었던 아가씨가 생각났다. 그런데 식당에는 여자의 모습이 보이지 않는다. 주인이 알려준 대로 식자재들을 찾아 쌀을 씻어 밥을 짓고 광어매운탕을 끓이는 동안에도 여자는 그림자도 얼씬하지 않는다. 배도 고프지 않은 모양이다. 아니면 먹을 걸 휴대해 방 안에서 식사를 간단하게 해결한 건가. 아무튼 이모저모로 이상한 여자다. 적어도 상식적인 측면에서는 정상적인 여자가 아닌 것 같다는 느낌이 들었다. 일상에서는 찾아보기 힘들다면 어쩌면 내 스타일인지도 모르겠다. 내 이상형인가? 이런 엉뚱한 생각을 건지고는 재동은 혼자 킥킥거리며 간소한 밥상을 차렸다.

"아가씨, 나와서 식사하세요."

그녀가 들어간 방 쪽을 향해 큰 소리로 불렀으나 안에서는 아무런 인기척도 없다. 방문 앞으로 다가가 노크하려다가 공연한 관심이 오해의 소지가 될 수도 있겠다 싶어 그만두고 식당으로 돌아와 혼자 밥을 먹었다. 시장기가 반찬이 돼서인지, 아니면 섬 마을 해산물이 선사하는 별미 때문인지 입맛이 유난히 당겼다.

"아무러면 여기까지 들어온 목적이 굶어죽으려고 작정한 건 아니겠지."

식사가 끝났는데도 여자는 모자와 마스크, 선글라스에 가려진 그 신비한 모습을 좀처럼 드러내지 않는다.

"에라, 모르겠다. 다 해서 차려놨으니 배가 고프면 알아서 먹겠지."

재동은 음식에 보자기를 씌워 놓은 후 다시 2층으로 올라왔다. 방 안으로 들어와 TV를 켜자 마침 태풍 관련 뉴스가 보도되는 중이다.

위성 영상을 통해 자세히 살펴보면 태풍의 몸집에 비해 눈이 유난히 큽니다. 또 나선팔 구조를 가지는 보통 태풍과 달리 원통형 구름 조직을 갖는 것도 대조적입니다. 큰 눈을 둘러싼 둥근 구름 모습 때문에 '도넛 태풍'이라 불리는데 도넛 태풍은 한반도 부근의 고위도로 북상해도 세력이 크게 약해지지 않는 것이 특징입니다. …… 기상청은 태풍이 서해상에 진입하는 시점까지 중심기압 970hPa의 강한 세력을 유지할 것으로 내다봤습니다. '솔릭'은 시속 20km대의 느린 속도로 내륙을 관통할 것으로 전망됩니다. 전문가들은 태풍의 이동 속도가 느릴수록 비구름이 머무는 기간이 길어지기 때문에 이번 태풍은 비와 바람 모두 주의가 필요하다고 경고합니다.

테라스로 나와 담배를 붙여 물었다. 날이 벌써 어두워져 있었다. 빗줄기가 낮보다 더 굵어지고 바람도 더 세차다. 하지만 기온은 여전히 내려가지 않았고 거기에 습도까지 더해 후텁지근하다. 주민들이 뭍으로 떠나고 텅 비다시피 한 섬마을은 회룡산과 나란히 무거운 정적 속에 웅크린 채 숨을 죽이고 파도가 집요하게 방파제를 때리며 철썩이는 소리만 들릴 뿐이다. 폭풍전야의 전주곡은 아직은 약하지만 그 울림에는 무거운 기운이 깔려 있다. 이제 모레면 바다가 포효하고 파도는 섬을 집어삼킬 것이며 기적이…….

갑자기 그의 흥미진진한 상상을 깨뜨리며 어디선가 이상한 소리가 들려왔다. 그 소리는 빗소리와 파도소리에 잘리며 이따금씩만 들려와 무슨 소리인지 분간할 수 없었다. 신음소리 같기도 하고 울음소리 같기도 하다. 하지만 어느 것도 불확실하다. 이 외딴섬에 죽음을 부르는 태풍을 앞두고 무슨 소리인들 나지 않으랴. 테라스 난간으로 걸어가 상반신을 한껏 내밀고 대자연에 귀를 기울였으나 이제는 아예 아무것도 들리지 않는다. 오로지 바람소리와 빗소리와 파도소리뿐이다.

분명 무슨 소리인가 들렸었는데 해변으로 나가 볼까. 기적을 만나러 온 사람이 비가 오고 바람이 분다고 민박 안에만 가만히 박혀 있을 수도 없잖은가. 이럴 거면 아예 서울에서 내려오지 말았어야지. 1층으로 내려오니 마침 식당 칸 문가의 플라스틱 박스 안에 우산 여러 개가 비치되어 있어 그중 하나를 집어 들고 밖으로 나왔다. 산중턱에 설치된 마을의 확성기에서는 남아 있는 주민들에게 밖에 나가지 말라고 거듭 주의를 당부하고 있었지만 정재동은 누군가 자신을 부르는 듯한 느낌에 이끌려 해변 쪽을 향해 걸어갔다. 빗줄기가 얼굴을 때리고 바람이 우산 안에 차오르며 낙하산처럼 뒤로 밀어냈으나 아랑곳하지 않고 앞으로 걸음을 옮겼다.

아이바조프스키! 분명 그 사람이 나를 부르고 있어. 화가의 유령이.

이런 생각을 하며 마을 앞 포구와 방파제를 지나 동개해수욕장 쪽으로 걸어갔다. 해변 산책로는 그쪽 말고는 따로 없었다. 아직도 파도는 온순한 편이다. 얌전하게 기슭으로 밀려나왔다가는 조용하게 물러가곤 했다. 태풍이 곧 닥친다는데 그에 걸맞은 그럴듯한 예고편조차 없이 싱겁기만 하다. 아직도 바다는 평소의 모습 그대로일 따름이다.

얼마나 걸었을까. 어둠 때문에 물체에 대한 분간이 어려운 가운데 문득 아까 그 소리가 다시 간헐적으로 들려오기 시작했다. 인제는 소리의 방향까지 어림짐작할 만큼 가까이에서 들린다. 얼핏 저만큼 몽돌해변 끝자락 쪽에서 들려오는 것 같았다. 하지만 그게 도대체 무슨 소리인지 확인할 수는 없었다. 호기심이 발동해 발걸음을 재촉했다. 아이바조프스키의 유령이 날 부르는 소리인지도 모른다는 생각이 내 마음을 조급하게 만들었다. 귀신의 소리……. 적어도 귀신의 소리쯤은 돼야 기적이라는 말이 실감이 날 것이다.

문득 어둠 속에서 저만큼 먼 곳의 바위 밑 해수욕장에 시커먼 물체 하나가 보였다.

뭐지?

재동은 거의 반달음으로 그쪽으로 다가갔다. 좀 더 접근해 보니 그것은 사람 같았다.

이 밤중에, 그것도 텅 빈 섬마을에서 누가 해수욕장에 홀로 나와 앉아 있을까?

그 사람과의 거리가 가까워질수록 그 소리는 점점 또렷해졌다. 앵앵거리는 건 무슨 현악기의 연주소리 같았고 그보다 좀 더 높은 것은 노랫소리인데 여자의 음성 같았다. 그 물체의 정체가 완연하게 드러났을 때 재동은 그만 어리둥절하여 선 자리에 발걸음이 굳어지고 말았다. 한 여자가 이 밤에 홀로 일인용 텐트를 치고 그 앞에 앉아 악기를 연주하며 노래를 부르고 있었다. 비가 출출 내리는 데도 여자는 천막 밖에 나와 앉아 있었다. 연주하는 악기는 해금으로 보였고 부르는 노래는 '가거도 멸치잡이 노래'라는 것을 이제는 확실하게 알아들을 수가 있었다. 창지唱者는 어떻게나 음악에 심취했는지 뒤에 사람이 온 줄도 모른다.


올라가자

올라가자

만경창파 노는 멸치

우리 배가 잡아실세

이 멸치를 잡아다가 어느 누굴 살릴손가

늙은 부모 봉양하고 어린 자식 길러보세

다 왔구나 다 왔구나

아홉 골래미 다 왔구나

에이야 술배야 술배 소리도 퍼실어라

에이야 술배야

멸치야 갈치야 날 살려라

너는 죽고 나는 살자

······

　나는 이 노래를 들은 적이 있다. 2008년 8월 국립국악원에서
공연된 '작곡마당에 서다2' 〈한반도의 뱃노래〉이다. 2008년 첫
공연이 백현주가 편곡한 '바다에서 은빛 꿈을 꾸다'였는데 다름
아닌 '가거도 멸치잡이 노래'를 편곡한 것이었다. 반주 악기로는
피아노, 대금, 피리, 바이올린, 첼로뿐만 아니라 해금까지 포함되
어 있었다. 당시 내 귀에는 피아노 소리와 바이올린 소리만 들렸
을 뿐 해금소리는 아예 들리지 않아 기억에도 없다. 그런데 오늘
그 민요를 해금반주로만 듣고 있으려니 웬일인지 기분이 너무 쓸
쓸해지는 느낌이다. 그녀는 고개를 쳐들고 하늘을 바라보고 있
었다. 머리카락은 바람에 헝클어진 채 얼굴을 가리고 있었다. 그
런데도 귀신처럼 보이기는커녕 너무 아름다웠다.

　그녀의 목청은 갈려 있으나 앙칼지다. 그것은 노래가 아니라
그대로 흐느낌이고 통곡이었다. 그 목소리는 슬픔과 통한과 알
수 없는 비분으로 떨리고 있었다. 해금은 그녀의 손에서 그처럼
거칠고 둔탁하고 날카롭고 어두운 음색을 토해냈지만 그 울림은
애처롭고 구슬프고 먹먹하게 가슴을 후벼냈다. 신들린 듯 움직
이는 활대가 연주해내는 농현, 추성, 화영이 엇갈리며 주변을 온
통 애절한 분위기에 젖어들게 한다. 게다가 비는 왜 구질거리며

바람은 왜 건들거리며 파도는 왜 철썩이는가.

노랫소리는 "멸치야 갈치야"에서부터 울먹임이 점차 울음으로 바뀌어지는 듯싶다가 "너는 죽고 나는 살자"에서 목청이 갈리며 통곡이 터져 나왔고 그 때문에 노래와 반주음악이 잠시 끊겼다. 탈진한 듯 허리를 굽혀 몽돌해변에 얼굴을 묻고 거꾸러진 채 한동안 그렇게 통곡한다. 나는 영문도 모르고 전신이 감동으로 굳어진 채 눈에서 흐르는 눈물을 손등으로 훔치기만 할 뿐 속수무책으로 지켜만 보고 있었다.

어느 순간엔가 여자는 다시 기운을 차리고 허리를 펴고 자세를 바로잡더니 다시 해금을 손에 잡았다. 그리고 통곡과 함께 노래가 이어졌다.

너도 죽고 나도 죽자

연거푸 같은 구절만 몇 번이나 반복해 부른다. 듣는 나도 괴롭다 못해 침통하다. 나는 눈물 때문에 앞이 보이지 않았다. 사연도 모른 채 눈물만 흘리고 있는 자신을 망각한 채 그 비통한 노랫소리에만 깊숙이 빠져들었다.

하지만 노랫소리는 갑자기 멈췄다. 해금소리도 더는 들리지 않는다. 여자는 밑동 잘린 나무처럼 맥없이 뒤로 넘어졌다. 손에서 떨어진 해금은 몽돌 위에 나뒹굴었다. 그제야 나는 정신을 차리고 여자에게로 달려갔다. 비로소 그녀의 주변에 빈 양주병 몇 개가 뒹굴고 있음을 발견했다. 그러나 안주는 보이지 않았다.

"아가씨, 괜찮으세요? 이봐요, 정신 차리세요."

어깨를 잡고 흔들었으나 죽은 사람 같다. 갑자기 벌어진 긴급 상황에 나는 그만 당황해졌다. 그리고 여자가 반복하던 노래가사 속의 "죽자"라는 표현이 언뜻 머릿속에 떠오르며 불길한 예감이 불쑥 들었다. 그러자 지금까지의 그녀의 이상한 행동 역시 죄다 죽음과 연관이 있는 것처럼 느껴지며 괜스레 불안해진다.

"이봐, 정신 차려. 이러다가 죽는다고!"

정말 죽었는지 대답은 고사하고 미동조차 없다. 나는 급히 무릎을 꿇고 여자를 등에 업은 다음 일어섰다. 부랴부랴 마을을 향해 걸음을 옮기다 말고 다시 제자리로 돌아가 해금을 집어 들었다. 경황이 없는 중에도 왜 해금을 챙겼는지 나로서도 알 수 없었다. 다만 그녀의 운명과 해금은 분리할 수 없는 것처럼 생각되었을 따름이다.

그리고는 허둥지둥 마을을 향해 칠흑같이 어두운 밤길을 달려갔다.

## 2

여자를 간신히 민박까지 업고 와 방 안에 눕혀 놓았지만 여전히 인사불성이다. 불러도 대답이 없고 흔들어도 반응이 없다. 옷은 비에 젖어 있고 머리카락은 바람에 헝클어졌으며 얼굴에는 해변의 흙모래가 가득 묻어 있었다. 아가씨가 이렇게 엉망으로 망가졌는데도 이미지 관리는 고사하고 정신조차 못 차린다.

"어떡하지? 병원도 없고 이장님의 전화번호도 모르고. 그래도 이장님을 찾아가 볼 수밖에 없다."

정재동은 어찌할 바를 몰라 한참이나 물끄러미 여자를 지켜보다가 혼자 중얼거리며 자리에서 일어났다.

"저기요."

그때 등 뒤에서 아가씨의 나직하면서도 목 잠긴 음성이 들려왔다. 재동은 몸을 돌려 다시 그녀 곁으로 다가와 물었다.

"이제 정신이 좀 드세요? 이장님한테 가서……."

"가지 마세요."

여자는 일어나려고 상반신을 추켜세우다가 기운을 잃고 도로 드러눕는다.

"가만히 누워 계세요. 빈속에 술만 마신 것 같은데……. 식당에 나가서 죽이라도 끓여서 올려 올 테니……."

"다 싫어요. 저기 가방 안에서 술이나 꺼내주세요."

"또 술입니까? 벌써 양주 몇 병이나 마셨으면서……."

재동이 말을 듣지 않자 여자는 스스로 가방 쪽으로 무릎걸음으로 다가갔다.

"알았어요. 그러니까 그냥 누워 계세요."

재동은 여자의 배낭을 열어보았다. 안에 든 소지품이라고는 신문지로 싼 양주병만 가득할 뿐이다. 술을 마시려고 작정하고 온 것 같다. 술 한 병을 꺼내 여자 앞에 놓았다.

"한사코 마시려면 말리지는 못하겠지만 잠깐만 기다려 보세요. 식당에 나가서 아무 안주라도 만들어 올 테니까."

"절 상관하지 마시고 내버려 두세요. 안주 같은 건 필요 없으니까요. 일루 와 앉아 보세요. 아저씨도 저랑 같이 술이나 마셔요."

"난……."

정재동은 사양했지만 여자는 어느새 술병을 거꾸로 들고 먼저 한 모금 마셨다. 마시면서도 다른 손으로는 물러서는 재동의 손을 잡아당겼다.

"그런데 아저씨, 아저씬 누구세요? 어디서 나타나신 거예요. 저승사자세요? 제가 지금 죽은 거 맞죠? 그렇다면 저승도 이승이랑 똑같네. 아니야, 이승과는 달라. 아깐 해수욕장이었고 거기에는 이 아저씨…… 아저씬지 오빠인지는 잘 모르겠지만 이런 사람도 없었어. 비바람과 파도와 나, 그리고 해금밖에는 없었어. 여기가 저승이라면…… 그러니까 오빠도 죽은 귀신이겠지?"

여자는 무작정 술병을 재동의 입에 대고 억지로 부어넣으려 했다. 재동은 어쩔 수 없이 술병을 받아 쥐고 한 모금 마셨다.

"죽긴 왜 죽어요. 물론 해변에 취한 채 그냥 쓰러져 있었으면 내일 새벽쯤에는 죽었을 지도 모르지만……."

"더, 더…… 남자가 쪼잔하게 훌짝거리고 있어."

"아가씨, 지금 만취상태예요."

"제가 취했다고? 그럼 제가 정말 죽지 않고 아직도 멀쩡하게 살아 있다는 건가요? 내가 왜 안 죽었지? 분명 정신이 전등불처럼 껌벅 꺼졌었는데. 이번엔 제가 마실 차례예요."

"술 그만 마시고 정신 좀 차리세요."

재동이 말렸지만 여자는 고집을 부리며 또 술병을 거꾸로 들고 꿀떡꿀떡 강술을 삼켰다. 그건 소주도 아니고 독한 양주다. 제정신이라면 결코 그렇게 마실 수 없는 술이라는 사실을 그녀는 망각한 듯싶었다.

여자는 술병을 장판 바닥에 탁 소리 나게 내려놓더니 혀 꼬부라진 소리로 부르짖었다.

"이제 알겠다. 그러니까, 오빠가 날 구했다. 이거 아냐? 태풍 온다고 육지로 다 피난 나간 텅 빈 마을에서 오빠 도대체 어디서 갑자기 바닷가에 나타난 거야? 자, 이번엔 아저씨…… 아니, 오빠가 마실 차례야."

여자는 죽지 못한 것이 원통한 듯 주먹으로 방바닥을 연신 두드린다.

"그쪽이 뭔데, 날 살려서 뭘 어쩌려고? 내 남친, 그 자식은 새 신부랑 깨가 쏟아지는 신혼살림 차리고 버림받은 난 미친년처

럼 그걸 바라봐야만 하는 이런 상황이 일상이 되려고 하는 판국
에……. 나 혼자 죄인처럼 그 고통을 좇나 버텨내야 하는데…….
그런 삶을 나더러 어떻게 살라고 구해낸 거야? 그런 일상을 살 거
면 차라리 죽는 게 낫단 말이야. 그 망할 놈의 일상으로부터 도망
치기 위한 유일한 방법이 죽는 거잖아. 난 반드시 죽어야만 하는
인간이라고. 그런 날 구해서 뭘 어쩌려고?"

　재동은 여자의 푸념을 잠자코 듣기만 했다. 여객선 안에서부
터 궁금했던 그녀의 미스터리를 그녀 입으로 풀어내고 있었다.
여자는 또 한 번 술을 마시고 주먹으로 자신의 가슴을 두드렸다.
그럴 때마다 헝클어진 머리카락에 묻은 검불들과 흙모래 부스러
기들이 장판 바닥에 떨어졌다. 얼굴은 머리카락과 흙모래에 가
려지고 덮어져 보이지 않았다.

　"당신도 저기 회룡산을 봤잖아. 그 바위가 남해용왕 아들이 죽
어서 된 거래. 아버지 때문에 선녀와의 사랑이 깨지자 죽어서 바
위가 된 거라고. 그래서 선녀는 울었고 그 눈물이 바닷물로 고였
잖아. 너도 들었지? 이 섬에까지 들어왔으니까. 하지만……. 꿀
꺽꿀꺽……. 하지만 저것들은 벌써 일상이 돼버렸고 그래서 지
금은 누구도 슬퍼하지 않아. 적막하다 못해 무시무시한 일상이
돼버린 거라고. 나도, 내 꼬락서니도 저 신세야. 그런데도 굳이
날 구한 건 나더러 저렇게 돌덩이로 굳어버린 일상이 되라는 거
잖아. 아, 알겠다. 날 구한 의도. 태풍이 다가오는 이 무덤 같이
조용한 섬에서 혼자 바닷가에 쓰러져 있는 내 육체가 탐났던 거

였구나. 정말 놀랍네! 그치, 아저씨. 아니, 오빠가……. 그쪽이 내 몸뚱이가 탐났던 거 아니었냐고?"

고맙다는 인사는 고사하고 미처 피할 사이도 없이 불똥이 이상한 데로 튕기자 재동은 갑자기 어떻게 대처할지 몰라 당황해졌다. 바야흐로 태풍이 들이닥칠 해변에 홀로 나와 폭음하고 노래를 부르며 울부짖는 여자도 이상하거니와 같은 상황에서 해변에 산책 나온 재동이도 이상하기는 마찬가지이리라. 그렇다고 아이 바조프스키의 유령이 불러서 나갔던 거라고 이실직고할 수도 없었다. 더구나 이상하게 생각할 테니까 말이다.

"절대 그런 거 아닙니다. 그냥 산책하다가 우연히……."

"헐, 심보가 드러나니까 발뺌하려고? 내가 지금은 이렇게 꾀죄죄해도 서울대 나온 여자야. 바른대로 말해봐. 내 말 맞지?"

"그런 게 아니라니까요. 아가씨, 너무 취했어요. 그만 마시고 좀 누워서……."

"봐, 나더러 누우라잖아. 그래 두려워할 거 없이 용기를 내. 요즘 미투 때문에 남자들이 다 쫄았어. 어차피 난 죽을 몸이야. 그리고 어찌됐든 그쪽은 내 은인이잖아. 죽더라도 보답은 하고 죽는 게 사람의 도리 아냐. 날 가지고 싶어? 남이 버린 쓰레기 같은 몸을……. 세상 참 재밌다. 하긴 죽기 전에 한 번 더 희한한 일 겪어 보는 것도 괜찮을 것 같아."

"쓸데없는 오해 말고 술 좀 깨게 누워 한잠 자요."

"그래, 소원대로 누워줄 테니 이리 와 봐요. 옷까지 벗어줄까요, 아니면 키스부터 할까요? 어차피 내일 태풍이 불면 죽을 몸인데 까짓 정조나 지켜 뭘 하겠어."

여자가 재동이 피할 겨를도 없이 그의 목에 와락 매달려 입술을 밀착해왔다. 모래알이 씹혔다. 바닷물 비린내가 풍겼다. 그런데도 그녀의 입술은 사탕보다 더 달콤하게 느껴졌다.

"제발, 주사 좀 그만 부려요."

재동은 두 손으로 그녀의 가슴을 강하게 떠밀어냈다. 그래도 찰거머리처럼 떨어지지 않는다.

"날 원하잖아? 그러니까 줄 때 가지라고. 까짓 죽을 몸."

여자는 자신의 복숭아처럼 익은 상체를 재동의 가슴팍에 바싹 붙인다. 뭉클! 하는 유방의 탄력 때문에 재동은 본능적으로 가슴이 쿵쿵 뛰기 시작했다. 그녀의 티셔츠와 재동의 셔츠는 모두 비에 젖어 맨살이나 다름없었다.

"이러지 마. 술부터 깨라고. 난 영혼 없는 육체는 원하지 않아."

갑자기 그녀가 흠칫 몸을 떨더니 재동을 휘감았던 팔을 풀고 저만큼 물러앉는다. 그러나 취기 때문에 몸을 제대로 가누지 못한 채 흔들거리다가 그대로 뒤로 벌렁 넘어졌다. 하지만 넘어지지 않는 오뚜기처럼 다시 일어나 앉는다.

"영혼! 그래, 내가 그동안 그 자식의 영혼이 아니라 몸뚱이만 사랑했었나봐. 그러니까 그 자식의 육체가 눈앞에서 사라지자 자살 생각이 든 거잖아. 영혼은 육체의 그림자였을 뿐이었어. 어차피 그 자식의 육체도 영혼도 다 떠나간 바엔, 섬 구석에 죽어서 없어질 바엔 오늘 그쪽한테 육체와 영혼 전부를 바칠게. 원하잖아? 실컷 즐겨봐."

여자는 다시 재동의 품에 몸을 던졌다. 한 손으로는 자신의 몸에서 티셔츠를 벗고 브래지어까지 풀어서 방바닥에 내던졌다. 순간 너무나 황홀한 가슴이 형광등 불빛 아래 드러나며 재동은 눈이 부셔 뜰 수 없었다. 몸의 어딘가에서 잠자던 남성이 굴뚝처럼 우뚝 솟아오름을 느끼자 재동은 놀랐다.

"난 이 다 버린 걸 내가 왜 가져, 내가 무슨 쓰레기통인 줄 알아? 저리 썩 꺼져!"

자신의 몸속에서 눈을 뜨고 꿈틀거리는 욕망을 잠재우기 위해서도, 그녀가 정신을 차리도록 하기 위해서도 자존심을 건드리는 잔인한 욕설이 필요하다고 판단되었다.

"쓰레기! 내가 쓰레기여서 싫다는 거야……."

여자는 엄청난 무언가에 놀라기라도 한 듯이 재동의 품안에서 흠칫 물러났다.

"그래, 맞아. 난 쓰레기야. 그러니까 그 자식도 날 버렸고. 난 이 쓸모없는 몸뚱이를 죽어서 없애버리려고 했던 거야."

그녀는 그렇게 우는지 웃는지 알 수 없는 표정을 지은 채 고개를 숙이고 혼자 중얼거리더니 다시 뒤로 천천히 넘어졌다. 눕자마자 잠이 들었다. 안주도 없이 깡술만, 그것도 양주만 마신 여자가 죽지 않은 것만도 다행스러운 일이 아닐 수 없다. 재동은 저체

온증에 걸린 사람처럼 후들후들 떨리는 손으로 그녀의 새하얀 알몸 위에 이불을 덮어주었다. 방에서 나오던 재동은 다리까지 후들거려 한동안 문지방을 손으로 짚고 헝클어진 정신을 대충 수습하고 나서야 간신히 복도로 나올 수 있었다.

2층 방으로 올라와 가빠진 숨결을 고르고 눈을 감았다. 하지만 감자마자 눈앞에 여자의 알몸 상반신이 스크린처럼 펼쳐졌다. 하얀 만두에 볼록 돋아난 빨간 앵두 두 알…… 반바지만 벗으면 전신 누드가 드러날 것이다. 그리고……. 정재동은 상상의 허리를 뭉텅 자르며 눈을 번쩍 뜬 다음 의자에서 벌떡 일어나 테라스로 나왔다. 시원한 바람이 기다렸다는 듯이 일제히 달려들어 뜨겁게 달아오른 몸을 식혀준다. 태풍에 대비해 대피시킨 선박들이 가득한 포구를 내려다보았다. 이런 건 왜 이렇게 상상이 잘 되지. 그림 그릴 때는 안 되다가 말이다. 그런데 저 아가씨 저러다가 굶어 죽는 거 아니야? 뭐라도 먹어야 될 텐데. 주변에 사람이라곤 나밖에 없으니 죽는 걸 보고만 있을 수도 없고.

"제밀할, 골칫거릴 만났잖아. 기다리는 기적은 감감무소식이고 우환만 찾아 드네."

투덜거리며 다시 1층 주방으로 내려갔다. 간단하게 요기할 거 없나 찬장 안을 뒤지다가 꿀단지를 발견했다. 어차피 술만 마신 빈속에 쌀알인들 쉽게 들어가겠어. 꿀을 컵에 따르려다가 그만두고 아예 생수병과 컵을 찾아들고 여자의 방으로 들어갔다. 가져다 놓으면 알아서 타 먹겠지.

문을 열고 방 안에 들어서던 재동은 그만 선 자리에 우뚝 굳어졌다. 여자가 이불을 차 던진 채 알몸으로 잠들어 있었기 때문이다. 달아오른 솥뚜껑을 열었을 때처럼 방 안은 열기가 들어차 불가마 같았다. 백옥 같은 두 덩이의 가슴은 터질 듯 힘차게 부풀어 있고 가위처럼 벌어진 두 다리는 미끈하게 뻗어 있다. 꿀단지를 그녀의 머리맡에 놓으려고 허리를 굽히자 여자의 피부가 보석처럼 눈부신 광채를 내뿜어 정신이 아찔해졌다. 재동의 시선은 본능적으로 여자의 탄력 있는 가슴을 지나 아래로 미끄러져 내려갔다. 핫팬츠에 고양이 수염처럼 양 옆으로 대칭을 이루며 가늘게 파인 빳빳한 주름 자국이 선명한 그곳……

　여자는 업어 가도 모를 만큼 깊이 잠들어 있고 텅 비다시피 한 민박은 섬마을의 어둠 속에 묻혀 있다. 이 안에는 그와 여자 단 두 사람뿐이다. 밖에서는 비가 내리고 바람이 분다. 손을 내밀어 한 뼘도 안 되는 저 지퍼만 내리면……. 게다가 재동이 덮쳐들어도 여자는 저항조차 하지 않을 것이다……. 살인을 저질러도 아무도 모를 것이며 그리고 곧 들이닥칠 태풍은 현장의 모든 물증들을 깨끗이 씻어버릴 것이다.

　더위 때문인지 어느새 온몸에 땀이 흥건하게 돋았고 숨이 턱턱 막혔다. 그는 리모컨을 찾아 에어컨을 조절했다. 그러나 손가락이 돌처럼 굳어지고 떨려 몇 번 만에야 바람의 세기를 강으로 높일 수 있었다. 그리고는 또 멍청한 표정으로 넋을 잃고 잠든 여자의 눈처럼 하얀 몸뚱이를 내려다보았다.

한참이나 지나서야 재동은 가까스로 정신을 수습하고 돌아섰다. 실연의 아픈 좌절감 때문에 인생의 막다른 골목에 갇혀 사경을 헤매는 가련한 사람을 도와주지는 못할망정 남의 불행을 틈타 겁탈하고 유린하는 건 짐승보다 못한 인간들이나 할 짓이다. 난 인간이다. 짐승이 아니다. 정재동, 이놈아! 넌 짐승이 아니라고······.

손안에 다 들어온 떡을 뒤에 두고 발걸음을 옮기려니 발이 천근 같이 무겁다. 장판 바닥에 찰싹 달라붙어 좀처럼 떨어지지 않았다. 젖 먹던 힘까지 다해서야 복도까지 걸어 나올 수 있었다.

재동은 두 손으로 가슴을 부여안고 땅이 꺼지도록 안도의 숨을 후 내쉬었다. 훼멸적인 아홉 번째 파도를 만나 천신만고 끝에 겨우 살아남은 기분이다. 인간 노릇하기가 참 힘들다싶다. 이미 가동이 걸린 육체의 남성을 의지력으로 진압하며 한 걸음 한 걸음 복도를 빠져나갔다. 잠깐 사이에 입술이 갈라 터졌고 목구멍이 불에 타 말라버렸다. 그렇게 도망치듯 2층 계단을 올라가려는데 문득 전화벨 소리가 울리는 바람에 소스라치게 놀라 그대로 계단 위에 털썩 주저앉았다. 식은땀이 났다.

"저건 또 뭐야? 간 떨어질 뻔했잖아!"

벨소리는 프런트 쪽에서 울리고 있었다.

"주인도 아닌데 내가 왜 전화를 받아."

혼자 중얼거리며 다시 계단을 올라갔다. 그러나 전화벨 소리는 잠시 멈췄다가 다시 집요하게 울린다. 집 안의 정적 때문인지

그 벨소리는 유난히 요란했다. 혹시 태풍 관련 안내 전화인지도
모른다. 민박집 주인일 수도 있고. 이런 생각이 들자 재동은 몸을
돌려 다시 계단을 내려왔다.


3


　수화기를 집어 들며 벽시계를 쳐다보니 새벽 1시가 다 된다.
그는 스마트폰, 노트북뿐만 아니라 손목시계조차 집에 두고 왔
다. 아까 가방 안을 뒤져보니 저 여자한테도 휴대폰, 노트북, 손
목시계 따위는 없는 것 같았다. 이른바 문명을 대변하는 그것들
도 일상과 타협하며 인간을 무의미한 반복 속에 파묻어버리고 있
다는, 나랑 같은 생각을 한 것일까. 사실 이 전화도…….
　"애비냐?"
　저쪽에서 먼저 입을 열었다. 그런데 인사말도 생략한 채 첫마
디가 '애비냐'이다. 그것은 집에서 어머니가 아들 재동이를 부르
던 호칭이다. 하지만 그는 모친은 물론 아내와 환이한테도 가거
도에 간다는 말을 하지 않은 채 도망치 듯 슬그머니 집을 빠져 나
왔었다. 그러니 모친한테서 전화가 올 리가 만무하다. 목소리는
귀에 익은 모친의 음성이었지만 세상에 같은 목소리를 가진 사람
이 없겠는가.
　"저는 민박 주인이 아닙니다. 누굴 찾으시는지 모르겠으나 나

중에 다시……."

"누군 누구냐, 환이애빌 찾지. 목소릴 들어 보니 애비 맞구나. 나 엄마다."

"어머니, 제가 여기 온 걸 어떻게 아시고……. 전화번호도 모르실 텐데."

내가 오매불망 고대하는 기적이란 것이 별거 아니고 그냥 이런 건가, 할 정도의 불가사의에 재동은 놀랐다.

"다 아는 방법이 따로 있단다. 엄말 늙었다고 무시하지 말거라."

"무시하는 게 아니라 환이 엄마도 모르는데 어머니가 어디서 정보를……."

"김 교수한테 전화해서 물어봤어. 엄마하고는 말 안 해도 김 교수는 애비랑 친구 사이니 알고 있을 거라 생각했지."

아뿔싸, 그걸 내가 미처 생각 못했구나. 그 구멍으로 정보가 샌 것이다. 그러나 김현재도 내가 가거도로 간다는 사실은 알아도 이 민박집 전화번호는 모를 것이다. 이곳에 민박집이 한두 개가 아니니까. 재동도 가거도에 도착해서야 무작정 찾아들어 온 민박이다. 75세 고령의 강수애 여사는 제외하고라도 아무리 해박한 김 교수라고 해도 직업이 탐정이 아닌 이상 알 도리가 없다.

"이 늙은이가 좀 도와달라고 사정을 했더니 김 교수가 선뜻 인터넷으로 가거도 민박집 전화번호를 모조리 뒤져서 알아낸 거야. 언제 봐도 인정이 넘치고 자상한 사람이더라."

인터넷에서?! 재동이 무의미한 일상의 중요한 구성 부분이라고 도외시했던 그 인터넷에서 찾아낸 정보라는 말에 저도 모르게 허탈한 웃음이 터져 나왔다.

"그래서 한 집 한 집 무작위로 돌아가며 전화하신 겁니까?"

"밤을 새워서라도 애비를 찾아내고야 말리라 작심하고 접어들었단다. 그래도 이렇게 생각보다 쉽게 연락이 되어 다행이구나. 세 번째 만이다."

"어머니도 참."

"자식이 위험한 데로 갔다는데 발편잠을 잘 엄마가 세상 어디에 있겠냐. 귀띔이나 하고 갈 것이지. 엄마 속이 타 죽는 꼴을 보고 싶으냐?"

"알리면 어머니가 절 놓아주시겠어요."

"그렇긴 하다만. 당장 낼 모레 태풍이 상륙한다는데 거길 왜 가냐. TV를 보니까 남들은 섬에서 뭍으로 대피하던데 애빈 도리어 섬에 들어갔으니. 죽고 싶어 환장이라도 한 거니?"

"제가 뭐 앤 가요. 알아서 대처할 테니 걱정하지 마세요."

"물론 무슨 스케치인지 사생인지 하러 현장으로 갔을 줄로 안다만. 잘은 몰라도 애비가 요즘 밤낮 보는 그 무슨 '아홉 번째 파도'라는 그림을 보고 엄마도 애비가 언젠가는 바다로 갈 줄은 알고 있었다만."

강수애 여사께서 언제 그 그림을 보셨지. 하긴 내 스튜디오에 그 그림이 걸려 있은 지 한참 됐으니까. 온 집 식구가 눈이 있는 이상 누구나 다 보았을 것이다.

"새벽이 다 됐는데 그만 주무세요. 제 걱정은 마시고."

"애비야, 아직 전화 끊지 마라. 에미가 애비한테 요긴하게 할 말이 있으니까."

"뭔데요, 밤을 새실 거예요?"

"오늘 환이를 피아노학원에 데려다 주고 늦둥이와 안과 갔다 오는 사이에 에미가 글쎄 집안을 발칵 뒤집어 놓았단다. 늦둥이가 앞을 못 봐 항상 집구석에 박혀 있어 답답해 하길래 커피숍에도 들르고, 한강공원을 산책도 하고 점심도 식당에서 먹다보니 오후 늦게야 집으로 들어왔거든. 안과 의사선생님은 시력회복은 희망이 없지만 그렇다고 가망이 전혀 없는 건 아니라더라……."

늦둥이는 여동생 유리의 애명이다.

"그러니까 환이 엄마가 뭘 어떻게 집안을 뒤집어 놓았다는 겁니까?"

모친의 말은 가끔씩 중간 중간 화제 중심을 교정해 주지 않으면 하루 종일 횡설수설하는 경향이 있었다.

"일꾼들을 불러다가 대문이고 출입문이고 죄다 다시 색칠했다. 스티커를 붙이면 그나마 뜯어버리면 그만이지만 이번엔 아예 페인트칠을 해버렸어. 내가 보기엔 아무래도 에미가 정신이 잘못된 것 같다. 정신병원에라도 가봐야 하는 거 아니냐?"

"그런 거 아닙니다. 날마다 똑같은 모습의 집이 싫었던가 봅니다."

"그렇게 말할 줄 알았다. 애빈 언제 봐도 마누라 편이더라. 대문에는 황토색 페인트를 바르고 출입문에는 회색 페인트를 칠했어."

"그러니까요. 안 그래도 대문은 검은색, 출입문은 붉은색이어서 저도 촌티 난다싶어 질렸었는데 차라리 잘 됐네요."

"어디 그것뿐이면 말도 안 하겠다. 화장실과 주방에는 하얀색 페인트를 칠하고도 성차지 않았는지 또 그 안의 물건들을 죄다 다시 배치했다."

"집 안에 변화를 준다고 나쁠 건 없잖아요."

아내도 모처럼 무료하고 정지된 일상의 무덤에서 탈출하고 싶었던 모양이다. 하지만 스티커나, 페인트 같은 걸로 탈출할 정도로 허술한 일상이 아님을 아내는 모르는 것 같다. 일상의 무덤은 화강암처럼 견고한 것이라는 사실을.

"단순히 변화를 주려는 게 목적이 아니니까 문제라는 거다. 에미는 시댁 구석이 싫어 친정집을 본떠 그대로 만들려는 거야. 사돈집 엘리베이터 색깔이 황토색이고 출입문은 회색이고 집안의 벽지는 흰색이잖아. 안사돈은 미용실을 했고 바깥사돈은 병원을 운영해 다 흰색을 좋아하잖니."

"어머니, 그건 너무 근거 없는 말씀이세요."

"틀림없다. 그러니까 내가 뭐라디. 빌라에 살기 싫으면 니들끼리 아파트 올라가서 살라고. 난 이 집을 떠나기 싫으니까. 죽을 때까지 이 집에서 살 거라고. 처녀 때는 도깨비시장 하꼬방에서 살다가 여기 아랫보갱이로 시집 와서 흙벽돌집에서 살게 되었지. 그러다가 1974년도에 와서야 시조부와 아버지 그리고 조카 몇이서 나랑 같이 이 집을 지은 거라고. 1년 동안 마당에 천막을 치고 밖에서 먹고 자며 지은 집이야. 할아버지가 당시 대목이신지라 남들보다 먼저 세웠던 거지. 집을 다 세우고 입주하던 날 밤 엄마는 뜬눈으로 밤을 새웠다. 너무 기뻐서. 이 집에서 큰 아들과 애비 낳고 늦둥이도 낳았어. 3남매를 다 공부시켜 대학 보내고 두 아들은 결혼시켰어. 큰 아들은 미국서 살고 애비는 대학 교수가 되고…… 그런 집인데 엄마가 어떻게 여길 떠날 수 있겠냐."

"알았어요, 어머니. 조금 있으면 날이 밝겠는데 오늘은 이만 합시다."

벌써 수백 번도 넘게 들은 과거사라 슬그머니 짜증이 났다. 어머니의 유일한 낙은 과거사를 끝없이 반복하는 것이다. 마치 미리 녹음된 테이프처럼 끝없이 되돌린다. 귀 아프도록 들어 이제 재동도 눈감고 전체 내용을 술술 욀 정도이다. 어쩌면 그것은 세상 모든 부모들이 자식에 대한 영구적인 소유권을 고수하기 위해 메주 빚듯 그렇고 그런 과거를 이리저리 부풀려 만들어 낸 성공 신화이며 그것으로 후손들을 은혜를 갚을 줄 아는 효자로 세뇌하려고 틈만 생기면 반복하는 그들만의 전문 교육프로그램인지도 모른다. 그래도 재동은 지금까지는 강수애 여사가 이 '신화'를 되풀이할 때마다 자식된 도리를 다해 싫은 내색을 전혀 겉으로 드러내지 않고 매번 새로운 얘기를 듣는 듯이 흥미진진한 표정을 짓곤 했었다. 고령의 모친이 이제 마지막으로 남은 인생의 유일한 즐거움일 테니까. 그런데 오늘만은 웬일인지 은근히 거부감이 들었다. 근처의 방에서 잠든 여자의 옥으로 쫀 듯한 눈부신 나신이 평온하던 그의 가슴을 벌집처럼 들쑤셔 놓았기 때문인지도 모른다.

"가구 위치가 다 바뀐 바람에 늦둥이가 화장실에서 세탁기에 걸려 넘어지며 무릎까지 까졌다. 누구 도움도 없이 화장실에서 볼일 보고 주방에서 커피까지 타 먹던 애가 말이다. 애비도 그년의 고슴도치처럼 까칠한 성미 잘 알잖냐. '여기 물건 왜 다 옮겼어요? 그런다고 뭐가 달라지기라도 해요?' 이렇게 따지고 드니까 에미가 '매일 같은 걸 보는 게 질려서 좀 바꿔본 거에요.'라고 말하자 그년이 또 '올케는 눈이 보이니까 질릴지 몰라도 보다시피 난 소경이라 익숙할수록 편해요. 그냥 이 집이 싫으면 오빠랑 같이 아파트로 올라가든지.' 이렇게 쏘아붙이며……."

"환이는 학원 잘 다닙니까?"

재동은 지루하게 번져가는 모친의 하소연을 슬쩍 다른 화제로 돌렸다.

"안 그래도 걔가 요즘 학원에 가기 싫어해서 걱정이다. 매일 가는 게 짜증난대."

"그림은 그냥 그린답니까?"

"그 동그라미 그림말이지? 에미가 말해서 내가 자세히 들여다보니까 큰 동그라미 안의 작은 동그라미는 무슨 토끼나 쥐, 그도 아니면 강아지 같기도 하고…….”

“참, 혹시 요즘 골목길에서 옛날 한복차림의 한 남자가 서성거리는 걸 보신 적 있으세요?”

“애비가 말하니까 생각난다. 그런데 문밖에 나가 보면 귀신처럼 금방 사라지더라. 애비가 아는 사람이냐?”

“아니, 아무것도 아닙니다. 저 피곤합니다. 오늘은 이만하고 이담 서울로 올라가서 얘기합시다.”

“그래, 알았다. 태풍 조심해라. 낼부터는 밖에 나가지 말고 집 안에서 그림이나 그려.”

“걱정하지 마세요. 그럼 편히 주무세요.”

수화기를 내려놓는 순간 재동은 기진맥진해졌다. 모친과의 대화는 언제나 지친다.

2층으로 올라온 재동은 의자에 털썩 주저앉아 눈을 감았다. 상상을 찾아 기억 속을 더듬었다. 상상은 이상하게도 어둠 속에만 꽁꽁 숨어 있다. 눈을 감고 의식에서 현실을 몰아내야 상상은 그 텅 빈 공간의 어둠 속에 조심스럽게 모습을 드러낸다. 그러나 오늘 따라 어둠 속에서조차 현실의 잔상은 짓궂게 사라지지 않는다. 그 여자, 아래층의 그 여자가 기억의 문턱에 기대선 채 요염한 알몸을 드러낸다.

일단 눈을 떠서 잔상을 지워버렸다. 그리고 다시 눈을 감았다. 의식의 지원을 받아 아이바조프스키를 강제로 소환했다. ‘아홉 번째 파도’ 그림을 떠올렸다. 하지만 그가 그려야 할 ‘기적’ 그림과 연관된 상상은 끝끝내 형체를 노출하지 않은 채 어둠 속에 깊숙이 숨어 있었다. 뭔가 상상의 윤곽이 보이는 것 같아 부랴부랴 쫓아 가면 이번에는 현실이 뒤에서 발목을 잡고 늘어진다. 재동은 자신이 말로는 일상을 거부하면서도 실제로는 여전히 그것에 미련을 버리지 못하고 있다는 생각이 들었다.

어쩌면 상상은 현실의 벽을 넘어서는 지점에서 시작되는 것인지도 모른다. 일상의 경계를 허물고 통로를 터야 상상이 초대된다. 그래도 상상이 도래하지 않으면 현실부터 철저히 포기해야 한다. 일반적으로는 삼원색— 빨강·초록·파랑의 물감을 혼합하여 여러 가지 필요한 색깔을 만든다. 대체로 카드뮴 옐로·카드뮴 레드·울트라마린 블루 등 물감을 많이 사용한다. 여기에 화이트와 블랙을 더해 색채의 명도와 채도를 조절한다. 그림을 그리기 전에 일단 튜브의 물감을 짜서 팔레트에 배열한다. 배열순서는 색상환에 따라 유사한 색깔 순 즉 더운색·찬색 순, 밝은색·어두운 색 순 등이 있다. 재동은 지금까지 사용 빈도를 다소 순으로 배열했었다. 가장 많이 사용하는 화이트와 블랙을 가슴 쪽 첫머리에 배치하고 그 다음 기본색들을 색상환에 따라 배열하는 것이다. 특히 화이트와 블랙은 색채의 명도와 채도를 결정하는 조절 물감으로 사용 빈도가 높다.

하지만 그 모든 습관과 기존의 방법들을 전부 거부했다. 튜브들을 뒤섞어 무작위로 골라 아무렇게나 팔레트에 짜냈다. 순서도 없이 그냥 되는대로 배열한 것이다. 붓도 여러 가지를 한데 뒤

섞어서 무작위로 골라잡았다. 팔레트를 두 바퀴 회전시킨 후 눈을 감고 물감을 혼합했다. 두텁거나 가볍게 칠하기, 덧칠하기 등 다양한 붓 터치 사용법을 의도적으로 도외시하고 그냥 단 한 번의 터치로 붓질을 마무리했다. 그 역시 눈을 감은 채로 붓질을 상상에 맡기는 수법을 사용했다.

"기적은 일상의 수렁에서 기어오르는 순간 나타나는 거야."

정재동은 자신의 이 비정상적인, 다른 사람의 눈에는 미친 행위로 보일 이 신기한 수법의 결과가 제발 '기적'의 이미지와 연결되었기를 바라며 눈을 떴다. 눈앞에 펼쳐진 이미지는 명도와 채도가 매우 낮은, 거의 검은색에 가까운 색상의 넓은 붓 터치 자국이 그려져 있었다. 블랙이 많이 섞였고 보색이 혼합되어 만들어진 색채는 캔버스의 상단 11시 방향에서 3시 30분 방향으로 신속하면서도 가볍게 그어져 있다. 윗부분에서 터치에 힘이 실려 굵고도 두텁게 물감이 발렸다. 오른쪽으로 갈수록 브러시의 힘이 빠지며 옅고 희미하게 마무리되면서 창끝 같은 붓 자국들이 예리하게 찍혀 있다. 그나마 흰색이 얼마간 섞여 명도가 확보된 넓은 브러시 아래쪽은 한 가닥의 선명한 획을 나타내며 흐릿한 구름 같은 윗부분의 어두운 색상을 간신히 떠받치고 있어 처량해 보인다. 캔버스의 하늘을 짓누르는 커다란 구름장 같다. 이미 그 아래 묻혀버린 밑그림 'ζ'부호는 사라진 지 오래다. 다만 왼쪽 하단 7시 방향의 빨간색의 물감만이 벌써 건조해지며 첫 순간의 그 명도와 채도가 바래지면서 더운 느낌도 서서히 식어들 뿐이다. 그와는 달리 바깥 기온은 여전히 30도를 웃돌았고 방 안의 온도도 26도를 넘으며 숨이 막혔다. 비는 여전히 구질거리고 바람도 가볍게 불고 있다.

재동은 작업복을 벗고 팔레트와 브러시를 내려놓았다. 새벽 3시가 넘었다. 피곤했다. 한잠 자야 될 것 같다.

"이게 화가가 할 짓이냐!"

조금은 허탈했다. 일상을 허물어버린 자리에 '기적'이 일떠서야 하는데 폐허 그대로인 것 같아 허망하고 두렵기도 했다.

## 4

아침에는 빗줄기가 더 굵어지지는 않았지만 바람은 가까워지는 태풍 때문인지 한결 강해졌다. TV를 켜자 태풍 소식과 남북 이산가족 뉴스가 보도되고 있었다. 북상 중인 태풍은 내일 밤 충남 서해안으로 상륙한 뒤 수도권을 관통할 것이라고 한다. 목요일, 금요일 사이에 전국에 최고 400mm의 폭우가 쏟아지고 초속 40m가 넘는 강풍이 불 것이라고도 전했다. 지도에서 태풍의 상륙 전 이동 경로를 보면 가거도를 관통할 것이 틀림없다. 이웃 나라들의 기상예보를 참고하면 충남이 아니라 전남 목포로 상륙할 가능성도 배제할 수 없다. 어떤 경로이든 가거도는 필수 이동코스 안에 들어 있다고 봐야할 것이다. 여기서 잠자코 기다리면 태풍이 알아서 기적을 거느리고 올라올 것이다.

뉴스는 계속해서 이산가족들이 오늘 오전 10시부터 3시간 동안 마지막 작별인사를 끝으로 남측 가족들은 2박 3일 간의 일정을 모두 마치고 1시 30분쯤 귀환 길에 오른다는 소식을 보도했다. 재동은 TV를 껐다. 이 뉴스는 강수애 여사가 관심이 많지 재동은 별로 흥미를 느끼지 못했다. 식당으로 내려가 뭐라도 만들어 먹어야겠다고 생각했다.

식당에는 아무도 없었다. 여자는 아직도 자는지 그쪽도 잠잠하다. 새로 요리를 하기 번거로워 그냥 빵과 우유로 간단하게 아침식사를 해결했다. 배가 부르자 문득 여자 생각이 났다. 꿀물은 마셨는지. 술만 마시고 빈속일 것이다. 민박에는 단 둘뿐인데 모른 척 할 수도 없는 노릇이었다. 쌀을 씻어 밥솥에 안치고 죽 버튼을 눌렀다. 죽이 다 되자 커피도 두 컵을 내려 한 컵은 죽 그릇과 함께 쟁반에 담아 들고 여자 방으로 갔다. 문을 노크했으나 응대가 없다. 손잡이를 돌리자 안으로 잠기지 않아 부드럽게 열렸다. 여자는 추운지 이불을 덮고 창문 쪽으로 돌아누운 채 아직도 자고 있다. 꿀이 줄어든 걸 보니 밤중에나 새벽에 일어나 물에 타서 마신 모양이다. 음식그릇을 머리맡에 놓아두고 아무 말도 하지 않고 돌아 나왔다. 웬일인지 아쉽고 씁쓸하다. 왜지, 이불을 덮고 있어서? 짐승 같은 놈! 뭘 바라는 데? 주먹으로 자신의 뒤통수를 툭툭 치며 식당으로 돌아왔다. 아마 하루 종일 자야 원기를 회복할 것이다. 재동도 폭음한 이튿날엔 진종일 자야만 기운을 차릴 수 있었기 때문이다.

오늘은 뭘 해야지? 태풍은 내일이 돼야 올라올 것이다. 그러면 나는 내 몸으로 직접 그 기적을 체험할 것이다. 아이바조프스키가 만났던 폭풍 같은 것일 수도 있다. 그런 다음엔 정재동 식의 '아홉 번째 파도' 그림이 탄생할 것이다.

마을의 유선방송에서는 주민들에게 밖에 나가지 말라고 거듭 안내방송을 내보낸다.

그림이나 그릴까, 아니면 나도 낮잠이나 한잠 잘까…….

그때 프런트 쪽에서 전화벨소리가 다급하게 울렸다. 십중팔구는 강수애 여사일 것이다. 어머니도 참 극성이셔, 새벽에 그렇게 오래 전화했으면 됐지 또 아침부터……. 아들이 세 살 난 애도 아니고……. 짜증을 앞세우고 프런트로 다가가 창구 안으로 손을 들이밀어 수화기를 집어 들었다.

"여보세요."

"안녕하세요. 접니다. 민박 주인요."

"아, 네. 사장님, 안녕하세요."

"지난 밤 별일 없으시죠?"

"네. 아직은요. 밖에 바람이 좀 세찰 뿐입니다."

"다행이네요. 하긴 태풍은 내일돼야 올라올 테니까요. 다른 불편한 점은 없으시죠?"

"네. 사장님 덕분에 불편한 건 없습니다."

"그리고 혹시 컴퓨터 사용하실 일이 있으시면 접수실 안에 있으니까 편하게 사용하세요. 태풍 때문에 인터넷이 될지는 모르겠습니다만."

"신경 써주셔서 감사합니다."

잠시 침묵이 흘렀다. 할 말은 다한 것 같은데 웬일인지 저쪽에서 전화를 끊지 않는다. 그렇다고 재동이 쪽에서 먼저 전화를 끊는다는 것도 실례일 터이다.

"참."

동행한 여자가 궁금해서 전화를 걸었으면서도 갑자기 생각난 듯, 아니면 지나가는 말처럼 주인이 다시 입을 열었다.

"네, 말씀하세요. 듣고 있습니다."

"그 아가씨도 잘 계시죠?"

"글쎄요. 저도 잘 모르겠습니다."

아무리 민박집 사장이라지만 그간의 사정을 일일이 보고할 필요는 없을 것 같아 그냥 두루뭉술하고 적당하게 에둘러 넘기려 했다. 안 그래도 주인이 이상한 눈길로 보는데 이실직고한다면 더구나 오해할까 싶어서였다. 내 개인정보가 체크인할 때 등록되었을 테니 공연히 외딴섬에 추문의 흔적을 남길 필요는 없다고 생각했다.

"하하하. 괜찮아요. 사람 사는 게 다 거기서 거기잖아요. 내 서랍 안에 작년에 미국 갔다 올 때 사온 콜롬비아산 정종 커피가 있습니다. 그걸 아가씨한테 드리면 아마 좋아할 겁니다."

"사장님, 정말 왜 그러십니까? 저 그 여자랑 모르는 사이라니까요."

"알겠습니다. 첨엔 그런 사인 줄 알고 도시사람들은 아무튼 달라도 달라, 태풍이 온다고 남들은 다 뭍으로 피신 갈 때 이런 곳으로 단 둘이 여행 오다니……. 하하하. 스릴 만점에 낭만까지 넘친다고 생각했습니다. 이번에 민박 구들장 꺼지고 기둥이 부러져 집수리 다시 해야 되는 거 아닌가 은근히 걱정했다 아닙니까. 하하하."

주인의 통쾌한 웃음소리에 수화기가 찢어질 것처럼 요란하게 울렸다.

"사장님……."

"알았습니다, 알았어요. 농담입니다. 아무튼 즐거운 시간 보내시기 바랍니다. 우리 민박 잘 부탁드립니다."

수화기에서 갑자기 뚜뚜 신호 단절음이 들려왔다. 맛있는 과일 맛도 못 보고 도둑맞은 기분이다. 하도 어이없어 그대로 멍하니 서서 접수실 안을 이리저리 둘러보다가 전화기 옆에 놓인 컴퓨터를 발견했다. 문득 지난밤 아가씨의 말에서 들은 적이 있는 가거도 관련 전설이 머릿속에 떠올랐다. 인터넷을 검색하면 내용을 알 수 있을지도 모른다. 수화기를 내려놓고 접수실 안으로 들어가 컴퓨터 앞에 앉았다. 전원을 켜고 네이버 검색창에 "가거도 전설"을 치니 연관 검색어에 "회룡산 전설"이라는 문자가 뜬다. 클릭해서 들어가 보았다. 전설의 내용은 대략 이러하다.

남해바다 용왕은 아들을 승천시키려고 가거도에 수도하러 보낸다. 그러던 어느 날 선녀들이 하늘에서 내려와 바다에서 미역을 감았다. 용왕의 아들은 아름다운 선녀들을 보자 황홀경에 젖어 수도하는 것마저 까맣게 잊고 선녀들과 어울렸다. 맑은 물에 목욕도 하고 경치 좋은 곳을 골라 춤추고 노래하며 세월 가는 줄을 몰랐다. 아들의 방탕한 행동을 알게 된 용왕은 대노하여 징벌하기로 결심했다. 아들은 이 사실을 알자 도망쳐 뭍으로 올라오다가 채 올라 오지 못하고 산이 되고 말았다. 그 산이 회룡산이다. 아들을 감시하던 장군은 장군바위로 굳어버렸다. 선녀들이 막을 쳤던 곳을 〈막구석〉이라 이르고 춤추고 노래 부르던 곳은 〈가무작지〉라 부른다. 선녀들이 흘린 눈물은 샘 같이 파인 곳에 고여 '선녀의 눈물'이 되었다…….

컴퓨터를 끄고 의자에서 일어나던 재동은 우연하게 그 옆 테이블에 놓인 체크인 등록부에 시선이 떨어졌다. 거기에서 자신의 이름과 신분증번호 말고 또 한 여자의 신상정보가 기록된 것이 보였다. 재동의 이름 아래에 적힌 것이라면 그것은 틀림없이 지금 저기 방에서 자고 있는 여자의 개인정보일 것이다. 등록부를 들고 자세히 들여다보았다.

이름: 허유정

주민등록증번호: □□□□□□-□□□□□□□

휴대폰번호: 010-7936-□□□□

저도 모르게 손이 떨렸다. 한낱 다른 사람의 개인정보일 따름인데 왜 이토록 심하게 손이 떨리는지 알 수 없다. 아마도 그것은 그녀의 아니, 허유정의 아름다운 몸매를 목격한 것과도 연관이 있는지 모른다. 컴퓨터를 다시 켰다. 어쩌면 허유정의 새로운 정보를 얻을 수 있을지도 모른다는 요행심리에서였다. 다시 네이버에 들어가 검색창에 "허유정" 세 글자를 쳤다. 그녀의 이름을 타자하는 순간 손떨림이 더 세차짐을 느꼈다. 그 글자들이 그녀의 모습으로 살아 움직이는 것 같았다. "그 새끼가 날 버렸고, 난 뒤지려고 하는 거야" 허유정의 목 갈리고 혀 꼬부라든 목소리가 귓전에서 재생되었다.

"재벌 3세와 '흙수저'의 사랑— 세간을 달군 화제"라는 제하의 기사가 떴다. 이름은 분명 허유정이다. 요즘 대그룹 회장의 손자와 허유정의 사랑이 세간의 이목을 끌고 있다는 말로 시작된다. 허유정은 돈도 없고 권세도 없는 서민층 가문의 아가씨인데 부친은 택시기사이고 모친은 식당종업원이라는 것이다. 본인은 S대 음대 국악학과 해금전공자로 H악단에서 활동하는 이른바 평범한 서민층에 속하는 인물이라고 소개했다. 하지만 정재동의 눈길은 기사 아래에 달린 댓글에 쏠렸다.

예고된 비극!

꿀만 짜 먹는 중

결코 이루어질 수 없는 사랑— 꿈 같은 '기적'일 뿐.

아무튼, 그건 그렇고. 일단 재동은 찌라시, 잡탕 정보만 불순물처럼 떠돌아다니는 인터넷, 무의미한 복사와 퍼 나르기의 광기가 난무하는 인터넷, 그로 인해 일상을 부식시키는 대규모 오염원에 불과하다고 무시했던 인터넷에서 이처럼 유용한 정보를 이토록 신속하게 획득했다는 사실에 놀랐다. 일전에 아이바조프스키의 그림 '아홉 번째 파도'가 인터넷에서 수백, 수천 점이 떠돌아다니는 사실을 알고는 자신이 본 것이 도대체 몇백 번째 아니, 몇천 번째 그림일까 하는 생각이 들어 허탈감에 빠졌던 적도 있기 때문이다.

이제는 할일이 생겼다. 전설의 현장이 코앞에 있으니 올라가 보지 않을 수 없다. 허유정이 왜 태풍의 위험이 도사린 이 가거도까지 전설의 현장을 찾아왔는지 갑자기 궁금해졌기 때문이다. "실연" 같은 어렴풋하게 짐작되는 건 있지만 확실하게 알고 싶었다.

회룡산은 바다를 면한 대리마을을 뒤에서 키처럼 포근하게 에워싸고 있다. 나는 일단 왼편의 바위 전망대쪽 비탈길을 따라 정상으로 올라갔다. 전망대 바위 위에 올라서니 해발은 그리 높지 않으나 대리마을 앞바다와 동개해수욕장이 한눈에 안겨왔다. 뒤편으로는 독실산이 뻗어 있고 그곳에는 후박나무, 굴거리나무, 천리향산살구나무, 동백나무들로 이루어진 혼성림이 우거져 있다. 해변과 바위로는 희귀조류인 흰날개해오라기와 흑비둘기들이 유유히 날아다닌다. 드넓은 바다와 기암괴석이 어울려 그야말로 풍치가 장관을 이뤄 선녀들이 내려와 목욕을 했다는 전설을 실감나게 했다.

　나는 담배 한대를 붙여 물고 들고 온 우산을 내버린 채 비를 그대로 맞으며 바윗돌 위에 걸터앉았다. 옛날 같으면 현장 스케치하기 좋은 곳을 만났다는 생각부터 들었을 것이지만 오늘은 그 충동을 애써 제압했다. 그러니까 말하자면 이 바위는 용왕의 아들이 죽어서 산이 된 바위일 것이다. 일상으로 복귀하라는 부왕의 명을 거역하고 선녀들과의 기적의 만남을 지속하려다가 돌로 굳어버린 것이다. 허유정도 세간에서 '기적'이라며, '기적'이라고 부러워하던 재벌 3세와의 사랑이 결렬되고 일상으로 돌아가라는 운명의 강요에 저항하여 극단적 선택을 했을 것이다. 죽음으로라도 '기적'이 끝나지 않기를 바랐을 것이고, 그것이 새로운 일상이 되기를 원했던 것 같다.

　허유정의 자살 시도는 '기적'을 포기하고 일상으로 돌아간 연인에 대한 원망인지도 모른다. 용왕의 아들처럼 아버지와 할아버지의 명을 거역하지 못할 바엔 왜 차라리 죽음이라도 선택하지 않았는가. 내 머릿속에는 동개해변에서 허유정이 울며 부르던 노래 가사가 생각났다. 처음에는 "너는 살고 나는 죽자"였으나 그 다음에는 "너도 죽고 나도 죽자"였다. 허유정은 결코 그 몇 푼어치도 안 되는 눈물 몇 방울만 남기고 하늘로 올라간 야속한 선녀들을 답습하지 않았다. 선녀들처럼 아니, 그녀의 남자친구처럼 나약하게 운명에 순종하지 않았다. 허유정은 자신의 죽음으로,

용왕의 아들처럼 그 '기적'의 존재를 이 땅에서 사라지지 않는 영원한 신화로 남기고 싶었을 것이다. 그러자 나는 허유정의 심정이 이해되었다. 자신의 감정을 소중하게 여길 줄 아는 그녀의 순결함이 갸륵하고 너무 일찍 져야만 하는 아름다운 꽃이어서 측은해졌다.

그래도 허유정과 용왕의 아들에게는 허망한 기적이라도 찾아왔다. 그런데 나에게는 그런 허무한 기적조차도 아예 없다. 3류 드라마나 웹툰, 성인만화에도 흔해 빠진 인생의 갈등조차 없이 밋밋하고 무료하기 짝이 없는 평범한 일상만 지겹도록 반복될 따름이다. 부부, 가족, 친척, 친구, 직장동료, 사제지간 모두와 무난한 관계가 지속되어 왔다. 배터리만 제공하면 24시간에 한 번씩 회전을 거듭하는 시계처럼 밥만 먹으면 매일매일 똑같은 일상이 아무런 변화도 없이 중복을 거듭했다. 하지만 이제 내일이면 나에게도 기적은 나타날 것이다. 그래서 아이바조프스키처럼 세상을 놀라게 할 '아홉 번째 파도' 같은 명작을 그려낼 것이다.

재동은 점심 때가 지나서야 산에서 민박으로 내려왔다. 허유정은 여전히 혼곤하게 잠들어 있다. 그래도 다행스러운 것은 죽 그릇이 비어 있다는 사실이다. 죽을 더 쑤어서 머리맡에 놓아주었다. 잠시 곤경에 빠져 방황하는 그녀의 나체를 탐했던 자신의 행위를 질책하면서 식당으로 돌아 나왔다. 밥 생각이 없다. 40년 동안 끼니마다 빼놓지 않고 챙겨먹는 식사시간도 이제 지겹다. 그렇다고 그림을 그리기도 싫다. 뜬금없이 술 생각이 났다. 허유정을 닮아 가는지 그것도 동개해수욕장에 나가 파도를 바라보며 마시고 싶다. 드라마나 웹툰, 만화처럼 나한테도 무슨 극적인 갈등이 생겨야 할 텐데…….

술 몇 병과 과자·소시지 따위를 챙겨들고 민박을 나섰다. 나오는 걸음에 문 옆에서 우산도 큼직한 걸 하나 골라들었다. 아이바조프스키도 항상 흑해로 나가 바다 앞에서 술을 마셨는지도 모른다. 그렇게 술을 마시다 보면 상상이 떠오르고……. 저도 모르게 발걸음이 빨라졌다.

# 3장

## 아이바조프스키의 유령

### 1

　동개해수욕장에 나온 나의 발길은 저도 모르게 어젯밤 허유정이 앉았던 곳으로 향했다. 그곳에는 아직도 허유정이 마시다 버린 술병과 아직 따지 않은 양주병 한 개가 그대로 도처에 흩어져 있었다. 곧 태풍이 들이닥칠 위험이 도사린 해변에 나타날 사람은 아무도 없었다.

　아무 데나 가리지 않고 몽돌바닥에 그대로 털썩 들어앉았다. 허유정이 마시던 양주병을 들고 브랜드를 보니 스코틀랜드산 조니워커 스윙이다. 도수가 무려 43도나 되는 독한 술이다. 게다가 단종으로 지금은 구하기 어려운 70년대 정종 스카치이다. 1932년 미국의 금주법으로 부유층이 크루즈를 타고 바다에서 마시던 유명한 술이다. 배가 파도를 만나 흔들려도 넘어지지 않도록 디자인되어 위스키 병들이 오뚝이처럼 몽돌바닥 위에 갸우뚱 서 있다. 어쩌면 그녀가 택한 술마저도 바다랑 파도와 연관되어 있을까 신기하기만 했다. 그 독주를 안주도 없이 무려 세 병이나 마셨으니 오늘도 하루 종일 누워서 일어나지 못할 수밖에.

나는 가지고 온 술병을 땄다. 잠시 주변을 둘러보았으나 컵 같은 건 보이지 않는다. 허유정을 본떠 그냥 거꾸로 들고 병나발을 불었다. 그날 허유정이 이렇게 술을 마시는 모습이 원초적이고 넋져 보였었다. 그러지 않아도 술 한 잔을 마셔도 그 서푼짜리 교수 이미지 때문에, 교양이 강요하는 절제 범위를 벗어날 수 없는 신분 때문에 웬만큼 질렸던 차였다. 야인처럼 이렇게 축축하고 더러운 맨땅에 철퍼덕 주저앉아 그 어떤 문명의 구애도 받지 않고 자유롭게 술병을 기울이는 스릴이 뜻밖에도 통쾌하다.

허유정은 여기 해변에 앉아 저 앞 회룡산 용왕의 아들이 죽어 산이 된 바위를 바라보았고 나는 여기 주저앉아 멀리 다른 바다의 해변에서 살다가 죽은 아이바조프스키의 영혼을 바라본다. 우연의 일치라 할까 허유정과 나는 똑같이 영혼과 귀신의 나라에 관심이 있다. 허유정은 죽어서 용왕의 아들이 있는 곳으로 가려 하고 나는 살아서 죽은 아이바조프스키의 귀신을 만나기를 갈망하고 있다.

그러자 술이 확 당긴다. 그 분위기를 타고 단번에 한 병을 급히 비우고 또 새로운 병뚜껑을 깠다. 안주로 휴대한 과자와 소시지 따위에는 아예 손도 대지 않고 허유정처럼 강술만 연거푸 마셔댔다. 대신 뜻밖에도 바람이, 파도소리가 안주가 되었다. 나는 허유정이 울면서 노래를 불렀듯이 큰소리로 바다를 향해 외쳤다.

"아이바조프스키 선생, 귀신의 나라에서도 인간세상의 목소리를 들을 수 있습니까? 더구나 낯선 한국말을 알아들으실 수 있나요? 내 말이 들린다면 알려 주세요. 당신은 왜 처음에는 고요하고 움직이지 않는 바다를 그리다가 어느 땐가부터 갑자기 파도와 폭풍이 울부짖는 광란의 바다를 그리기 시작한 겁니까? 선생께서도 고요한 바다처럼 움직임이 없이 무의미하게 반복되는 일상이 싫으셨던 거죠. 내 말이 맞습니까? 대답 좀 해보세요."

빗물인지 눈물인지 모를 묽은 액체가 흘러내려 두 볼이 촉촉해졌다. 어느새 세 번째 술병도 바닥이 났다. 이리저리 찾아보았으나 술이 동이 났다. 유정이 마시다 남은 조니워커 스윙뿐이다. 유정에게는 미안한 일이지만 먼저 눈앞에 보이는 술부터 마시고 볼 판이다. 짐승처럼 벌벌 기어가 양주병을 집어다가 마개를 연후 거꾸로 들고 짙은 호박색의 술 한 모금을 삼켰다. 목구멍이 단쇠꼬챙이로 지지는 듯 따갑고 기침이 났다. 따끔하게 쏘는 알코올 향과 매콤하면서도 달콤함이 어우러진 술맛이 김 교수와 대작하던 때의 맛과 다르지 않았다. 단 한 모금에 벌써 취하는 느낌이다. 게다가 술기운 때문인지 갑자기 졸음이 밀려들어 눈꺼풀이 저절로 내려왔다. 나는 안간힘을 써 다시 눈꺼풀을 떴다. 그러나 눈앞이 희미해지고 해변으로 밀려오는 파도가 가물가물해진다.

또 눈이 감겼다. 그러나 필사적으로 다시 눈꺼풀을 들어올렸다.

그때 눈앞에서 이상한 현상이 벌어졌다. 어리광을 부리듯 해변을 향해 데굴데굴 굴러오던 파도의 두루마리가 갑자기 사람처럼 누웠다가 일어서기 시작했다. 나는 이미 자려고 몽돌 바닥에 드러누웠던 몸뚱이를 일으키며 손으로 눈 등을 비볐다.

내가 취해서 헛것이 보이나.

그러나 그것은 분명 수직으로 직립했을 뿐만 아니라 몸에 묻은 물방울들이 아래로 흘러내리더니 불가사의하게도 점차 사람의 모습으로 변신했다.

아니, 저건…… 귀신이야, 사람이야…….

게다가 그 사람은 아니, 유령은 나를 향해 성큼성큼 걸어오고 있었다. 가까이 오자 기름한 얼굴에 움푹 파인 눈, 날카로운 콧마루 그리고 양쪽 볼에만 텁수룩한 특이한 구레나룻이 선명하게 보였다. 분명 사진에서 본 그 아이바조프스키의 얼굴이다.

나는 엉거주춤 일어났다. 벌써 100년 전에 뇌출혈로 죽은 고인이, 더구나 이역만리 크리미아반도의 흑해 연안의 도시 페오도시아의 시민인 그가 여기 한반도의 서해바다 가거도 섬에 나타나다니?! 나는 비몽사몽에 빠진 채 어안이 벙벙해 서 있었다. 한참만에야 어찌됐든 인사는 해야 한다고 생각했으나 나는 러시아어를 몰라 머뭇거렸다. 한국말로 하면 그가 알아듣지 못할 것이다. 그럼 영어로…….

"안녕하십니까, 정재동 선생. 당신이 불러서 내려온 이반 아이바조프스키올시다."

유령이 아니, 아이바조프스키 선생이 먼저 유창한 한국말로 인사를 건네는 바람에 나는 또 한 번 놀랐다. 화가가 먼저 손을 내밀며 악수를 청해서야 나는 부랴부랴 그의 손을 맞잡으며 인사했다.

"안녕하십니까, 아이바조프스키 선생님. 이렇게 만나 뵙게 되어 영광입니다. 그런데 선생님께서 어떻게 여기까지……."

"귀신이 아니냐고 묻고 싶은 거죠? 솔직히 인간의 말대로 표현하면 귀신이올시다. 우리식으로는 영혼이고요."

"그런데 한국말은 어떻게 그렇게 잘 하시고 알아듣기까지 하시나요?"

"그게 궁금하군요. 우리 영혼의 세계에는 아니, 인간세상의 표현을 빌리면 저승에는 언어의 구별이 따로 존재하지 않습니다. 언어의 구별은 음성이 성대에서 발화되어 청각에 접수된 후 두뇌에 전달되는 전반과정이 육체와 연관됩니다. 그런데 영혼의 세계에는 육체가 배제되었기 때문에 이런 과정이 불필요합니다. 그래서 인간들이 아무 나라 말을 하더라도 우리 영혼들에게는 인지 가능합니다. 영혼이 아무 말을 해도 인간의 육체적인 청각에는 해당 나라 말로 들리고요."

"아, 그렇군요. 그건 그렇다 치고, 그럼 흑해에서 여기까진 어떻게 오셨습니까?"

"하하하. 정 선생은 참으로 호기심이 많은 분이군요. 당신들 이곳 세상에서는 영혼이 육체에 부속되어 있기에 장소 이동은 육체의 이동이 전제되어야 함으로 시간과 공간이 필요할 테죠. 결국 시간과 공간은 물질 또는 물체로서의 육체의 존재방식일 뿐 영혼과는 아무런 연관성도 없습니다. 저승에는 육체는 없고 영혼만 존재함으로 이곳에서는 시공간을 필요로 하던 육체의 이동도 그곳에서는 생략되기에 시공간의 개념도 사라집니다. 단지 영혼의 집념 또는 의지만으로도 시공간을 초월하여 장소를 옮길 수 있답니다. 아무리 먼 곳도 눈 깜짝할 사이에 도착 가능하죠. 물론 이동하는 순간 장난삼아 물질을 가상으로 빌릴 수도 있습니다. 지금 내가 옛날 살았을 때의 아이바조프스키 몸을 빌린 것처럼 말이죠. 뿐만 아니라 파도로도 나무로도 구름으로도 모든 것은 생각하기 나름입니다. 어린 시절, 청년 시절, 노인 또는 모든 과거의 육체를 가상으로 불러내어 사용할 수 있습니다. 자, 그럼 이제 궁금증도 웬만큼 풀었으니 내 손을 잡아요. 나랑 함께 가볼 곳이 있습니다."

"어디로요?"

나는 어리둥절한 채 아이바조프스키가 시키는 대로 그가 내미는 마법의 손을 두려우면서도 신기한 마음으로 잡았다. 손등과 팔뚝에 노르무레한 털이 푸스스하다. 동양인과는 다른 서양인의 특이한 체취도 느껴졌다.

"알고 싶은 것이 많다고 했잖아요? 먼저 내가 살았던 상트페테르부르크로 가봅시다."

"이렇게 그냥……."

"아무 걱정 하지 말고 눈만 감아요. 선생의 육체는 잠시 이곳에 둔 채로 금방 다녀올 테니까요."

"육체는 여기다 둔다고요? 그래도 괜찮을까요?"

나는 그 사이 육체가 훼손되기라도 할까봐 두려움 반, 호기심 반으로 일단 눈을 감았다.

육체를 여기다 두고 간다고. 그럼 내가 이승에서는 죽는다는 의미인가…….

재동이 눈을 떴을 때는 어떤 러시아식 통나무 가옥의 한 거실에 들어와 있었다.

"여기 앉아요."

아이바조프스키가 그를 자리에 권했다. 아이바조프스키가 자리를 권한 소파는 이즈바의 정면 벽과 옆면 벽 사이의 공간으로 페치카로부터 대각선 방향에 위치한 곳이었다. 얼핏 보기에도 그곳은 주인의 자리 같아 재동은 주저했으나 아이바조프스키가 재삼 권했다.

"괜찮습니다. 선생은 귀빈이니 당연히 상좌에 모셔야지요. 여기는 뻬르드니우골을 모신 곳인데 저기 벽에 걸린 건 이콘을 모신 성상갑(Kiot)입니다. 이 단 위의 것들은 성수, 버들가지와 중요한 가내 문서들입니다. 러시아의 전통이지요."

뻬르드니우골에는 화려한 무늬의 벽지를 발랐고 레이스가 달린, 색깔이 고운 천 조각으로 치장되어 있었다. 그 옆의 선반에는 털모자며 벨트, 뜨개실, 칼, 송곳, 가위 등이 놓여 있다.

그런데 앉으면서 보니 소파는 이색적인 영국산이다. 재동도 영국 여행 당시 본 적이 있는 그 유명한 체스터필드 소파이다. 움푹 들어간, 딤플이 달린 단추장식과 팔걸이와 등받이 라인이 평행선을 이루는 특이한 디자인이 눈에 익었다.

"부인이 영국인이라 집안의 가구는 전부 영국산입니다. 실내 디자인은 러시아식이지만……. 사는 집은 크리미아에 있고 겨울에만 부인의 성화 때문에 상트페테르부르크에 올라와 집을 임대 맡아 살고 있습니다. 부인이 시골에 사는 것을 질색해하니까요. 하하하……."

호랑이도 자기 소리를 하면 온다더니 마침 한 여인이 거실로 들어왔다. 체크무늬의 영국 전통 드레스를 입은 20대의 젊은 미녀였다.

"내 부인 줄리아입니다. 한국에서 오신 정 화백이시오."

"처음 뵙겠습니다."

재동은 상냥하게 내미는 그녀의 백옥 같은 손등에 러시아식으로 가볍게 키스했다. 드러난 어깨 윤곽은 부드러우면서도 은은한 탄력이 넘쳤으며 목에 건 진주 목걸이는 창문으로 들어온 햇빛을 반사하며 눈부셨다. 파란 눈동자는 요염하면서도 그윽했고 꽃 리본을 단, 파도처럼 둥글게 말아 지진 머리는 우아했다. 날이 오똑한 콧날과 영국인 특유의 얇은 윗입술은 선이 또렷했다.

순간 재동은 그녀의 날씬한 손가락이 자신의 손을 힘주어 꼭 잡아 쥐는 느낌을 받고 흠칫 그녀를 쳐다보았다. 줄리아는 굳이 숨기려고도 하지 않고 실눈을 지으며 귀여운 교태를 부렸다. 재동은 저도 모르게 가슴이 두근거렸다. 그녀는 거실 한편에 놓인 사모바르에 다가가 차를 컵에 받아 가져왔다.

"정 선생님은 정말 미남이세요. 저를 한눈에 반하게 하셨거든요."

줄리아의 공공연한 칭찬 아니, 노골적인 추파에 재동은 아이바조프스키의 앞이라 은근히 무안해졌다.

"부인이 첫눈에 우리 정 선생의 멋진 풍채에 반했나 봅니다. 하하하. 자, 차를 들어요. 정 선생을 먼저 페테르부르크로 모신 건 다름이 아닙니다. 선생이 내가 왜 고요한 바다를 그리다가 어느 순간부터 돌연히 파도와 격랑을 그리기 시작했냐고 물었기에 그에 대한 가장 설득력 있는 대답을 하려면 이야기를 여기서부터 시작해야 될 것 같아서였습니다. 우리는 지금 1849년 겨울의 페테르부르크에 와 있습니다. 나는 이곳에서 미술공부를 했고 유럽여행을 했으며 벨린스키, 푸슈킨 등 당대 대문호들과 친분을 나눴을 뿐 아니라 줄리아를 만나 결혼도 했거든요. 정 선생이 본 그림은 1850년 크리미아의 페오도시아에서 그린 것이고요. 참, 그 그림 어디서 보았죠? 페테르부르크박물관에서 보았을 테지요?"

"아닙니다. 모스크바미술관에서 한 번 보았고 상세하게는 한국에서 봤습니다."

재동은 맞은편 소파에 앉아 자신만을 바라보는 줄리아의 시선을 느끼고는 저도 모르게 진땀이 났다. 물론 페치카에서 활활 타오르는 장작불 화기 때문인지도 모른다.

"한국에서요? 난 한국에서 전시회를 열었던 기억은 없는데요."

"인터넷에서 봤습니다."

"인터넷에서요? 그런 박물관도 있습니까?"

"박물관이 아닙니다. 새로 나온 기술인데 검색창에 제목만 치면 전 세계 어떤 그림도 맘대로 볼 수 있습니다. 선생님의 명작 '아홉 번째 파도' 그림도 수백, 수천 장씩 떠돌아다닙니다."

"그런 일도 있군요. 그럼……."

아이바조프스키는 갑자기 말을 멈추고 테라스로 나가더니 누군가와 말을 주고받았다. 사람도 보이지 않는데 말을 했다. 조금 지나 다시 들어왔다.

"이거, 미안하게 되었습니다. 잠깐 나갔다 와야 될 것 같습니다. 벨린스키와 푸슈킨이 날 급히 보자고 해서……. 잠깐이면 됩니다. 그동안 바냐에 가서 샤워나 해요. 줄리아가 안내할 겁니다. 샤워가 끝나기 전에 돌아올 테니 그때 식사합시다."

아이바조프스키는 말을 마치자 순식간에, 그야말로 눈 깜짝할 사이에 거실에서 사라졌다.

**2**

"정 선생님, 절 따라오세요."

줄리아는 차라리 잘 됐다는 표정으로 소파에서 일어나 앞장서 거실에서 나갔다. 손님인지라 주인의 배치에 따를 수밖에 없는 정재동은 줄리아의 시선이 좀 부담스러웠으나 거절할 처지가 아닌지라 말없이 그녀의 뒤를 따라갔다.

"저들은 밤낮 모여서 인간세상을 괴롭히는 폭염을 낮추는 게임을 하고 있어요. 누가 집념으로 구름을 모으고 비를 만드는 가를 내기하는 거죠. 사람이 죽어서 영혼이 되면 물질세계를 가상 형태로 옮겨와 즐길 수는 있어도 실제 물질을 움직이거나 변화시킬 수는 없으니까요. 그런데 그것도 집념이나 의지가 강한 사람들은 어느 정도는 가능한 가 봐요. 특히 벨린스키가 그렇다나요. 우리 집 양반은 죽을 때 미완성한 '배의 폭발'이라는 그림을 계속 그리려고 틈만 생기면 시도하지만 번마다 실패만 거듭한대요. 호호호……."

목욕탕인 바냐는 통나무집 본채를 에돌아 뒤뜰에다 따로 지은 별채였다. 줄리아의 안내를 받아 별채 안으로 들어가니 이미 장작불을 피워 물을 데워 놓은 모양 실내에는 증기가 가득 서려 있다. 물론 이 역시 가상일 것이다. 그러나 재동의 눈에는 실제와 조금도 다름없어 보였다. 구석에는 페치카가 설치되어 있고 거기서부터 벽을 따라 긴 의자가 놓여 있었다.

"탈의하시고 이 위에 앉으세요."

줄리아가 요염한 미소를 지으며 상냥하게 말했다. 그녀의 얼굴에는 땀인지 수증기인지 모를 엷은 물기가 번져 윤택함이 자르르하다. 재동은 그녀가 지시하는 대로 페치카 옆의 나무판자 의자를 향해 걸어갔다. 그러나 차마 옷은 벗지 못한 채 그녀가 바냐에서 나가주기만을 기다렸다.

"선생님, 제가 도와드릴까요?"

"아니, 부인께서 나가신 다음 제가……."

"여기서 목욕하는 건 도와주는 사람이 없으면 안 돼요. 자작나뭇가지로 몸을 두드려줘야 하니까요. 이리 오세요. 제가 도와드릴 테니까."

그녀의 엷은 속옷이 수증기에 젖어 풍만한 젖가슴은 물론 뾰족하게 돋아난 유두의 모양까지 선명하게 드러나 보였다. 금방 터질 것처럼 통통하다. 재동은 괜히 다리가 후들거렸다. 줄리아가 다가와 셔츠 단추를 끄르고 몸에서 벗겨낸 다음 허리띠를 풀었으나 손가락 하나 까딱할 수 없이 전신이 바윗돌처럼 굳어버렸다. 타인의 호의를 박찰 수도 없었다. 아니, 박찰 만한 티끌만한 기운도 없었다. 숨이 턱턱 막히게 더운데 도리어 영문도 없이 이빨이 덜덜 맞쪼였다. 그냥 목석처럼 굳어진 채 줄리아가 하는 대로 내버려둘 수밖에 없었다. 바지가 벗겨지고 드디어 팬티까지 내려질 때에야 재동은 황급히 두 손으로 밖으로 드러나는 아래를 가렸다. 하지만 그것은 이미 손으로는 가려지지 않을 만큼 제멋대로 자라 있었다.

"부인, 이것만은……."

"호호호. 정 선생님은 애들처럼 부끄러움을 많이 타시네요. 제가 훔쳐가기라도 할까봐 무서우세요? 호호호……."

그녀의 간드러진 웃음소리가 실내에 꽉 들어찬 수증기에 젖어들며 금방 흥건해졌다.

"이 수증기가 물에서 나온 것이 아니라 크바스에서 나온 것이어서 향기가 은은할 뿐만 아니라 피부건강에도 좋으니 걱정하지마세요. 제가 서비스를 잘 해드릴 테니까요."

향기는 잘게 잘라서 바냐 바닥에 깔아 놓은 노간주 나뭇가지에서도 진하게 풍겨 나왔지만 재동은 지금 그런 걸 향유할 계제가 못 되었다. 파도가 출렁이는 수중에서 배를 탄 것처럼 정신이 흔들거렸다.

줄리아는 수증기에 축축하게 젖은 자작 나뭇가지를 손에 집어들더니 그의 등부터 가볍게 두드려주기 시작했다.

"어때요, 개운하시죠?"

"그렇습니다만 이제는 저 혼자……."

"이건 원래 다른 사람이 두드려주는 거예요. 눈을 감으시고 가만히 계시기만 하세요."

그녀의 손에 들린 자작 나뭇가지는 등에서부터 시작하여 옆구리, 엉덩이로 내려갔다가 다시 배와 가슴을 향해 거꾸로 올라왔다. 다음에 내려갈 장소가 예측되는 순간 재동은 또다시 한껏 조여든 바이올린 줄처럼 신경이 팽팽해졌다.

"손을 치우세요."

"부인, 여긴……."

그러나 줄리아의 부드러운 손은 어느새 가까스로 아래를 가리고 있던 그의 두 손을 풀어버렸다. 순간 재동은 부끄러움을 참지 못해 두 눈을 감았다. 가슴이 세차게 방망이질 하며 두근거렸다.

"아이, 더워라. 저도 옷을 벗어야겠어요."

줄리아가 옷을 벗는 소리가 들리자 재동은 더구나 눈을 뜰 수 없었다. 그런데 문득 자작 나뭇가지가 그의 하체를 가볍게 두드리기 시작했다. 그 바람에 잔뜩 긴장되어 있던 재동은 소스라치게 놀라 저도 모르게 눈을 번쩍 떴다. 그러자 수증기에 젖은 줄리아의 윤기 흐르는 알몸의 피부가 눈앞에 활짝 드러났다. 익어서 터질 것만 같은 몸매, 하얗다 못해 옥처럼 반짝였고 그 위로 탄력과 윤택이 철철 흘러내리고 있었다.

"어머, 이것 좀 보세요. 잘 생겼다고 당당하게 고개 쳐드는 거. 호호호. 동양인은 처음인데 정말 멋져요."

그녀의 행동을 제지하려고 했으나 목이 메어 목소리가 나가지 않았고 손이 움직여지지 않았다. 그런데도 그쪽은 자꾸만 기고 만장해진다. 창피하여 쥐구멍이라도 있으면 숨고 싶었다. 이러다가 아이바조프스키 선생이 돌아오기라도 하면 내 이미지가 뭐가 되는가. 그냥 줄리아를 뿌리치고 후다닥 바냐 밖으로 뛰쳐나가고 싶었다. 그러나 그것은 생각일 뿐 몸이 움직여주지 않았다.

육체는 그의 의지를 떠나 어느새 줄리아가 인도하는 대로 순순히 길들여지고 있는 것만 같았다…….

"어디 보자. 정 선생, 목욕은 거의 끝나가고 있습니까?"

바로 그때 우려했던 대로 아이바조프스키가 바냐 문을 열고 안으로 성큼 들어섰다.

"선생님……. 제가……."

재동은 수치스러운 건 둘째 치고 죄책감 때문에 아예 바닥에 무릎을 털썩 꿇었다. 그런데 이상하게도 아이바조프스키는 벌거 벗은 두 사람에게는 관심조차 없다. 그들의 불륜에 분노하여 노발대발하기는커녕 아예 못 본 척 한다.

"크바스가 좀 식었나? 달군 돌을 더 넣어야겠군."

그러면서 밖으로 훌쩍 나가버린다.

"선생님, 이제 그만합시다. 너무 더워서……."

재동은 부끄러움과 무안함 때문에 부랴부랴 옷부터 주어 입었다. 줄리아도 말없이 옷을 입는다. 하지만 남편에게 미안함 같은 거 느끼는 것 같지는 않아 보였다. 벗은 몸을 감추려고도, 변명하려고도 하지 않은 채 아무 일도 없었던 것처럼 담담하게 행동했다.

"피로가 좀 풀렸습니까?"

아이바조프스키가 다시 돌아 들어와 물었다.

"네."

"그럼, 이제 집에 들어가서 식사나 합시다."

"다녀오신 일은 어떻게 되셨어요?"

줄리아가 마치 금시 남편 옆에서 자고 일어난 듯이 자연스럽게 옷을 입으며 아이바조프스키에게 물었다.

"또 벨린스키 선생님 혼자만 구름을 모으고 비까지 내리는 데 성공했습니다. 하지만 여전히 큰 비는 아니고 가랑비 정도로 그쳤어요. 아무튼 그분은 내공이 대단하시다니까."

이즈바로 자리를 옮겨 식사가 시작되었다. 줄리아가 생글생글 웃으며 맨 먼저 식탁에 올린 음식은 호밀빵이었다.

"보릿가루를 섞어 만든 것이어서 맛이 좋아요. 슬라브인들은 친한 손님을 맞이할 때에는 '소금과 빵'을 대접하는 풍습이 있어요."

줄리아는 마치 조금 전 바냐에서 벌어진 일을 까맣게 잊은 듯이 아무런 내색도 없다. 아이바조프스키도 그 일에 대해서는 일언반구도 없는지라 재동은 자신이 꿈을 꾼 것이나 아닐까 의심마저 들었다.

이어서 죽과 국이 올라왔다. 줄리아는 여전히 생글거리고, 아이바조프스키는 음식에는 별로 관심이 없는 듯 보드카 병뚜껑을 딴다.

"까쌰와 쉬치에요. 까쌰는 메밀로 쑨 죽이고 쉬치는 양배추국이에요. 맛보세요. 드실 만 할 거예요."

"이게 다 슬라브인이 즐기는 전통음식들입니다. '융숭한 대접'이요, '만물의 으뜸'이요. 하지만 나로서는 하루 세끼 밤낮 먹는 거라 솔직히 식상합니다."

아이바조프스키가 크바스를 따르려는 줄리아의 손을 밀어내고 대신 재동의 잔에 보드카를 따르며 말했다. 동감이다. 재동도 실은 하루 세끼 끝없이 반복되는 밥과 국이 질릴 때가 많았다. 그래서 가끔씩 밖에 나가 토스트나 햄버거로 그 반복을 깨버릴 때도 있었다.

"당신이야 또 그 생소한 아르메니아의 음식이 좋으시겠죠. 전 아르메니아 음식보다 슬라브 전통 음식이 더 맛있어요. 무슨 맛인지도 모르겠고 이름도 알 수 없는 아르메니아 음식은 먹은 지 이제 겨우 1년이 넘었는데 벌써 질려버렸어요."

드디어 오늘의 메인 메뉴라고 할 수 있는 블린이 식탁에 올랐다. 언젠가 이태원 지구촌 축제에서 맛본 적은 있지만 그때는 그냥 달걀에 밀가루를 섞어 구워낸 빵에다가 꿀을 발라 먹었을 뿐이다. 크고 둥근 블린은 불타오르는 태양처럼 붉은 색깔을 띤 채 뜨거운 열기를 발산했다.

"역시 메밀가루를 사용해 깊은 맛을 살린 붉은 블린이에요. 생선알을 끼워 넣어 함께 드셔야 본래 맛이 나요. 명절에만 만들어 먹는 별식인데 오늘은 정 선생님께서 광림하셨기에 솜씨는 없지만 큰맘 먹고 만들어 봤어요."

"감사합니다. 이렇게 귀한 음식까지 만들어주셔서……."

언제까지고 바냐에서 있었던 일 때문에 위축되어 있을 수는 없었다. 다른 사람들은 다 잊었는데 혼자만 그 생각에 빠져 있는 게

도리어 이상하게 보일 법도 하기 때문이다.

"말로는 명절 음식, 별식이라지만 실제로는 '마슬레니차 행사' 기간에만 만들어 먹는 음식입니다."

아이바조프스키가 보드카 잔을 들어 재동에게 권주하며 화제에 끼어든다.

"결혼식, 출산, 귀객을 초대할 때에도 자주 해먹는 일상 음식이라고 말하는 게 더 정확할 겁니다. 그래서인지 난 블린은 별로입니다. 자, 우리 술이나 듭시다. 그래도 남자들한테는 이 술이 최고지요. 하하하."

아이바조프스키는 자신이 먼저 잔을 비웠다. 손님더러 나만큼 마시라는 뜻일 것이다.

"이분은 일 년 사시장철 아르메니아 음식 한 가지밖에 몰라요. 이번 여름에는 당신 혼자 크리미아로 내려가서서 맘껏 드세요. 전 올해는 안 갈 거예요. 페오도시아에 가기가 죽기보다 싫어요."

줄리아는 친히 블린 조각에 버터를 바르고 생선알을 끼워 넣은 후 포크로 찍어 재동에게 권하며 남편을 흘겨본다.

"페오도시아로 내려가서 뭐가 잘못된 거라도 있습니까? 부인하고 싶은 거 다 했잖아요."

아이바조프스키가 다 마신 재동의 잔에 보드카를 따르며 지려고 하지 않았다.

"왜요, 당신 지금 질투하시는 거예요? 그 외진 시골구석에서

기나긴 여름 내내 페테르부르크에서 손님들이 한두 번 놀라오면
답답한 기분을 털어내느라 신사분들과 좀 가까이 지낸 걸 두고
손님 앞에서 절 망신주시는 거냐고요?"

"친하게 지낸 정도가 아닐 텐데……."

"그럼, 속 시원하게 이불 속에 들어가 잤다고 합시다. 그래서
뭘 어쩌실 거예요?"

줄리아가 손에 들었던 포크를 식탁에 달그락 내려놓으며 갑자
기 언성을 높였다.

"아, 부인. 내가 너무 과분했어요. 귀한 손님을 초대해 놓고 우
리가 이러면 실례인데, 100년이나 지나간 일을 이제 와서 말한들
무슨 소용이 있다고……."

"당신이 먼저 이런 화제를 꺼냈잖아요. 그리고 여기서 나가면
또 그 시골로 내려가 서른 살이나 연하인 그 미망인 여자와……."

"부인, 제발 그만합시다. 내가 사과할 테니 그만 화를 푸세요.
정 선생, 미안합니다. 내가 체면을 구겼네요."

"괜찮습니다. 사람 사는 게 다 그런 거죠 뭐……."

재동은 말은 이렇게 했지만 속으로는 이 집 부부사이가 원만하
지 못하며 부인은 스캔들이 심하다는 사실을 대화를 통해 알게
되었다. 그렇다면 아까 바냐에서의 줄리아의 행동도 이해가 될
듯싶다. 아무튼 겨울 한철만 상트페테르부르크에 와서 생활하는
것도 실은 줄리아가 페오도시아에 정착하기 싫어하기 때문이라
는 추측도 들었다. 아이바조프스키는 상트페테르부르크의 생활

을 무의미한 일상의 반복으로 여기고 거부감을 느끼는 반면 줄리아는 이곳의 일상생활을 즐기고 있음이 분명하다.

줄리아는 토라진 모양 식탁에서 물러나 저쪽 소파에 가 앉더니 가방에서 털실을 꺼내 뜨개질을 시작했다. 재동이 일어나서 식사하라고 권하려고 하자 아이바조프스키가 그의 팔소매를 슬그머니 잡아당겼다.

"우리 얘기나 합시다. 어차피 음식도 가상일뿐인데."

재동은 도로 자리에 앉아 잔을 들었다. 주인이 내미는 술잔에 부딪치고 한 모금 마셨다. 아마도 아이바조프스키가 본격적으로 그가 궁금해 하던 문제에 대해 말문을 열려고 하는 것 같아 자세를 바로잡았다. 음식맛보다도 갑자기 '아홉 번째 파도' 그림을 그리게 된 경위가 알고 싶어졌다. 어차피 음식은 먹어보았자 가상일 테니까……


### 3


"자, 술을 마시면서 이야기합시다. 먼저 잔부터 냅시다."

정재동은 아이바조프스키의 이야기가 궁금해 사양 않고 권하는 대로 잔을 들어 단번에 술을 비웠다. 그러자 숨 돌릴 틈도 없이 아이바조프스키가 술병을 들고 또 잔을 가득 채웠다. 다행히도 줄리아가 나중에 올려온 삐로크가 속에 육류가 들어 있어 독한 보드카의 알코올을 치는 데 효과적인 안주가 되었다. 겉에 버터를 바르고 가장자리에 생크림이 뿌려져 눈 맛도 좋았다.

"그러니까 내가 왜 고요한 바다를 그리다가 어느 날 불현듯 '아홉 번째 파도'를 그리게 되었는가 하는 게 정 선생은 궁금하다는 거죠?"

아이바조프스키가 술만 권하며 자꾸만 뜸을 들이는 바람에 재동은 안달이 났다.

"그러니까 선생님께서는 1850년 이전의 바다를 소재로 한 그림에서는 1849년에 창작한 '밤바다의 폭풍'처럼 극소수의 작품 외에는 주로 고요하고 평온한 바다를 그리셨잖아요? 물론 제가 선생님의 바다작품 전부를 본 건 아닙니다만. 제가 파악하는 한 이전의 바다작품은 주로 달빛이 비치는 고요한 바다를 그리셨던 것으로 알고 있습니다. 예를 들면 1835년의 '해변의 어부', 1843년의 '평온한 해변', 1845년의 '상트페테르부르크의 해안', 1847년의 '상트페테르부르크 거래소' 등과 같은 작품들 말입니다. 많은 유화들에는 파도는 물론 잔물결조차도 없이 수면이 거울처럼 잔잔한 그림들뿐이었습니다. 거기에 달빛까지 더해 평화와 안식만 조용하게 흘렀지요."

"자, 술부터 들어요. 고요, 평온 그런 표현들은 다 내 작품을 미화하기 위해 당대의 미술비평가들이 무리하게 동원한 허울 좋은 용어들입니다. 한마디로 죽어 있는 바다였다고 말할 수 있겠죠. 아무런 움직임도 없이 정지되고 죽어버린 바다, 숨 막히고 답답한 자연의 모습이었습니다. 나부터 잔을 비울 게요."

재동은 연이은 건배에 힘들었지만 아이바조프스키의 흥이 깨지면 이야기도 재미를 잃을까봐 싫은 내색을 보이지 않고 주는 대로 받아 마셨다.

"정 선생도 알겠지만 난 13살부터 여기 페테르부르크에서 미술공부를 했습니다. 하지만 그때부터 크리미아의 페오도시아에 내려가 정착하기 전 그러니까 '아홉 번째 파도'를 창작하기 전까지는 한 번도 내 그림을 그린 적이 없었습니다. 예술학교에서 황제 니콜라이1세가 청해온, 프랑스의 화가 테너(F·Tammer)에게서 유화를 전수했지만 들러리만 했을 뿐 스승은 내 그림을 그리지 못하도록 엄격하게 제한했으니까요. 물론 테너 몰래 그린 그림이 전시회에서 은상을 받기도 했지만 그뿐이었지요. 자, 들어요."

재동은 아이바조프스키와 잔을 부딪치고 술을 마신 후 이야기가 계속되기를 잠자코 기다렸다. 속에서 금방 목구멍으로 넘긴 술이 역류했지만 가까스로 호흡을 조절해 내리누르고 있었다.

"유럽여행 때에도 많은 그림을 그렸고 상도 받았지만 정 선생이 말했듯이 그것들은 모두 달빛 흐르는 고요한 바다 풍경뿐이었습니다. 그것은 당시 그림들이 주로 상류층의 주문에 맞춰 그렸기 때문에 피할 수 없었던 결과물이었습니다. 러시아로 귀국한 후에도 주문 그림은 여전히 지속되었고 귀족들은 모두 안전과 평화가 깃든 바다를 그려주기를 원했습니다. 그들은 자신들의 우월한 사회적 지위가 보장된 세상의 현실이 변하지 않기를 바랐으니까요. 물론 해군부 화가로 있으면서 일부 전함 그림도 그렸지만 '아홉 번째 파도'와 같은 작품은 창작하지 못했습니다. 그 원인 중에는 내가 바다의 풍랑을 경험하지 못했기 때문도 있습니다. 현장스케치는 대부분 도시의 항구의 아침이나 저녁 일몰 또는 달밤이었기 때문입니다."

아이바조프스키가 말을 멈추고 술잔에 손을 가져갔다. 재동은 그가 권하기도 전에 먼저 잔을 들고 그의 잔에 부딪친 후 술을 비웠다. 마치 불덩이를 삼킨 듯 목구멍이 뜨거워졌다. 구토 증세도 재발했으나 의지력으로 억제하고 다음 말을 잠자코 기다렸다.

"술 잘하시네요. 동서양을 막론하고 역시 화가들은 다 술꾼들이라니까. 물론 거센 풍랑과 높은 파도를 경험한 적도 있습니다. 그건 단 한번 해외여행에서였어요. 폭풍을 만나 우리 배가 조난당했는데 그야말로 구사일생으로 살아났었죠. 당시 신문들에서는 내가 죽었다는 오보까지 보도되었다니까요. 하하하……."

또 잔을 든다. 재동은 참고 있던 술이 인제는 목구멍까지 밀고 올라옴을 깨달았다. 방 안이 배를 탄 것처럼 흔들거리기 시작했다. 그래도 아무 말 없이 마셨다.

"하지만 그것도 내가 파도와 폭풍이 몰아치는 바다 그림을 그리는 데 아무 도움도 되지 못했습니다. 그 순간에는 파도와 폭풍 때문에 죽느냐 사느냐 하는 판인데 언제 스케치할 경황이 있겠습니까. 스케치는 고사하고 휴대하고 있던 이미 완성된 작품들과 화구들도 살아남기 위해 다른 소지품들과 함께 죄다 바다 속에 내버렸거든요. 그런데 그때까지만 해도 그림은 스케치가 없이는 그릴 수 없는 거라고 생각했던 시절이었습니다. 그 번 폭풍에서 살아난 건 기적이었지만 스케치가 없으니 그림으로 표현할 수 없었습니다. 결국 경험도 소용없게 된 셈이죠. 그로부터 시간이 많이 흐른 뒤에야 어떤 계기를 통해 스케치가 없이도 창작이 가능하다는 것을 깨닫게 되었습니다. 그것은 다름 아닌 '상상력'이었지요."

아이바조프스키가 말을 잠시 멈추고 뜸을 들이기 무섭게 재동은 술잔을 들었다.

상상력!

그렇다, 바로 그것이다. 그 역시 최근 들어 스케치에 대한 의존을 포기하고 일상을 넘어서 상상력에 의해 그림을 그려보려고 시도하는 중이다. 재동은 상반신이 흔들거리다가 뒤로 넘어지려는 것을 애써 균형을 잡고 똑바로 앉았다. 아이바조프스키가 눈앞에서 두 개 됐다 세 개 됐다 하며 이상하게 보였다.

재동아, 제발 정신 좀 차려. 관건 시각에 취해서 뻗어버리면 어떡해!

그는 식탁 밑으로 손을 넣어 자신의 허벅지를 꼬집었다.

"나에게 상상력의 위대함을 가르쳐준 사람은 푸슈킨 선생이었습니다. 그와 사교장소 또는 살롱에서 자주 만나 대화를 통해서 혹은 그의 시편들을 통해서 상상력은 지나간 현실, 잃어버린 현실에서 지워진 기억들을 부활시킬 수 있다는 이치를 배웠습니다. 그의 시적상상력을 적용한 것이 '아홉 번째 파도'입니다. 기적은 현실에 존재하는 것이 아니라 상상 속에 존재합니다. 상상이 왜 중요하냐 하면 '아홉 번째 파도' 같은 기적은 우리가 현실속에서 쉽게 만날 수 없기 때문입니다. 한 사람의 인생에 많아야한 번뿐이죠. 실제로 많은 사람들은 평생 한 번도 기적을 만나기 힘듭니다. 설령 내 경우처럼 어쩌다 운이 좋아, 좋다고 해야 되나? 아무튼 만난다고 해도 살아남는 것이 최우선이기 때문에 현장을 포착할 수가 없습니다. 그냥 순식간에 번개처럼 획 하고 지나가는 거죠. 그래서 현실적, 일상적인 자연만을 복사하는 사생스타일의 미술가는 내가 처음에 그랬던 것처럼 일상의 노예가 되어 거기에 손과 발이 묶입니다. 정작 살아있는 요소의 움직임은 브러시가 포착할 수 없습니다. 그래서 번개, 바람, 돌풍, 파도는 일상적인 자연에서 생각할 수 없습니다. 바로 이 지점에서 상상력이 필요해지는 겁니다. 일상에 없는 혹은 일상의 평범한 기억속에 묻혀버린 '기적' 또는 탈일상을 창조해낼 수 있기 때문이지요. 그렇게 탄생된 '아홉 번째 파도'처럼 말입니다. 푸슈킨이 가르쳐준 시적상상력은 현실 속에 없는 혹은 경험된 '기적'이라할지라도 이미 일상 속에 묻혀버린 기억을 불러내어 살아있는 현실로 부활시키는 마력을 지니고 있습니다."

아이바조프스키는 술 생각이 날 때마다 말을 중단하고 뜸을 들였다. 재동은 이미 일상이 돼버린 그 습관에 적응한지라 조건반사처럼 술잔을 들었다. 그러나 그의 손에 포크가 걸리며 식탁 아래로 떨어지고 술이 쏟아졌다. 포크를 집으려고 허리를 굽히다가 그만 의자가 기울며 바닥에 털썩 주저앉았다.

"괜찮습니다. 다른 걸로 바꾸면 돼요."

의자 등받이를 잡고 일어나 앉았으나 정신이 흐리마리해지며 몸을 가누기조차 힘들었다. 하지만 이야기를 듣고 싶은 마음이 너무 간절하여 젖 먹던 힘까지 다 짜내 자세를 고정하고 아무 일도 없는 척 했다. 그러거나 말거나 아이바조프스키는 또 재동의 빈 잔에 술을 따른다. 물을 그만큼 마셨어도 배가 부를 텐데 선생은 간에 기별도 안 가는 멀쩡한 표정이다. 그야말로 러시아사람들의 주량은 대적할 자가 없다.

"그런데 상상은 특이한 점이 하나 있습니다. 반복되는 일상 속에서는 찾을 수 없다는 것입니다. 반드시 일상을 초월하여 자유로운 정신세계로 진입해야만 상상은 비로소 현시됩니다. 당시만 해도 난 페테르부르크의 제한된 환경 속에서 스튜디오와 살롱 사이를 전전하는 반복적인 일상에 깊숙이 묻혀있었습니다. 매일 그 몇 곳을 다람쥐 쳇바퀴 돌듯 맴돌아 쳤으니까요. 같은 사람을 만나고 같은 대화를 나누고 같은 장소에서 같은 술을 마시고 달빛이 잔잔한 바다를 반복해 그렸습니다. 이런 내 삶의 고착된 방식에 경종을 울린 사람이 바로 벨린스키 선생입니다. 내 그림을 보고는 바다가 너무 고요하고 정지되어 있다며 날카롭게 비판했습니다. 바다가 죽어 있다고 지적했습니다. 지금은 용기 있는 사람들이 자유를 위해 싸우는 시대인데 아직도 고요한 바다와 은은한 달빛을 그려야 하느냐며 책망했습니다. 그러면서 나더러 페테르부르크를 떠나 자유로운 세계, 크리미아의 페오도시아로 돌아가라고 권했습니다. 그곳의 대자연에서 상상력을 맘껏 발휘해 살아 숨 쉬는 바다를 그리라고 말입니다. 그게 1845년 봄이었습니다. 그의 조언에 따라 나는 크리미아 흑해변의 도시 페오도시아에 정착하게 되었으며 거기서 나만의 새로운 그림의 세계를 개척하기 시작했습니다."

정재동은 이미 녹초가 된지 오래었다. 이제 아이바조프스키의 말소리도 더는 들리지 않았고 귓속에서는 겨울 전봇대가 울듯이 윙윙거리는 소리만 들릴 따름이었다, 아이바조프스키는 한동안 멀리 사라졌다가는 흔들거리며 잠깐씩 시야에 나타났지만 금시 사라지곤 했다. 재동은 자신이 무슨 힘으로 의자에 버티고 앉아 있는지 알 수조차 없었다. 끝까지 들어야 한다는 그 한 가지 일념뿐이었다.

"'아홉 번째 파도'를 그리게 된 결정적인 계기는 1848년 벨린스키의 죽음이었습니다. 그의 타계는 나에게는 정신적인 타격이 너무 컸습니다. 살아 움직이는 그림, 거센 파도와 세찬 풍랑을 그려서 그의 영전에 바치고 싶었지만 나에겐 그에 부합되는 경험이 없었거든요. 물론 젊은 시절 유럽여행 때 겪었던 풍랑과 조난사건이 있었지만 이미 기억 속에서 두터운 일상의 먼지에 묻혀버린 뒤였습니다. 그 기억을 발굴할 수 있는 방법은 나에게는 단 하나

밖에 없었습니다. 다름 아닌 상상력, 푸슈킨 선생이 가르쳐준 방법이었습니다. 나는 연 며칠 동안 상상력을 동원해 기억에 낀 두터운 일상의 먼지를 털어내고 녹을 벗긴 후 재생이 불가능한 부분은 상상으로 땜질했습니다. 정 선생이니까 말이지 일상이란 건 정말 두껍고 견고한 것이어서 웬만한 상상력으로는 벗겨내기가 힘든 것이지요. 기적도 무시무시한 일상에 묻히면 영원히 생매장되고 말거든요. 그렇게 작심하고 오랜 시간 파고 갈고 닦아서야 일상의 잡동사니들을 벗겨내고 상상력을 가미하여 기억 속에 깊숙이 깔려있던 젊은 시절의 '기적'의 경험을 가까스로 발굴해낼 수 있었습니다. 물론 기억이 퇴색하고 손상된 많은 부분은 상상이 창조하여 보탰습니다. 상상은 못하는 것이 없거든요. 없는 것은 만들어내고 부족한 것은 보충하는 게 상상의 마법 같은 기능입니다. 상상이 없었다면 저 거대한 쓰레기장 같은 일상 속에 속절없이 매장되고 말았을 테지요. 정 선생이 말하던 그 달빛과 고요한 바다에 말입니다. 하하하."

내가 마지막으로 들은 것은 "기적도 일상에 묻히면 영원히 생매장된다"는 말이었다. 그즈음 천장과 거실의 벽체가 일제히 나를 향해 허물어졌다. 흩어진 통나무들과 조각들은 익숙한 출퇴근길, 거리와 가로수와 가로등, 사무실과 동료 교수들 그리고 하루 세끼 식사와 모친, 아내, 환이, 유리의 모습으로 바뀌며 나에게 덮쳐들어 생매장한다. 나는 엉겁결에 두 손으로 머리를 부둥켜안고 식탁 위에 틀어박았다. 아주 먼 곳에서, 아득한 하늘 끝에서 아이바조프스키의 육성이 모기소리처럼 가늘게 들려왔다.

"가상의 술에도 취하나? 하긴 정 선생이 이미 동개해수욕장에서 술을 많이 마셨으니까. 인제야 취기가 발작하는 모양이군. 부인, 부인……."

아이바조프스키가 아내 줄리아를 부르는 소리를 마지막으로 인지한 후 내 의식은 다 탄 재처럼 불이 꺼졌다.


## 4


……  …….

나는 자꾸만 하체 부위가 부풀어 오르는 느낌이 들어 눈을 떴다. 눈을 뜨자마자 내 시선에 잡힌 첫 피사체는 창가로 흘러드는 햇빛을 반사하며 하얗게 빛나는 줄리아의 풍만한 가슴이었다. 그녀의 인형 같이 작고 귀여운 얼굴이 신기한 듯 내 하체의 어딘가를 골똘히 주시하고 있었다. 가슴과 엉덩이가 풍만한 데 비해 허리는 놀랄 만큼 개미처럼 가늘다.

나는 깜짝 놀라 상체를 일으키려고 했으나 줄리아가 어느새 눈치 채고 손으로 가볍게 내 가슴을 눌러 자리에 도로 눕혔다. 보라색 창문 커튼과 목조 창문틀 그리고 벽에 걸린 화려한 카펫으로 미루어 줄리아의 침실 같아 보인다. 그러면 내가 누운 이곳은 줄리아의 침대일 것이다.

"깨셨어요? 좀 더 주무실 거지. 아까는 너무 과음하셨어요."

"부인…… 저 지금 일어나야……."

"가만 누워 계세요. 몸에 열이 너무 높아 제가 옷을 벗겨드렸어요. 편히 주무시라고요. 술이 빨리 깨도록 도와드리려고 마사지를 하던 참인데 호호호……."

그녀는 무엇이 그리 우스운지 손으로 입을 가리고 천장을 쳐다보며 간드러지게 웃었다.

"글쎄, 아래 계신 분이 웬일로 갑자기 화가 나셨나 봐요. 꼿꼿이 일어나서 서슬이 시퍼렇게 절 쏘아보고 있잖아요."

"부인, 저, 정말 이러면 안 되는데……."

"장군님, 죄송해요. 제가 뭘 잘못했는지는 모르겠으나 어떻게 하면 장군님의 화를 풀어드릴 수 있을까요? 뭐라도 드릴까요? 저한텐 드릴 거라고는 이것뿐인데."

줄리아는 애교를 부리며 자신의 가슴을 가볍게 흔들고 장난꾸러기처럼 다리를 살짝 벌렸다. 농구공처럼 아래로 떨어져 내 가슴에 부딪쳐 튕겨오를 것만 같고 우거진 숲이 무언가를 삼켜버릴 것만 같다. 나는 내 것임에도 내 말을 듣지 않는, 미련하기 짝이 없는 저놈이 코앞에 진수성찬이 차려졌으니 어떻게 해서라도 자기 식욕을 채우고서야 이 상황이 종료될 거라는 예감에 전율했다. 저놈은 원래부터 도덕은 고사하고 불법자이자 극단적 이기주의자가 아니었던가. 얼마나 많은 남자들이 저놈의 고집 때문에 무너지고 신세를 망쳤던가. 그래도 지금까지는 내 비범한 의지력을 동원하여 효과적으로 견제해왔지만 오늘 이국 미녀의 유혹 앞에서는 끝끝내 그 철벽이 붕괴되고 말 징조이다. 뭐니 뭐니 해도 아이바조프스키 선생님에게 미안했다.

"이러다가 선생님께서 들어오시기라도 하면……."

"걱정하지 마세요. 그 양반은 아까 아라랏산으로 올라갔어요."

"아라랏산이라고요? 그 터키에 있는?"

"터키에 있지만 원래는 아르메니아의 산이라네요. 저도 모르죠."

대화가 흐르는 사이 목마른 그놈은 서둘러 탐험 길에 오른다. 안개가 서리고 숲이 우거진 계곡에서 본능적으로 수맥을 찾아 죽어라고 한 우물만 파들어 가기 시작했다. 그놈은 원래 우물파기 전문가니까. 그래도 그놈을 내버려두고 나는 집요하게 끊어진 대화를 이어나갔다.

"그 먼 곳엔 왜 가셨나요?"

줄리아는 도깨비가 우물을 파느라 곡괭이질을 할 때마다 아픈 기색을 지으며 대답한다.

"그 양반이 사는 곳이 거기니까요."

도깨비가 내 허리를 잡아당기며 작업 속도를 좀 더 높이라고 강요하는 바람에 나는 어쩔 수 없이 적당하게 응수했지만 그에 못지않게 아이바조프스키에 대한 내 의문도 눈덩이처럼 커져만 갔다.

"하필이면 왜 그 추운 산꼭대기에서 사시는 거죠? 살기 좋은 고장이 많잖아요."

"아~ 말씀하시지 마세요. 저 지금 좋아서 미치겠어요. 너무 좋아서 아무 생각도 안 나요."

줄리아는 동문서답에 연달아 환상적인 자세를 교체하며 온몸을 비틀어댔다.

"왜 그 추운 고장에 사시냐고요?"

그러거나 말거나 도깨비만 고집이 센 건 아니라는 사실을 보여주고 싶었다. 난 무언가를 알고 싶으면 끝끝내 알아내고야 마는 사람이다.

"그게 그렇게 알고 싶으세요, 지금을 즐기는 것보다?"

"그걸 알아야 지금이 더 좋아질 것 같아요."

도깨비가 미친 듯이 휘두르는 꽹이질에 전신이 파도쳤을 뿐만 아니라 말소리도 절주 있게 떨렸다.

"영혼은 추위를 타지 않잖아요. 춥다, 덥다 느끼는 건 육체일 따름이라고요."

줄리아가 갈수록 수위가 높아지는 흥분 때문인지 머리를 마구 흔들어댔다. 기다란 머리채가 무슨 깃발처럼 허공에서 휘날린다.

"아, 그렇구나. 그래서 그리스 신들도 그 높은 올림퍼스산 위에 모여 산 거였구나."

"정 선생님은 정말 이것도 잘하시고 머리도 총명하시네요. 육체는 먹어야 사니까 산짐승이나 식물이 자라는 산에서 살지만 영혼은 먹지 않아도 되기 때문에 눈 덮인 산에서도 얼마든지 살 수 있는 거예요."

그즈음 내 두 손은 생겨날 때부터 전문 이런 노릇을 하기 위해 만들어진 것처럼 펴자마자 탄력과 곡선과 부드러움이 흥건히 고여 기름진 곳만을 골라 때로는 손바닥으로 어루만지고, 때로는 손가락에 힘을 넣어 꼼지락거리며 자유자재로 그녀의 육신을 농간질했다. 그렇게 오뚝하니 빳빳해진 풍선 꼭지를 벌써 입술과 혀가 독차지하며 대화마저 잠시 중단되었다. 도톨도톨한 빨간 가시딸기는 입안에서 혀를 얼싸안은 채 볼과 천장에 부딪치고 뒹굴고 어리광부리며 그대로 녹아내린다. 다만 아쉬운 것은 딸기가 두 개인지라 말할 때면 번갈아 옮기거나 행동을 멈춰야 한다는 번거로움뿐이다. 줄리아의 물오른 육체는 내가 리드하는 율동에 맞춰 우아하게 비틀어지기도 하고 무엇에 놀라기라도 한 듯 꿈틀거리기도 한다. 그럴수록 저놈은 더욱더 과격한 본성을 시커멓게 드러내며 당장이라도 무언가를 부숴버릴 기세로 으르렁거렸다.

"아~ 정말 좋아요. 날 것 같아요. 정 선생님은 원래 이런 일에 선수셨군요. 절 이대로 죽여주세요."

줄리아는 못 참겠다는 듯 비명을 질렀다. 그런데 웬일인지 그녀의 말이 "선생님, 정말 오랫동안 굶주리셨군요"라는 의미로 들리며 저도 모르게 얼굴이 화끈해졌다. 솔직히 아내와 이렇게 격렬한 잠자리를 가져본 지가 언제인지 기억조차 가물거린다. 언제부턴가 집안의 도처에 스티커를 부착하는 이상한 습관이 생긴 뒤부터 아내는 잠자리에 대한 관심도 덩달아 없어졌다. 그 일을 지겹게 여기는 눈치였다. 심지어는 침대머리에까지 요상한 스티커를 부착해 모처럼 시도하려는 잠자리 분위기를 망가뜨리곤 했다. 사실 그 일이 지겹기는 나도 마찬가지였다. 정말이지 성욕이 극도로 적치된 경우를 제외하면 그 일은 부부사이라면 밤마다 반복되는 시시한 일상이기 때문이다. 게다가 40이 넘으면서부터는 아내를 성적으로 만족시키기에는 체력적으로 부담이 가중된 것도 사실이다. 오랜만에 격렬한 잠자리를 가지고 원만한 결말을 보려면 그야말로 진맥이 다 빠졌다. 온몸에 땀이 철철 흐르고 숨이 차 헐떡거리다가 결국엔 서리 맞은 풀대처럼 뻗어버리곤 했다. 이튿날 아침 아내가 꿀물이요, 곰탕이요, 보신제요. 하는 것들을 이것저것 들이대고서도 신체가 회복되는 데 며칠씩 걸렸다.

어쩌면 아내는 부실한 남편의 이런 꾀죄죄한 모습이 안쓰러웠던 지도 모른다. 아니면 아내 앞에서 제 구실을 못해 처참하게 고개를 숙일 때 남편이 감내해야 할 자존심의 손상을 막아주려고 했던 것일 수도 있다. 그렇던 내 몸이 오늘은 이상하리만치 가볍다. 땀도 나지 않고 숨도 차지 않다. 그냥 공원에서 회전목마 타는 기분이다. 욕심꾸러기인 저놈이 하자는 대로 여기서 속도와 강도를 한 단계 높인다 해도 거뜬하게 감당해낼 것만 같다. 그래서인지 평소 욕심만 컸지 제 구실을 못해 탐탁하게 보지 않았던 저놈도 오늘 하는 꼴을 보니 그나마 대견한 생각도 없지 않다. 그만하면 거만할 만도 하다 싶다.

저 무지막지한 도깨비는 이제는 눈에 달이 돋아 내 몸뚱이를 폭풍우처럼 몰아치며 노예처럼 마구 부려먹는다. 나는 정신없이 그놈한테 이리저리 끌려 다니며 허둥지둥 노역을 할 수밖에 없었다. 그놈의 미친 듯한 최후 일격에 드디어 깊은 우물 밑바닥에서 세찬 물줄기가 터져 나왔다. 굵은 물기둥이 콸콸 솟구쳤다.

"오우 마이갓! 기적이 일어났어요."

줄리아는 환성을 지르다가 웃다가 결국에는 흐느끼기 시작했다. 두 눈에서 밧줄처럼 굵은 눈물이 줄줄 흘러내렸다. 나도 정말 오랜만에 터져 나오는 신음소리를 참으려고 입술을 깨물었으나 막을 수가 없었다.

"이게 기적이 아니면 뭐가 기적이에요. 기적은 먼 곳에 있는 것이 아니라 바로 우리 곁에 있어요. 바로 여기 우리가 날마다 만나는 일상 속에 있다고요."

줄리아는 휴지를 뽑아 흐르는 눈물을 닦았다. 그녀는 촉촉하게 젖어든 목소리로 울먹였다.

"우리 집 누구처럼 굳이 저 멀리 아라랏산에 가서 기적을 찾을 필요가 없잖아요."

나는 무슨 장한 일이나 해낸 듯이 거품을 문 채 아직도 오만하게 턱을 쳐든 그놈이 민망하여 손으로 가리며 그녀의 말끝을 물었다.

"아라랏산에 기적을 찾으러 가셨다고요? 무슨 기적을요?"

줄리아는 내 손을 치우고 그놈을 부드럽게 애무하며 허탈한 웃음을 지었다.

"예수를 만난다나요!"

그녀의 말에 내 머릿속에는 갑자기 아이바조프스키가 그린 "노아의 강림"이라는 유화 작품이 떠올랐다. 하나님의 구원을 받은 노아가 아라랏산에 강림하여 무리를 이끌고 들로 내려오는 장면이었다.

"그래, 예수님을 만났답니까?"

"몰라요. 그 양반이 오면 직접 물어보세요. 죽은 지 100년도 넘건만 아직도 살았을 때의 미련을 못 버리고 저러고 다니세요."

줄리아는 내 육신을 정겹게 어루만졌고 나는 예수를 생각했다. 역시 아이바조프스키도 기적을 찾아다니시는구나. 기적이 뭐기에. 줄리아는 일상 속의 우리 옆에 있다고 하지 않는가.

"전 그 양반처럼 있지도 않는 기적을 찾아다니느라 자기 앞에 차려진 소중한 일상을 버리고 싶지 않아요. 전 지금 이 생활이 좋아요. 이 생활 질서가 제발 깨지지 말고 영원히 지속되기를 바랄 뿐이에요. 그 양반은 밤낮 다니는 살롱, 날마다 만나는 사람들, 끝없이 반복되는 대화들, 똑같은 바다 그림 주문들……. 이런 일상에 질린다지만 전 그 살롱이 좋고, 그 사람들이 반갑고 날마다 먹는 빵과 까쉬가 맛있어요. 그 양반이 말하는 이른바 일상을 초월하는 정신적 자유의 세계, 그건 알고 보면 기실 아무것도 아니에요. 정 선생님도 이제 가보시면 아실 테지만 크리미아반도 혹해변의 그 자그마하고 초라한 시골 도시 페오도시아에 뭐가 볼 게 있는 데요? 바다도 날마다 그 바다이고 살롱 하나 무도장 하나 없는 곳이에요. 먼지가 풀풀 이는 흙길과 도처에 우글거리는 개·닭·돼지들과 뒤섞여 살아야 되는데. 그런 것이 정신적 자유의 공간이라고 하면 전 싫어요. 전 그 양반이 그냥 그곳에 살겠다고 고집 쓰면 이혼을 하고서라도 대도회의 익숙한 일상생활로 돌아올 거예요. 일상은 똑같은 과정의 반복이어서 따분하고 짜증난다지만 왜 그것뿐인가요? 오늘만 보세요. 저와 정 선생님이 만난 것도 기적이 아닌가요? 일상을 즐기면 그게 곧 기적이 되는 거죠. 반복이 싫으면 저처럼 다른 남자를 만나 새로운 일상을 만들면 되잖아요. 당신은 저에게 행복한 기적을 가져다 준 사람이에요."

줄리아는 작고도 귀엽고 인형 같은 얼굴을 내 가슴에 살포시 파묻었다. 그리고 그녀의 손은 겨우 잠잠해진 그놈을 향해 조용히 미끄러져 내려갔다. 사실 그놈은 아직 졸지 않고 있었다. 어쩌면 그녀의 애무를 은근히 기다리고 있었는지도 모른다. 그만큼 엉큼한 녀석이다. 어쩔 수 없이 그놈의 욕구에 따라 우리의 몸은 또다시 하나가 되었다. 나는 지칠 줄 모르는 자신의 체력에 새삼스럽게 놀랄 따름이다. 과연 그녀 말마따나 이것이 그 즐기면 만들어진다는 일상 속에 숨겨져 있던 기적이라는 말인가. 난 그럼 여태까지 아이바조프스키처럼 일상 밖에서만 기적을 찾아 헤매고 다녔던 것일까.

재기라서 그런지 나는 이번에는 좀 더 주동적인 자세를 취했다. 체위에서도 그랬고 동작에서도 적극적이 되려고 했다. 그놈이 나 몰래 제멋대로 놀아대는 게 아니라 그것이 기껏해야 내가 지배하는 하나의 신체부위에 지나지 않음을 확실하게 보여주고 싶었다. 결국 이즈음이 되자 지금까지의 죄책감도 점차 사라졌고 아이바조프스키에 대한……

그러나 바로 이때 삐거덕 소리와 함께 문이 열리면서 아이바조프스키가 침실로 들어섰다.

"허허 이런, 아직도 한창이군. 너무 일찍 왔나 보군."

그는 그들의 몸이 한 덩이로 포개져 있는 것을 현장에서 목격하고도 아무 말도 없이 그냥 돌아서 나갔다.

"선생님!"

재동은 황급히 몸을 일으켜 후다닥 침대에서 바닥으로 뛰어 내려왔다. 그대로 무릎을 풀썩 꿇고는 무작정 아이바조프스키의 바짓가랑이를 손으로 움켜잡았다.

"선생님, 죽을죄를 지었습니다. 절 죽여주십시오."

"왜, 이러세요? 무슨 죄를 지으셨다고. 어서 일어나세요."

줄리아가 침대에서 내려와 부축했으나 재동은 그녀의 손을 뿌리치고 목조 바닥에 이마를 조아렸다.

"정 선생, 왜 갑자기 이럽니까? 어서 일어나요."

"제 뺨 한 두 대쯤은 때려 주셔야 일어나겠습니다."

"정 선생이 잘못한 거 아무것도 없는데 나더러 왜 뺨을 때리라는 겁니까?"

아이바조프스키는 영문을 모르겠다는 듯 두 팔을 쩍 벌리며 줄리아를 바라본다.

"방금 보셨잖습니까. 제가 부인과 저지른 추태를……."

"난 또 무슨 큰일이라고……. 하하하. 그 일이라면 아무 걱정 말고 일어나요."

아이바조프스키가 몸소 허리를 굽혀 재동을 부축하여 바닥에서 일으켜 세웠다.

"어서 옷이나 입어요."

옷을 집어 들더니 재동의 등에 셔츠를 걸쳐주기까지 한다.

"정말 절 탓하지 않으시는 겁니까?"

"그 말은 그만하고 정 선생과 함께 가볼 곳이 있습니다. 지금 곧 출발해야 합니다."

아이바조프스키가 재동의 손목을 잡고 침실에서 나왔다.

## 4장

### 신의 선물 테오도시우스

## 1

정재동이 눈을 떠보니 그가 도착한 곳은 해변의 어떤 자그마한 소도시였다. 그가 서 있는 장소는 석회암으로 축조된 높은 성채를 배경으로 한 언덕 위였다. 거기서부터 서쪽으로는 낮은 산줄기가 도회를 반쯤 둘러쌌으며 그 기슭으로 반원형을 이룬 성벽터가 보인다. 오른쪽에는 넓은 바다가 펼쳐졌고 섬이 가슴에 품은 깊숙한 만에는 돛배 몇 척이 한가롭게 정박해 있다. 산은 거의 벌거숭이였고 풀대들조차도 듬성듬성 자랄 뿐 땅거죽이 그대로 드러나 보였다. 날씨는 무덥고 건조했다.

"여기가 바로 크리미아반도의 동쪽에 위치한 테오도시우스라는 도시입니다. 고대 그리스어인 테오도시우스는 '신이 주신 땅'

이라는 뜻이지요. 지금은 1850년 가을입니다."

"아, 그럼 저기 내려다보이는 바다가 흑해인가요?"

정재동은 아직도 줄리아와의 이별의 슬픔에서 벗어나지 못한 상태였다. 하지만 이곳이 아이바조프스키의 고향이자 '아홉 번째 파도'가 탄생한 그 유명한 해변도시라는 말에 호기심이 동했다. 현재는 지도에 페오도시아라는 지명으로 표기되어 있는 곳이다.

"그렇습니다. 우리가 서 있는 이곳은 '제노아 요새'입니다. 14세기에 제노아왕국에 의해 축조된 성채랍니다. 내성과 외성이 도시 전체를 에워싸고 있죠. 내성의 길이는 718미터이고 높이는 11미터, 두께는 2미터나 됩니다. 외성은 그보다도 더 규모가 커 길이가 거의 5.5킬로미터에 달하지만 지금은 대부분 파괴되고 그 일부만 남아있습니다. 제노아시대에 한창 번창할 때에는 인구가 7만 명을 초과했습니다. 1838년 통계에도 4,500명이었는데 그중 나처럼 아르메니아인도 많았어요. 저기 북쪽 언덕 밑에 내가 어린 시절을 보낸 집이 아직도 있습니다. 걸어서 가자면 한참 걸리니까 내손을 꼭 잡아요. 그냥 공중에 떠서 가도록 합시다."

재동은 그의 손을 잡았다. 그러자 마치 온몸이 공중에 붕~ 떠오르는 느낌이 들더니 이어 바람처럼 북쪽 언덕을 향해 도시의 상공을 횡단했다. 눈 깜짝할 사이 목적지에 도착했다. 꿈인지 생시인지 분간이 안 되었다. 그 신비함에 매료되다 보니 그림자처럼 따라다니던 줄리아의 모습도 어딘가로 사라졌다.

아이바조프스키는 언덕길 옆에 위치한 한 벽돌집 앞에 멈추더니 땅위로 내려왔다. 이상하게도 사람들은 유령 같은 그들의 공중하강에 아무도 시선을 주지 않은 채 못 본 듯이 로봇처럼 오락가락 서성거리기만 한다.

"이 건물이 내가 어린 시절을 보낸 집입니다. 당시 부친은 상인이셨고 모친은 자수로 돈을 벌어 집안은 살만 했으나 어느 핸가 무서운 흑사병이 돌면서 장사가 망해 하루아침에 빚더미에 앉게 되었죠. 가세가 기울자 덩달아 내 어린 시절도 불우해질 수밖에 없었습니다. 내 어린 시절 모습이 궁금하죠?"

갑자기 아이바조프스키가 잡았던 재동의 손을 놓더니 거짓말처럼 키가 재빠르게 줄어들기 시작했다. 순식간에 재동의 눈앞에는 십여 살 정도의 어린이가 서서 그를 쳐다본다. 머리에는 러시아식 검은 모자를 쓰고 아랫도리에는 멜빵바지를 입은 10대 소년의 목소리는 여전히 성인의 음성이다.

"정 선생, 아니 어린애니까 당연히 아저씨라고 불러야 되겠죠. 아저씨, 이게 어린 시절 제 모습입니다. 요만한 애가 이렇게……. 아저씨, 절 따라 이리로 와보세요."

아이바조프스키는 아니, 천진난만한 소년은 깡충거리며 골목길을 내려가더니 곧장 나를 해변으로 인도했다. 그리고는 바닷가에 도착하자 유화캔버스처럼 반반한 모래사장 위에 막대기로 그림을 그리기 시작했다. 돛을 단 배가 순식간에 모래톱 위에 모습을 드러냈다.

"어떻습니까, 배 같아 보입니까?"

"네. 아니, 그래 아주 근사하구나."

"전 날마다 이곳에 나와 나무꼬챙이로 그림을 그렸습니다. 그런데 아쉬운 것은 이튿날엔 어김없이 바닷물에 씻겨 감쪽같이 사라진다는 사실이었습니다. 그래도 전 실망하지 않고 또 그렸습니다. 그림을 그리고 싶었지만 우리 집에는 종이와 연필을 살 돈이 없었으니까요. 그리고 전 여기서 바다로 나가는 어부들의 이야기를 듣기를 좋아했어요. 여덟 번째 파도까지는 괜찮지만 아홉 번째 파도를 만나면 반드시 죽는다는 전설도 그때 여기서 어부들한테서 들은 얘기입니다."

느닷없이 재동의 눈에는 아이바조프스키가 돛배 옆 백사장에 그린 어선이 뜬금없이 줄리아의 얼굴로 변해보였다. 그녀는 모래표면 위에 누워서 망연한 눈길로 그를 쳐다보고 있었다. "정 선생님은 제 곁에서 떠나시더니 벌써 우리가 창조한 기적을 모두 잊으셨나요?" 그렇게 나를 원망하는 것만 같았다. 그렇다. 나는 지금 새로운 기적을 찾아 나섰다. 아니, 진정한 기적을 만나려고 한다.

"이렇게 그리면 지워지고 지워지면 다시 그리는 일상을 지속하다가 어느 날 문득 제 머릿속에 기발한 아이디어가 떠올랐습니다. 제가 그린 그림이 사라지지 않고 오래도록 남을 수 있는 비결을 찾아낸 겁니다. 바로 숯으로 건물의 벽에다 그림을 그리는 것이었습니다."

아이바조프스키는 생기발랄하고 명랑한 개구쟁이처럼 재동의 손을 잡고 마을 안의 골목을 향해 달려 올라갔다. 어느 건물 앞에 이르자 땅바닥에서 숯을 찾아들고 흰 벽에 대형 선박을 그리기 시작했다. 여전히 재동의 눈에는 줄리아의 눈부신 나체가 꿈틀거리는 것처럼 착시현상이 나타났다. 재동은 손 등으로 눈을 비비고 다시 유심히 들여다보았다.

"이렇게 온 동네를 돌아다니며 벽이란 벽에는 죄다 그림을 그렸습니다. 그런데 누군가 제가 동네 벽에 낙서를 한다고 시장에게 고자질한 거예요."

그림을 마무리하고 숯을 길바닥에 던지며 아이바조프스키는 등 뒤에 서 있는 재동을 향해 몸을 돌이켰다. 그리고는 아이답지 않게 진지한 표정을 지으며 말했다.

"그런데 도리어 그 사건이 행운이 되어 제 일상에 두 번째 기적을 불러들였습니다. 그것이 기적인지, 단순한 일상의 자그마한 변화인지는 저도 잘 모르겠습니다. 만일 일상이었다면 일상에도 무의미한 반복만 있는 게 아니라 변화도 동반함을 말해주는 것일 테고 만일 그것이 기적이었다면 기적은 우리가 생각하는 것처럼 그렇게 만나기 어려운 것이 아니라는 말이 되겠죠."

재동은 대답을 포기했다. 두 가지 경우 다 확신이 없었기 때문이다. 다만 기적이란 일상 속에 있다던 줄리아의 말이 머릿속에 떠올랐을 뿐이다.

"당시 이 도시의 시장은 건축가이던 야콥 고흐였는데 제 그림을 보고 꾸중을 하기는커녕 도리어 저한테 그림을 그릴 종이와 연필을 사주었고 미술에 대한 지식을 가르쳐주기도 했습니다. 뿐만 아니라 저를 세바스토폴에 보내 미술을 공부하도록 후원해 주었습니다. 그곳에서 또 세바스토폴 총독 부인인 나탈리아 나리쉬키나가 제 바이올린 연주를 듣고 상트페테르부르크에 있는 지인을 통해 미술학교에 추천해주었습니다. 그때 만일 이런 기적 또는 약간의 변화 없이 원래의 일상이 지속되었다면, 고흐 시장이 벌금이나 때리고 날 내버려두었다면, 그리고 나탈리아 총독 부인이 페테르부르크미술학교에 보내주지 않았다면 저는 그냥 이곳에서 평범한 어부가 되었거나 아버지를 계승하여 상인이 되고 말았을 겁니다. 아니면 10살부터 근무했던 커피숍 보이로 늙어죽었을지도 모르죠. 일상은 무서운 것이어서 그 회전 코스에 한번 말려들면 죽을 때까지 빠져나올 수 없거든요. 일상은 변화가 없는 한 오로지 천길 나락 속의 영원한 암흑뿐입니다."

재동은 무심하게 고개만 끄덕였다. 그 말은 그가 지금까지 생각했던 것과 다를 바 없다. 그런데 이상하게 일상은 행복이라던 줄리아의 말이 귓전에 재생된다. 그리고 그녀와의 짧은 인연이 그냥 무의미하고 사소한 일상에 불과하다면 어떻게 이렇게까지 짓궂게 그를 따라다니며 마음을 괴롭힐 수가 있는가. 목마르게 만나고 싶었던 아이바조프스키를 앞에 두고 오래지 않아 기적의 원인을 알게 될 지금 이 순간에도 말이다. 어쩌면 일상은 그만큼 지독하게 사람을 자신의 말뚝에 비끄러매어 한 발자국도 현실에서 떠나지 못하게 하는지도 모른다. 그야말로 한번 묶이면 일상이 파놓은 깊은 함정에서 기어 나올 수가 없다.

"자, 인제는 어린 시절 얘기는 이만큼 하고 내 집으로 가서 본격적으로 '아홉 번째 파도'에 대해 이야기 해봅시다."

아이바조프스키는 두어 번 어깨를 움찔움찔 하더니 다시 마법사처럼 구레나룻이 거뭇거뭇한 장년의 모습으로 돌아왔다. 이번에는 그가 손을 내밀자 재동은 말없이 잡았다. 벌써 두 사람 사이에 말이 없이도 죽이 잘 맞아 돌아갔다.

내가 알고 있기에는 바다화가의 테오도시우스의 저택은 그가 직접 설계하고 건축한 이탈리아 노만노프 풍의 석조건물이다. 그러나 그의 뒤를 따라 내가 들어선 방은 응접실인데 이탈리아식도, 러시아식도 아닌 아르메니아식의 특이한 실내구조였다. 굵고도 큼지막하며 복잡한 디자인의 기하학적인 무늬가 수놓아진 어두운 색깔의 커다란 양탄자들이 벽 여기저기에 걸려 있거나 바닥에 깔려 있다. 벽에 붙여 배치된 등받이가 없는 목제 소파, 방이 구석 저 구석에 놓여진 용도를 알 수 없고 크기가 각이한 나무상자들이 가구를 이루고 있다.

"정 선생도 알겠지만 나는 아르메니아 혈통입니다. 오늘 귀한 손님을 집에 모셨으니 아르메니아 전통음식을 대접해야죠. 실례지만 잠시만 여기 앉아서 기다려요. 옷을 갈아입고 금방 나올 테니까요."

나는 주인이 권하는 바닥의 양탄자 위에 앉았고 아이바조프스키는 방에서 나갔다. 그가 나가자마자 방문이 다시 열리더니 음식그릇을 쟁반에 받쳐 든 하녀가 들어왔다. 아마도 화덕이 설치된 부엌은 다른 칸에 있는 모양이다. 거기서 빵을 굽고 요리를 해서 날라 오는 것 같았다. 하녀의 뚱뚱한 몸에는 아르메니아 전통 복장이 터질듯이 팽팽하게 걸쳐져 있다. 가슴이 파인 셔츠는 속살을 그대로 드러냈고 아래는 긴 치마를 입고 그 위에 또 앞치마를 둘렀다. 긴 소매의 겉옷에는 화려한 줄무늬가 새겨져 있었다.

나는 자리에서 일어나 음식그릇을 받으려고 했으나 하녀가 웃으며 사양한다.

"괜찮아요. 가만 계세요. 제가 알아서 할 거예요."

단지나 항아리 모양의 식기들은 모두 점토로 빚은 토기그릇들이어서 크고도 투박해보였으나 그 안에 든 요리는 맛깔스러워 보였다.

"감사합니다, 이렇게 풍성하게 대접해주셔서. 평소 자주 드시는 음식도 아니실 텐데요……"

"주인 나리께서는 부자세요. 이 건물 말고도 또 토지도 많이 소유하시고 별장도 갖고 계세요. 이쯤의 식사는 얼마든지 일상적으로 드실 수 있지만 평소에는 늘 라바시 한두 장에 수프 한 그릇만 드세요. 그렇게 돈을 모아서 도시를 위한 공공사업에 쾌척하세요."

하녀는 마치 친오빠를 자랑하듯이 아이바조프스키의 인품에 대해 신나게 소개했다.

"사모님께서 함께 계셨을 때는 러시아 음식만 고집하셔서 아르메니아 음식을 상에 올리기가 어려웠어요. 지금은 별거하시니까 선생님께서는 다시 아르메니아 음식을 드시기 시작하셨어요. 오늘은 특히 귀한 손님이 오신다며 저에게 평소에는 먹지 않던 전통 별식들을 준비하라고 당부하셨어요……. 두 분 다 자신에게 익숙한 음식만 드세요. 실내장식도 각자 익숙한 디자인만 고집하시고요. 사람이란 원래 뭐나 한 번 익숙해지면 멀리 하기가 어려운가 봐요. 그럼 맛있게 드세요."

"잘 먹겠습니다."

하녀가 방에서 나갔다.

"전 영국인이지만 러시아문화를 좋아하잖아요."

그때 재동이만 남은 빈 방 어딘가에서 홀연 줄리아의 목소리가 들려왔다. 나는 놀라움 반 반가움 반으로 벌떡 일어나 방 안을 여기저기 둘러보았다. 그러나 줄리아의 모습은 어디에서도 찾을 수 없었다.

"선생님, 전 죽고 싶을 만큼 그곳에 가고 싶지만 안 되네요. 그 양반이 선생님을 초대한 1850년 가을에 저는 그곳에 없었으니까요. 전 지금 잠시 애들을 데리고 오데사에서 살고 있어요. 정 선생님, 그동안 잘 지내셨죠?"

그동안이라니, 헤어진 지 얼마나 되었다고, 기껏해야 반시간, 아니면 한 시간…….

"벌써 헤어진 지 1년이 다 되었네요. 1849년 겨울에 페테르부르크에서 갈라졌잖아요."

아! 나는 그제야 이곳에는 시간이 존재하지 않는다는 사실을 상기했다. 공간도 없으니 먼 곳의 말소리도 지척에서처럼 들리는 것이리라.

"왜, 아무 말씀도 없으세요. 벌써 절 잊으신 건 아니죠. 그날의 기적을. 그날의 행복은 우리 두 사람이 함께 창조해낸 현실이었어요. 기적이란 스스로 창조하는 것이지 숨겨 놓은 보배 찾기 하듯이 찾아다니거나 하늘에서 별이 떨어지기를 기다리 듯 고대한다고 나타나는 것이 아니니까요. 반복적으로 기억을 되살리고 추억하며 잘 가꿔서 일상으로 만들면 그게 행복이 아닐까요?"

줄리아의 말은 내 생각과는 정반대되는 것임에도 웬일인지 그녀가 말하면 '노' 할 용기가 연기처럼 사라져 버린다.

"아! 당신이 죽고 싶도록 보고 싶어요. 만날 수 없으니 우리 말로나마 그날의 즐거움을 추억해 봐요. 저는 선생님의 옷을 벗겨드렸고 안마해드렸어요. 그런데 갑자기 장군님께서 화가 나셨고……. 기억나시죠?"

"네."

"저는 급한 김에 제 몸의 것들을 드려 사죄했고 선생님께서는 제 가슴을, 가슴을……."

줄리아의 목소리가 돌연 축축하게 젖어들며 울먹거리느라 말을 더듬거렸다. 나도 순간 눈앞에 안개가 뽀얗게 서림을 느꼈다. 그게 과연 기적이었다는 말인가. 하긴 벌써 과거사가 되고 기억 속에 버려졌음에도 지금까지 생각만 해도 가슴이 먹먹해지니 말이다.

"제 가슴을……. 그때 그냥 그대로 선생님의 품에서 죽어버리고 싶었어요. 그랬더라면 이렇게 천리 밖에서 정인을 그리워하며 속수무책으로 그리움의 눈물을 흘리는 일은 없었을 거잖아요. 그 행복, 그 즐거움, 그 기적은 영원히……."

줄리아의 말은 문이 열리는 소리에 문득 중단되었다. 아이바조프스키가 방 안에 들어서는 모습을 확인하며 내 머릿속에는 허유정이 느닷없이 떠올랐다. 그녀도 동개해수욕장에서 줄리아처럼 사랑 때문에 죽어버리려고 했었다. 죽음으로써 재벌 3세와의 연인신화를 영원히 기억 속에 새겨두고 싶어 했다.

## 2

아이바조프스키는 양복 대신 아르메니아 전통복식을 차려입고 재동의 앞에 나타났다. 실크 소재로 된 셔츠와 바지를 입고 있었다. 여러 가지 색상들로 조화를 이룬 셔츠는 옆구리가 끈으로 묶여 있고 어두운 색상의 면으로 재봉한 바지는 발목부위가 천으로 감싸있다. 셔츠 위에는 품이 너르고 길이는 짧은 흰 색깔의 외투를 걸치고 허리에는 은장식을 한 벨트를 착용했다.

"오래 기다렸죠? 옷을 갈아입는 데 시간이 좀 걸렸습니다."
"괜찮습니다. 의상이 너무 우아합니다."

정재동은 예의를 갖춰 자리에서 일어나 아이바조프스키를 맞이했다. 솔직히 그가 좀 더 있다가 왔으면 좋았을 것이다. 그만큼 줄리아와 함께 하는 시간이 늘어날 것이기 때문이다. 아이바조프스키가 착석하자 식사가 곧 시작되었다. 주인은 금방 화덕에서 구워낸 부드럽고 납작한 라바시 한 장을 손수 접어서 손님에게 권한다. 표면에 참깨와 양귀비씨를 뿌려 먹음직해 보였다.

"맛봐요. 그리고 이 하리사는 르코트와 쇠고기를 고은 데다 버터를 곁들여 만든 것이라 맛이 좋습니다. 아르메니아 요리는 거의가 고추, 박하, 바질, 마늘, 샤프란, 계피, 후추, 생강, 정향풀, 오레가노 등 다양한 향신료와 허브를 사용하고 기름 대신 마춘을 사용해 조리하기 때문에 시큼한 맛이 좀 날 거에요. 톨마도 맛봐요. 양고기에 쌀, 후추, 소금, 허브를 넣어 포도나무 잎으로 싸서 만든 거라 별미입니다."

아이바조프스키는 아르메니아 전통음식을 일일이 소개하며 권했다. 재동이 코카서스 지역을 여행할 때 맛본 적이 있는 수프와 음료들도 빠짐없이 소개했다. 마지막으로 소문난 전통주 코냑병의 뚜껑을 열어 재동의 잔에 따랐다.

"아르메니아 음식 하면 코냑을 빼놓을 수 없죠."

"아르메니아 코냑에 대해서는 저도 조금은 압니다. 아라랏분지에서 생산된 백포도와 아라랏산에서 흐르는 물로 만든 와인 그리고 그곳에서 자생한 오동나무 술통에 숙성시킨 그 소문난 포도주를 말씀하시는 거 아닙니까? 유명한 일화도 있는 걸로 압니다.

알타에서 영국 수상 처칠이 이 술맛을 보고 감탄하니까 스탈린이 일 년 내내 마시라고 365병을 선물했다는 그 술 맞죠?"

"처칠과 스탈린이 누구죠? 처음 듣는 이름인데요."

"아, 깜박했습니다. 지금이 1850년이라는 사실을요."

"아마도 내가 죽은 뒤의 일화 같은 데 이 술은 재작년 그러니까 1848년에 죽은 아르메니아의 친구 카차토우 아포비안에게서 선물 받은 가양주입니다. 정 선생의 말처럼 아라랏분지의 백포도와 아라랏산의 물로 집에서 빚어 오동나무 술통에 숙성시킨 15년산 코냑입니다."

"카차토우 아포비안은 누굽니까?"

아이바조프스키가 따라준 코냑잔을 입가에 가져가며 정재동이 물었다.

"아르메니아의 국민작가입니다. 아르메니아 현대소설의 시조라고 할 수 있죠. 일단 술맛부터 보고 얘기를 계속합시다."

사실 아르메니아 코냑은 몇 해 전 코카서스 여행 때『아라랏브랜디박물관』을 방문해 맛본 적이 있었다. 명성에 걸 맞는 맛을 지니고 있었다. 하지만 술 공장에서 대량으로 생산된 것이 아니고 오래 전에 사저에서 손수 빚은 가양주 맛은 어떨까 궁금증을 품은 채 술잔을 기울였다. 일단 입 안 전체를 강하게 쏘는 맛이 느껴졌다. 탄내 같기도 하고 매운맛 같기도 하며 얼얼하다. 맛의 깊음과 기품부터 독특했다.

"이런 술맛은 태어나서 처음입니다. 그야말로 명주 중에서도 명실 공히 일품이라 할 만합니다."

저도 모르게 입 밖으로 탄성이 터져나갔다.

"러시아 보드카는 비교도 안 되죠. 한 마디로 술의 기적이라고
나 할까요."

기적!

또 기적이 탄생했다. 흙수저인 허유정의 재벌 3세와의 연애 기
적, '아홉 번째 파도'의 기적, 줄리아와의 침대위에서의 기적(그것
이 기적이라면) 이 술상의 코냑의 기적까지……. 그러고 보면 줄리
아의 말처럼 기적이란 원래부터 우리 주변의 도처에 있었던 것
일까? 그 기적을 찾아 재동은 가거도 섬까지 내려왔다. 그곳에서
태풍의 도래를 고대했지만 만난 건 동개해수욕장의 술 취한 아가
씨와 죽은 유령인 아이바조프스키 그리고 줄리아와 아르메니아
의 코냑뿐이다. 이런 것들이 과연 기적일까? 이렇듯 기적이 우리
주변 도처에 널린 것이라면 내 일상의 지루한 반복은 왜 끝날 줄
모르고 지금까지도 날에 날마다 반복되기만 할까?!

"하지만 말로는 기적이라고 하지만 그건 어디까지나 이 술을
처음 접하는 사람에 한정될 따름이지요. 경상적으로 마시는 우
리한테는 그냥 일상적인 평범한 술에 불과합니다. 그러니까 같
은 것이라 할지라도 누구에게는 기적일 수 있고 누구에게는 일
상일 수 있다는 얘기입니다. 나랑 줄리아의 경우만 보더라도 그
렇습니다. 나는 페테르부르크 상류사회의 생활을 일상의 반복이
라고 거부감을 느끼는 데 줄리아는 긍정적으로 본다는 사실입니

다."

아이바조프스키는 술잔을 들어 재동에게 권주하며 말을 이었다.

"상트페테르부르크 상류층 생활이 단지 호화롭고 낭만적인 것이라고만 보는 견해는 소설 같은 얘기일 따름입니다. 자세히 들여다보면 따분하면서도 단조롭기만 합니다. 옷차림, 식사예절, 인사범절, 몸가짐 예의는 상류층 귀족이라면 사교 장소에서 매일 그것도 반복적으로 준수해야 하는 까다로운 전제조건입니다. 자, 이 툴마도 맛봐요."

재동은 뜬금없이 영화 『타이타닉』에서 여주인공이 귀족의 생활에 거부감을 느끼던 장면을 회상했고, 아이바조프스키는 이야기를 잠시 멈추고 포크로 포도잎으로 싼 양고기소 툴마 하나를 찍어 손님에게 권했다. 재동은 감사의 뜻으로 목례를 하며 받아들었다. 대학의 교수사회에서도 모임 같은 자리에서 체신과 예의를 지키느라 언행에 불편을 느낄 때가 많았다. 교수신분에 맞게 행동과 언행에는 반드시 절도와 품위를 지켜야만 했기 때문이다. 욕망은 항상 예절의 굵고도 견고한 목줄에 단단히 매여 있어 숨이 막혔다. 그래서 허유정처럼 그 모든 따분한 규제와 목줄이 풀리고 자유롭게 병 채로 술을 마셔도 누구 눈치 볼 것 없었던 가거도 동개해변의 그 순간이 좋았을 것이다. 그러자 느닷없이 가거도 민박에서 자고 있을 허유정이 생각났다.

아직도 자고 있나?

여기서는 세월이 1년이 거의 흘러갔는데 그곳의 시간은 얼마나 지나갔을까. 혹시 태풍이 지나가버린 건 아닐까. 아니야, 분명 아이바조프스키는 이곳으로 올 때 잠깐이면 된다고 했었다. 그래서 내 육체도 아직 동개해변에 취한 채 누워 있을 것이다. 그곳에서도 시간이 몇 개월 지났다면 내 육체는 진작 태풍과 파도에 휩쓸려 허유정보다도 먼저 죽어버렸을 것이다. 예전에 어느 책에선가 저승과 이승의 시간이 다르다는 내용을 읽은 것 같기도 하다. 이곳에는 시공간이 없으니까 몇 개월이 지났어도 그것은 가상의 시간일 따름일 것이다.

"절도와 품위를 유지하는 이 규칙은 귀족이면 누구나 어린 시절부터 익히고 지켜야 하는 기본 상식입니다."

재동은 조선시대 한국의 양반들이 머릿속에 떠올랐다. 『양반전』에 보면 양반이 되기 위해 준수해야 하는 예의범절이 한두 가지가 아니다. 그걸 다 지키고 나면 과연 사람이 살 수나 있을까 싶을 정도로 복잡했었다. 그러나 재동은 아이바조프스키의 말에 끼어들지 않고 잠자코 듣기만 했다. 왜냐하면 그 말 속에는 아이바조프스키가 고요한 바다, 달빛이 비치는 평온한 바다를 그리다가 어느 날 갑자기 파도와 폭풍이 몰아치는 광란의 바다를 그리게 된 이유가 숨겨져 있을 것이기 때문이다. '아홉 번째 파도'의 기적을 배태시킨 원인이 그 말 속에 들어 있을 것이기 때문이다. 뇌리의 한쪽 구석에는 아직도 방금 전 먼 곳에서 울먹이던 줄리아의 목소리가 메아리처럼 회전했다.

"그것뿐이라면 그 일상이 아무리 따분하다고 해도 그나마 참고 견뎌낼 것입니다. 사교 장소에서 오가는 대화는 더구나 일상적인 형식에 단단히 결박되어 있습니다. 누구라도 대화 주제를 조금이나마 이탈하면 금시 좌중으로부터 교양이 부족하다거나 술주정뱅이라거나 심지어 정신 나간 사람으로 냉대받기가 일쑤니까요. 그곳에서의 대화는 그 범위와 형식이 이미 결정되어 있기에 아무리 무의미해도 벗어나서는 안 됩니다. 이른바 지겨워도 대화의 룰을 지켜야 합니다. 그것을 위반한 어떠한 상상이나 생각도 개입할 틈이 없이 폐쇄적입니다."

아이바조프스키가 술잔을 들자 재동도 술잔을 들고 서로 공중에서 부딪쳤다. 한 모금 마시자 이번에는 그윽한 포도향이 연기처럼 입 안 가득 고인다. 사무실에서, 회식자리에서, 회의석상에서, 집에서 오고 갔던 따분하다 못해 지리멸렬했던 대화의 반복들이 기억 속에 떠올랐다. 모든 대화는 이미 수십 번, 수백 번 반복된 말들이었고 사무실이든, 커피숍이든, 술상이든, 집안의 거실이든 일단 자리에 착석하는 순간 이미 대화의 내용과 형식은 결정되어 버린 다음이었다. 나는 로봇처럼 40년 동안 미리 두뇌에 입력된 말들을 끝없이 되풀이해 왔을 뿐이다. 자동차 운전의 반복적인 그 동작들이 너무 지겨워서 에라, 모르겠다 될 대로 되라지 하고 핸들을 확 놓아버린 채 한동안 저절로 굴러가게 하다가 차머리를 전봇대에 처박아 수리비 백 여 만원을 허망 날린 적도 있었다. 반복되는 대화, 반복되는 거리, 가로수, 커피숍, 사무실, 강의실……. 마치 반복의 마법에 걸려든 기계처럼 내 삶은 일상 속에서 무의미한 헛바퀴질만 했다.

"썩은 호수처럼 고요하고 정지된 살롱이나 상류층이 모인 사교장에서도 푸슈킨이나 벨린스키처럼 대담하게 기존의 질서에 도전하고 고착된 상식을 깨뜨리려는 신사들이 간혹 있었다는 거야말로 나한테는 일종의 기적이나 다름없었습니다. '바다여, 나는 그대의 폭풍을 간절히 원하노라!'는 푸슈킨의 격정에 넘치는 시낭송을 듣고 나는 심장이 폭발할 것만 같았습니다. '바다의 폭풍'이라는 감동적인 시어에 나는 눈물까지 흘렸습니다. 모든 사람들이 내 고요한 바다, 달빛 바다를 찬양할 때 벨린스키 선생은 홀로 이 그림은 죽은 그림이라고 혹평했습니다. 왜 고요한 바다, 달빛 바다만 그리느냐며 여지없이 질책했습니다. 그러면서 죽어버린 일상에만 빠져 있지 말고 크리미아로, 대자연으로 가서 정신적인 자유와 만나라고 호소했습니다. 그래야 죽어버린 일상의 무덤에서 뚫고 나와 살아 숨 쉬는 기적을 그릴 수 있다고 했습니다. 벨린스키 선생의 권유대로 나는 이렇게 크리미아로 오게 된 것입니다. 여기 오자 페테르부르크의 그 숨통을 조이던 모든 억압과 구속들이 사라졌습니다. 내 마음대로 행동하고, 말하고, 생각하고 상상의 나래를 펼칠 수 있게 되었습니다."

코냑을 마시고 쇠족요리인 하시를 안주로 먹었다. 귓가에서는 아직도 줄리아의 흐느낌소리가 재생되었고 시야에는 이불을 차던지고 깊이 잠든 허유정의 모습이 어른거린다. 내일이면(과연 내일인가?) 태풍이 상륙한다. 태풍은 그동안 나를 괴롭혔던 그 지루하고 지리멸렬하던 일상을 모조리 뒤번져놓고 휩쓸어갈 것이다. 그리고 아이바조프스키처럼 나는 아홉 번째 파도의 기적을 만날 것이다.

"그런데 이상하게도 줄리아는 푸슈킨과 벨린스키 선생이 저주한 페테르부르크의 생활을 선호했습니다. 그래서 정신적 자유가 넘치는 이곳이 싫다며 자식들을 데리고 죽은 일상을 찾아 대도시 오데사로 떠나가 버렸습니다. 지금에 와서 생각해보면 그녀가 극심한 스캔들로 나를 곤혹에 빠뜨렸던 건 그 따분한 일상을 해소하기 위한 그녀 나름대로의 출구전략이었던 지도 모르겠습니다만……."

아이바조프스키는 코냑잔을 들며 허탈한 웃음을 지었다.

이번에는 재동이 먼저 잔을 들어 아이바조프스키에게 술을 권했다. 재동이로서는 술로 아이바조프스키의 상실감을 위로하는 수밖에 없었다. 왜냐하면 그는 아이바조프스키의 편에 서서 줄리아를 비난할 자신감이 없었기 때문이다. 물론 이치상에서는 아이바조프스키의 견해에 찬동했지만 심리적으로는 줄리아의 편에 서고 싶었다. 그렇다고 줄리아의 일상에 대한 긍정론에 동조하는 것도 아니어서 입장이 애매했다. 줄리아와는 그냥 하룻밤 이불안 정사밖에 없는데도 그랬다.

그런데 코냑 한 모금을 마시고 안주를 집으려고 포크를 막 들려는 순간 재동의 눈앞에서 이상한 일이 일어났다. 그즈음 창문으로 흘러들어온 햇빛이 스멀스멀 양탄자 위를 지나서 술상에 이르더니 벌레처럼 상다리를 타고 꿈틀꿈틀 식탁 위로 기어 올라오기 시작했던 것이다. 착시현상이려니 하고 그냥 무시하고 포크로 틀마를 찍으려는데 어느새 상위로 기어 올라온 햇빛이 포크가락에 매달리며 국숫발처럼 휘휘 걸려든다. 포크를 높이 쳐들자 햇빛이 가락에 걸린 채 아래로 길게 드리우며 흔들거렸다.

"선생님, 이것 보세요. 햇빛이 포크에 매달려 흔들거려요!"

정재동은 소스라치게 놀라 저도 모르게 소리 질렀다. 그 모양이 마치 바람에 흔들거리는 버드 나뭇가지 같다.

"허허허. 놀랄 것 없습니다. 이 친구가 또 장난기가 발동했나 봅니다."

"이 친구라니요, 누굴 말씀하시는 겁니까?"

"이 코냑을 선물했다던 아까 그 친구 말입니다. 아르메니아 국민작가."

"친구라면 두 분이 연배가 비슷한 사이신가요?"

"여기서는 육체에만 적용되는 나이라는 개념이 없습니다. 천 년 전에 죽은 소크라테스나 1848년에 죽은 카차토우 아포비안 즉 내 친구나 다 친구랍니다. 하긴 아포비안 선생이 지금 기적을 바라는 정 선생이 인간세상에서 이곳에 와 있다는 사실을 알고 있으니까요."

"저를 알고 계시다니요, 어떻게요?"

"방금 전에도 만나서 선생 얘길 하고 왔습니다. 아포비안이 사실 전부터 정 선생을 잘 알고 있었습니다. 정 선생이 눈치 채지 못해서 그럴 뿐이지."

"그건 그렇다 치고……. 그런데 그분이랑 이 햇빛이랑은 무슨 상관이 있습니까?"

"인간은 죽으면 실존하는 물체를 움직일 수 없습니다. 고단수인 벨린스키를 제외하면 말이죠. 그런데 죽을 때 육체가 훼손되면 반대로 가상의 변신은 안 되지만 실재하는 물질을 움직일 수는 있습니다. 물론 일부 한정된 가벼운 물질에 혼이 이입되어 움직여지지만. 예컨대 햇빛, 연기, 구름, 나뭇가지 등 가벼운 물체들 말입니다."

"그럼, 이 햇빛 안에 아포비안 선생님의 영혼이 들어가서 움직인다는 말씀이신가요?"

재동은 갑자기 테라스에서 움직이던 담배연기 생각이 났다. 그리고 또 스튜디오에서의 이상한 팔꿈치 사건도…….

"아포비안 선생님, 선생님께서 그때 제 팔꿈치를 움직이시고 담배연기를 흔드신 겁니까?"

"그 친구가 말을 못합니다. 육체가 훼손되면 말도 못하니까요."

"그럼, 어떻게 그분과 대화를 나눌 수 있죠?"

"이번에는 내 작품에 대해서만 얘기하고 그 친구는 다음번에 만나서 얘기합시다."

"다음번에도 제가 여기로 올 수 있나요?"

"네. 다음번에는 아라랏산에서 모시겠습니다. 그 친구랑 같이

만나 기적에 대해서 얘기 나눕시다. 식사가 끝났으면 이제 내 스
튜디오로 자리를 옮길까요."

아이바조프스키가 먼저 자리에서 일어나자 재동도 주인을 따
라서 일어섰다.


3


저택의 북쪽 끝에 자리한 아이바조프스키의 스튜디오에 들어
서는 순간 내 눈앞에는 놀라운 장관이 펼쳐졌다. 일단 서쪽 벽에
기대 세운 높이 2.21미터, 너비 3.32미터나 되는 거대한 캔버스
오일의 유화가 내 시선을 사로잡았다. 너무 커서 거치대도 없이
바닥에 그대로 세워둔 그 화폭은 인터넷에서 보았던 이미지는 더
말할 것도 없고 모스크바국립미술관에서 본 그림보다도 더 방대
하고 실감나 보였다. 미술관에 소장된 작품은 다른 그림들과 어
울려서 그런지, 아니면 커다란 전시홀의 벽에 걸려서인지 그보다
좁은 작업실 벽에 세워진 '아홉 번째 파도'는 아직 페인트가 채 마
르지도 않은 대로 그 장쾌한 위용을 발산하고 있었다.

"와~ 정말 위대한 걸작입니다!"

나는 저도 모르게 탄성을 내질렀다.

"좋게 봐주니 감사합니다."

아이바조프스키는 의자 하나를 고르더니 그 위에 놓인 브러시

와 튜브들을 테이블에 옮기고 나에게 앉으라고 권했다. 의자에 앉는 것도 잊은 채 나는 그림에서 눈을 뗄 수가 없었다. 우렛소리가 터지고 파도소리가 지척에서 들리는 것만 같았다. 집채만 한 파도가 당장이라도 앞에 앉아 있는 나를 덮쳐들어 한 입에 집어삼킬 것만 같아 두려운 느낌마저 들었다. 저도 모르게 전신에 소름이 돋았다.

"금방 작업을 마친 겁니다. 보다시피 작업실이 북향이라 이 창문으로……."

아이바조프스키는 화구로 사용하는 기다란 막대기로 절반쯤 열린 창문 커튼을 한쪽으로 밀어 열면서 말을 이었다. 늦은 오후의 색이 바래버린 광선이 흘러들어왔다.

"광선이 들어오는 시간이 몇 시간밖에 안 됩니다. 그래서 작업 시간도 제한을 받을 수밖에 없지요. 그 때문에도 나는 작업에서 비교적 속도감을 높이는 편입니다. 이 그림은 열흘 만에 완성했습니다. 지금은 페인트가 건조해지기를 기다리는 중입니다. 다 마르면 이달 안으로 전시하려고요. 모스크바미술대학에서요. 편하게 앉으세요. 작업실 안이 정리가 안 돼 지저분합니다. 그림을 내가야 정리할 텐데."

나는 엉덩이를 엉거주춤 쳐든 채 그림에만 정신이 팔려 있었음을 깨닫고 뒤늦게야 의자에 앉았다. 그제야 내가 앉은 의자가 사진에서 보았던 그 검은 색깔의 나무의자임을 알았다. 여러 개의 크고 작은 의자들이 여기저기 놓여 있었고 창문 밑 테이블에는 각종 화구들과 스케치들이 수북이 쌓여 있었다. 그 앞쪽 벽 밑의 테이블에도 자그마한 탁자에도 튜브들과 브러시, 팔레트, 거치대, 오일통, 작업복들이 되는대로 흩어져 있다. 테이블 옆에는 그림을 그리다가 지치면 잠시 휴식을 취할 수 있도록 가죽소파가 놓여 있다. 탁자 위에 걸쳐져 있는 그 긴 작업복은 원래는 검정색인 데 여러 가지 물감이 묻어 얼룩덜룩했다. 그 작업복을 입고 구두를 신으면, 저 검은 장발과 고슴도치 두 마리가 양 볼에 매달린 듯한 특이한 모양의 구레나룻을 더하면 다름 아닌 사진에서 보았던 화가 아이바조프스키의 모습이었다.

내 시선은 방 안을 한 바퀴 돌아 또다시 벽에 세운 '아홉 번째 파도' 그림에 와서 멈춰버렸다. 아직 건조되지 않은 물감 냄새, 액자 속에 들어가지 않고 유리 막의 반사가 없이 손가락으로 다치면 화면을 만질 수 있는 저 원시상태의 그림이 주변에 뿜어내는 매력을 화가가 아닌 사람들은 모른다.

일단 가장 먼저 내 시선을 끈 것은 아이바조프스키의 그 특이한 색상 표현수법이다. 그림의 대부분을 차지한 하늘의 색깔은 보라색, 노란색, 분홍색, 자주색 등 다양한 색들로 구성되었고 바닷물도 초록색, 파란색, 자주색 등의 색조들로 표현되고 있다. 바다는 포효하면서도 따뜻한 색상으로 과분한 광기를 억제시킨 반면 바다의 해수면과 물결은 검은색 외에도 푸른색이나 초록색으로 다양하게 나타난다. 태양광선은 황금빛 색조를 바탕으로 밝게 표현되고 파도와 물결과 거품에 떨어져서는 흰색, 파란색, 녹색으로 반짝인다. 해수면은 검푸르면서도 절묘하게도 투명하기까지 하다. 태양광선의 진원지 부분이 어찌나 밝은지 사람들은 그림 뒤에 촛불을 켜놓은 것이 아닌가 하고 뒤편에 관심을 가지기도 했다는 일화까지 전해질 정도이다.

다만 그림의 전체 화면에서 차지하는 인간의 이미지는 너무 적을 뿐만 아니라 최 하단에 배치되었다는 아쉬운 느낌이 들었다. 부러진 돛대에 매달린 6명의 선원들은 대자연의 광기 앞에서 보잘 것 없는 한두 개의 점에 불과할 따름이다. 아마도 화가가 의도적으로 왜소화시킨 결과일 것이다. 훼멸적인 아홉 번째 파도는 거대한 산맥을 이루며 인간을 삼켜버릴 듯 흉흉하게 덮쳐들고 조난자들은 그 앞에서 무능해만 보인다. 다행스러운 것은 아홉 번째 파도가 훼멸적이라지만 떠오르는 아침의 태양을 가로막지는 못한다는 사실일 것이다. 도리어 햇빛은 그 무시시한 죽음의 파도의 광란을 조롱하기라도 하듯 더욱 아름답게 조명되고 있다.

"나는 정 선생의 고견을 듣고 싶습니다."

아이바조프스키의 요청에 나는 어쩔 수 없이 어렵게 입을 열었다. 하지만 실수할까봐 개인적인 견해보다는 기존의 작품평을 요약해서 말하는 선에서 그쳤다. 혹시 후배의 무례함이 대선배의 기분을 잡칠 수도 있기 때문이다.

"그림은 폭풍우 치는 바다의 이른 아침입니다. 가장 파괴적이고 치명적인 전설속의 아홉 번째 파도는 밤새 배를 삼켜버렸고 선원들의 생명까지 위협하네요. 천둥번개가 치고, 광풍이 몰아치고 집채 같은 공포의 파도 속에서 조난당한 선원들은 간신히 부러진 돛대에 의지한 채 목숨을 유지합니다. 그림은 인간은 과연 자연의 왕인가, 훼멸적인 아홉 번째 파도를 만나서도 살아남을 수 있는가? 하는 심각한 문제를 던지고 있습니다. 하지만 하늘에서는 밝은 아침 해가 떠오릅니다. 황금빛 태양은 생존의 희망과 주님의 영광스러운 구원이 도래했음을 상징합니다. 하늘을 향해 두 손을 펼쳐든 한 선원의 포즈와 제스처가 그것을 의미하고 있네요. 인간의 구원에 대한 갈망으로 신의 심판인 파도의 위협은 사라지고 구원의 희망이 도래하는 낭만주의적이고 영웅주의를 표현한 작품입니다. 전설 속의 파도가 선생님의 상상력과 1844년에 몸소 체험한 해양 조난사건에 대한 기억이 합쳐져 탄생한 걸작입니다."

"그건 이미 미술 비평가들이 입이 닳도록 말한 내용들이라 나도 다 알고 있습니다. 나는 정 선생의 솔직한 개인 견해를 듣고 싶습니다."

재동은 잠시 머뭇거렸다. 그러나 여기 영혼의 세계에까지 온 마당에 더 속일 것이 뭐가 있을까 싶었다. 말하지 않아도 내 속마음을 꿰뚫어보고 있을 것이다. 그러자 갑자기 긴장되었다. 노반 앞에서 도끼질이라던가. 에라, 모르겠다. 두어 번 헛기침을 해 긴장을 누른 다음 조심스럽게 입을 열었다.

"까마득한 후배로서 대선배님께 이런 말씀을 드리자니 주제넘습니다만 감히 한 말씀 여쭙자면, 이 작품의 중요한 포인트는 뭐니 뭐니 해도 일상에 대한 단호한 포기라고 생각됩니다. 인간이 알고 있는 바다의 일상은 선생님께서 이 그림 이전에 그렸던 고요한 바다, 달빛 비치는 바다였습니다. 출항 전에 미리 날씨를 체크하고 진행되는 항해일 테니까요. 하지만 이 작품은 그러한 일상의 바다를 지양하고 푸슈킨이 갈망했던 파도, 공포와 죽음의 상징으로서의 아홉 번째 파도가 그 자리를 대신 점유하고 있으니까요. 선박은 파도의 충격에 부서지고 부러진 돛배만 남았습니다. 이 바다와 이 파도는 벨린스키가 질타한 그 일상의 바다, 고요하고 달빛 은은한 죽은 바다에서는 볼 수 없는 기적입니다."

"아주 좋아요. 흥미진진합니다. 계속 말하세요."

아이바조프스키가 나의 진지하고도 흥분된 모습에 자극을 받은 듯 어깨를 으쓱했다.

"이 파도가 인간에게 공포와 죽음을 강요하지만 선생님께서는 이 '괴물', 아홉 번째 파도를 찬색도 어두운색도 아닌 더운 색상과 밝은 색깔을 사용함으로써 이 기적에 대한 긍정적인 태도를 보여주고 계십니다. 푸슈킨이 열광했고 벨린스키가 바라던 바로 그 기적이니까요. 일상을 뒤집는 파도는 그래서 무섭고 공포감을 주기는커녕 아이러니하게도 햇빛을 받아 아름답게 빛나는 것이겠죠."

"좋아요, 너무 좋아서 갑자기 술 생각이 납니다. 내가 나가서 코냑을 가져올 테니까 우리 한 잔 하면서 얘기를 이어가기로 합시다."

아이바조프스키는 벌떡 일어나 밖으로 나갔다. 분명 하녀를 시켜도 될 터인데 당신께서 몸소 가져다 나에게 권하고 싶은 모양이다.

그가 스튜디오에서 나가자마자 오래 기다렸다는 듯 줄리아의 목소리가 들려왔다.

"제가 보기엔 그 그림은 그냥 일상이 파괴되면 죽는 길밖에 없다는 걸 말해줄 뿐이에요. 주님의 구원이 아니었더라면 그 돛대 위의 선원들은 파괴된 일상과 함께 죽었을 거예요. 인간은 스스로의 힘으로는 아홉 번째 파도 앞에서 살아남을 수가 없거든요. 그 파도가 없었다면 적어도 선원들의 배는 파손되지 않았을 거잖아요. 경제적인 손실은 둘째 치고……."

그때 아이바조프스키가 헐레벌떡거리며 스튜디오 안으로 달음박질쳐 들어왔다. 한 손에는 코냑병을, 다른 손에는 술 잔 두 개를 들고 있었다. 테이블 위의 화구들을 한쪽으로 밀어 놓더니 술잔에 코냑을 따라 그중 한 잔을 나에게 권했다. 나는 그의 등장으로 줄리아와의 대화가 중단된 것이 못내 아쉬웠으나 어찌할 방법이 없었다.

"한 잔 마시고 계속해요. 그래 어떻다는 겁니까?"

"다만 잘 이해되지 않는 것이 있을 따름입니다."

"뭐가요?"

"파도도 주님의 심판이고 구원도 주님의 용서라고 할 때 이 양자가 모순되는 것 같아서요. 파도가 일상을 추방하고 나타난 긍정적인 새로운 현상일 텐데 그것이 배를 파손하고 사람을 죽음에로 내모는 부정적인 이미지가 된다는 것도 앞뒤가 맞지 않는 것 같습니다. 파도로 심판하고 그 파도에 죽는, 즉 심판당한 인간을 구원하는 건 신의 심술궂은 장난인가요? 결국 인간은 스스로 자신을 구원할 능력이 없다는 말이 됩니다. 하필이면 파도를 잠재우는 데 신을 동원했어야만 했는지…….”

“아닙니다. 심판이요, 구원이요 하는 표현들은 다 세 치 혀를 날름거리며 잘난 척 하는 저 어중이떠중이의 비평가들이 만들어 낸 어설픈 신화일 뿐 난 결코 신을 그림 속에 소환하려 한 적이 없습니다. 내가 그린 파도는 푸슈킨이 갈망하고 벨린스키가 바라던 그 긍정적인 기적의 상징입니다.”

“그렇다면 제 생각이 틀리지는 않았네요. 기적이 환경의 변화라면 거기에 적응하면 살고 불응하면 죽습니다. 적응하고 극복해 내면 그 기적은 새로운 일상이 되겠지요. 다시는 아홉 번째 파도가 인간을 죽이지는 못할 겁니다. 결국 저 그림 속의 태양은 신의 구원이 아니라 인간이 자연과 싸워 승리하고 맞이한 빛나는 아침의 태양일 겁니다. 이 승리는 주님의 만능이 아니라 인간 스스로 쟁취한 승리입니다. 일상을 포기하고 기적을 정복한 인간 승리 말씀입니다. 저 아침도 신의 도래가 아니라 인간이 스스로의 힘으로 열어놓은 것일 테고요.”

“정 선생의 말에는 충분한 일리가 있습니다. 다만 저 파도 즉 기적이 과연 극복하면 곧바로 일상이 될 수 있는지는 더 생각해

볼 여지가 있겠군요…….”

“잠시 실례하겠습니다. 화장실이 어디 있습니까?”

나는 솔직히 화장실이 아니라 줄리아의 생각이 궁금했다. 이 문제에 대한 그녀의 견해를 듣고 싶어 구실을 찾았을 뿐이다. 줄리아의 생각은 지극히 평범하고 상식적인 것 같으면서도 이상하게 심오한 의미가 담겨 있는 느낌이다. 나는 하녀의 안내를 받으며 화장실에 들어가자마자 안에서 문을 잠갔다. 줄리아는 화가도 아니고 미술 비평가도 아닌데도 유독 그녀의 견해에 흥미를 가지는 나 자신을 이해할 수가 없다. 아마도 방금 전 아이바조프스키에게 했던 내 말이 맞는지 나 스스로도 알 수 없어 그 답답함을 풀기 위해선지도 모른다.

“부인, 저 정재동입니다. 듣고 계시죠?”

“그럼요. 전 지금 선생님의 일거수일투족에만 관심이 있을 뿐이에요.”

“그럼, ‘아홉 번째 파도’에 관한 제 말도 들으셨겠네요.”

“물론이죠. 왜 아홉 번째 파도가 필요해요? 고요한 바다, 은은한 달빛이 비치는 바다가 일상이라지만 그 평화로움과 안정감을 우리는 충분히 즐길 수 있잖아요.”

“고요함과 안정이 좋긴 하지만 그것도 수없이 반복되다 보면 고인 물이 썩 듯이 권태감과 무기력함을 불러일으키니까요. 삶의 의욕 자체가 다운되거든요.”

“왜, 아홉 번째 파도 말고도 두 번째, 세 번째…… 파도도 있잖아요. 하필이면 죽음을 몰고 오는 아홉 번째 파도가 필요한지 전 모르겠어요. 두 번, 세 번째 물결에서도 얼마든지 파도타기를 즐길 수 있는데. 우리도 그렇게 다섯, 여섯 번째쯤 되는 파도를 타며 충분히 즐겼잖아요. 일곱, 여덟 번째 파도는 아마 그보다도 더 스릴 넘칠 거예요. 그만하면 잔잔한 기적이라고도 할 수 있잖아요. 기적이 꼭 아홉 번째 파도이고 그렇게 거창해야만 되나요?"

"다섯, 여섯 번째 파도가 참 재미있는 표현이긴 합니다만 그것도 한두 번이지 자주 반복되면 일상이 되고 그러면 무료해질 겁니다. 아홉 번째 파도와 정면으로 맞서 싸워 승리를 얻는 쾌감! 그거야말로 의미 있는 인생이 아니겠습니까. 그래서 푸슈킨도 바다의 폭풍을……."

"정 선생, 아직 멀었나요? 어디 갈 곳이 있는데……."

문밖에서 아이바조프스키가 부르는 소리가 들렸다. 재동은 네, 하고 대답한 후 급히 음성을 낮춰 속삭였다.

"선생님께서 찾으십니다. 나가봐야겠어요. 이따 또 대화합시다."

재동은 아무 일도 없었던 것처럼 시치미를 뚝 떼고 화장실에서 나왔다.

눈을 뜨자 재동은 다시 아이바조프스키의 스튜디오에 들어와 있음을 발견했다. 첫눈에 띄는 것은 바뀌진 캔버스 화폭이다. '아홉 번째 파도' 그림 대신 '파도'라는 다른 작품이 걸려 있다. 이 유화도 어디선가 본 기억이 난다.

두 번째로 시선에 들어 온 것은 갑자기 늙어버린 아이바조프스키의 외모였다. 검은 머리카락과 구레나룻에는 하얗게 서리가 내렸고 얼굴의 살집도 빠져 두 눈이 움푹 꺼지고 코가 더 우뚝 솟아오른 느낌이었다. 이마에 주름살도 많이 늘었다.

"놀랐죠? 지금은 1898년 여름입니다. 그리고 이 그림의 제목은 '파도'입니다."

"네, 저도 본 기억이 납니다."

"보다시피 순전한 상상력에 의존해 그린 작품이죠. '아홉 번째 파도'는 그나마 1844년에 겪었던 해양조난사건의 퇴색한 기억이라도 첨가되었습니다. 그러나 지금은 머릿속에 아무 기억도 없는 상태입니다. 아무리 뒤져보아도 그 흔해 빠진 일상의 무의미한 잡동사니들뿐입니다. 기억이나 경험에만 의존하거나 내가 접할 수 있는 현실적 자연에 근거해서는 또 고요한 바다, 달빛 비치는 바다를 그릴 수밖에 없습니다. 상상력을 소환하지 않고서는 이런 화면을 그려내지 못합니다. 기억은 이미 무미건조한 일상에 의해 메말라버렸기 때문이죠."

대형 화폭에는 파도와 파도가 충돌하며 부글부글 끓어오르는 해면과 폭풍우가 몰아치는 하늘의 격노한 모습이 펼쳐져 장관을 이룬다. 이 그림에는 파도의 긍정적 이미지와 모순되던 난파선, 부러진 돛대, 구원을 바라는 선원들의 형상도 더 이상 보이지 않았다. 상상에 의해 빠르고 거침없이 흘러간 붓 터치는 파도와 풍랑을 여전히 밝고도 투명하게 표현하고 있다. 신이 사라진 공간에서 순수한 자연의 위대함과 기적이 장엄하게 부각되고 있었다. 파도 즉 기적에 대한 아이바조프스키의 긍정적인 믿음이 한층 더 성숙되고 확고해진 것이다.

"아무런 아이디어도, 티끌만한 착상도 없습니다. 단지 씨앗이라면 파도라는 상상 하나뿐이었습니다. 그냥 브러시를 들고 상상이 조종하는 대로 손을 움직였을 따름입니다. 저 파도와 폭풍은 모두 상상력이 캔버스에 쏟아낸 광기의 부산물들이고 브러시는 그 진동을 화지에 운송하는 기계적인 단순한 역할만 수행했을 뿐이고요."

재동은 가슴이 떨렸다. 가거도 민박에 두고온 '기적'이라는 자신의 그림이 떠올랐다. 그 역시 아무런 아이디어도 착상도 없이 무에서 시작한 그림이다. 아이바조프스키는 그나마 수용했을 일상적인 화법마저도 모두 포기했다. 문제는 그 결과물이 과연 이런 걸작으로 탄생할 것인가 하는 것이다. 아이바조프스키는 아무 생각 없이 오로지 파도라는 상상 하나만으로 이 화폭을 얻었다고 한다. 그 파도는 바다에서 넘실대는 자연이 아니라 화가의 상상력 속에서 출렁이는 파도였을 것이다. 나 역시 기적이라는 상상 하나만으로 붓을 들었다. 무미건조한 모든 일상이 종지부를 찍는 그 지점에서 그림을 시작했다. 그러니 그 결과물도 걸작은 몰라도 어떤 형태로든 기적일 것만은 확실하다.

"아빠, 손님 모시고 테라스로 나오셔서 커피 드세요."

딸인 듯한 미모의 젊은 아가씨가 복도에서 그들을 불렀다.

"정 선생, 우리 밖에 나가서 커피나 한잔 합시다."

아이바조프스키를 따라 스튜디오에서 나와 2층 건물 정면의 넓은 테라스로 자리를 옮겼다. 그곳에는 이미 테이블과 의자가 비치되어 있었다. 테이블 위에는 커피잔들과 포도, 사과 등 과일 접시가 세팅되어 있었다.

아이바조프스키와 재동이 나오자 먼저 입석해 기다리던 두 여성이 자리에서 일어나 그들을 맞이했다. 두 사람 다 아르메니아 전통의상을 입었는데 키가 좀 작은 여자는 30대 후반, 키가 큰 여자는 40대 초반으로 보이는 미모의 소유자들이었다. 젊은 여자는 투명한 머릿수건을 쓰고 있었고 그보다 네댓 살 더 들어 보이는 여자는 맨 머리 그대로다.

"내 부인 안나 니키디차 사키조외입니다. 이분은 인간세상에서 광림한 정재동 선생이오. 서로 인사들 해요."

"처음 뵙겠습니다."

"환영합니다."

뜻밖에도 안나가 내민 손은 싸늘했다. 러시아식으로 손등에 키스를 했지만 그녀의 시선은 시종 상위의 커피잔에 멈춰 있었다. 그 눈매가 애수에 젖어 촉촉했다. 아마 그녀 특유의 무표정함 때문인지도 모른다.

"이쪽은 우리 셋째 딸 알렉산드라입니다. 손님께 인사 드려."

"선생님, 만나서 반가워요."

알렉산드라는 나이에 비해 활발하고 천진난만한 인상을 준다. 수건을 쓰지 않은 맨 머리 아래의 이마는 단단하고 입술은 가늘고 꼭 다물려 당돌해 보였다. 눈매는 이글이글 타오르는 불길처럼 열정적이다. 그녀의 손은 금방 화롯불을 쬔 듯 따스했다. 생모인 줄리아를 닮은 그 예리한 눈동자가 정면으로 직시하는 바람에 재동은 다소 당황스러웠다. 게다가 키스를 하라고 내민 손까지 재동의 손을 힘주어 잡는 느낌에 저도 모르게 아이바조프스키의 눈치를 살폈다.

"감사합니다."

재동은 서둘러 인사를 마치고 얼른 손을 빼냈다.

커피맛이 예상보다 향기로웠다. 그런데 안나가 자기 남편 얼굴을 물끄러미 쳐다보는 것과는 대조적으로 알렉산드라는 아까부터 계속하여 재동만을 바라본다. 재동은 그만 쑥스러워 모르는 척 하고 바다 쪽만 바라보았다.

"어때요, 풍경이 참 아름답죠?"

아이바조프스키가 손가락으로 테라스 아래에 펼쳐진 망망한 바다 쪽을 가리켰다. 그러나 그곳에는 파도는 없었다. 잔잔하고 평화롭고 고요하다. 우리 눈에 익숙한 일상 속 바다의 평범한 모습이었다.

"네. 상상 속의 바다보다는 못하지만요."

"하하하. 아직도 '아홉 번째 파도'에서 벗어나지 못했군요. 그래도 나는 이 멋에 삽니다. 막힌 데라곤 없이 사방이 뻥 뚫렸잖아요. 저기 앞에 내려다보이는 곳이 기차역입니다. 저쪽은 항구이고요."

재동은 알렉산드라의 끈질긴 시선을 피하려고 일부러 과장된 자세를 취하며 아이바조프스키가 가리키는 곳들을 빙 둘러보았다.

"테오도시우스에 살면서 별로 한 일은 없지만, 그래도 이 고장에 철도를 부설하고 항구를 개척하는 일에 나도 조금은 동참했다는 사실만으로도 뿌듯함을 느낍니다. 그것들이 기적에 속하는지는 모르겠습니다만……."

"왜, '조금'뿐이에요?"

잠자코 앉아서 커피만 조금씩 홀짝거리던 안나가 시선은 여전히 남편의 얼굴에 걸어둔 채 조용한 음성으로 대화에 살짝 숟가락을 얹는다.

"당신이 앞장서서 철도를 부설하고 항구를 건설했으니 명실공히 창시자라 할 수 있죠."

"부인, 그렇다고 손님 앞에서 그걸 어떻게 내 입으로 자랑하겠소이까."

"사실인 걸요. 거짓말이 아니잖아요. 당신 공로가 어디 그것뿐인가요. 저기 북쪽 언덕 위의 고고학박물관 건물도 당신이 지은 거고, 또 이 집에 붙여 지은 갤러리를 도시에 미술관으로 무료 기증한 것도 당신이 아닌가요. 저 아래 분수대도 당신이 디자인하고 사비를 들여서 세운 거고요."

"부인도 참, 쑥스럽게……."

아이바조프스키는 어린애처럼 얼굴을 붉히며 무안함을 해소하려는 듯 커피잔을 들었다.

"사실 뭐, 이름 같은 거 남기려는 공명심 때문에 한 일은 아닙니다. 이곳이 워낙 편벽한 시골 도시라 무미건조하고 별 볼일 없는 일상을 무엇으로라도 바꿔보려는 생각에서 시작했던 겁니다. 날마다 반복되는 일상이 너무나 권태롭고 자질구레하더라니. 그만 질려서요."

"아빠, 아빠도 이곳의 일상이 무미건조하다는 사실을 인정하시네요. 그러시면서 엄마가 이곳이 싫고 페테르부르크 생활이 좋다고 하시는 걸 나무라신 거예요? 어차피 철도를 놓고 항구를 세울 거면 진작 이런 걸 모두 갖춘 상트페테르부르크에서 그냥 사시는 게 차라리 낫지 않았을까요? 그랬더라면 엄마랑 동거했다, 별거했다 하지도 않으셨을 테고. 엄마도 1860년 대도시로 떠나가지 않았을 거잖아요. 결국은 그것 때문에 1877년에는 엄마랑 이혼까지 하셨고요."

딸 알렉산드라가 눈 하나 깜박하지 않은 채 바늘처럼 따끔한 말을 대놓고 아버지한테 쏟아냈다.

"알렉산드라!"

느닷없이 안나가 낮으나 뼈 있는 음성으로 자기보다도 몇 살이나 연상인 딸의 이름을 불렀다. 재동은 바야흐로 전개될 모녀간의 가시 돋친 설전에 저도 모르게 긴장해졌다.

"넌 죽어서 영혼이 된 지금에 이르러서도 줄리아의 편이구나. 안 그러면 누가 모녀가 아니랄까봐. 손님 앞에서까지 꼭 아버질 망신 시켜야겠니."

"부인, 그만합시다. 내가 괜한 말을 꺼내 가지고 분위기만 망쳤습니다. 정 선생도 보다시피 난 이 두 여자 앞에서 누구 편도 들 수 없습니다. 한 여자는 같은 침대에서 자고 한 여자는 몸속에 내 피가 흐르고 있으니 말입니다. 알렉산드라는 이 건물 오른 편 방에 손자여석들과 함께 살고 있습니다."

아이바조프스키는 급히 두 여자의 설전에 개입하여 불길이 번지기 전에 서둘러 진화했다.

"말이 나온 김에 한마디만 더 해야겠어요. 아까 우연히 들은 건데 아빠가 기적은 상상이 만들어 낸다면서요? 그렇다면 기적을 구태여 철도요, 항구요 하는 현실적인 것에서 찾을 필요가 없잖아요. 게다가 현실 속의 기적은 요행 찾았다 해도 '아홉 번째 파도'처럼 죽음의 위험이 도사리고 있지만 상상속의 기적은 그보다 열배나 더 파괴적이고 치명적이라 해도 털끝 만큼도 위험 요소가 없으니 그걸 즐기면 되잖아요."

갑자기 좌중이 물 뿌린 듯 조용해졌다. 지금까지 진행된 화제와는 전혀 상관이 없는 말이었기 때문이다. 하지만 재동이만은 문득 알렉산드라의 몸에서 줄리아의 모습을 떠올렸다. 그런 말은 줄리아의 입에서만 나올 수 있는 것이었기 때문이다. 그런데 알렉산드라의 입에서도 똑같은 말이 튀어나오다니……. 뭔가 이상한 느낌이 들었지만 두 여자가 논리적으로 연결되지 않아 엉뚱한 추측은 삼갔다.

아이바조프스키는 셋째 딸을 무척 귀여워하는 모양이다. 딸의 무례한 공격에 아무 말도 안하고 멋 적게 웃기만 하다가 머쓱한지 엉거주춤 의자에서 일어섰다. 늙고 여위어 키가 더욱 껑충해 보였다. 노년에는 누구나 자식한테 당하는 설움일 것이다.

"내가 잠시 다녀올 곳이 있으니 정 선생은 세 사람과 커피나 마시며 기다려요."

한 마디 남기고는 테라스를 떠나 쓸쓸하게 방으로 들어가 버린다. 그 뒤를 따라 안나도 자리에서 일어섰다.

"더위 때문인지 불편해서 잠시 방에 들어가 휴식하고 나올 게요. 실례합니다."

아무런 감정도 없는, 그냥 메마른 예의뿐이다.

테라스에는 재동과 알렉산드라 달랑 두 사람만 남았다. 재동은 잠시 아무 말도 없이 커피만 마시다가 결국 자리에서 일어났다.

"부인, 저도 이만 실례하겠습니다."

그런데 알렉산드라도 덩달아 일어서더니 부랴부랴 재동의 팔을 부여잡았다.

"정 선생님!"

그 표정이 너무 애절하고 환희가 넘쳐흘러 재동은 놀랐다.

"부인, 저한테 무슨 하실 말씀이라도……."

"정말 절 모르시겠어요? 저 줄리아예요."

"네?! 당신이 알렉산드라가 아니고 줄리아라고요?"

재동은 저도 모르게 두 눈이 휘둥그레졌다. 방금 전까지도 셋째 딸이던 그녀가 갑자기 줄리아로 변했으니 누구더러 믿으란 말인가.

"여기서 이러지 마시고 어서 절 따라 오세요."

알렉산드라는 무작정 그의 팔목을 잡고 집안으로 끌고 들어오더니 좁고 기다란 복도를 따라 오른쪽으로 달려갔다. 재동은 영문도 모른 채 그녀에게 잡혀 어디론가 끌려갔다. 그녀는 복도 끝의 어느 방문을 열더니 주저 없이 안으로 들어갔다. 침실이다. 재동은 깜짝 놀라 그녀의 손을 뿌리치고 돌아 나오려고 했다. 그러나 미처 피할 사이도 없이 그녀가 와락 덮쳐들어 목을 그러안고 매달리는 바람에 재동은 그만 몸의 중심을 잃고 침대 위에 나뒹굴었다.

"보고 싶었어요. 죽고 싶을 만큼!"

재동은 질겁한 나머지 그녀를 가까스로 밀어내고 침대에서 일어났다.

"알렉산드라 부인, 정중하게 말씀드리는 데 이러시면 안 됩니다. 저를 나쁜 사람으로 내몰지 말아 주세요."

"저, 정말 줄리아예요. 잠시 셋째 딸의 육체를 빌었을 따름이라고요. 어떡하면 믿으실 거예요?"

"정말 줄리아라면 자신의 육체로 나타날 것이지 왜 딸의 육체를 빌립니까. 절 믿게 하시려면 지금 여기서 줄리아로 변신해 보시던지 아니면 절 내보내 주세요."

"변신은 불가능해요. 지금은 1898년이에요. 우리가 만난 지도 벌써 40년이 흘렀다고요. 제 육체는 60대의 할망구가 돼버렸어요. 그리고 저랑 저 양반은 지금은 이혼한 사이예요. 제 모습으로 이곳에 나타난다는 자체가 제 자존심이 허락하지 않아요. 정 선생님이 아니면 제가 여길 왜 와요."

"듣고 보니 그건 그럴 지도 모르겠습니다만. 그래도 그 말만으로는 믿을 수가 없습니다."

"어떡하죠? 인간세상에서는 영육 일체가 일상이지만 여기서는 도리어 영육 불일치, 영혼과 다른 육체의 결합이 일상이거든요. 결국 한 곳의 일상은 다른 곳에서는 기적이 되고 그곳의 기적은 다른 곳에서는 일상이 되는 거예요. 마치 심판이라는 '파도'와 용서라는 '태양'이 주님에겐 일상이지만 구원받은 조난자들에게는 기적인 것처럼. 어떤 의미에서 일상은 일상만이 아니고 기적은 기적만이 아니죠. 오늘 정 선생님은 일상과 기적을 동시에 경험하시는 거예요. 영육 불일치라는, 인간세상의 눈으로 본 기적과 우리식의 그 일상 말이에요.”

줄리아가 또다시 품에 안기려 했으나 재동은 아예 자리에서 일어났다. 알렉산드라는 애원이 담긴 눈빛으로 그를 쳐다보며 안타까워했다.

“어떻게 하면 당신이 믿을 수 있을까요. 참, 이건 어때요. 장군님, 화가 나신 거예요? 제가 무슨 잘못을 했는지 모르겠지만 어떻게 하면 화를 풀어드릴 수 있을지요? 저한테 드릴 거라곤 이것밖에 없는데. 이거라도 드릴까요?”

줄리아는 가슴을 좌우로 흔든 후 두 다리를 살짝 벌렸다.

“부인. 정말 부인이시군요!”

그 말과 동작은 오로지 줄리아와 재동 두 사람만 아는 비밀이었다. 재동은 그제야 의심을 버리고 침대에 앉아 그녀의 상체를 품속에 껴안았다. 그리고 그녀의 입술에 키스했다.

내가 의심 때문에 주저하는 동안 저놈은 줄리아든 알렉산드라이든 불문하고 진작 모든 작업 준비를 끝내고 고개를 번쩍 쳐든 채 문이 열리기만을 기다렸던 중이었다. 그놈의 불같은 성화에 내 인내심이 한계에 도달해 그러지 않아도 금세 버티기를 포기하고 전권을 그놈에게 들어 바칠까 망설이던 중이었다. 알렉산드라의 작지만 탄탄한 가슴과 탱탱한 몸매는 줄리아에게서는 볼 수 없었던 새로운 매력이 넘쳤기 때문이다. 이제 두 사람의 손은 상대의 옷을 벗기느라 바빠졌다.

“정 선생님, 어디 계십니까? 인간세상으로 내려갈 시간이 되었는데……."

그때 복도에서 아이바조프스키가 찾는 목소리가 들려왔다. 나는 화들짝 놀라 침대에서 일어났다.

"네— 지금 나갑니다."

그리고 부랴부랴 풀려진 벨트를 다시 매고 침대에서 내려와 슬리퍼를 신었다.

"부인, 미안합니다. 우리 나중에 다시 봅시다. 전 이만……."

"나중이 또 어디 있어요. 선생님은 곧 인간세상으로 내려가신다면서요."

줄리아가 두 눈에 눈물을 줄줄 흘리며 침대에서 기어와 나의 바짓가랑이를 움켜잡았다.

"그렇지만 밖에서 선생님이 부르시잖아요."

"선생님 때문에 행복했어요. 당신을 영원히 기억할게요. 잘 가세요!"

더는 정든 사람과의 이별을 막을 수 없음을 깨달은 듯 줄리아의 손이 내 바짓가랑이에서 맥없이 풀렸다. 그러나 파도 같은 슬픔을 참지 못해 그대로 침대 위에 엎드려 통곡하기 시작했다. 어깨가 세차게 들먹였다. 너무 가냘파 보인다. 울고 있는 줄리아를 방에다 두고 복도로 나오는 나는 눈에 눈물이 그득먹하게 고이며 도어록이 보이지 않아 한참이나 맹인처럼 손으로 문을 더듬었다.

"줄리아…… 줄리아…… 줄리아……."

나는 목 메여 그녀의 이름을 부르고 또 불렀다. 그러나 막혔던 울음이 터져 나와 말을 삼켰다. 그녀를 버리고 떠나는 발걸음이 차마 떨어지지 않아 눈앞이 캄캄해졌다. 나는 간신히 문을 열고 복도로 나왔으나 몇 걸음 옮기지 못한 채 그대로 정신을 잃고 바닥에 쓰러졌다. 그리고 내 등 뒤에 천장과 지붕 그 위의 하늘이 산사태처럼 와르르 무너져 내렸다.

# 5장

## 태풍아, 불어라!

### 1

속이 쓰리고 목이 마른다. 눈을 떠보니 주변에는 아무도 없다.

아이바조프스키는 어디에 있는가?

줄리아는?

아! 그제야 침대위에 쓰러져 우는 줄리아를 방에 두고 복도로 나오다가 정신을 잃고 거꾸러졌던 기억이 떠올랐다. 천장도, 지붕도, 하늘도 무너졌었다. 하지만 그 뒤로는 아무 생각도 나지 않는다.

내가 꿈을 꾼 건가? 아니야, 꿈이라고 하기에는 기억이 너무 생생하다. 고개를 들어 방 안을 둘러보고서야 나는 내가 있는 곳이 상트페테르부르크도 아니고 그렇다고 페오도시아의 아이바조프스키의 저택도 아닌 가거도 민박집 2층의 내 방에 누워 있음을 발견했다. 벽에 걸린 시계가 오전 11시 15분을 가리킨다. 그러나 오늘의 날짜는 알 수 없다.

태풍은 지나갔나? 그리고 내가 언제 해수욕장에서 민박으로 돌아왔지?

고개를 돌려보니 머릿맡에 꿀병과 얼음물 그리고 죽 그릇이 놓여 있다. 옷도 누군가 벗겨서 세탁해 창가의 건조대에 널어놓았다.

허유정!

그제야 그녀의 이름이 머릿속에 떠올랐다. 허유정이 나를 바닷가에서 민박까지 업어온 것이 틀림없다. 그리고 비에 젖은 옷을 벗겨 빨아 널고 꿀물과 쑨 죽을 올려놨을 것이다. 왜냐하면 이 민박에는 그와 허유정밖에는 없기 때문이다. 다만 팬티만은 입은 채로인데 차가운 액체가 끈적끈적했다. 상반신을 일으켜 꿀물을 조금 타 마시고 죽도 몇 숟가락 떠먹었으나 속에서 스웡인지, 코냑인지, 보드카인지 모를 알코올이 역류해 숟가락을 도로 죽 그릇에 내려놓았다. 허유정이 은혜를 갚았구나 싶었다.

눈결에 TV탁자 위에 놓인 낯선 종이쪽지 하나가 스쳤다. 엉금엉금 기어가 쪽지를 집어 펼쳐보았다. 금방 글씨를 배우는 유치원 원생처럼 한자 한자 또박또박 박아 쓴 글 몇 줄이 의좋게 나란히 정렬해 있다.

정재동 교수님.

미대 교수라면서요. 김현재 교수님의 전화를 받고 알았어요. 모친, 부인, 여동생, 민박집 주인한테서도 차례로 전화가 왔어요. 술 마시고 위층에서 주무시는 중이니 이담 다시 하라고 대답했어요. 해변에서 혼자 술을 저만큼은 마셨나 보죠? 아무것도 모르시더라고요.

그런데 줄리아는 누구죠? 눈물까지 흘리시며 잠꼬대 하시더라니…….

그리고 저 그림 맘에 들어요. 만신창이 된 지금의 제 심경이 저러니까요. 일어나면 꿀물이든, 죽이든 좀 드세요. 신세 갚는다 생각 마시고 우렁각시라 생각하세요.

안녕히 계세요!


죽음을 각오한 아가씨가 이 마당에 익살을 부릴 여유까지 있다는 생각에 실소가 나갔다.

자리에서 일어났다. 전화할 곳도 있고 허유정에게 고맙다는 인사도 할 겸 해서였다. 그러나 어지럼증과 구토 증세 때문에 일어서다 말고 다시 주저앉았다. 그제야 팬티의 그 끈적끈적한 액체의 정체가 170여 년 전 줄리아와의 정사 때 사정된 분비물임을 알았다.

꿈이 아니었어. 정말 그들을 만나고 온 거야.

나는 입 속으로 중얼거리며 누워서 베개 위에 머리를 틀어박았다. 그리고는 줄리아를 생각하며 소리 내어 흐느꼈다.

줄리아, 비겁하게 당신을 버리고 도망쳐서 미안합니다. 정말 미안…….

　재동이 다시 눈을 떴을 때는 벽시계가 오후 8시 3분을 막 넘어서고 있을 무렵이었다. 테라스와 연결된 유리 미닫이문이 바람 때문인지 드르릉~드르릉~ 울부짖고 빗줄기가 요란하게 유리를 때리는 소리에 깨어났다. 밖에서는 바람과 빗줄기뿐만 아니라 번개까지 친다.

　아, 태풍이다! 태풍이 불어온다.

　재동은 순간 전신이 떨리기 시작했다. 드디어 올 것이 왔기 때문이다.

　재동은 일어나야 한다고 생각했다. 태풍에 맞춰 그림도 그리고, 눈앞에 닥쳐오는 기적도 목격해야 하기 때문이다. 일단 상반신을 일으킨 후 미리 현기증을 예방하는 차원에서 꿀물부터 마셨다. 그리고 나머지 죽 그릇도 깨끗이 비웠다. 그 덕분인지 자리에서 일어났으나 다행히 어지럼증이나 구토증상은 없다. 아마도 충분한 수면으로 건강이 얼마만큼 회복된 모양이다.

　유리창에는 시커먼 어둠이 두텁게 매달려 있고 밖은 암흑천지다. 미닫이문을 열자 기다렸다는 듯 세찬 바닷바람이 몰려 들어와 재동은 저도 모르게 가슴을 떠밀리며 뒷걸음질 쳤다. 일단 문을 닫고 그림 그릴 준비부터 했다. 캔버스를 유리문 가까이로 옮겨오고 그 앞에 튜브를 짜낸 물감이 배열된 팔레트를 놓았다. 그러고 나서 다시 미닫이를 열었다. 좀 더 가까이에서 기적을 만나려면 테라스에 나가서 작업을 해야 한다. 테라스에 설치된 조명

등을 켜자 빗줄기가 창끝처럼 빽빽하게 숲을 이룬 바깥 공간이 드러났다. 여기에 캔버스를 들고 나오면 금방 젖을 것이다. 비를 막기 위해 파라솔을 펼치려고 했지만 태풍에 이리저리 넘어가는 통에 끝내 포기하고 말았다. 순식간에 물에 빠진 생쥐가 되고 말았다. 결국 테라스에서의 작업을 단념하고 도로 방 안으로 들어왔다.

그런데 테라스에서 파라솔과 씨름하는 사이 방 안에서는 뜻밖의 사건이 벌어졌다. 폭풍에 휘날리던 커튼 자락이 팔레트에 짜놓은 물감을 묻혀 캔버스를 후려치고 있었던 것이다. 대부분 빗나갔지만 그중 몇 번은 면바로 캔버스를 때리며 자연적으로 물감을 칠했다. 하지만 캔버스는 얼마 버티지 못하고 바람을 안고 뒤로 넘어졌다.

다시 세워놓고 보니 여러 가지 색깔의 굵기가 불일치한 곡선들이 4시 방향에서 시작하여 11시 방향으로 진행하다가 12시와 1시 방향의 수직선에서 코스를 바꿔 다시 곡선을 그리며 한 치 정도 내려오다가 이번에는 5시 방향으로 내려와 캔버스 가장자리에까지 이어졌다. 그리고 그 앞에는 역시 여러 가지 색상의 물감 방울들이 물보라처럼 튕겨져 있다.

아, 나대신 자연이 알아서 그림을 그려주는구나!

인제는 내 차례다. 나는 해풍이 너무 강해 캔버스를 다시 단단하게 고정시켜 놓았다. 그런 다음 손에 집히는 대로 브러시를 골랐다. 가장 큰 것이다. 아무런 목적도 없이 물감을 브러시 끝에 묻혀들고 혼이 빠진 상태로 캔버스에 엉거주춤 마주섰다. 하지만 나는 그렇게 목석이 된 채 굳어버리고 말았다. 머릿속에 아무런 발상도, 아이디어도 떠오르지 않았다. 문득 아이바조프스키의 말이 기억났다. 머릿속에 들어찬 것이라고는 온통 무미건조한 일상의 찌꺼기들뿐이라던 말이. 밖에서 들려오는 천둥번개소리, 바람소리, 빗소리뿐 상상마저도 태풍에 질겁한 나머지 도망이라도 간 듯 자취를 감춰버렸다. 지금 눈앞에서 요동치는 이 현실을 그대로 화폭에 담기에는 이미 그림은 너무 비현실적이고 추상적이었다.

바로 그때 느닷없이 테라스에서 불어 들어온 한줄기의 맹렬한 태풍이 등을 강하게 떠미는 바람에 나는 그만 몸의 균형을 잃고 앞으로 꼬꾸라졌다. 내 손에 들린 브러시가 그 순간 캔버스에 부딪치며 자연스럽게 페인팅이 되었다. 그것은 그냥 12시 방향에서 8시 방향으로 짧고 굵게 터치된 이미지에 불과했다. 브러시의 넓이만큼, 브러시의 길이만큼의 자국이다. 커튼이 그린 이미지와 바람이 내 등을 떠밀어 터치된 이미지 사이에는 역시 커튼에 의해 뿌려진 여러 가지 색상의 물감 방울들이 가득 차 있었다.

이 그림 이젠 버려야 되는 거 아냐?

나는 일어나서 넘어진 캔버스를 세우고 그림을 보며 자신에게 질문했다. 하지만 금시 저 그림 제 맘에 들어요 했던 허유정의 쪽지가 생각났다.

참, 허유정은 지금 뭘 하고 있지?

재동은 그제야 허유정이 생각나 방에서 나와 1층으로 내려갔다. 문득 쪽지에 적힌 안녕히 계세요 라는 문구가 재동의 머릿속에 불길한 예감을 불러일으켰기 때문이다.

허유정의 방문을 노크했으나 응대가 없다. 문을 열어보니 방 안에도 그녀는 없다. 이불은 정갈하게 개어져 있고 에어컨과 TV도 꺼져 있다. 테라스로 나가는 미닫이문도 굳게 잠겨 있다. 그런데 눈에 띄는 것은 TV앞 테이블에 5만 원짜리 지폐 두 장과 만 원짜리 지폐 한 장이 포개진 채 놓여 있는 모습이다. 아마도 그동안의 숙박요금인 듯싶다.

"이 여자가 이 난리판에 또 해변으로 나간 거 아냐?"

재동은 짜증이 나 버럭 소리 지르며 방 안에서 나와 식당으로 가보았다. 그곳에도 허유정은 보이지 않았다. 태풍이 몰아치는 이런 때에 홀로 해수욕장으로 나가는 건 위험천만한 일이다. 문득 떠오르는 생각이 있어 다시 그녀의 방으로 들어가 보았다. 아니나 다를까 해금도 보이지 않는다. 그리고 그제야 나머지 양주병도 가방채로 모두 사라졌음을 발견했다. 이제는 허유정이 해수욕장으로 나간 것은 확실한 사실이 되었다. 게다가 그 목적도 산책 같은 것이 아니라 십중팔구는 극단적 선택일 거라는 짐작이 들었다.

"마이 갓! 내 그림도 못 그렸는데 이상한 여자 때문에 또 시간을 허비해야 돼!"

하지만 가거도엔 불과 몇 집에만 조명등이 깜박일 뿐 온 동네가 무덤처럼 어두컴컴하고 적막하다. 밖에는 나다니는 사람의 그림자조차 볼 수 없다. 재동이마저 모른 척 하면 이 태풍 속에서 파도가 치는 해수욕장에 나간 허유정은 두말할 것도 없이 죽는 길밖에 없다.

"기적이 아니라 화근거리를 만났어!"

재동은 2층으로 다시 올라왔다. 일단 테라스로 통하는 커다란 미닫이문을 닫아야만 했다. 아니면 비바람이 불어 들어와 그림이 젖을 수 있기 때문이다.

다시 아래층으로 내려왔다. 급한 김에 그대로 밖으로 나갔지만 칠흑 같은 어둠과 얼굴을 아프게 때리는 빗줄기와 걸음을 옮기기도 힘겨운 거센 바람과 정면으로 마주쳤다.

"이 여자가 죽으려고 환장했어."

우선 플래시나 비옷 따위들을 챙겨야만 할 것 같았다. 해풍은 시간이 갈수록 거세지고 빗줄기도 굵어졌다. 시간 지체는 허유정의 신변에 더 큰 위험으로 이어질 것임을 알고 있는 재동의 행동은 조급함을 띠며 허둥지둥 댔다.

"기적을 만나야 하는데 미친 여자를 만났어. 뒤지겠으면 뒤지고 내가 상관이 뭔데 지금 이러고 있어. 한번 구해줬으면 됐잖아. 젠장, 플래시는 도대체 어디 있는 거야?"

비옷은 마침 문가의 옷걸이에 걸려 있어 쉽게 찾아 입었는데 플래시는 도저히 찾을 수가 없었다. 주인의 전화번호도 모른다. 그리고 이 난리판에 전화인들 통하겠는가. 재동은 이 구석 저 구석 손이 닿는 대로 뒤지며 연신 허유정에게 욕설을 퍼부었다. 하지만 기억 속에는 그녀가 세탁해준 빨래며 식당에서 만들어 올려다준 꿀물이며 죽이 떠올랐다. 그 비바람 속에 80kg이 넘는 남자를 등에 업고 동개해수욕장에서 민박으로 이동하며 허유정도 아마 재동에게 온갖 입에 담지 못할 욕설을 다 퍼부었을 것이다.

끝내 찾지 못한 채 포기하고 나가려는 데 어이없게도 문 옆 커피자판기 위에 플래시가 덩그러니 놓여 있다.

"사람을 골려도 분수 있지. 너까지 날 골탕 먹이냐."

플래시를 보고서도 한마디 욕설을 퍼부은 뒤 밖으로 나왔다. 하지만 그렇게 많은 품을 들여 찾아낸 대가가 무색할 만큼 플래시를 켰으나 촘촘한 빗줄기 때문에 발밑도 제대로 비추지 못했다. 빗줄기는 시간이 흐를수록 더욱 세차지고 바람은 걸음을 옮기기도 힘들 만큼 세차게 불었다. 섬마을은 몇몇 가옥을 제외하고는 어둠 속에 깊이 파묻혀 윤곽조차 보이지 않았다. 천지간에 넘치는 거라곤 어둠과 바람과 빗줄기뿐이다. 다만 밖에 나서면서부터 방파제와 충돌하며 치솟아 오르는 파도의 굉음이 요란한 소음에 가세하기 시작했다. 마을이 이러니 동개해수욕장은 어떠하랴. 또 전번 날 앉았던 그 자리에 앉아 술을 마시고 해금 연주에 노래를 부르며 죽기를 기다린다면……. 벌써 파도에 휩쓸려 수중귀신이 되었는지도 모른다.

재동의 발걸음은 저도 모르게 빨라졌다. 그러나 마음만 조급할 뿐 비바람 때문에 걸음을 재촉할 수가 없었다. 몸의 균형을 유지하는 것조차 어려웠다. 그는 해안도로를 버리고 손으로 가드 레일을 잡고 걸을 수 있는, 산비탈의 높은 지대에 설치한 산책로를 따라 걸었다.

눈앞에는 아무것도 보이지 않았다. 다만 하늘에서 번갯불이 번쩍일 때마다 대낮처럼 주변 경물이 잠간 동안 모습을 드러냈다가는 다시 어둠 속에 묻혀버릴 따름이다. 그때 드러난 해수욕장의 검푸른 파도는 집채 같이 높아 무시무시한 공포감을 불러일으켰다. 파고 마루에서 부글거리는 흰 거품이 무슨 괴물처럼 선명하게 보였다.

"저 파도가 삼키면 살아날 놈이 없어. 이 여자가 정말 미쳤어, 미쳐!"

재동은 오로지 허유정이 전 번 날 앉아 있던 그쪽에만 눈길을 고정한 채 걸음을 옮겼다.

## 2

나는 걸으면서도 자주 손나팔을 만들어 바다 쪽을 향해 외쳤다.

허유정 씨—

하지만 그 소리는 순식간에 빗소리와 파도소리에 삼켜지고 만다. 파도의 굉음이 어쩌나 요란한 지 귀청마저 먹먹해진다. 고함을 지르다가는 멈춰 서서 해수욕장 쪽에 잠시 귀를 기울이기도 한다. 혹시 해금연주나, 노랫소리가 들리나 해서이다. 하지만 온 천지에 차고 넘치는 건 빗소리, 바람소리, 파도소리뿐이다.

얼마나 걸어왔을까?

산책로의 끝머리에 거의 당도했다고 느껴질 무렵, 시커먼 하늘을 장검처럼 번쩍 가르며 번개가 친다. 그 순간 나는 해수욕장에 앉아 있는 허유정의 모습을 발견했다. 전날 앉았던 곳보다는 조금 뒤, 몽돌해수욕장보다는 지형이 2~3미터 높은 언덕 위에 앉아 있다. 몽돌해변은 이미 부글거리는 해수가 들어찼고 끓어오르는 기름 솥처럼 격랑이 용솟음칠 때마다 그 나지막한 언덕을 집어삼킬 듯이 늑대무리처럼 덮쳐든다. 뒤이어 터진 우렛소리가 그치기도 전에 또 한 번 눈부신 섬광이 해안을 밝힌다. 풍랑이 언덕 위에 부딪치며 물보라가 허유정이 앉은 곳을 덮치는 것을 본 나는 기겁하며 소리쳤다.

"아가씨, 빨리 뒤쪽으로 피하세요. 거기 있다가 죽어요!"

다행히도 물결에 휩쓸려 아래로 굴러 떨어지지는 않았지만 연달아 터지는 번개불빛에 뒤로 넘어졌다가 기적 같이 다시 일어나는 허유정의 모습이 포착된다. 손에 든 그 기다란 막대기 같은 물건은 아마도 해금일 것이다. 저렇게 앉아서 파도가 자신을 삼켜버리기를 기다리고 있는 게 틀림없다. 격랑이 휩쓸어가지 않으면 결국 그녀 스스로 풍랑 속에 뛰어들 것이다. 허유정은 해금을 손에 든 채 하늘을 향해 두 팔을 활짝 펼쳐든다. 그 제스처는 결코 '아홉 번째 파도' 그림 속의 구원을 바라는 선원의 저 갈망의 몸짓은 아니었다. 도리어 그 반대로 하늘이여, 어서 나를 당신한 테로 데려가 주십시오! 하는 간절한 청원이 담긴 몸짓일 것이다.

나는 이제 풍랑이 언덕을 덮치는 것을 번갯불을 빌리지 않고 소리만 듣고서도 분별할 수 있다. 쏴~철썩! 하는 충돌 음이 너무나 선명했기 때문이다. 그럴 때마다 나는 아슬아슬한 조바심으로 가슴을 쓸어내려야만 했다. 이제 번개불빛은 언덕 위에 허유정이 앉아 있는지 사라졌는지를 확인하는 작용만 한다.

드디어 산책로가 끝났다. 산책로와 몽돌해변 사이에 펼쳐진 꽤 넓은 공터에는 이미 파도에 밀려올라온 바닷물과 쏟아지는 빗물이 고여 발목까지 차오른다. 나는 그런 걸 아랑곳할 사이도 없이 무작정 공지를 가로질러 허유정이 앉아 있는 해변으로 달음박질치기 시작했다.

파도야, 제발 참아라. 내가 저기 당도할 때까지만······.

속으로 빌면서 달렸다. 태풍이 몰아치고 폭우가 쏟아지고 파도가 치솟기를 오매불망 고대하던 나다. 그래서 아이바조프스키의 '아홉 번째 파도' 그림에 그처럼 매료되었었다. 태풍이 불어서, 파도가 쳐서 저 진부하고 권태롭고 무미건조한 일상을 모조리 삼켜버리고 휩쓸어가기를 바랐었다. 그런데 나는 지금 아이러니하게도 파도가 멈추기를 빌고 있다. 지금 언덕을 짓부수는 저 파도의 세기가 어느 순간 일곱 번째도 여덟 번째도 아닌 아홉 번째 파도로 돌변하여 들이닥치는 순간 허유정은 언덕에서 거짓말처럼 깨끗이 사라지고 말 것이다.

그렇다, 기적보다 생명이 먼저다! 기적은 놓치면 다시 올 수 있어도 생명은 한번 가면 두 번 다시없다.

허유정이 있는 곳에 거의 도착했다 싶었다. 그 쓸모없는 플래시 불빛에도 그녀의 모습이 희미하게나마 드러났기 때문이다. 갑자기 등 뒤에서 부르는 소리에 놀라 도리어 파도 속에 뛰어들까봐 나는 입술을 꾹 깨문 채 재빨리 그녀한테로 접근한다. 이제는 손을 뻗으면 허유정의 몸에 닿겠다 싶을 때, 그래서 오른손을 내밀어 그녀의 어깨를 잡으려 할 때, 돌연 거센 파도가 언덕으로 돌진해오며 그대로 머리로 사람을 들이받는다. 그 풍랑의 힘에 가슴을 떠밀려 나는 허망하게 뒤로 나가 넘어졌다. 손톱을 세워 흙더미를 꽉 움켜잡았다. 파도는 내 몸뚱이를 빨아들여 바다로 끌고 가려고 했으나 결국 나의 필사적인 반항에 실패하고 그냥 허무하게 철수한다. 나는 땅바닥에서 일어나 입 안에 들어간 짠 바닷물과 모래를 토해내며 플래시로 그녀가 있던 쪽을 비춰보았다. 없다. 그녀가 사라졌다.

"허유정 씨, 허유정!"

나는 고래고래 소리 질렀으나 파도소리 때문에 내 귀에도 모기소리만큼 가늘게 들린다. 하늘이 무너지는 것 같았다. 뭘 어떻게 해야 되는지 아무런 생각도 나지 않는다. 검푸른 파도는 또다시 힘을 가누며 재 돌격을 준비하고 있다. 그러더니 금방 거대한 괴물처럼 집채 같은 파도를 몰고 언덕을 향해 돌진한다. 바로 그 순간 번갯불이 터졌고 나는 기적 같이 그 파도를 타고 기슭으로 밀려나오는 하나의 거뭇한 물체를 발견했다.

허유정!

나는 무작정 돌격해오는 파도를 맞받아 바닷물 속으로 풍덩 뛰어들었다. 물속에서도 두 눈을 부릅뜬 채 물결과 싸우며 무슨 나무토막처럼 기슭으로 뒹굴뒹굴 굴러오는 그녀에게로 접근해 팔목을 꽉 움켜잡았다. 곧 이어 파도는 언덕에 부딪쳤고 물보라가 하늘 높이 치솟아 올랐다. 그리고는 아무 일도 없었던 것처럼 거대한 흐름을 거느리고 서서히 철퇴한다. 우리의 몸뚱이도 물러가는 파도에 빨려들며 바다 쪽으로 쓸려나가려고 했다. 순간 나는 언덕 밑에 어지럽게 널려 있는 콘크리트 방파제구조물을 한 팔로 꽉 끌어안았다. 퇴진하는 물결의 흡인력을 이겨내려고 이빨을 악물고 발악했다. 다행히도 그녀 역시 내 손에 팔목을 잡힌 채 미역줄기처럼 맥없이 물결에 흐늘거리면서도 끌려들어가지는 않는다.

폭발적인 에너지를 퍼붓고 난 파도가 저만큼 뒤로 물러나 잠시 뜸을 들이며 대오를 정비하고 새로운 공격을 위해 역량을 모으는 사이 나는 그녀를 끌고 언덕 위로 기어 올라왔다. 그리고 파도가 재차 진격하기 전에 허유정을 등에 업고 산기슭을 향해 냅다 달리기 시작했다. 이쯤하면 괜찮을 상 싶은 곳에 이르자 나는 다리맥이 풀려 그녀를 업은 채 빗물이 고인 진흙탕 속에 엎어졌다. 그런데 허유정이 죽었는지 미동조차 없다. 플래시도 잃어버린

지 오래다. 나는 숨 돌릴 틈도 없이 손바닥으로 그녀의 가슴을 눌러 인공호흡을 시켰다. 인공호흡을 시키는 한편 나 자신도 얼굴을 옆으로 돌려대고 뱃속에 들어간 바닷물을 토해냈다. 허유정도 뱃속과 입안에 들어찬 바닷물과 모래를 토해내야 숨을 쉴 텐데 도대체 반응이 없다.

"아가씨, 허유정 씨, 정신 차려요. 어서요."

대답이 없다.

정말 죽은 건가?

더럭 겁이 났다. 나는 이성을 잃고 마구 고아대기 시작했다.

"정신 차리라고, 이년아. 이 씨발년아! 죽지 말라고. 네가 죽으면 나도 죽어!"

여전히 죽은 시체 같다. 나는 인공호흡을 멈추고 엎드려 내 입으로 허유정의 입 속의 모래를 빨아냈다. 그리고는 필사적으로 내 숨을 그녀의 입 속에 불어넣었다. 모래를 빨아내고 숨을 불어넣는 과정을 수없이 반복하고 나서야 드디어 허유정이 입으로 바닷물을 왈칵왈칵 토해내기 시작했다. 그 와중에도 허유정은 한 손에 해금을 단단히 틀어쥐고 있었다.

"죽은 줄 알고 놀랐잖아. 됐어. 인젠 살았어."

바로 그때 대낮처럼 천지를 환하게 밝히며 번갯불이 번쩍 터졌다. 그제야 나는 허유정이 알몸뚱이라는 사실을 발견했다. 거센 파도 속에 이리저리 뒹굴며 반바지와 팬티, 티셔츠까지 죄다 벗겨져 달아났던 것이다. 나 역시 셔츠는 벗겨져 어디론가 사라졌다. 그나마 바지는 벨트를 졸라 맨 덕에 하체에 아직 걸려 있었다. 그녀의 알몸뚱이를 멀쩡하게 내려다보면서도 나는 아무렇지도 않은 자신을 발견하고 도리어 의아해졌다. 그것은 아름다운 여성의 육체가 아니라 그냥 생사를 넘나드는 하나의 생명체에 불과했다.

바닷물을 다 토해낸 후 허유정은 다시 의식을 잃었다. 연이어 터지는 번갯불을 빌어 나는 허유정의 왼쪽 허벅지가 무언가에 찔려 깊게 찢어져 피가 흐르고 있음을 발견했다. 망설일 틈도 없이 바지를 벗어 두 가랑이를 벌려 허벅지 위쪽을 힘껏 동여 지혈시켰다. 그리고는 그녀를 다시 등에 업고 산책로를 따라 섬마을로 달려갔다. 대낮이었다면 사람들은 우리를 보고 웃었을까 비난했을까. 남녀가 다 벌거벗은 채 남자가 여자를 업고 달려가는 모습을 보고 뭐라고 했을까. 하지만 다행히도 보는 사람은 누구도 없었다. 어둠이 우리를 보이지 않도록 감싸주었다.

태풍과의 악전고투 끝에 간신히 민박에 도착해 허유정을 방에 눕혔다. 전등을 켜자 허유정의 몸은 온통 모래와 흙, 검불, 피로 뒤범벅이 되어 있었다.

"허유정 씨, 정신 차려요. 눈 떠 보라고요."

어깨를 흔들었으나 여전히 의식불명상태이다. 그러나 다행스럽게도 숨은 정상적으로 쉬고 있다. 의사도 불러오고 이장한테도 알려야겠다는 생각이 들어 자리에서 일어났다. 하지만 그녀를 이런 망가진 모습으로 사람들한테 보여서는 안 된다는 생각이 뒤를 따랐다. 몸이라도 대충 닦고 옷이라도 입힌 후 알리는 것이 순서일 것이다. 숨도 쉬고 다리의 피도 지혈상태이니 다급한 상황은 아니었다. 그리고 그는 이미 볼 건 다 본 사람이다.

식당에 나가서 대야에 물을 받아들고 돌아왔다. 화장실에 비치된 수건을 벗겨 물에 적신 후 그녀의 몸을 닦기 시작했다. 흙탕물과 모래, 핏물이 물에 씻겨 나가자 밝은 조명 아래에 놀랍게도 우윳빛으로 반짝이는 해맑은 살결이 조금씩 드러났다. 마치 바나나껍질을 벗기듯이 하얗고 말랑말랑한 피부의 부풀어 오른 봉우리를 넘고 기름진 들판을 통과하자 그윽한 계곡이 차례차례 그 황홀한 모습을 완연하게 드러냈다. 발가락까지 닦고 나자 재동의 눈앞에는 그야말로 옥으로 쪼아낸 미의 여신 아프로디테의 환상적인 조각상 하나가 누워 있었다. 아니, 아프로디테는 우아한 곡선을 가진 하나의 옥 덩이에 불과하지만 허유정의 육체는 인간의 살결이 살아 있고 탱탱한 탄력과 부드러움을 간직한 피부의 움직임과 매끄러운 윤택, 눈부신 색깔들로 조화를 이룬 아름답고 찬란한 몸매여서 비교조차 안 된다.

재동은 한동안 넋을 잃어버리고 그녀의 몸에 시선을 고정한 채 선 자리에 우두커니 굳어버렸다. 이렇듯 금지옥엽 같은 육체가 억울하게도 남자 친구의 버림을 받았으니 허유정인들 그 수모를 어떻게 받아들일 수 있었겠는가. 차라리 그녀 스스로 소박당한 자신의 몸뚱이를 내쳐버리고 싶었을 것이다. 흙수저임에도 재벌 3세의 연인이라는 행운아가 될 수 있었던 이유 중에는 이 기적 같은, 그렇다. 문자 그대로 기적이라 할 수밖에 없는, 이 찬란하고 빛나는 몸매도 한 몫 했을 것이다. 그러나 방금 전 이 금덩이 같은 보물은 싸늘한 송장이 될 뻔했다. 사람들이 코를 움켜쥐고 피하는 썩은 고깃덩이가 될 뻔했다. 생각만 해도 정신이 아찔해진다.

재동은 2층으로 올라가 자신의 속옷과 셔츠를 들고 내려왔다. 그녀의 몸에 입히자 헐렁했지만 그래도 맨몸보다는 나았다.

"금방 나갔다 올 테니 잠시만 누워 계세요."

민박을 나서자 밖에서는 강풍이 여전히 몰아치고 폭우가 쏟아졌다. 빗줄기가 눈을 가려 앞이 보이지 않았다. 간신히 아물거리는 먼 불빛을 찾아 빗속을 뚫고 걸어갔다⋯⋯.

잠시 후 민박집 허유정의 방에는 보건소 당직 간호사와 마을 이장이 모였다.

"직원들은 모두 뭍으로 피신 나가고 보건소에는 저밖에 없어요."

간호사는 메고 온 왕진가방 안에서 지혈제와 붕대를 꺼내 상처를 처치한 후 포도당 링거주사를 놓았다.

"출혈이 심한데다 탈진상태로 의식을 잃은 만큼 포도당 주사를 맞으면 의식이 회복될 거예요. 깨어나시면 꿀물이나 죽 같은 것을 끓여 드리세요. 다리 상처는 수술을 해야 될 것 같아요. 저희 보건소에서는 의사 선생님이 계셔도 수술은 안 됩니다. 목포나 순안으로 나가셔야 가능해요."

간호사가 말하는 중에도 이장은 이장대로 재동을 탓했다.

"모두 뭍으로 피난가고 남은 사람들도 태풍 예고로 무슨 사고라도 날까봐 밖에 안 나가고 집 안에 가만히 앉아 있는 데 이런 날씨에 해수욕장으로 나가시다니요! 나쁜 마음을 먹지 않은 이상…… 살아났다는 것만으로도 하늘이 도와 준 겁니다. 선생님이 좀 잘 돌보셨어야죠. 여자분이 이 지경이 될 때까지…… 한 시간에 한 번씩 방송을 통해 밖에 나가지 말라고 그렇게 당부말씀을 드렸었는데……"

재동은 그녀와 모르는 사이라고 변명하려다가 그만 입을 다물었다. 이 상황에서 그런 핑계를 믿을 사람은 아무도 없을 것이다. 바꿔 놓고 그가 이장이라 해도 둘은 그렇고 그런 사이로 사람들의 눈을 피해 으슥한 섬에 밀회를 즐기러 왔다고 생각했을 것이다. 더구나 그녀의 몸에는 재동의 것으로 추정되는 남자의 옷까지 턱하니 걸쳐져 있는 이 마당에 말이다. 그리고 허유정을 위해서도 모르는 사이라고 말하고 싶지 않았다. 짧은 시간이었지만 그녀는 모르는 사람처럼 느껴지지 않아서였다. 위험한 순간에 생사를 함께 넘나들었잖은가. 나는 그녀를 구했고 그녀는 나를 구했다. 마치 백 년 전부터 아는 사이 같다.

"수술을 하려면 목포나 순안으로 나가야 한다는데 여객선은 언제쯤 운항을 재개할 수 있습니까?"

"글쎄요, 아마 며칠은 운항을 못할 겁니다."

이장의 대답에 재동은 조급해졌다. 다리 상처를 이대로 방치했다가 허유정이 정말 죽어버리는 건 아닌지 은근히 걱정되었다.

"그럼, 어떡하죠? 이대로 방치하면 위험할 텐데."

"그러니까 선생님이 이런 사고가 생기지 않도록 미리 조심했어야죠."

"죄송합니다. 다 제 탓입니다. 책임은 책임이고 무슨 방법을 강구해야지 않겠습니까?"

"걱정하지 마세요. 제가 날이 밝으면 해경에 전화를 해 구조헬기를 보내라고 요청할 테니까요. 1915년도에 맹장 환자를 후송하려고 구조헬기가 가거도에 왔다가 추락한 적이 있지만, 안개만 걷히면 가능할 겁니다. 미리 사람들을 시켜 착륙장에 문제점은 없는 지 점검해 놓겠습니다. 그나저나 젊으신 분이 이담은 이런 일이 있을 땐 조심하세요."

"네. 감사합니다. 조언 명심하겠습니다."

재동은 허유정이 정말 자기 아내나 된 것처럼 고마운 마음에 그녀 대신 이장을 향해 굽실, 경례까지 했다.

이장과 간호사는 모두 돌아갔다. 간호사는 남아 주었으면 했지만 손사래를 치고 나가버렸다. 주사가 끝날 무렵 전화만 주면 다시 올 거라는 말만 남겼다. 이장은 아예 두 사람 사이에 자기가 왜 쓸데없이 끼어드느냐는 표정을 굳이 감추려고도 하지 않았다.

"정신을 차리면 죽이라도 쑤어 여자 분한테 대접하세요. 일이 있으면 전화 주시고."

솔직히 허유정과 단 둘이 한 방에서 밤을 새야 한다는 현실이 부담감도 없지 않았지만 별다른 수가 없으니 그냥 짊어지기로 하고 아예 바닥에 주저앉아 버렸다. 텔레비전을 켜려고 하다가 그것도 그만두었다. 잠시 하릴없이 멍하니 앉았다가 주방으로 나가 죽이라도 쑤어 놔야겠다는 생각이 들어 일어섰다. 죽 한 그릇을 쑤어 그릇에 담아 들고 돌아왔지만 허유정은 여전히 잠잠하다. 2층으로 올라가 그림이라도 그리고 싶었지만 허유정을 혼자 두자니 안심이 되지 않았다. 그녀와 떨어져 멀찍이 문 쪽으로 가서 잠시 눕기로 했다. 강풍 속을 뚫고 허유정을 업고 오느라 기운이 빠져 지쳤는지 피로가 몰려들었다.

시간이 얼마나 흘렀을까. 저도 모르게 쪽잠이 들까말까 했는데 느닷없이 허유정의 기침소리에 놀라 벌떡 일어났다.

"아가씨, 인제야 정신이 드나요? 일어나서 죽이라도 좀 드세요.”

허유정은 상반신을 일으키려고 했다. 그러다가 자신의 몸에 걸쳐진 남자의 셔츠를 잠시 내려다보더니 허벅지 통증 때문인지 갑자기 양미간을 찌푸렸다.

“움직이지 말고 그냥 누워 있어요. 아가씬 벌써 네댓 시간이나 의식을 잃고 있었어요.”

시계를 쳐다보니 벌써 새벽 2시가 넘었다.

그런데 허유정은 자리에 눕기는커녕 돌연 포효하기 시작했다. 어디서 그런 힘이 나오는지 폭풍처럼 광기를 부린다.

“이 손 치워요! 날 건드리지 말라고요.”

재동은 허유정이 본인의 허락도 없이 자기 옷을 입힌 것에 화가 난 줄 알고 해명했다.

“파도에 유정 씨 옷이 다 벗겨져 달아났기에 할 수 없이 내 옷을 입혔습니다. 찾아보니 갈아입을 옷도 없기에……. 오해하지 말아요. 나쁜 의도는 없었으니까요.”

그녀는 전신을 부르르 떨며 야생말처럼 세차게 몸부림쳤다.

“왜 날 구했어요, 왜 구했냐고요? 죽게 내버려 둘 것이지. 난 살고 싶지 않은데……. 이게 다 뭐야!”

그녀는 자신의 팔목에 꽂혀있는 주사바늘을 뽑으려고 바동거렸다. 재동은 다급하게 허유정의 손을 제지했다.

“제발, 좀 이러지 말아요. 안 그래도 탈진 상태에 출혈까지 심해 주사를 뽑으면 죽을 수도 있으니까요.”

허유정은 자신의 손목을 거머쥔 재동의 손을 풀어내려고 이를 악물고 애를 썼다.

"이 손 안 놔요?"

"안 돼요. 진정해요. 살아야 잖아요."

"야, 이 새끼야! 네가 뭔데 살아라, 말라야. 이거 못 놔!"

허유정은 칼날 같은 증오가 번쩍이는 시선으로 정재동을 노려 보았다.

"안 됩니다. 눈 뻔히 뜨고 죽으라고 내버려둘 수는 없으니까요……."

"이 새끼가 정말!"

허유정은 늑대처럼 달려들어 악착스럽게 재동의 손목을 이빨로 깨물었다. 정재동은 갑작스런 통증을 참지 못해 결국 손을 풀었다. 그 사이 허유정은 주사바늘을 뽑고 약병까지 잡아 채 구들 바닥에 내동댕이쳤다.

"이 따윈 다 쓸데없어. 난 죽을 거야."

모처럼의 호의가 무시당하는 순간 나는 분노했다. 저도 모르게 이빨에 물려 피가 흐르는 손으로 허유정의 뺨을 호되게 후려쳤다. 그녀의 입이 비뚤어지고 충격에 떠밀려 부러진 나뭇가지처럼 고개가 뒤로 꺾어졌다.

"이년아! 그래 죽어라. 콱 뒤지라고! 그렇게 죽고 싶으면."

허유정은 고개가 젖혀진 채로 한동안 꼼짝도 하지 않은 채 잠자코 있었다.

"내가 나이로는 네 오빠 벌이잖아. 소금만 해도 네년보다 몇 섬은 더 먹었어. 너까짓게, 조그만 년이, 인생을 알면 얼마나 안다고 이 지랄이야."

재동의 욕설이 끝남과 동시에 허유정은 밑둥이 잘린 나무처럼 구들위에 털썩 엎드리더니 엉엉 소리 내어 울음을 터뜨리기 시작했다. 두 어깨가 파도를 일으키며 세차게 들먹였다. 나는 허유정의 돌발적인 행동에 느닷없이 줄리아의 모습이 떠올랐다. 그러자 허유정이 한없이 애처롭고 가련해 보인다. 나는 이렇듯 섬약한, 더구나 실연의 뼈저린 슬픔에 빠져 헤매는 여자에게 손찌검을 한 자신의 경망한 처사가 금방 후회되었다.

"방금 때린 건 미안해요. 성격이 원래 더러워서. 사과할게요."

"……."

"나한테도 아가씨만한 여동생이 있어요. 유정 씨는 그나마 연애라도 하다가 실연했지만, 내 여동생은 연애는 고사하고 이태원 길거리에서 외국인 깡패들에게 겁탈당하고 실명까지 했어요. 그래도 죽을 생각은 하지 않아요. 소경이 되었지만 지금은 가사를 쓰겠다고 매일 귀에 이어폰을 끼고 노래를 들으며 가사공부를 하고 있다고요."

재동은 자신도 모르게 거짓말을 지어냈다. 동생 유리는 가사를 쓰겠다고 한 적이 없다. 하지만 거짓말을 해서라도 실의에 빠진 허유정에게 삶의 용기를 심어주고 싶었다.

"그리고 사랑이 인생의 전부도 아니잖아요. 사업도 있고, 취미라는 것도 있고…… 또 유정 씨 경우에는 음악도 있고. 거기에 정진하다 보면 아무리 무거운 슬픔도 다 잊게 되고, 상처는 시간이 지나면 아물기 마련이잖아요. 옛말에 똥거름 위에 뒹굴어도 살고 보랬다고."

항간에 쓰레기처럼 아무렇게나 떠도는, 누구나 입만 열면 쏟아낼 수 있는, 이따위 싸구려 푸념이 자신의 입에서 봇물처럼 터져 나옴을 깨닫고 재동은 소스라쳤다. 그 흔해 빠진 일상이 지겨워 가거도로 도망친 내가 아니던가. 기적을 못 찾으면 차라리 죽어버리겠다는 각오까지 하고 왔다. 그리고 보니 죽음은 꼭 유정에게만 필요했던 것은 아닌 것 같다. 내가 언제 초등학교 도덕교사로 변했지. 허탈함에 빠져 그만 무안한 나머지 슬그머니 입을 다물어버렸다.

웬일인지 나는 이제는 허유정이 죽지 않을 거라는 확신이 들었다. 아마도 자신은 죽을 수도 없다는 생각 때문에 통곡이 터져 나온 것이리라. 그래서 나는 시름 놓고 접수실로 나가서 간호사가 남겨 놓은 명함의 전화번호로 보건소에 전화를 걸었다. 간호사는 폭우가 내리는 데도 금방 민박으로 달려왔다.

간호사에게 공손하게 팔을 내맡기고 주사를 맞는 동안 허유정의 눈에서는 처마에서 굴러 떨어지는 빗방울 같은 굵은 눈물이 흘러내리며 베갯잇을 적셨다. 인생이란 것이 알고 보면 별 것도 아닌데 그것 때문에 죽는다 산다, 울고불고 하는 허유정이 우습기도 하고 애잔하기도 하다. 그리고 어떤 미친놈은 또 인생이 무의미하다며 있는지 없는지도 모르는 기적을 찾아 헤매고…….

간호사가 방에서 나간 후에도 허유정은 아무 말도 없이 눈을 감고 있었다. 그 모습이 너무 비장하여 죽을 좀 먹으라는 말을 붙이기도 두려웠다. 또 의식을 잃은 건지, 아니면 깊이 잠든 건지, 그도 아니면 침묵모드에 돌입한 건지 도대체 알 수가 없었다. 재동은 일단 허유정을 그대로 두고 건드리지 않기로 했다. 허유정이 죽겠다는 생각을 버렸거나 아니면 심각한 고민에 빠졌다는 자체에 만족할 수밖에 없었다.

재동은 그녀와 최대한 멀리 거리를 두고 문가에 가서 누웠다. 그리고 눈을 감았다. 이제는 구조헬기를 기다리는 일만 남았다. 허유정을 목포로 이송하여 다리를 수술해야 한다. 내가 할 일은 거기까지다. 허유정은 혼자서 운신할 수도 없고 옆에서 보살펴줄 보호자도 없을 뿐만 아니라 보아하니 TV 앞에 내놓은 11만원이 전 재산 같았다. 죽으러 온 사람한테 돈이 무슨 필요가 있었겠는가. 수술비용도 없고 보호자도 없으니 악연인지는 몰라도 여기서 인연이 맺어진 나밖에 나설 사람이 없다. 그 다음의 문제는 그때 가서 부딪치면 될 것이다. 일단 아침이 되면 접수실의 전화 코드를 뽑아야겠다. 왜냐하면 집, 친구, 대학에서 문의전화가 빗발칠 것이기 때문이다. 그 모든 것을 뒤로 미뤄놓고 허유정부터 구하고 보자.

이런저런 생각을 하다가 재동은 깜박 잠이 들었다…….

시간이 얼마나 흘렀을까. 복도에서 들려오는 떠들썩한 소리에 잠을 깼다. 벽시계를 쳐다보니 어느 새 아침 8시 17분이다.

"손님, 아직도 주무시세요?"

이장이 힘차게 문을 노크하는 바람에 문이 부서질 것 같았다.

"아니요, 일어난 지 한참 됩니다. 들어오세요."

이장은 밖의 찬바람을 한 아름이나 안고 방 안으로 불쑥 들어섰다. 재동이 허유정을 돌아보니 어제 저녁 그 자세 그대로 누워 있다.

"태풍은 그냥 부는데 비는 거의 그쳤습니다. 글쎄 어제 하루 동안 누적 강수량이 317.5mm나 된다는군요. 그런 폭우에 해변으로 나가셨으니 사고가 날 수밖에요."

우람한 몸집에 나이에 비해 젊어 보이는 이장은 조금 거칠어 보였지만 섬사람 특유의 호방하고 소탈한 성미가 엿보였다. 목소리도 우렁차서 방 안이 쩌렁쩌렁했다. 그래도 허유정은 손가락 하나 까딱하지 않는다. 죽음을 놓고 심각한 고민에 빠졌거나 잠이 깊이 든 것 둘 중의 하나일 것이다.

"어때요, 여자분 식사는 좀 하셨나요?"

"아직요."

"크게 놀랐을 테니 쉽게 안정되겠습니까. 아무튼 주사를 맞았으니 좀 지나면 호전될 겁니다. 조심만 했으면 아무 일도 없었을 텐데. 공연한 고생을 하시네요."

"네. 저도 그러기를 바랄 뿐입니다. 그런데 말씀하시던 구조헬기는 연락이 되었나요?"

"걱정하지 마세요. 전화로 다 연락해 두었습니다. 안개가 걷히고 오후쯤 태풍만 좀 잦아들면 올 겁니다. 여객선은 목포항에 발이 묶여 언제 운항할 지 기약이 없습니다. 착륙장도 제가 직접 가서 안전점검을 마쳤으니 기다리기만 하면 됩니다."

"염려해 주셔서 감사합니다. 이건 적은 성의지만 사례금이라 여기지 마시고……."

정재동이 5만 원짜리 지폐 두 장을 지갑에서 꺼내 건네자 이장이 버럭 언성을 높였다.

"이러지 마세요. 저 그런 사람이 아닙니다."

이장이 휙 돌아서서 밖으로 나가자 재동은 허유정의 이불귀를 여며준 후 그 뒤를 따라 밖으로 나갔다. 비는 그쳤으나 허공중에는 안개가 엷게 껴 있다. 태풍이 여전히 부는 데도 안개가 서렸다는 사실이 신기하다. 그저 맘속으로 어서 안개가 걷히고 태풍이 잦아들기를 기도할 뿐 별 뾰족한 수가 없었다. 이슬비는 그냥 내리다 말다 한다. 기온이 29도나 되는 후텁지근한 날씨에 비록 허유정의 허벅지 상처를 진료소에서 소독은 했지만 빨리 수술을 하지 않고 저대로 방치해 두면 좋지 않을 거라는 생각에 조바심이 들었다.

"오늘은 아무래도 안 될 것 같습니다. 바람도 그냥 불고 하니 헬기가 뜰 수 있겠습니까?"

"글쎄요, 그럴 수도 있겠네요. 하지만 기상예보에 의하면 내일은 태풍이 없다니까 헬기가 올 겁니다. 이번 태풍이 기상청 예보와는 달리 서울도 비켜가고 한반도 상륙 직전에 세기도 약해져 예상보다 피해가 적다지만 그래도 뉴스를 보면 여기저기서 피해가 속출하고 있습니다, 선생님의 경우도 그 피해 중의 하나겠죠. 하하하."

웃음 속에 뭔가가 담겨 있다. 태풍이 예상경로를 비켜가고 또 한반도 상륙 직전 세기가 약화되었다는 말은 재동이로선 요즘 텔레비전을 보지 않아 금시초문이다.

그래서 아무런 기적도 일어나지 않은 거야. 기적은 고사하고 태풍마저도 나를 피해 달아난 거야. 기적이나 태풍은 다 남의 일이고 나한테는 항상 무미건조한 일상만 차례지는 거야. 기적을 만나려고 일부러 가거도 먼 곳까지 찾아왔는데 무슨 일이 일어났어? 기적이 어디 있어! 최소한 그림도 완성하지 못했잖아. 아무 일도 일어나지 않았고, 며칠 뒤면 나는 또다시 서울로 상경할 것이고 그곳에서 기다리는 오래된 일상의 낡은 시스템에 묶여 노예가 될 것이다.

허유정 때문에 잠시나마 잊고 있었던 기적에 대한 생각이 이장의 말에 되살아 난 것은 다행스러운 일이다.

다시 방 안으로 들어와 보니 그 사이 놀라운 일이 발생했다. 허유정의 옆에 놓아두었던 죽 그릇이 비워있던 것이다. 전 번에 먹은 죽은 배나 불리고 죽기 위해서였다면, 이번에 먹은 죽은 살기 위해서일 것이다. 아마도 허유정은 죽는 것도 운명이 알아서 결정할 일이지 개인의 의지로 좌우지할 수 없다고 판단한 모양이다.

재동은 허유정이 자신의 조언과 성의를 수락한 것 같아 속으로 은 근히 기뻤다. 지금까지는 일상 속에서 별 볼일 없이 다람쥐 쳇바 퀴 돌듯 무의미한 회전만 반복했지만, 오늘만큼은 누구한텐 가 필 요한 사람이 되었다는 생각에 약간은 뿌듯함마저 들었다. 그는 빈 죽 그릇을 들고 다시 식당으로 나갔다. 해산물로 몇 가지 더 맛있 는 요리를 만들어 들여올 생각에서였다. 그녀가 눈을 감은 채 모 른 척 해도 상관이 없다. 사람은 말보다 마음이 중요하니까.

요리 두 가지를 해서 허유정의 방에 가져다놓고 잠시 하릴없이 앉아 있던 재동은 밤을 새워서인지 저도 모르게 소르르 낮잠에 빠져 들었다. 얼마 후 복도에서 이장의 목소리가 들려와 잠을 깼 을 때는 오후 3시가 다 되는 시간이었다.

"손님, 어서 일어나 보세요. 헬기가 좀 있으면 도착한대요."

"정말요?"

재동은 헬기가 온다는 소리에 자리에서 벌떡 일어났다. 듣던 중 반가운 소식이다.

"제가 환자가 급하다고 사정했더니 그게 효과를 본 것 같아요. 국가가 뭐하는 곳이냐, 국민의 생명안전을 최우선으로 여기는 게 국가가 할 일이 아니냐며 강하게 어필했더니 드디어 두 시간 전 에 출발했다고 전화가 왔습니다."

"신경 써 주서서 감사합니다!"

"이장으로서 당연히 해야 할 일인데요 뭘. 다만 손님은 이번 일 을 교훈으로 삼으셔야죠."

"네. 명심하겠습니다."

"오후부터 예보와는 달리 바람이 많이 잦아들긴 했지만 아직도 위험은 존재합니다. 모든 일에는 항상 신중해야죠. 일단 떠날 준비를 하고 기다리고 계세요. 보건소 차가 곧 민박으로 올 겁니다. 착륙장으로 이동하려면 병상이 마련된 보건소 차가 있어야 하니까요."

허유정은 잠들었는지 창문 쪽으로 향해 돌아누운 채 반응이 없다. 요리는 그대로였지만 죽 그릇은 또 반은 비워졌다.

재동은 일단 2층으로 올라왔다. 소지품을 정리해야 했기 때문이다. 화구들과 세면도구, 의복들을 챙긴 후 마지막으로 캔버스를 정리했다. 재동은 그리다 만 그림을 손에 들고 버릴까 말까 잠시 망설였다. 가거도에 머무는 동안 다 그리려고 했으나 완성하지 못했으니 의미가 없다고 해야 할 것이다. 휴지통을 향해 걸어가는 데 그림에서 갑자기 이상한 현상이 나타났다. 여러 가지 색깔, 선, 점들에 묻혀 보이지 않던 "↙ㅣ"부호가 느닷없이 무슨 생물처럼 모든 이미지들을 커튼인양 양쪽으로 밀어내고 자신의 모습을 오롯이 드러내기 시작했다. 손가락으로 만지면 도톨도톨 만져질 만큼 도드라져 올라와서야 움직임을 멈췄다. 눈을 감았다가 다시 떴으나 그 양각 모양은 확실했다.

이건 또 뭐야? 유령이 또 나타나기라도 한 거야!

다시 보니 이 그림에는 이전에 그가 그렸던 많은 그림들과는 전혀 다른 특이한 점들이 도처에 숨어 있었다. 정체불명의 부호는 어떤 유령이 그의 팔꿈치를 움직여 그려준 것이고 오른쪽 아래의 돌기 모양은 태풍이 창문커튼을 움직여 그려준 것이며 왼쪽 위의 기다란 브러시 자국은 강풍이 등을 떠밀어 엎어지며 저절로 찍혀진 흔적이다. 그러니까 이 그림은 비록 애초에 계획했던 대로 가거도에서 완성하지 못하고 기적의 이미지도 부족하지만 유령들의 개입으로 최소한 신비함의 요소는 가졌다고 할 수 있다. 남들은 실패작이라고 혹평할지라도 버릴 때가 되면 버리더라도 일단 허유정에게 보이고 싶었다. 그 이유는 재동 자신도 알 수 없었다. 단 하나, 이 그림이 완성되지 못한 원인은 그녀 때문이라고도 할 수 있다.

가방을 보건소 차량에 싣고 민박 안으로 들어가 허유정을 방에서 업고 나왔다. 그녀의 소지품이라야 해금 하나뿐이다. 허유정은 아무런 저항도 하지 않고 순순히 재동이 들이미는 등에 업혔다. 하지만 눈은 여전히 감고 있었다. 허유정의 치렁치렁한 장발이 가슴 아래로 드리우며 재동의 양 볼을 감쌌다. 바다 비린내가 났다. 그런데도 그 촉감이 한없이 부드럽고 포근하고 여전히 싱그러운 냄새가 풍겼다. 머리카락을 두 사람이 공유했다는 사소한 생각이 마음을 훈훈하게 했다. 그것 때문에 그녀가 어제보다도 더 친근하게 느껴지며 이 고생이 하나도 억울하지 않았다.

식당을 가로 질러 나올 때 허유정이 팔로 재동의 목을 살그머니 껴안았다. 순간 재동은 가슴이 뭉클해졌다. 그처럼 평범하고 일상적인 동작의 울림이 이렇게 클 줄은 미처 몰랐다. 콧날이 시큰해졌다. 일상도 분위기에 따라 그 의미가 커질 수도 있다는 말인가. 그처럼 시시하던 일상이…….

4

헬기를 타고 육지로 이송되는 중에도 허유정은 한 번도 눈을 뜨지 않았다. 재동은 병상에 누운 허유정의 옆에 앉아 있었다. 마냥 그녀만 내려다 볼 수가 없어 멍하니 창밖을 내다보고 있는데 누군가의 자그마한 손이 살그머니 그의 손등에 올라와 포개진다. 고개를 돌려 보니 허유정의 손이다. 너무 작고 귀엽고 부드러운 손이다. 해금을 연주하던 그녀의 손가락은 버드 나뭇가지처럼 매끈하고 날씬하고 새하얗고 투명하다. 하지만 그녀의 두 눈은 여전히 꼭 감겨져 있다. 재동은 자신의 다른 손을 그녀의 손 위에 얹고 꼭 잡았다. 그 손에 주입하는 완력을 통해 자신의 심정을 전달했다.

걱정하지 말아요. 수술만 하면 아무 문제없을 거니까.

그러자 그녀의 가느다란 손가락 하나가 재동의 손등을 꼭 누른다. 애기 손가락처럼 꼼지락 거려 간지럽다.

제 곁에 있어줄 거죠?

재동에게는 그렇게 들렸다. 그도 손가락 하나로 그녀의 손등을 눌렀다. 그러며 속으로 생각했다. 당연하죠.

헬기가 목포 병원에 도착하자 사전에 소식을 접하고 문밖에 나와 대기하고 있던 의료진이 지체 없이 허유정을 이동 병상에 옮기더니 급히 수술실로 이동했다. 그 순간 허유정이 눈을 떴다. 허유정은 링거를 달지 않은 손으로 가슴에 덮여진 담요자락을 젖히더니 자신의 몸에 입혀진 재동의 셔츠 자락을 들어보이고는 다시 엄지를 쳐들어 보였다. 재동이도 급히 손을 들어 손가락으로 V자를 그려보였다.

그렇게 그녀는 수술실 안으로 사라지고 문이 닫혔다. 아마 복도에서 재동의 옷을 벗기고 수술복으로 갈아입힌 후 수술 방으로 들어갈 것이다. 그런 다음 전신마취를 할 것이고…….

재동은 원무과에 가서 입원비와 수술비를 결제한 후 병원 측에서 마련해 준 입원실과 병상, 소비품들을 꼼꼼히 확인하고 나서야 안도의 숨을 내쉬었다. 갑자기 할일이 없어지자 맨 먼저 떠오른 생각이 담배다. 그리고 커피 생각도 뒤따랐다.

나는 밖으로 나오자 흡연 공간을 찾아 일단 담배부터 한대 태웠다. 갑자기 한가해져서인지 또다시 엄습하는 일상에 벌써부터 무료해지기 시작했다. 나는 체내에 입력된 일상의 시스템이 상습적으로 자신을 유혹하는 걸 알면서도 어쩔 수 없이 근처의 커피숍으로 찾아들어 갔다. 아이스 아메리카노를 주문하고 자리로 돌아와 벨소리가 울리기를 기다렸다. 조금 후 벨소리가 울리자 나는 일어나서 프런트로 다가가 커피와 휴지, 빨대를 뽑아들고 테이블로 돌아왔다. 이 행동은 이미 몸에 밴 일상의 반복이라

물 흐르듯 진행되었다. 아무 생각도 필요 없었고 몸이 스스로 알아서 수행했다. 얼음조각이 유리에 부딪치며 잘그락거리는 커피 잔을 들고 시원하게 한 모금 마셨다. 그 역시 일상의 향유에 불과했지만 그나마 상쾌하다. 하지만 나는 겨우 한 모금을 마시고는 커피 잔을 들고 의자에서 일어났다. 밖으로 나와 곧바로 병원으로 향했다. 구조헬기 안에서 내 손등을 콕 찌르던 허유정의 고사리 같은 손가락이 기억에 떠올랐기 때문이다. 물론 수술은 마취까지 하자면 시간이 퍽이나 걸릴 것이다. 그래도 나는 그녀의 곁을 떠나지 않겠다고 손가락으로 허유정의 손등을 눌러 약속하지 않았는가. 그러다가 생각밖에 수술이 빨리 끝나기라도 하면 내가 없을 때 나올 수도 있다.

나는 부랴부랴 수술실 앞의 대기실로 들어와 의자에 앉고서야 비로소 안심이 되었다. 그제야 느긋하게 커피 맛을 음미하며 최근 며칠 사이 벌어진 자초지종을 돌이켜보았다. 한마디로 일상을 피해 기적을 찾아 왔다가 기적은 만나지 못하고 이상한 여자만 만났던 며칠이었다. 그 악연 때문에 그림도 완성하지 못했고 기적은 고사하고 태풍에 울부짖는 파도마저도 제대로 감상하지 못했다. 생각하면 이 모든 게 다 허유정의 탓이다.

그런데 이상하게도 난 허유정이 밉지 않다. 그녀가 혼이 나간 채 해변에 버려진 내 육신을 업어다가 민박에 눕히고 옷을 빨아 널고 죽을 쑤어주고 쪽지를 남겨서가 아니다. 나도 그만큼은 그녀를 위해 한 일이 있으니까, 그쯤은 품앗이라고 할 수도 있잖은

가. 허유정에 대한 미움을 털어버리도록 한 것은 어이없게도 내 목을 끌어안던 그녀의 팔, 내 손등에 포개지며 콕 누르던 손가락 따위의 하찮고도 사소한 동작들이었다. 그리고 수술실로 들어가며 내 셔츠를 쳐들고 엄지를 내밀던 그 동작은 허유정에 대한 미움을 깨끗하게 지워버렸다. 나는 허유정이 밉지 않다. 솔직히 이번 도피행각에 그녀 때문에 덕을 본 것도 없지 않다. 허유정이 아니었다면 나는 진작 그림을 구겨 민박집 휴지통에 버렸을 것이며 아직도 배가 통할 때까지 3~4일은 가거도에서 하릴없이 묶여 있었을 것이다. 개학도 했을 텐데 적어도 이번 월요일에는 출근해야 한다. 물론 그간의 사정을 김현재 교수가 학과장에게 나대신 설명했을 것이다. 소설가니까 학과장이 설득당할 만한 적절한 허구를 동원해서 말이다……

드디어 수술실 문이 열렸다. 먼저 나온 의사의 뒤를 이어 허유정이 죽은 사람처럼 까딱하지도 않은 채 이동병상에 실려 복도로 나왔다. 주치의가 엉거주춤 일어선 채 허유정만 뚫어져라 내려다보는 정재동에게로 다가와 담담한 어조로 말했다.

"수술은 성공적입니다. 상처 안에 모래와 이물질이 많이 들어가 세척하는 데 시간이 좀 걸렸을 뿐입니다. 걱정 안하셔도 됩니다."

"감사합니다."

재동은 배꼽인사를 한 다음 앞을 지나가는 병상 난간을 재빨리 손으로 쥐고 따라 갔다.

"괜찮아요?"

대답이 없다. 아직 마취가 풀리지 않았을 것이다.

병실에 들어와 환자를 담요채로 들어 병상으로 옮겼다. 이동
병상이 병실에서 퇴거하자 뒤이어 간호사들이 들어와 유정의 혈
압을 재며 필요한 후속조치들을 취하느라 분주하게 돌아갔다.

"환자분께서는 안정을 취하셔야 해요. 마취가 풀리려면 시간
이 좀 걸릴 거예요. 물론 환자분의 상태에 따라 다르지만요."

몸에 군살이 많은 간호사가 생긴 것과는 달리 상냥한 어조로
상황을 설명한 후 병실에서 나갔다.

재동은 삐걱 소리라도 날세라 조심스럽게 허유정의 병상 옆에
놓인 보호자용 의자에 앉았다. 그러려니 해서 그런지 허유정의
얼굴은 평소보다 창백해 보였다. 그래도 금방 수술하고 나와 병
상에 누워 있는 환자임에도 허유정의 미모는 여전히 출중하다.
그냥 하늘에서 태양이 병상에 떨어진 것처럼 눈이 부신다. 사람
이 어떻게 이렇게 아름다울 수가 있지 싶을 정도이다.

한참 떠들썩하던 병실이 다시 물 뿌린 듯 조용해졌다. 입원실
안의 다른 환자들과 보호자들도 허유정을 관심어린 시선으로 지
켜보다가 정상이라고 판단한 듯 각자 제자리로 돌아갔다. 그중
옆 병상의 보호자인 듯한 60대 아주머니가 나직하게 한마디 건
넸다.

"아내분이 정말 예쁘시네요."

"아내가 아닙니다……. 그러니까…… 그게…… 네, 여동생입

니다.”

재동은 아내라는 말에 서둘러 시정했지만 그 역시 거짓말이기는 마찬가지였다.

“무슨 수술하신 거예요?”

“네. 다리를 상해서요.”

다시 잠잠해졌다. 아내이든 여동생이든 관계를 떠나서 두 사람 사이가 이상하다고 느낀 모양 바라보는 사람들의 시선에 의심이 짙다. 그러거나 말거나 재동은 신경 쓰지 않았다.

그때 허유정이 눈을 떴다. 별처럼 반짝인다. 금방 수술한 사람 같지 않다. 초롱초롱한 눈빛으로 재동을 똑바로 쳐다본다.

“어……, 정신 차렸어……요?”

재동은 사람들한테 여동생이라 소개했으니 당장 뭐라고 해야 할지 몰라 말을 더듬거렸다. 옆 병상의 보호자 아주머니도 신경 쓰이고 허유정의 반응도 고려하지 않을 수 없었기 때문이다.

“오빠.”

그러나 허유정의 뜻밖의 호칭에, 그것도 주변 사람들이 확실하게 들도록 또렷하게 흘러나온 음성에 순간 재동은 할 말을 잃었다. 동생 유리한테서 하루에도 수십 번이나 반복적으로 들어온 그야말로 식상할 대로 식상해진 평범한 호칭이다. 그런데 그 호칭을 듣는 순간 콧날마저 시큰해진 것이다. 아니, 가슴까지도 먹먹해진다. 재동은 그냥 입을 다문 채 고개만 끄덕이며 괜히 그녀의 이불을 여며주는 척 딴 짓을 했다. 허유정도 더 말하지 않고 다시 눈을 감아버린다. 두 사람 다 여기서 더 말하면 눈물이 쏟아질까봐 입을 다문 것이다…….

재동은 잠이 들었다가 새벽녘에 되어서야 옆 병상에서 부스럭거리는 소리에 깨어났다. 허유정이 혼자서 상반신을 일으키려고 하다가 뜻대로 안 되는지 다시 누워버린다.

"화장실……."

재동은 여전히 말끝을 어떻게 마무리해야 할 지 몰라 생략했다. 그의 말소리에 이번에는 옆 병상의 보호자 아주머니가 어느새 잠을 깨고 그들을 바라본다. 허유정도 그걸 눈치 챈 듯 대답 대신 고개만 끄덕였다.

"잠시만."

재동은 재빨리 복도로 나가 공용 휠체어를 밀고 들어왔다. 그녀의 등을 부축하려 했으나 옮길 수가 없자 아예 번쩍 안아들어 휠체어에 앉혔다. 허유정의 팔은 이젠 자연스럽게 재동의 어깨 위에 걸쳐졌다.

휠체어를 밀고 밖으로 나오자 허유정이 나직한 목소리로 속삭였다.

"우리, 병원에서만 야자타임하기 있기 없기?"

허유정의 환자복 등 뒤에서 출렁거리는 장발이 정신을 혼란스럽게 했다. 치렁치렁하다.

"있기."

재동은 흔쾌히 동의했다. 남매 사이라면 야자타임이 가장 무난할 것이다.

여자화장실에 들어서자 재동은 그녀를 안아 변기에 앉힌 후 문을 닫고 나오려고 했다.

"그렇게 나가면 어떡해. 옷 벗겨줘야 잖아. 바지에 싸라고?"

"내가?"

"그럼, 오빠 말고 여기 또 누가 있어."

"잠깐만 기다려봐. 간호사 불러줄게."

"오빠, 다 봤잖아."

허유정의 한마디에 재동은 그만 발걸음을 멈췄다. 내숭 떨지 말라는 말이다.

"알았어."

다시 들어가서 허유정의 환자복과 팬티를 벗겨주며 말했다.

"이렇게 보호자 하다가 내가 먼저 죽을 것 같아."

"왜, 부인 성화 때문에? 걱정 마. 입단속 잘할 거거든. 누 안 끼칠 거임."

"그런 뜻이 아니잖아. 나도 남자야. 네가 이렇게 선녀처럼 예쁘니까 날 미쳐버리게 하잖아."

"미치더라도 죽으면 안 돼. 날 끝까지 지켜봐야 돼. 그리고 내가 그렇게 예쁘면 날 가지면 되잖아."

"안 돼. 난 널 창조했잖아. 조물주는 신성해야 하니까."

"피— 생각은 있으면서."

"맞아. 그런데 아까워."

"왜 또, 날 울리려고?"

허유정의 음성 자락이 어느새 촉촉하다.

"그냥 내 동생 해주라."

"싫거든. 기적을 창조해낸 조물주라며? 이제부터는 주님이라 부를 거야."

"요요, 성질머리하고는."

재동은 손가락으로 허유정의 뽀송뽀송한 이마를 콕 찌르고는 문을 닫고 나왔다.

"혹시 유정이 내가 만나려던 그 기적인가?"

재동은 휴지통에서 휴지를 뽑아 눈가에 번진 물기를 닦으며 입속으로 중얼거렸다. 줄리아는 재동의 등장을 기적이라 했었다.

이튿날 아침 재동은 일찍 시내로 나가서 악기점을 찾아 부러진 해금 활대를 사왔다. 병실로 들어온 그는 활대를 등 뒤에 감춘 채 허유정에게 물었다.

"내 손에 뭐가 있게?"

"활대."

그녀는 굳이 그의 등 뒤를 살피지도 않고 주저 없이 알아낸다.

"어떻게 알았지?"

"그 일 말고 오빠 이 낯선 목포시내로 나갈 일이 없잖아. 나를 혼자 두고."

"고맙다는 말도 안 해?"

허유정은 주변을 둘러보았다. 마침 병실 안에는 그들 둘 뿐이다.

"우리 이미 그런 사이 넘어섰잖아. 부부 관계가 아닐 뿐이지."

재동은 일부러 그 말은 못들은 척 했다.

"이거 말고 또 너한테 보여줄 게 있어."

"그럼."

"너 정말 죽다 살아나더니 귀신이라도 들린 거니? 어떻게 내 맘 속을 다 훔쳐볼 수 있어?"

"오빠도 날 다 훔쳐봤잖아."

"야, 그땐 그럴 수밖에 없는 비상 상황이었잖아……."

"알았어. 농담이야. 그림이 어때서? 보여줘. 넌 맘에 들던데."

재동은 가방 안에서 그림을 꺼내 유정에게 건넸다.

"이건 내가 그린 게 아니야. 뭐랄까…… 태풍이 그렸다고 해야 하나. 네 눈엔 뭐로 보이나 그게 궁금했거든."

유정은 보고 있던 활대를 옆에 놓고 그림을 받아들고 한참 들여다보더니 방그레 웃기만 할 뿐 말이 없다.

"왜 웃어?"

"알면서."

"알긴 뭘 알아."

"오빠, 은근히 엉큼해. 날 애로 보는 거야?"

재동은 그제야 뇌리를 치는 생각이 있어 그만 어이없어 같이 웃어버렸다.

"오빠, 교수라며? 대학들에서 지금쯤은 개학한 거 아닌감?"

"했겠지."

"안 가도 돼? 나 땜에."

"널 여기다 혼자 두고 발길이 안 떨어져. 그리고 가더라도 낼 모레는 토요일, 일요일이라 출근 안 해."

"토요일 오후엔 올라가. 그때면 나도 혼자 운신이 가능할 거니까."

"네 다리가 회복되는 걸 보고."

"나 밉지, 악연 같고?"

"아니."

"그럼?"

"굳이 그 소리 듣고 싶어. 그런 사이를 넘어섰다며."

둘은 웃고 말았다.


5


아침에 일어나자 재동은 수건을 물에 적셔 허유정에게 건넸다. 그녀는 말없이 수건을 받아 얼굴을 닦았다. 식사가 들어오자 허유정은 일어나 앉으려고 한참이나 애를 썼으나 아직은 수술자리 통증 때문에 허사였다.

"그대로 누워 있어. 내가 먹여줄게."

뜨거운 죽을 입으로 불어 식혀서 조금씩 그녀의 입에 넣어주니

유정은 제비새끼가 먹이를 받아먹듯 도톰한 입술을 쪽 벌렸다가 음식이 들어오면 호물호물 씹어 먹는다. 먹는 모습마저 귀엽다. 몇 숟가락 떠 넣는데 그녀의 눈에서 눈물이 주르륵 흘러내렸다. 재동은 휴지를 뽑아 눈물을 닦아주고는 그녀의 귀가에 대고 가만히 속삭였다.

"울보."

"으응~~"

허유정은 아니라고 고개를 살래살래 저으며 어리광을 부린다.

"얼굴에 구멍 나겠다. 밥 먹는 거 처음 봐?"

허유정의 말에 재동은 그제야 시선을 거둬 창밖에 던졌다. 밖에서는 비가 내린다.

식사가 끝나고 화장실까지 다녀온 후 재동은 의자에서 일어섰다.

"잠깐 나가서 담배 피고 올게."

"사지 마."

허유정이 밖으로 나가려는 그를 향해 한마디 던졌다.

"뭘?"

"화장품. 필요 없어."

"너 정말 왜 그래, 독심술이라도 부리니? 그거 사러 가는 거 아냐. 산책 좀 하려고."

"맞아요. 아가씬 화장 안 해도 너무 예뻐요. 내 나이 60이 되지만 이렇게 예쁜 여자는 처음 봐요. 꼭 영화배우 같아요."

옆 병상 보호자 아주머니의 칭찬에 재동은 허유정 대신 감사하다고 답례했다.

이튿날도 비가 왔다. 허유정은 벌써 일어나 앉을 정도로 건강이 빠르게 회복되고 있었다. 휠체어를 타고 세면실에 들어서자 허유정은 머리도 스스로 감으려고 시도했다. 그러나 휠체어에 앉은 채로는 세면대가 높아 혼자서 감기는 불편했다.

"내가 감겨줄까?"

재동이 옆으로 다가가 물었다.

"되겠어?"

"해봐야 알지."

일단 어깨와 등에 덮여 있는 장발을 손으로 모아 쥐고 가슴 앞으로 넘겼다. 삼단 같은 머리채가 일시에 앞으로 와르르 쏟아져 내리며 순식간에 세면기 안을 꽉 채웠다. 공작새가 깃을 활짝 편 것 같다. 하지만 공작새 깃은 기껏해야 테두리만 곡선이 있을 따름이다. 허유정의 머리채는 강물이 흐르듯 구불구불 완만한 물결을 이루며 위에서 아래로 철철 흘러내린다. 재동은 얼이 빠진 채 멍하니 그 황홀경에 도취되어 지금 뭘 해야 하는지조차 망각해버렸다.

"뭐해, 구경만 할 거야? 일단 머리를 묶듯이 손안에 모아서 잡아."

"여자 머리 감기는 거 처음이라서……."

"시키는 대로만 하면 되거든. 물에 적신 다음 샴푸를 바르고 빨래하듯 가볍게 비벼."

머리채를 모아 쥐자 눈앞에 하얀 목덜미가 드러났다. 눈부셨다. 그녀가 시키는 대로 샴푸를 바르고 머리를 비비자 이번엔 그 부드러운 감촉 때문에 손을 뗄 수 없다.

"힐, 하루 종일 문지르기만 할 거야? 다 됐으면 그만 물에 헹궈야지."

그제야 흠칫 놀라 수도꼭지를 틀고 머리를 물에 헹궜다. 거품과 이물질이 말끔히 빠져나가자 머리발이 무슨 보석처럼 반짝반짝 빛나며 자르르 윤이 흐른다. 머리를 빗겨주자 그냥 한줄기의 폭포가 되어 어깨를 넘어 등으로 장쾌하게 쏟아진다.

"너 혹시 가거도에 내려왔다던 그 선녀 아니야? 용왕 아들의 마음을 사로잡았다던."

"용왕 아들은 몰라도 어떤 회장 손자녀석 마음은 사로잡은 적이 있지. 결국 보기 좋게 차이긴 했지만."

둘은 웃었다.

세수하고 식사가 끝난 다음 재동은 그녀 앞에 화장품을 꺼내 놓았다. 그러나 허유정은 관심이 없는 듯 고개를 돌려 버린다. 그러자 재동은 말없이 거울을 찾아들고 그녀의 얼굴 앞에 들이 댔다.

"하여튼 못 말려! 가거도 때처럼 짓궂어."

허유정은 재동의 고집에 어쩔 수 없는지 다시 고개를 돌렸다. 상품포장을 뜯고 안에서 꺼낸 화장품 뚜껑을 열었다.

"어떤 제품을 사야 하는지 몰라 그냥 요즘 잘 나가는 비싼 걸로 달라고 했어. 마음에 들는지 모르겠다."

"이딴 거 필요 없다니까 굳이 돈 팔며 사왔어."

그러면서도 허유정은 로션과 스킨을 찍어 얼굴에 바른다. 하지만 간단한 기초화장만 하고는 끝마쳤다. 그런데도 조명을 모두 오픈한 스튜디오처럼 갑자기 병실 안이 환하게 밝아졌다. 그녀가 영화배우를 닮은 게 아니라 영화배우들이 그녀를 닮았다고 해야 할 것 같았다. 병실 안의 모든 환자와 보호자들의 시선이 일제히 그녀에게 집중되었다. 그래도 허유정은 진작 사람들의 이런 경탄의 시선에 익숙해진 듯 별로 신경 쓰지 않는 기색이다.

점심은 밖의 식당에서 죽과 과일을 사왔다.

유정은 말없이 죽을 받아먹다가 문득 한마디 던진다.

"몇 시 차야?"

재동이 말한 적도 없는데 그녀는 어느새 차표를 산 사실도 알고 있다.

"오늘 저녁 여덟시 사십칠 분 KTX."

"왜, 아침차로 일찍 출발하지."

"저녁차로 가는 것도 발길이 안 떨어져. 출근이 아니라면 네가 퇴원할 때까지 여기서 함께 있을 텐데. 저녁이면 간병인이 도착할 거야."

"간병인 없어도 돼. 이젠 나 혼자서도 움직일 수 있어."

"아직은 안 돼. 며칠만 더 간병 받아. 실이나 뽑은 다음 보내든지.”

“오빠, 시키는 대로 할게.”

잠시 침묵이 흘렀다. 유정은 고개를 숙인 채 밥만 먹는다.

“술 마시고 싶지?”

허유정은 대답 대신 고개만 끄덕였다.

“퇴원하고 서울 올라오면 오빠가 쏠게.”

허유정은 여전히 아무 말도 없이 가느다란 미소만 짓는다. 웃는 게 웃는 게 아니다. 먹다 말고 숟가락을 상에 내려놓더니 병상에 누워 얼굴을 베개에 묻었다.

“졸리면 좀 자. 난 나가서 담배 피고 올 게.”

누운 채 고개만 끄덕이는 허유정의 모습이 헤어질 때의 줄리아를 연상시켜 측은해 보였다. 그녀가 차라리 재동의 팔소매를 부여잡고 동동 매달리며 “오빠, 안 가면 안 돼? 내 곁에 있어 줘.”하고 애걸복걸했더라면 재동의 마음이 덜 아팠을 것 같았다. 기적을 찾느라 하지 말고 속세를 떠나 절에 들어가서 중이 되는 게 나을 뻔했는지 모른다.

담배 한대 태운 다음 커피를 사들고 병실로 돌아오니 유정은 병상에 누운 채 벽시계만 멍하니 쳐다보다가 재동이 문안에 들어서자 자는 척 얼른 눈을 감아버린다. 재동은 그러는 유정을 못 본 척 했다. 또다시 무거운 침묵이 깔렸다. 재동은 비가 내리는 창밖만 물끄러미 내다보고 허유정은 반쯤 누워 천장만 쳐다볼 뿐이다. 누구도 커피에는 손도 대지 않았다. 분위기 좋은 밖의 커피숍에 나가서 마시면 좋으련만 비가 너무 와서 그것도 불가능했다.

여섯시쯤에 저녁식사가 들어왔다. 유정은 먹기를 거부했다.

"생각 없어. 오빠나 먹어."

"나도 생각 없어."

병원밥이 양이 적다고 늘 불만인 옆 병상 보호자 아주머니한테 밥그릇을 건넸다.

조금 후 간병인이 병실로 찾아왔다. 40대 조선족 아줌마다. 약속보다 40분 정도 늦은 시간이다.

"늦어서 미안해요. 버스가 막혀서…….'

한국말을 했지만 아직도 억양엔 연변 말투가 강했다.

"괜찮습니다. 아직은 차시간이 많은 데요 뭘. 아무튼 오시느라 고생하셨습니다."

재동은 그녀에게 환자의 상태며 비품이며 보살펴야 할 간호사 항들을 일일이 인계했다.

"이제 됐어. 그만 가봐."

허유정이 가느다란 음성으로 속삭이듯 말했다. 그녀의 시선이 재동을 쳐다보지 못한다.

"아직 시간이 충분해."

"어차피 갈 거잖아. 역으로 나가는 데 차가 막힐지 모르니까 그냥 가."

"그럴까? 아주머니 그럼 우리 유정이 잘 부탁드립니다."

재동이 배낭을 등에 메고 화구박스를 손에 들자 허유정이 병상에서 내려오려고 했다.

"가만 누워 있어."

"휠체어 가져다 줘."

"나오지 마. 비까지 오는데."

재동이 휠체어를 가져다주려 하지 않자 이번에는 간병인에게 부탁한다.

"아줌마, 복도에 나가서 휠체어 좀 가져다주세요."

"알았어."

재동은 가방을 바닥에 내려놓고 복도로 나가 휠체어를 밀고 들어왔다. 그녀의 고집을 인제는 너무 잘 알고 있기 때문이다. 그녀를 부축해 휠체어에 옮겨 앉혔다.

"아줌마, 저 창문턱의 해금 좀 가져다주세요."

"해금은 왜?"

재동이 아줌마 대신 얼른 해금을 집어 건네주자 허유정은 대답도 없이 해금케이스를 받아 무릎 위에 놓고 손으로 문 쪽을 가리킨다.

"밖에 비가 많이 와요. 우산 갖고 가세요. 저도 같이 갈까요?"

"좀 있다 내려오시면 돼요."

유정은 우산만 받아들고 뒤를 따라나서는 간병인 아줌마를 만류했다.

엘리베이터를 타고 1층으로 내려와 밖으로 나오니 빗줄기가 점점 더 거세졌다. 콘크리트 바닥을 때리는 소리가 단솥 안에서

콩 튀기는 것 같다.

"비가 이렇게 오는데 대체 어딜 가려고?"

"저기 정자 보이잖아."

허유정은 정원 가운데 있는 정자를 손가락으로 가리켰다.

재동은 우산을 펼쳐 허유정의 머리 위를 가리고 밧줄처럼 굵은 빗줄기를 헤치며 정자로 다가갔다. 그나마 정자 안은 다행히도 비를 피할 수 있었다.

"오빠, 여기 앉아."

재동은 그녀가 손으로 지정하는 벤치에 앉았다. 유정은 손으로 휠체어 바퀴를 움직여 재동의 맞은편에 와서 멈춰서더니 케이스 안에서 해금을 꺼내 무릎위에 놓는다.

"오빠가 떠난다는 데 난 줄 거라고는 아무것도 없네. 다리가 이러니 날 줄 수도 없고."

"야, 너 그냥 날 나쁜 놈으로 몰거니!"

재동이 버럭 언성을 높이며 두 눈을 부릅뜨며 짐짓 무서운 표정을 지었다.

"야, 너 그냥 날 배은망덕한 년으로 몰거니! 잘난 주님질만 하면서."

허유정도 질세라 같은 말을 반복하며 두 눈을 커다랗게 뜬다. 두 사람은 그렇게 눈을 부릅뜬 채 한동안 서로를 마주보다가 그만 웃고 말았다.

"그래서 생각해 보았는데 오빠가 그린 그림처럼 나도 해금 연주나 한번 해보려고. 오빠가 주제도 착상도 밑그림도 없이 전통 화법마저 무시한 채 단지 상상만으로 그린 것처럼 나도 착상도 작곡도 없이 상상에만 의존해 즉흥 연주 해보려고. 오빠 그림에 유령이 개입한 것처럼 내 연주에도 이 빗소리가 개입할 거야. 제목도 '기적'으로 할 거야. 들어 볼래?"

"그런 거라면 기대된다. 기차를 놓치더라도 듣고 가야지."

허유정은 해금을 똑바로 세워 손으로 잡더니 연주 자세를 취했다. 허유정의 그 동작은 너무 익숙하고 자연스러웠을 뿐만 아니라 그녀의 우아한 품위와도 절묘하게 어울렸다. 타고난 해금연주자라는 느낌마저 들었다.

허유정의 손에서 활대가 천천히 움직이며 첫 음이 연주됨과 동시에 그녀의 성대에서도 청아하고 약간은 거친 숨소리가 동반된 노랫소리가 울려나오기 시작했다.


오다가다 섬마을에서 만난 아저씨
이상한 그림만 그리는 화가 아저씨
할일이 그리도 없나봐
죽으려는 내 뒤만 따라다녔어
나는 죽는다 하고 아저씨는 살라하고
만나기만 하면 다투고 싸웠지
술 취해 쓰러지면 마을로 업어오고
싫다는 꿀물에 죽까지 끓여왔어

노래의 곡조는 애절하고 해금의 멜로디는 구슬프다. 그녀의 식지, 장지, 명지는 정해진 위치가 없어 찾기 어렵다는 해금의 유현과 중현에서 자유자재로 오르내리면서 절묘한 음들을 정확하게 짚어낸다. 때로는 농현법으로 떨리는 음을 내고, 때로는 추성과 회성을 내기도 하고, 완전5도 차이를 둔 중현과 유현을 부드럽게 훑으며 음정을 흔들기도 한다. 그 음색에서는 서양음악과는 전혀 다른 분위기와 울림이 느껴진다. 가슴을 찢고 뼈를 에는 것 같았다. 활을 꺾을 때마다 나는, 꺾는 음은 방울방울 떨어지는 눈물소리 같다. 그리고 유정의 목소리는 벌써 축축하게 젖어들어 흐느낌처럼 들린다.

태풍이 불고 파도가 치솟는데
바다에 뛰어들어 나를 구했지
피를 닦아주는 척 내 몸도 훔쳐보았어

그녀는 이 대목에서 얼굴에 미소를 지었다. 그러나 눈가엔 이미 이슬이 반짝이고 있었다. 재동이도 유정을 손가락질하며 웃음을 지었지만 가슴이 먹먹해졌다. 활대를 당겼다 밀며 때로는 평평하게, 때로는 느슨하게 조절하면서 신들린 듯 음의 강약과 여러 가지 음색들을 만들어낸다.

하늘이 내려 보낸 기적 같은 아저씨

어느새 내 생에 없는 오빠가 되었어

그녀의 음성은 남도 특유의 통절한 울림으로 비 내리는 넓은 정원 안에 슬프게 울려 퍼졌다. 정자의 지붕, 정원의 나뭇잎, 바닥의 푸른 잔디, 호수, 콘크리트 산책로에 떨어지는 빗소리는 마치 장단을 치고 피아노를 치고 관현악과 현악을 동시에 합주하는 것만 같았다. 게다가 가끔씩 터지는 우렛소리는 웅장한 북소리처럼 메아리친다. 그리고 그녀는 이제 참고 있던 설움이 북받쳐 울먹이기 시작했다.

오빠,
내가 뭐라고 나를 살린다고
죽는 줄도 모르고 바다에 뛰어든 바보 같은 오빠!
세상에 둘도 없는 내 오빠.
오빠—

목이 멘 허유정의 노래는 중단되었고 그녀의 상체가 중심을 잃으며 앞으로 고꾸라졌다. 활대로 땅을 짚었지만 받아내지 못하고 부러지며 두 동강이 났다. 그대로 앞에 앉은 재동의 무릎 위에 얼굴을 묻었다. 그리고는 어깨를 들먹이며 참고 있던 울음을 왕—터뜨렸다.

"울보! 다 큰 어른이 툭하면 울어. 애도 아니고."

그러는 재동의 두 눈에서도 눈물이 흘러내렸다.

"이렇게 홀쩍 떠나보내고 싶지 않아."

유정은 울면서 자그마한 주먹으로 재동의 가슴을 콩콩 두드린다. 말마디들이 울음에 씹히며 도막났다.

"오빠까지 떠나면 나한텐 아무것도 없어."

"왜 없어? 달나라로 가는 것도 아니잖아. 서울서 만날 건데."

"내가 이러면 안 되지. 차 시간이 얼마 남지 않았을 텐데."

허유정은 허리를 펴고 재동의 무릎에서 일어나 고개를 쳐들었다. 손등으로 눈물을 닦은 다음 휠체어 바퀴를 돌려 한발쯤 뒤로 물러났다.

"그럼 정 교수님, 안녕히 가세요."

그녀가 고개를 숙여 정중하게 작별인사를 했다.

"교수, 세요, 그게 다 무슨 말이야? 이젠 그만 너한테서 떨어지라는 소리니? 다시 안 만날 것처럼 갑자기 왜 그래?"

"병원에서 나가잖아요. 그러니 야자타임도 끝나고 우리 이제 둘 다 과거의 일상으로 돌아 가야잖아요."

"과거의 일상?! 그럼 지금까지는 우리한테 기적이라도 있었다는 거야?"

"적어도 저한테는요."

"그래? 하긴 듣고 보니 네 말이 맞아. 당연히 일상으로 돌아가야지. 그럼 유정 씨도 안녕히 계세요."

나는 벤치에서 일어나 등에 배낭을 지고 화구박스를 어깨에 걸친 후 몸을 돌이켜 정자에서 나왔다. 차마 그녀와 악수할 용기가 없었다. 일단 그녀의 손을 잡기만 하면 놓을 수가 없을 것 같아서였다. 단언컨대 허유정도 내 손을 놓아주지 않을 것이다. 나는 우산도 없이 빗속을 걸어갔다. 될수록 빨리 유정의 시선에서 사라져야 한다. 유정의 눈에 비친 내 뒷모습을 보는 자체가 그녀에게는 고문일 것이기 때문이다. 아마 그래서 허유정도 비를 맞으며 멀어져가는 나를 보면서도 우산을 가져가라는 말을 하지 않고 있을 것이다. 우산을 가지고 가려면 다시 정자로 돌아가야 하고 그리고 그들은 두 번 작별해야 한다. 발걸음을 재촉했지만 등 뒤에 홀로 남겨져 예쁜 얼굴이 눈물범벅이 된 채 멀어져가는 나를 하염없이 바라보고 있을 허유정의 모습이 내 발목에 매달리며 발걸음이 천근 같이 무거워졌다. 그래도 나는 이를 악물고 뒤를 돌아보지 않았다. 그건 유정을 두 번 죽이는 잔인한 행위이기 때문이다. 내 눈에서는 눈물인지 빗물인지 모를 액체가 그칠 새 없이 흘러내려 앞에 아무것도 보이지 않았다.

유정아!

속으로 연이어 그녀의 이름만 반복하여 불렀다.

드디어 정원을 빠져나와 지나가는 택시를 잡고서야 나는 안도의 숨을 후~ 내쉬었다…….

열차에 올라 자리에 앉은 다음 눈을 감자 벌써 모친, 아내, 환이, 유리, 김현재 그리고 동료 교수들과 학생들의 익숙한 얼굴들이 지하철 문이 열리듯이 기억 속에서 한꺼번에 와르르 쏟아져 나왔다. 출퇴근길의 거리, 횡단보도, 신호등, 가로등, 가로수, 숲을 이룬 간판들과 우중충한 건물들……. 머릿속은 일상의 수많은 잡동사니들로 순식간에 꽉 차버렸다. 허유정의 말이 옳다면 나는 지금 눈앞의 기적을 버리고 잠시나마 포기했던 과거의 낡아빠진 일상으로 복귀하는 셈이다.

왜?

대답은 간단하다. 출퇴근하려고. 벌어서 먹고 살려고. 그것이 일상에서 얻을 수 있는 전부이다.

유정아!

또다시 비 내리는 정자 안에서 혼자 울고 있을 유정의 생각에 눈시울이 젖어들었다.

# 6장

## 일상의 포로

### 1

정재동은 KTX에서 내리자 용산역 광장으로 나가 택시를 잡았다. 거의 10시가 다 되어서야 보광동에 도착했다.

집안에 들어오자 모친 강수애 여사만 거실 소파에 앉아 있다. TV화면에 시선이 집중되어 걱정하던 아들이 들어온 줄도 모른다. 태풍 피해와 복구상황에 대한 관련뉴스이다.

재동은 또다시 눈앞에 펼쳐진 거실의 익숙한 풍경이 문안에 들어서자마자 거부감이 들었다. 아무것도 달라진 것이 없이 떠날 때 그대로다. 내일 아침부터는 또 저 소파에 처박혀 식구들과 수없이 했던 말들을 되풀이할 것이고 하루 종일 몇 건을 제외하고는 보도했던 뉴스를 재탕하고 부풀리고 반복하는 무료한 TV를 쳐다볼 것이다. 거기에 더해 보았자 한편만 보면 1년 치를 다 본 거나 다를 바 없을 만큼 이야기 구조가 유사하게 반복되는 드라마를 시청하는 일 뿐이다. 그리고 식후 커피 한 잔과 과일 한 조각……. 이 패턴이 그 어떤 기적이 일어나지 않는 한 한 달, 심지어 일 년 동안 반복될 것이다.

신을 벗고 방으로 올라가 배낭과 화구를 바닥에 내려놓았다. 그제야 인기척을 듣고 강수애 여사가 화들짝 놀라며 고개를 돌린다.

재동은 천 번도 넘어 했을 다녀왔습니다. 라는 인사말을 생략했다.

"이게 누구냐, 애비 아니냐? 아이구, 끝내 살아서 돌아왔구나."

마치 백년쯤 갈라졌던 자식을 만나기라도 한 듯이 허둥지둥 달려와 아들의 손을 덥석 잡았다. 마치 기적이라도 만난 것처럼 놀란 표정이다.

"어디 다친 덴 없냐?"

"네."

"다행이다. 난 또 전화 한통 없으니까 잘못된 줄 알고 속이 타서 재가 됐잖니."

"어머니도 참, 다 큰 어른이 밖에 나갔는데……. 어린애도 아니고."

재동은 어머니 손에 이끌려 지정된 자기 자리에 와 앉았다. 그 소파는 왼편 스프링이 탄성이 떨어져 앉으면 저절로 몸이 그쪽으로 기우는 것까지 변함이 없다. 아마도 그가 의자에 앉을 때 왼편으로 비스듬히 앉는 습관 때문일 것이다. 하지만 여전히 첫 느낌은 편안함이다. 바로 이 편안함이 문제다. 이 편안함과 안정감 때문에 사람들은 일상을 떠나려 하지 않고 쉽게 타협하며 장기 공존하는 것이다. 그리고 그 편안함은 달콤한 사탕이 이빨을 썩게 하듯 인생을 서서히 권태에 녹슬게 한다.

"다행히도 태풍이 예상보다 약해져서 피해가 적다는 뉴스를 보고 그나마 안심했다……."

"오빠, 왔어?"

유리가 엄마의 말소리를 듣고 자기 방에서 나왔다. 귀에 이어폰을 꼈는데도 어머니가 워낙 목청이 높아 귀동냥한 모양이다.

"'애비'가 죽은 게 아니냐며 엄마가 요 며칠 울고불고하더니 멀쩡하게 살아서 돌아 왔네."

그러면서 재동의 머리며 어깨를 손으로 만져본다.

"헐, 깜놀! 죽으려고 환장했던 거야? 제정신이 아니고서야 태풍이 올라온다는 데 거길 왜 내려가? 그림이 목숨보다 더 중해?"

유리의 화법은 언제나처럼 속사포에 인정사정없이 맵다.

"그냥 답답해서 바람이나 쐬려고 내려갔던 거야."

재동은 그간의 사정을 이실직고할 수도 없어 그냥 되는대로 응수했다.

"바람?"

유리가 무슨 탐정처럼 오빠의 등에 코를 대고 킁킁 냄새를 맡아본다.

"그래서인지 오빠 몸에서 낯선 여자 냄새가 나는 같아. 비린내 같은 것도 나고. 바람피우러 갔던 거야?"

"이년아! 입 조심해."

강수애 여사가 물불을 가리지 않는 딸의 입을 손으로 틀어막으며 이미리가 있는 2층을 올려다본다.

"넌 변한 거라곤 없구나."

"태풍이 지나가면 뭐가 변해야 돼?"

"촉새 같은 년! 잠자코 노래나 들어."

강수애 여사가 또 딸을 타박한다.

"그런데 애비야, 에미가 애비가 가거돈지 말거돈지에 내려간 사이 또 집에서 무슨 짓을 저질렀는지 아냐?"

집에 들어서자마자 영락없이 며느리에 대한 시어머니의 흉보기가 또다시 시작된다.

"무슨 일을 저질렀는데요?"

재동은 저도 모르게 거실 벽을 둘러보았다. 가거도 내려갈 때의 꽃무늬벽지가 여전히 붙어 있다.

"오빠 작업실이랑 내 방이랑 다 하얀 페인트칠을 해버렸대."

잠시 음악에 심취된 듯싶던 유리가 모자간에 대화가 빈틈을 재빠르게 파고들었다.

"넌 좀 가만있으라니까 그러냐. 글쎄, 애비 침실은 물론 환이 방까지 죄다 하얗게 칠했지 뭐냐. 유리방은 얘가 나랑 놀이터에 산책 나간 사이 인부들을 불러 반나절 만에 페인트칠을 했단다. 아무래도 제정신이 아닌 것 같다. 정신병원 가봐야 되는 거 아니냐?"

"거실에도 손대려는 걸 엄마가 막았어. 이럴 거면 이 집에서 나가 아파트로 이사 가라고."

강수애 여사가 자신의 말허리를 자르는 딸의 뒤통수를 손으로 때리자 유리는 아야! 하고 비명을 지르며 왜 때려? 하며 성난 고양이처럼 사납게 대든다. 그러거나 말거나 강수애 여사는 무슨 대사변이라도 발생한 것처럼 진지한 표정으로 말을 이었다.

"내가 유리하고 자지도 못하며 교대로 이 거실을 지켜냈다. 날 따라와 봐라."

강수애 여사는 아들의 팔을 잡아끌고 거실 옆의 딸의 방으로 인도했다. 천장을 제외하고 사면 벽 전부가 하얀 페인트칠이 되어 있었다. 재동은 뜻밖에도 저도 모르게 웃음이 나왔다. 한편으로는 낯선 모습이 원래 벽지보다 못하지는 않다는 생각도 들었다.

"애비야, 이 상황에 지금 웃음이 나오니?"

강수애 여사는 아들이 아내의 기상천외한 행동을 나무랄 줄 알았는데 뜻밖에 아무 말도 없이 시큰둥한 표정으로 웃기만 하자 화가 난 듯 되물었다.

"난 아무래도 괜찮아. 내가 사는 데는 지장이 없으니까. 어차피 나한텐 모든 것이 검게 보이잖아. 가구의 위치를 이동해 발에 걸리지만 않으면 돼."

재동은 모친의 질문을 피해 유리의 말에 슬쩍 묻어갔다.

"그러니까요. 일상생활에는 별 지장이 없잖아요. 미관상 원래
보다 못할지는 몰라도."

"내가 지금 사는 데 불편하다고 이러냐? 보기 싫어서 그러는
것도 아니다. 에미가 이 집을 싫어한다는 게 문제야. 이 집이 싫
어서 친정집을 여기다 옮겨놓으려는 게 에미의 목적이야. 싫으
면 니들끼리 아파트로 이사 가라고 했잖아. 가라고 해도 안 가고
이 집에서 애먹이니까 그러는 거 아냐."

강수애 여사는 아들을 데리고 2층으로 올라가 그림을 그리는
작업실로 들어갔다. 모든 것이 검게 보인다던 유리는 흥미가 없
는지 자기 방에 남고 올라오지 않았다.

"이것 봐라. 애비 작업실도 다 에미네 친정집처럼 하얗게 페인
트칠을 했잖냐."

재동은 흰색으로 변한 스튜디오 안을 잠깐 둘러보았다. 이상
한 것은 모친의 말처럼 그렇게 거부감이 들지 않는다.

"생각보다 새로운 감이 있네요. 안 그래도 이 안의 모든 것들이
오래되어 심드렁했었는데 차라리 잘 됐습니다."

"애빈 좀 에미 편 덜하면 안 되냐. 입만 열면 편드니 말이다."

"편드는 게 아니라 그렇게 보인다는 겁니다."

"듣기 싫다. 니들이 한통속이라는 걸 엄마가 모를 까봐. 유리
방이나 작업실은 그렇다 치고 어떻게 환이방까지 다 하얀 칠을

할 수 있냐. 따라와 보거라."

어머니 뒤를 따라 환이방으로 가보니 애는 의자에 앉아 테이블에 엎드린 채 자고 있었다. 환이의 머리맡 책상위에 시간만 있으면 그리던 그 이상한 그림이 놓여 있었다. 재동은 방 안에 칠해진 하얀 페인트색깔보다 그 그림에 시선이 쏠렸다. 몇 개의 크고 작은 동그라미들로만 그려졌던 그림의 이미지가 윤곽이 분명하게 드러났기 때문이다. 허리를 굽혀 그림을 손에 집어 들었다. 놀랍게도 종이에는 쳇바퀴를 돌고 있는 다람쥐가 그려져 있다. 그러자 문득 언젠가 롯데놀이공원에 갔을 때 뒤에서 졸랑졸랑 따라오던 환이가 갑자기 없어져 놀라서 찾다가 바로 그 쳇바퀴 돌고 있는 다람쥐 앞에 서있던 그 애를 발견하고 안도의 숨을 내쉬었던 기억이 떠올랐다.

"애비는 아예 쳐다보지도 않는구나. 애비까지 이러니 정말 안 되겠다. 니들끼리 환이 데리고 당장 아파트로 이사 가 거기서 살거라. 아까운 내 집만 망가뜨리지 말고."

강수애 여사는 아들의 무심한 태도에 삐친 듯 휭 하니 아래층으로 내려가 버린다.

재동은 그림을 테이블 위에 올려놓고 잠든 환이를 안아 침대에 눕힌 후 이불을 덮어주었다. 전등을 끄고 살며시 문을 닫은 후 방에서 나왔다. 발걸음소리가 나지 않게 조심스럽게 현관을 걸어 아내가 잠들어 있을 침실로 다가가 천천히 문을 당겼다. 그런데 실내에는 불이 켜져 있었다. 아내는 자지 않고 있었던 것이다. 불을 켠 채로는 자지 못하는 아내이다.

"안 잤어?"

대답이 없다. 재동이 욕실로 들어가 샤워를 하고 나오자 이미리는 그때에야 침대에서 일어났다.

"밥 차려줄까요?"

"밖에서 먹었어. 그냥 누워 있어."

실은 배가 고팠지만 그녀더러 밥상 차리라고 시킬 염치가 없었다. 그러자 이미리는 다시 자리에 누웠다. 방 안이 하얀 페인트칠을 해서 그런지 이전보다 더 환하게 느껴진다, 차라리 벽지보다 이게 나은지도 모르겠다.

재동은 침대에 올라가 이미리 옆에 눕자 조용하게 말했다.

"미안해. 말도 없이 가서."

대답이 없다. 돌아누운 채로다.

"어머니랑 하는 말 다 들었어?"

대답이 없다.

토라진 것 같아 입을 다물고 그냥 자려고 불을 끄려는데 이번에는 아내가 말을 걸었다.

"그림은 그렸어요?"

"아니."

"기적은?"

"기적?"

내가 기적을 찾아 가거도로 내려 간 사실을 아내가 어떻게 알까 하는 생각이 들었으나 분위기가 분위기인 만큼 그냥 의문을 접어두고 짧게 대답했다.

"못 만났어."

"유령은?"

"유령도."

아이바조프스키와 캔버스 안에서 볼록하게 돋아 오르던 "℣" 부호가 생각났지만 말하고 싶지 않아 그냥 기억 속에 묻어버렸다.

"무사하게 살아서 돌아왔으면 됐어요."

둘 사이에는 잠시 침묵이 흘렀다.

"나도 미안해요."

"당신이 뭐가?"

"말 안하고 페인트칠해서요."

"괜찮아. 사는 덴 지장이 없잖아."

또 짧은 침묵이 톱니처럼 대화를 토막 냈다.

"이 집이 그렇게 싫었어?"

"나도 모르겠어요."

"어머니는 당신이 친정집을 재현하려한다고 그러시던데. 다 들었잖아."

"그냥 이 집이 익숙하지 않아요. 낯설고 모든 게 불안해요."

"이상한 거 아니야. 부모 집에서 산지 30년 넘고 이 집에서 산지 겨우 몇 년 뿐이잖아."

침묵은 무슨 음악의 간주처럼 대화 사이사이에 끼어들어 빈 공간을 메웠다.

"그렇게 싫으면 우리 어머니 권고대로 아파트로 이사 갈까? 거기 가서 자기 원하는 대로 실내 디자인 꾸미고 살면 되잖아."

"싫어요."

"왜?"

"어머니 여기 혼자 두고 발길이 안 떨어져요."

재동은 콧날이 시큰해졌다.

"거실 만은 안 칠하면 안 돼?"

"어머니와 아가씨가 교대로 지켜 칠할 수도 없어요."

재동은 이미리에게 미안한 생각이 들었다. 아니, 죄책감 같은 것도 갈마들었다. 그녀 옆자리에 누운 지금 이 순간도 눈앞에 자꾸만 허유정과 줄리아의 모습이 어른거렸기 때문이다. 뭐라도 해서 사과하고 싶은데 할 만한 것이 없다. 결국 그는 아내에게 돌아누워 그녀의 허리를 살며시 그러안았다. 그녀와 결혼한 후 벌써 몇 년 동안이나 반복해 온, 그녀가 지겨워한지도 오래된 그 일밖에 없었다. 그래서 아내가 더 측은해졌다. 그런데 재동의 손이 몸에 닿는 순간 이미리의 육신이 고슴도치처럼 까칠하게 굳어지며 옹송그려진다.

"왜, 싫어?"

"피곤해요."

재동은 저도 모르게 얼굴을 붉히며 이미리의 몸에 감았던 팔을 풀었다. 어쩌면 줄리아를 안았던 팔, 유정을 업었던 팔이어서 다른 여자의 체취가 풍겨 거부감이 들었는지도 모른다. 유리도 내 몸에서 낯선 여자 냄새가 난다고 했었다. 그리고 나는 아내에게 위에 페인트칠을 덧 해야 하는 벽지와 다를 바 없는 존재인지도 모른다.

꽤 긴 침묵이 흘렀다. 잠도 오지 않는다. 그 긴 침묵에 어색함만 저녁안개처럼 자욱하게 서렸다. 바람이 없으면 입김을 불어 넣어서라도 안개를 걷어내야 한다.

"환이 그림이 결국 쳇바퀴 도는 다람쥐였어."

"나도 봤어요."

"걔가 왜 쳇바퀴 도는 다람쥐만 그렸지?"

"날마다 집, 학교, 학원을 돌고 도는 자신이 쳇바퀴 도는 다람쥐를 닮았다고 생각했던가 봐요."

"그래서 학원가기 싫다고 아침마다 투정질한 거야?"

"아마도요."

"그 녀석도 무미건조한 일상에 지쳤었나 봐."

"뭐라고요?"

"아무것도 아니야. 피곤하다며, 그만 자자. 불 끌게."

"네."

재동은 불을 끄고 돌아누워 눈을 감았다.

방 안에는 한동안 두 사람의 가는 숨소리만 들렸다. 누구도 잠들지 못했다. 태풍이 지나갔지만 아무것도 변한 것은 없고 생활은 제자리로 돌아와 권태롭게 너부러지고 있었다.

# 2

이튿날 아침 동이 트자 모든 것은 예전과 다름없이 되풀이되었
다. 그것을 의식해서인지 다만 누구도 말이 없을 따름이다. 식구
들은 말없이 한자리에 모여앉아 조식을 끝냈다. 아내는 주방에
서 말없이 날마다 하는 설거지를 하고, 강수애 여사와 유리는 여
느 날과 다름없이 거실에 나가 냉커피를 마셨다. 재동은 그 정해
진 프레임의 노예가 되는 것이 싫어 절차를 외면하고 그냥 곧바
로 출근하기로 했다.

"다녀올게."

아내가 가엾어 보여 재동은 손으로 그녀의 어깨를 가볍게 다독
였다.

"운전 조심해요."

미리 입력된 버스 안내방송처럼 반복되는 아내의 잔소리를 귓
등에 건 채 거실을 지나 2층으로 올라가는데 강수애 여사가 슬그
머니 뒤를 따라 올라온다.

"애비야, 내 오늘 사람을 불러 페인트칠한 거 다 긁어내고 도배
다시 하련다."

"어머니, 제가 환이 엄마와 거실과 어머니 방은 페인트칠을 하
지 말라고 잘 말해 놓았으니 그러지 마시고 며칠만 기다려봅시
다."

"자지 않고 지키는 게 쉬운 일인 줄 아냐?"

"오늘부터는 지키지 않으셔도 됩니다."

"그럼 애비한테 한 번 더 속아 보마. 저렇게 여편네가 아까우니……."

강수애 여사는 혀를 차며 도로 아래층으로 내려갔다. 이로써 불길이 번지던 벽지 전쟁은 잠시 휴전된 셈이다.

재동은 옷을 갈아입고 1층으로 내려왔다. 신을 신은 후 벌써 천 번도 넘어 했을 인사말을 녹음기처럼 되풀이할 수밖에 없었다.

"다녀오겠습니다."

왜 이 말을 매일 앵무새처럼 되풀이해야 하는지 모르겠다. 제 정신을 가진 사람이라면 말이다. 말하지 않아도 번연한 사실인데.

"그래, 운전 조심해라."

강수애 여사는 똑같은 말을 반복한다는 사실도 모른 채 진심이 담긴 어조로 당부한다. 녹음을 되풀이하듯 출근 전 인사를 마치고 집에서 나온 나는 차 안에 들어가 출발 전에 허유정에게 전화부터 걸었다.

아, 이 휴대폰! 가거도에 갔을 때는 없이도 살았는데 결국은 또 손에 들었다.

허유정은 휴대폰이 없었으므로 간병인 아줌마의 휴대폰번호로 전화를 걸었다.

"네, 선생님. 저에요."

"정재동입니다. 유정이 때문에 고생이 많으십니다. 미안하지만 전화 좀 바꿔주세요."

"아가씨가 어제 저녁부터 오늘 아침까지 식사도 안 하고 울기만 하다가 조금 전에야 잠이 들었습니다."

"그럼, 자게 깨우지 마세요. 참, 제가 아주머니한테 맡긴 현금카드 유정이한테 주었나요?"

"네."

"그걸로 병원비 결산하고 커피, 과일도 사드시고, 또 퇴원하면 유·정이더러 옷도 사 입으라고 전해주세요. 그리고 해금 활대는 제가 그곳 악기점에 전화해 주문해 놓을 테니 아마 오늘이나 낼은 병원에 배달될 겁니다."

"선생님의 말씀 아가씨한테 그대로 다 전하겠습니다."

"식사 잘 챙겨주고 가끔씩 밖에 나가 산책도 시켜주세요. 빨리 완쾌되어 가까운 시일 안에 서울서 만나자더라고 제 말 전해주시고요."

"네, 아가씨가 알아서 너무 잘 하세요. 얼굴이 배우처럼 예쁜데다 머리도 총명하세요."

"감사합니다. 아무튼 잘 부탁드립니다."

전화를 끊었지만 허유정이 밥도 안 먹고 온밤 울었다는 말이 가슴에 걸렸다. 일상으로 돌아간다고 했지만 그녀만 여전히 가거도에 남겨진 채 병상에 누워 외로움의 눈물을 흘리고 있을 모습이 상상되며 가슴이 아팠다.

차 시동을 걸고 차고에서 빠져나왔다. 나는 운전에 전혀 신경 쓰지 않았다. 그런데도 오늘따라 "운전 조심하라"던 모친과 아내의 당부가 보이지 않는 손이 되어 나를 조종하는 것 같은 느낌이 들었다. 실은 내 손과 발은 본능적으로 반응했고 차는 내 신체의 일부처럼 일심동체가 되어 나와 함께 움직였다.

동네의 좁은 골목을 벗어나 대로에 진입했다. 이제부터 대학 캠퍼스에 이르는 구간의 이 코스는 주변에 다른 차들만 없다면 눈을 감고도 운전이 가능할 만큼 익숙한 노선이다. 이 도로 위의 모든 것― 노면·횡단보도·방지턱·신호등·감시카메라·도로표시·터널·교량·좌우회전코스·유턴구간들은 기억 속에 일목요연하게 입력되어 있기 때문이다. 그리고 그것들은 변함없는 일상이 되어 매일 반복된다. 도로가 제공하는 운행규칙에 맞게 핸들, 브레이크, 액셀의 조작도 매일 반복된다. 더구나 차가 운행하는 동안 차창 옆으로 지나가는 가로수·가로등·간판·건물들도 날마다 같은 모습이다.

좌회전 지점에서 붉은 신호등이 켜지자 재동은 브레이크를 밟아 차를 정지시켰다. 좌우 어느 쪽에도 차 한대 보이지 않는다. 그래도 교통규칙을 지켜야 한다. 엇갈리는 차가 한대도 없음에도 무작정 기다려야만 하는 일상은 벌써 수십 년을 경험한 바이다. 이건 분명 불필요한 시간 낭비이고 비효율적이 아닐 수 없다. 과학이 그렇게 발달했다면서 특단의 기술을 개발하여 이 공간의 낭비를 최소화하고 원활한 운행을 보장한다면 일석이조로 교통체증도 풀릴 것이고 경제적으로도 부가적인 효과가 발생할 것이다.

"과학은 요란하기만 했지 아직 멀었어."

재동은 무료한 김에 카오디오의 음악을 틀었다. 낯선 곳이라면 창밖의 풍경이라도 감상하며 시간을 소일할 텐데 익숙한 곳이라 볼거리조차 없었다. 노래마저도 수도 없이 반복해 듣던 곡이라 금시 신물이 나 꺼버렸다. 하릴없이 손가락으로 핸들을 톡톡 두드리기만 했다.

바로 그때 부르릉~ 하고 연료가 공급되며 엔진이 가동했고 차가 급발진 했다. 재동은 깜짝 놀라 자신이 실수로 액셀을 밟은 건 아닌지 황망히 확인했지만 틀림없이 오른발은 브레이크 위에 놓여 있었다. 아직 파란 신호등으로 전환되지도 않았는데 핸들이 저절로 왼쪽으로 돌아가며 차가 좌회전했다. 재동은 급히 급정거 버튼을 누르고 브레이크를 다시 힘주어 밟았으나 제지가 되지 않았다. 그때 뒤늦게 나타난 버스 한대가 앞에서 직진해왔다. 재동은 충돌을 피하려고 핸들을 오른쪽으로 꺾었지만 차는 도리어 왼쪽으로 회전했다. 몸서리가 쳐질 만큼 아찔한 순간이 닥쳐왔다.

아, 죽었다!

재동은 번개처럼 머릿속을 스치는 예감에 눈을 감았다. 그러나 몇 초가 지나갔지만 이상하게도 아무 일도 일어나지 않았다. 차는 좌회전을 무사하게 끝낸 듯 직진하기 시작했다. 눈을 떠보니 죽은 줄로만 알았던 자신은 멀쩡하게 살아 있다. 아마도 버스가 차 뒤꽁무니를 스칠까말까 아슬아슬하게 지나친 모양이다.

"이 차가 오늘 왜 이래! 어디가 문젠데? 또 그 유령이 나타난 거야?"

그의 팔꿈치를 움직여 이상한 부호를 그리게 했던 그 정체불명의 유령이 문득 생각났다. 그렇다면 그 아르메니아 국민작가 아포비안의 넋이 또 장난기가 발작한 건가. 하지만 아포비안도 햇빛이나 먼지처럼 가벼운 물질을 조작할 수 있다고 했다. 핸들을 움직이고 액셀을 밟을 만큼 신통력이 강하지는 못하다.

그런데 이놈의 차가 이번에는 언감생심 역주행까지 감행한다. 반대편 차도가 잠시 빈 공간을 비집고 들어가 제멋대로 주행했다. 하지만 100여 미터 앞에서 트럭 한대가 마주 달려오는 것을 보자 재동은 또다시 정신이 아뜩해졌다. 허겁지겁 브레이크를 밟아대고 핸들을 도로변으로 틀었으나 도저히 말을 듣지 않는다. 평소 이 차는 그가 운전대에 착석하는 순간 물아일체가 되었었다. 앞차도 속도를 줄이지 않았고 재동의 차도 줄곧 시속 80킬로미터 속도로 달렸다. 드디어 앞 트럭이 산더미 같은 우람진 몸뚱이를 코앞에 드러내자 재동은 두려움과 공포에 질려 또 눈을 감아버렸다.

이번엔 정말 죽었어!

그러나 이번에도 아무 일도 발생하지 않았다. 앞차는 거의 손바닥 하나 차이로 바람 같이 스쳐지나갔지만 트럭운전사는 놀라기는커녕 무슨 일이 그렇게 즐거운지 한가롭게 휘파람을 불어댄다. 그제야 겨우 제 차선에 들어서서 달리는데 길가에 교통경찰이 서 있는 것이 보였다. 단속에 걸렸다고 생각했지만 경찰 역시 아무것도 보지 못한 듯 재동의 차를 향해 거수경례까지 붙인다.

후~ 십 년 감수했네!

고도의 긴장감 때문에 삽시간에 온몸이 땀투성이가 되었다. 이제 보니 이 차를 조종하는 유령이 교통규칙의 제한을 외면하고 모든 이용 가능한 운행공간을 1센티미터 차이까지 정밀하게 게산한 후 운행하고 있음을 알 수 있었다. 신호등 무시는 물론 속도위반, 불법유턴, 좌우회전 무시, 불법차선 이동, 심지어 행인이 없을 때는 보행로 주행도 서슴지 않는다. 어떤 상황에서도 시속 80킬로미터 아래로 떨어지지 않는다. 이상한 것은 경찰의 추격을 당하는 범죄자처럼 불법운행을 하는 데도 어느 차도, 어느 경찰도 제지는 고사하고 관심조차도 없다는 사실이다. 자율운전이지만, 불법운전으로 사고의 위험이 시시각각 들이닥쳤지만 아무 일 없이 피해가는 걸 보자 재동은 아예 운전을 포기하고 모든 걸 체념해버렸다. 다만 위험이 코앞에 닥칠 때마다 소스라치게 놀라며 눈을 딱 감고 두 손으로 머리를 부둥켜 쥐곤 했을 따름이다.

그 덕분에 차는 집에서 대학 캠퍼스까지 불과 15분 만에 도착했다. 평소 같으면 빨라야 40분이 넘어 걸렸다. 그야말로 눈 깜짝할 사이에 도착한 것이다. 하지만 차에서 내린 재동의 옷은 소낙비를 맞은 것처럼 땀에 흠뻑 젖어 있었다. 다리가 후들거려 걸음도 간신히 옮겨졌다.

인제 살았다. 정말 귀신이 곡할 노릇이다. 내가 악몽을 꾼
건가?

하지만 대학에 도착한 것만은 확실한 만큼 꿈이라고 할 수도
없었다. 꿈이었다면 결코 현실공간에서의 이동이 불가능했을 것
이다.

재동은 연구실에 들어서자 에어컨부터 켜 땀에 젖은 옷을 말
렸다. 연구실 역시 모든 것이 예전 그대로다. 이제부터 매일 여
기로 드나들 것이다. 똑같은 테이블, 똑같은 강의실, 똑같은 학생
들, 똑같은 강의 내용을 반복할 것이다. 그리고 이제 복도로 나가
면 동료 교수들, 학생들을 만나 1년 전에도 했던 인사말을 또다
시 주고받을 것이다. 게다가 사람들마저도 그 사람들일 것이다.

옷도 말리고 놀란 가슴도 안정시키는데 차로 정상적으로 이동
한 시간보다 더 걸렸다. 재동은 의자에 앉아서 곰곰이 생각해 보
았다. 이걸 기적이라고 해야 하나, 사고라고 해야 하나? 아니면
유령의 농간이라 해야 하나. 헷갈렸다. 아무래도 세 번째 경우에
해당할 것 같다. 아이바조프스키가 아포비안과 만나게 해준다고
약속했으니까 그때 가서 직접 물어볼 수밖에 없다.

옷이 다 말랐으나 아직도 시간적 여유가 있어 복도 중간쯤에
설치된 흡연실로 나가 담배 한대를 태웠다. 입에서 뿜어낸 연기
를 유심히 관찰했으나 이상한 부호 같은 건 새겨지지 않았다. 유
령은 나타나지 않은 것 같은 데 차가 왜…….

"교수님, 안녕하세요."

누군가 부르는 소리에 고개를 돌려보니 키가 헌걸찬 조교 철민이다. 여름방학 기간 해외여행이라도 다녀온 모양, 얼굴이 새까맣게 탔지만 그래도 방학 전의 그 철민이랑 달라진 것은 없었다. 흡연실에 들어서며 문턱에 걸려 한번 비틀거리는 것도 그대로다.

"수업 시간이 5분이나 지났는데요. 빨리 강의실로 들어가셔야죠."

"무슨 소리야? 아직 10분이나 남았는데."

재동은 손목시계를 다시 확인했다. 아까 나올 때 벽시계도 확인했었다.

"교수님 시계가 늦습니다. 휴대폰 보세요."

재동은 휴대폰을 꺼내 보았다. 철민의 말이 맞다. 어떻게 된 거야? 여태 한 번도 틀린 적이 없는 손목시계였다. 가거도 갈 때 손목시계를 집에 버리고 가 그새 배터리가 다 나갔나. 그렇다 하더라도 연구실 벽시계는……. 아무튼 시간이 지났으니 서둘러야만 했다. 원래는 목포 악기상가에 전화를 해 유정에게 활대를 구입해 택배 시키려고 했지만 수업이 끝난 다음으로 미룰 수밖에 없었다.

내 눈에는 한사람, 한사람 익숙한 얼굴들이 보인다. 그리고 오늘 강의는 작년에 했던 '스케치'에 관련된 내용이다. 나는 또 수십 번도 반복했던 그 무미건조한 스케치의 개념을 되풀이해야 된다고 생각하자 입을 열기도 전에 짜증부터 앞섰다. 이런 걸 꼭 선생한테서 들어야만 하는가. 집에서 교과서나 참고서를 보고서도 얼마든지 숙지할 수 있다. 미술실기라면 또 모르겠지만 오늘만은 학생들에게는 물론이고 나 자신에게도 조금은 신선하고 새로운 강의를 하고 싶다. 일상이 내 목에 들이미는 올가미를 벗어던지고 싶다.

"오늘 강의할 내용은 스케치에 대한 겁니다. 물론 스케치가 미술에서 차지하는 위치가 중요한 건 사실입니다. 하지만 오늘은 스케치가 뭐냐는 개념 정의 같은 건 생략하려고 합니다. 미술가에게 있어서 스케치보다 훨씬 더 중요한 것에 대해 말하려고 합니다. 그게 뭐냐? 한마디로 말해 상상입니다."

나는 액상 백묵을 손에 집어 들고 칠판에 커다란 글씨로 "상상"이라는 두 글자를 흘림체로 썼다. 그러자 등 뒤의 학생들 속에서 수군거리는 소리가 들렸다. 그들이 기대하던, 과문에 열거된 내용을 깨뜨리는 상반된 단어이기 때문일 것이다. 그러거나 말거나 나는 내 생각을 굽힐 의향이 없었다. 밀고나가는 것이다.

"미술가라면, 화가라면 누구나 명작, 걸작을 꿈꾸기 마련이겠죠. 그런데 작품이 명작, 걸작이 되려면 반드시 화폭에 특이한 요소가 전제되어야 합니다. 그 특이한 요소란 무엇일까? 한 마디로……."

나는 다시 칠판에 돌아서서 "상상"이라는 단어 밑에 더 큰 글씨로 "기적"이라고 갈겼다. 그리고 그 밑에 밑줄 세 개를 그었다. 손에 너무 힘을 준 탓에 액상 백묵이 손안에서 빠져나가 바닥에 떨어졌다.

"다름 아닌 기적입니다. 그런데 이 기적은 현실 속에서는 찾기 어려운 것입니다. 명작, 걸작이 되려면 작품 속에 감상자를 놀라게 할 뭔가가 숨겨져 있어야 하는데 일상으로 점철된 현실 속에는 놀랄 만한 것이 별로 없다는 의미겠지. 설령 가끔씩 있다 하더라도 그것은 너무나 순간적이어서 스케치할 수가 없어. 지난 학기 마지막 수업에서도 언급했지만 러시아의 화가 아이바조프스키의 그림 '아홉 번째 파도'가 유럽여행 때 그가 바다에서 당했던 조난사건이 모델이 되었던 건 사실이지만 당시에는 살아야겠다는 데만 신경 썼을 뿐 스케치 같은 건 꿈도 꿀 수 없었던 거야. 스케치는 고사하고 살아남기 위해 심지어 신변에 휴대했던 화구와 작품들마저 죄다 바다에 내던졌으니까."

나는 칠판에 "기적≠현실"이라는 공식을 쓰면서 말을 이어 나갔다.

"현실에도 없고 설혹 있어도 스케치할 수도 없는 기적, 보는 사람을 놀라게 하는 이 기적은 그러면 어떻게 만나고 그것을 작품에 표현할 수 있을까?"

나는 붓글씨체로 칠판에 "상상"이라는 두 글자를 쓴 다음 "="부호를 그리고 그 뒤에 기적을 붙여 썼다.

"이때 상상이 필요한 거야. 기적은 상상의 터널을 거쳐야 만날 수 있으니까. 그 터널은 현실 속의 무미건조한, 권태와 반복으로 굳어진 일상의 벽을 구멍 뚫어서 생긴 것이겠지. 예술은 상상을 통해 현실속의 일상이라는 이 벽을 통과할 때에만 비로소 탄생하는 겁니다. 그 벽을 관통하거나 넘을 수 있는 유일한 사다리 또는 굴착기는 다름 아닌 상상인 거예요. 아이바조프스키의 그 유명한 그림 '아홉 번째 파도' 역시 그와 같은 횡단과정을 거쳐서 탄생한 것이고요."

나는 잠시 말을 끊고 학생들의 반응을 주시했다. 교실 안은 물 뿌린 듯 조용하다.

"현실에만, 고루한 일상이 고인 현실에만 안주 또는 집착하는 화가는 그래서 상식의 포로가 된 채 스케치에만 목숨을 거는 화가는 죽은 그림, 평범한 그림만 그릴 뿐 결코 사람들의 마음을 사로잡는 명작을 창작해낼 수가 없어. 그런 의미에서 스케치 같은 건 몰라도 돼. 상상력과 기억력만 충분하다면."

나는 제 풀에 의기양양해져 교실 안을 천천히 둘러보았다. 그렇다고 생각해서인지 나를 쳐다보는 학생들의 눈빛이 오늘따라 유난히 반짝거린다.

# 3

퇴근하면서 김현재 교수의 연구실에 들렸으나 문이 잠겨 있었다. 밖에 나와 화단이 있는 익숙한 벤치에 앉아 목포 악기상가에 전화를 걸어 유정의 해금 활대를 주문했다. 그런 다음 다시 병원에 전화를 걸었다.

"정재동입니다. 수고 많으시네요……."

"수고는 둘째 치고 지금 사람이 죽을까봐 겁나요."

아주머니의 목소리가 다급하다.

"왜요, 유정이한테 무슨 변고라도……."

"아가씨가 어제 저녁부터 지금까지 밥 한술 뜨지 않았이요. 오늘 아침부터는 아예 말도 하지 않고 하염없이 천장만 물끄러미 쳐다봐요. 간호사와 말해서 링거는 달았지만 사람이 혼이 나간 것 같아 걱정 돼요. 저러다가 무슨 불상사라도 생기면……. 그냥 저러고 계시면 저도 자신이 없습니다. 다른 간병인을 구해보시든지 교수님께서 무슨 대책을 취하셔야 될 것 같아요."

"전화 바꿔줘 보세요."

복도로 나왔었는지 잠시 수화기가 잠잠하다가 다시 간병인의 목소리가 들렸다.

"안 받으시겠대요. 이불을 머리에 뒤집어썼어요."

"미안합니다. 조금만 더 고생해주세요. 제가 방법을 댈 테니. 이따 다시 전화 드리겠습니다."

재동은 일단 전화를 끊었다. 담배를 붙여 물고 잠깐 생각에 잠겼다. 인간은 다른 사람에게, 더구나 자신이 사랑하는 사람한테 필요 없는 존재라는 걸 느끼면 삶의 의욕을 상실한다. 재벌 3세에게서 버림을 받은 지 얼마 안 되어 재동이마저 신변을 떠나버리자 상실감이 컸을 것이다. 지금 그녀에게 필요한 건 그녀가 누군가에게 없어서는 안 될 소중한 존재라는 인식을 심어주는 것이다. 그 역할을 할 수 있는 사람은 현재 상황에서 나밖에 없다는 데까지 생각이 미치자 재동은 담배를 끄고 부랴부랴 김현재에게 전화를 걸었다. 하지만 신호음이 끝날 때까지 전화를 받지 않는다.

"제발 좀 받아라!"

다시 걸었다. 다행히도 이번에는 걸렸다.

"어, 정 화백……."

잠에 취한 음성이다.

"어딘데?"

"고속버스, 시골 다녀오는 길이야."

"그럼, 집이 아니고 밖이란 거야?"

"막히지만 않으면 두 시간 반 정도면 도착할 것 같은 데, 왜?"

"김 작가 집에 볼일이 있어 그래. 형수님, 집에 계셔?"

"아니, 나랑 같이 있어. 그럼 먼저 들어가 있어. 정 화백 비번 알잖아."

"알았어, 이따 만나서 얘기하자. 끊는다."

재동은 통화 중에 이미 주차장 쪽으로 이동하고 있었다. 차를 몰고 주차장을 빠져나와 도로에 올라서자 재동은 난폭하게 액셀을 밟아댔다. 정말이지 유령이 다시 나타나 아침 출근 때의 상황이 재현되었으면 싶었다. 앞차를 추월할 때마다 운전자가 욕설을 퍼부었지만 아랑곳하지 않았다. 불법운전 때문에 딱지가 날아오고 면허가 취소된다 해도 두렵지 않았다. 그의 머릿속에는 오로지 유정이 하나뿐이다. 구해주고 입원시켜주고 수술비용까지 대주었으면 됐지 내가 왜 이렇게 유정에게 목숨을 걸지 하는 생각 따위는 아예 없었다. 허유정이 그를 기다리고 있다. 그리고 그는 허유정을 새롭게 부활시킨 창조주다. 아니, 적어도 그녀의 생에 둘도 없는 오빠다. 유정에게는 재동의 도움이 필요하다. 그는 자신의 운전솜씨가 이토록 완벽할 줄은 여태껏 몰랐다. 모든 차들을 아슬아슬하게 피하며 곡예사처럼 앞질러 나갔다.

"야, 이 씨발새끼야. 죽고 싶어 환장했어!"

"임마, 내가 죽음을 무릅쓰지 않으면 허유정이 죽어. 미안하지만 사람부터 구하고 보자."

차를 아무렇게나 집 앞 길가에 대놓고 김현재네 집 안으로 뛰어 들어갔다. 거실을 지나 곧장 주방으로 쳐들어갔다. 이 주방은 그가 가끔씩 음식솜씨가 없는 김현재를 제치고 손수 팔을 걷어붙이고 안주를 만들어 술도 마시던 곳이어서 어디에 뭐가 있는지 잘 알고 있었다. 마침 김 교수는 요즘 건강에 좋다며 잡곡밥을 지어 먹었다. 재동은 여러 가지 잡곡을 꺼내서 적당히 비율을 맞춘 다음 물에 씻었다. 가거도 민박에서처럼 죽을 쑤려는 것이다. 쌀을 솥에 안치고 가스 불을 켜 죽이 끓는 동안 그는 휴대폰을 벽에 세워 고정시킨 후 국자를 손에 든 자신의 모습을 셀카에 담았다. 선반 위에서 꿀병을 내려 손에 들고 또 한 장 찍었다……

죽이 다 끓자 도시락에 담고 꿀과 함께 야외용 휴대 박스에 포장했다. 그리고는 김현재의 서재로 들어가 테이블 위에서 아무수첩이나 하나 골라서 한 장을 찢어내 손 편지를 써 내려갔다.


언제는 주님이라더니 벌써 네 맘대로 해?

널 준다며?

살아 숨 쉬는 걸 줘야지, 죽은 송장을 줄 거야?

나한테 준다는 그 약속 지켜야지.

목이 메면 눈물에 말아서라도 먹어야 살 거잖아.

이 배은망덕한 울보야!


다시 주방으로 나와 쪽지를 음식그릇 안에 넣은 후 박스를 들고 밖으로 나왔다. 늦기 전에 목포의 병원에 도착하게 하려면 서둘러야 한다. 길가에 나와 지나가는 택시를 불러 세웠다.

택시기사는 목포까지 38만원을 부른다. 음식박스만 보내니까 가다가 도중에 승객을 태워 이중으로 벌 수 있음에도 높은 값을 불렀지만 재동은 시간 때문에 요금 따위를 가지고 흥정하지 않았다. 지갑의 현찰을 꺼내 주면서 도리어 2만원을 더 보태 40만원을 건넸다.

"빠르면 빠를수록 좋습니다. 위급한 환자가 기다리고 있으니까요."

"걱정하지 마세요. 될수록 빠르게 잘 전달하겠습니다."

"잘 부탁드립니다. 미안하지만 제가 택시 번호만 사진을 찍겠습니다."

"그러세요. 요즘 워낙 험악한 세상이라. 하하하…….".

택시가 출발하는 걸 확인하고 재동은 간병인에게 전화를 걸어 음식을 만들어 보낸 사실을 알렸다.

그제야 재동은 아무데나 세워둔 차를 아파트 지하주차장에 주차하려고 그쪽으로 걸어갔다. 곁에 다가가 보니 벌써 딱지가 붙어 있다. 그러거나 말거나 차를 몰고 지하로 내려가 주차하고 다시 8층 김 교수네 집으로 올라갔다.

그 사이 김현재는 집에 도착하여 있었다.

"먼저 술 마시는 줄 알았는데 어딜 갔다 오는 거야?"

"차를 주차하고 올라오는 길이야. 우리 밖에 나가서 한잔 하자. 형수님도 함께 가시죠."

"전 됐어요. 피곤해서 샤워하고 쉬어야겠어요. 두 분이 다녀오세요."

두 사람은 엘리베이터를 타고 아래로 내려왔다.

"또 자전거 탈거면 멀리 갈 것 없이 그냥 한남동 아무데서나 한잔 하자."

"그게 좋겠어."

김현재도 재동의 말에 금시 고개를 끄덕였다. 두 사람은 약속이나 한 듯이 가끔씩 찾는 "장터갈비"집에 들어갔다. 온돌방을 차지하고 꽃살을 주문했다.

"김 교수의 귀농 얘기부터 들을까?"

"아니, 정 화백의 '기적' 얘기부터 듣자고. 그래, 가거도에 내려가서 기적은 만난 거야?"

"기적?! 글쎄 뭐라 해야 되나. 만났다고 해야 되나 만나지 못했다고 해야 되나……."

접시에 올라온 꽃살을 불판에 올리자 고기가 구워지는 향기로운 냄새가 순식간에 방 안에 가득 찼다.

"아무래도 만나지 못했다고 하는 게 맞을 것 같아. 태풍도 거제도로 비켜갔고 풍세도 약해져 기대에 미치지 못했으니까."

"그것 참 안 됐네. 작심하고 내려 간 건데."

잔을 들어 재동이 따르는 술을 받은 후 병을 넘겨받아 재동에게 술을 권하며 김현재가 아쉬운 표정을 지었다.

"그렇다고 완전 허탕 친 것도 아니야. 자, 일단 한잔 마셔."

"'기적' 말고 또 무슨 재미난 일이라도 있었다는 얘긴가?"

"재미나는 일이라기보다는 신비한 사건이랄까. 거기 해수욕장에 나가 혼자서 술을 마시다가 갑자기 파도를 타고 나타난 아이 바조프스키를 만났거든. '아홉 번째 파도'를 그린 그 러시아 화가 김 교수도 알잖아."

"저런, 전번에 정 화백이 말하던 그 아이바조프스키를 만났다고? 그 사람 죽은 지 오래되잖아. 그게 가능하기나 한 일이야?"

"그러니까 신비하다는 거 아냐. 자, 한잔 더 내자고. 내가 오늘 친구니까 김 교수한테만 경과를 소상하게 보고할 테니까 들어봐."

둘은 잔을 내고 노랗게 구워진 꽃살을 집어 안주했다. 언제 먹어도 꽃살은 부드럽다 못해 꿀처럼 입에서 스르르 녹는다. 김현재는 잠자코 술만 마시며 재동의 말이 끝날 때까지 한마디 끼지도 않은 채 인내성 있게 들어주었다. 재동은 친구라지만 줄리아와의 은밀한 정사에 대해서만 생략하고 나머지는 있는 그대로 친구에게 말해주었다.

"어때, 신비하지 않아?"

"하나도 신비하지 않아."

김현재의 뜻밖의 무심한 반응에 놀란 쪽은 도리어 재동이었다.

"왜? 죽은 지 오래된 아이바조프스키의 유령과 함께 상트페테르부르크, 크리미아반도의 페오도시아를 돌아다녔는데도?"

"해수욕장에서 소주에다 양주까지 마셨다며?"

"아무튼 많이 마셨어."

"그럼 취해 쓰러진 채 거기서 잠든 거네. 자다가 꿈을 꾼 거잖아."

"잠든 건 확실한 것 같아. 그런데 정말 꿈이었다면 어떻게 그렇듯 생생하고 장편소설처럼 길 수가 있어? 아이바조프스키와 나는 '아홉 번째 파도' 그림에 대해 논쟁까지 벌였어. 뿐만 아니라 난 그와 관련된 자료에서도 본 적이 없는 그의 생애와 고요한 바다를 그리다가 갑자기 파도치는 바다를 그리게 된 모든 과정까지 속속들이 알게 되었다고."

"그러니까 내가 정 화백을 상상력 과잉이라고 하는 거야."

김현재가 웃으며 술잔을 내밀었다. 둘은 잔을 비우고 고기를 집었다. 먹을수록 감칠맛이 난다. 재동은 이 감칠맛도 상상력이 만들어낸 가상인가 하는 생각이 불쑥 들었다.

"상상력이 못하는 것이 뭔데? 주인이 요구만 하면 하늘의 별도 따다 주는 게 상상력이 아니던가. 정 화백이 최근 기적을 고대하니까 상상력이 자신의 신통력을 발휘하여 주인의 욕망을 만족시켜 준 거잖아. 꿈을 통해서……."

술이 좋기는 좋다. 워낙 말수가 적은 김현재의 목구멍을 활짝 열어놓았으니 말이다. 솔직히 재동도 그날 자신이 해변에서 술에 취해 잠들었다는 것을 민박으로 업어다준 유정의 말을 통해 알고 있다. 하지만 일어나 보니 그의 팬티에는 끈적끈적한 사정 흔적이 분명히 남아 있었다. 그러나 이미 줄리아와의 정사는 생략했거니와 굳이 말해보았자 김현재는 몽정이라 할 것이 틀림없다.

"그건 그렇다 치고, 요즘 이상한 일이 한두 가지가 아니야. 그때 누군가 내 팔꿈치를 움직여 그려진 정체불명의 부호 생각나지?"

"기억하고 있어."

"그 부호가 가거도에서 그림을 그리는 데 페인팅에 가려졌다가 갑자기 저절로 밖으로 비집고 나왔다니까. 젖꼭지처럼 캔버스 밖으로 튕겨 나왔어."

"정말, 어디 있는데? 그림 가져왔어?"

"아니, 조금 뒤 부호가 도로 사라지긴 했지만……. 거짓말이 아니라 사실이야."

"허허허……. 정 화백은 정말 기적에 목마른 사람 같아. 그러니까 자꾸만 착시현상이 나타나는 거 아냐. 자자, 우리 술이나 마시자고. 꽃살 맛 죽이네. 그리고 밑반찬도 맛있고. 게장 맛이 일품이야. 안 그래?"

김현재는 재동의 잠꼬대 같은 소리에 흥미를 잃은 모양 화제를 다른 데로 돌리려고 했다. 하지만 재동의 입장에서는 이대로 포기할 수는 없었다. 자신이 겪은 일에 비하면 이따위 꽃살, 밑반찬, 게장 같은 건 아무런 관심거리도 못된다.

"그뿐만이 아니라고. 자동차 운전 얘기 하나만 더할 게. 오늘 아침 출근길에 발생했던 사건 말이야. 나 정말 너무 놀라 온몸에 소름이 돋고 땀이 나며 십 년 감수했다니까. 글쎄 평소에는 빨라야 40분 정도는 걸리던 학교까지 이놈의 차가 자율운전으로 10여 분만에 도착했다는 거 아냐. 물론 휴대폰 시간과는 좀 다른 내 손목시계와 사무실 벽시계로 계산한 것이긴 하지만……."

술 한 잔을 또 비운 후 재동은 아침에 있었던 운전 경과의 자초지종을 말했다.

"그것 보라니까. 정 화백이 교통규칙을 준수해야 하는 일상에 짜증내니까 상상이 또 그걸 알고 개입한 거잖아. 운행시간이 단축된 것도 손목시계와 벽시계뿐이지 휴대폰시간은 어느 때와 다르지 않았다면서? 더 말해야 알겠어. 자자, 그 얘긴 그만하고 우리 다른 얘기 하자. 일단 술이나 들고."

재동은 어떤 말로도 설득당하지 않는 친구의 고집에 화가 버럭 나서 술잔을 입에 대자 단숨에 비웠다.

"'기적'이나 '신비' 얘기 말고 더 재미난 얘긴 없어? 이를테면 여자 이야기 같은 거."

"무슨 여자 얘기?"

"아니, 그게 그러니까 며칠 전 내가 정 화백한테 전화할 때 전화 받던 아가씨 누구였지?"

"뚱딴지 같이 갑자기 무슨 아가씨야. 시끄러, 내 얘기 듣기 싫으면 김 교수 귀농 얘기나 해봐."

재동은 느닷없이 허유정이 화제에 오르자 괜히 긴장해져 즉시 화제를 중단시켰다. 실제로 그가 잠든 사이 허유정이 전화를 받은 건 사실이다. 하지만 웬일인지 허유정과 줄리아와의 관계에 대해서는 아무리 친구라고 하더라도 말할 수 없다는 생각 때문이었다.

"시골엔 뭐 하러 갔던 거야? 형수까지 다 거느리고, 학교에도 출근하지 않고."

"그 아가씨 얘긴 비밀인가 보네, 나하고도. 정 화백이 말하기 싫으면 그만하자. 시시껄렁한 시골 얘기나 하지 뭐."

둘은 허공에서 잔을 부딪쳤다. 유리잔이 충돌하며 깨질 듯한 소리가 나고 술 방울들이 도처에 튕겼다.

"나 학교에 사표 냈어."

"방금 뭐라 했어, 사표? 미쳤어! 그 좋은 직장 내버리고 정말 귀향하려는 거야?"

재동은 친구의 어리석음에 동정 대신 역증이 났다. 다른 사람들은 교수 자리 얻지 못해 안달이다. 먹고 사는 걱정이 있나, 사회적 신분이 없나, 있을 게 다 있다. 그걸 버리려는 친구가 이해되지 않는다.

"이상기후 때문이야? 너부터 차 버리고 도시를 떠나 시골로 내려가 솔선수범하려고⋯⋯."

"맞아. 지구를 망쳐먹는 이른바 모든 현대문명을 나부터 단호하게 포기하려고. 누군가 행동하지 않으면 인간은 더 이상 이 지구위에서 살아갈 수가 없으니까. 귀향해서 밭이나 조금 부치며 글이나 조용히 쓰려고."

"김 교수, 정말 바보 아니야!"

"바보라고 해도 어쩔 수 없어. 이번에 내려가서 이미 살림집까지 마련해 놓고 왔어. 월 말쯤 서울 쪽 정리가 끝나는 대로 이사 내려갈 거야. 정 화백이 찾는 기적을 버리고 정 화백이 버리려는 일상을 되찾으러. 하하하. 우리가 친구 사인데 어쩌다가 이렇게 정반대의 길을 걷게 되었는지 모르겠어. 이제 우리 둘이 함께 할 수 있는 일은 술 마시는 것뿐이군."

둘은 또 술잔을 부딪쳤다. 이것 밖에 할 일이 없단다. 잔마다 술이 반은 쏟아졌다.

"야, 산다는 게 도대체 뭐야."

"나도 몰라."

"이렇게 술 마시는 거?"

둘은 결국 큰 소리로 웃어버리고 말았다.

## 4

이튿날 아침 출근길에 나선 재동은 차에 오르자 출발 전 유정이한테 전화부터 걸었다. 예상했던 대로 간병인이 기쁜 소식을 전해준다.

"정말 신기해요. 아가씨가 교수님께서 보내주신 음식은 일어나서 드시네요. 하긴 그 음식이 돈이 적나요. 택시비가 40만원이라면서요? 제가 기사님하고 물어봤거든요. 아가씬 감동됐는지 그냥 눈물을 흘리면서 드셨어요. 저도 감동했거든요. 교수님은 정말 대단하신 분이세요! 여자의 마음을 아시니까요."

"별 말씀을……. 유정이 옆에 있습니까?"

"방금 산책 나왔어요. 저기 정자에 앉아계세요. 잠시만요."

조금 후 허유정의 목소리가 수화기 안에서 울렸다.

"교수님, 유정이에요."

유정의 목소리가 잠겨 있다.

"유정 씨, 괜찮아요?"

"네."

"내가 끝까지 곁에 있어야 되는데……."

"인제는 교수님 사진이 있어 옆에 계신 거나 다름없어요."

"나 같은 놈도 곁에 있어 주기를 바라는 사람이 있으니 다행입니다."

"교수님이 어때서요. 창조주시잖아요."

"참, 깜빡했네요."

"사모님께선 뭐라 하시지 않으셨나요?"

"그 사진 속 주방이 우리 집이 아니라 친구네 집 주방입니다."

"가거도 민박에 전화주신 그분 말씀이시죠? 인제 음식 보내주지 않으셔도 돼요."

"정말, 버텨낼 만합니까?"

"사진이 있으니까 퇴원할 때까지 버틸 수 있어요. 제가 알아서 챙겨 먹을 게요."

"그래야죠. 그래야 빨리 완쾌되어 서울서 만나 내가 한턱 쏠 거잖아요. 그런데 난 어떡하죠?"

"뭘요?"

"아닙니다, 아무것도 아니에요. 이따 또 전화할게요. 몸조리 잘 하세요."

사실 재동이도 허유정이 보고 싶었다. 하지만 체면이 있는지라 사진 같은 거 보내달라고 부탁하자니 차마 입이 떨어지지 않았다. 전화를 끊고 엔진을 가동시켰다. 주차장을 빠져나오는 데 문자 도착음이 울렸다. 일단 차를 코너에 세우고 문자부터 확인했다. 유정의 사진이 뜬다. 놀랍다. 말하지 않아도 그녀는 재동의 마음을 훤히 꿰고 있으니 말이다. 사진은 그녀가 해금을 연주하며 '기적'이라는 즉흥곡을 부르던 정자의 재동이 앉았던 벤치에서 찍은 것이었다. 휠체어에서 내려 스스로 자리를 옮긴 모양이다. 허유정의 표정에는 아직도 외로움과 고독의 그늘이 짙게 있다. 눈에는 애수가 가득하다. 하지만 그 외로움과 애수의 그늘도 허유정의 얼굴에서 발산되는 찬란한 미모를 퇴색시키지는 못했다. 휴대폰 액정에 그냥 태양이 떠오른 것처럼 빛난다.

사진 밑에 글이 첨부되어 있다.

> 내꺼 아님. 쮸님 껀데 대따 아포! 엄청 냠냠해쪄 유정 돼찌 살찌울 꺼에용

재동은 저도 모르게 웃음이 터져 나왔다. 전에 여동생 유리가 인스타그램에 이런 글을 올린 걸 보고 니들이 우아한 한글 다 망쳐버리고 있어! 하고 호되게 꾸짖은 적이 있다. 그런데 허유정이 쓴 걸 보니 너무 귀엽고 사랑스럽다. 그까짓 일상적인 문법이 뭐

가 그렇게 중요한가. 그 글을 통해 전해지는 감정이 중요하다.

> 유정 돼찌 마이 아포? 맘마 엄청 냠냠해쪄 빨리 나아용

유정을 흉내 내어 답장을 보낸 다음 재동은 소리 내어 그 말을 다시 중얼거려보며 차를 운전하여 도로에 나섰다. 그녀의 사진 한 장에 세상 전부를 얻은 것 같은 충만한 기분이다. 정말이지 이 사진이 있음으로 하여 그녀를 만날 때까지 그 긴 시간을 버텨낼 수 있을 거라는 신심이 생겼다. 그리고 재동은 허유정이 요즘 드라마에서 입만 열면 쏟아져 나오는 미안하다, 고맙다, 라는 대사 때문에 썩어빠진 일상의 쓰레기가 된 말들을 경박하게 입술에 바르지 않는 깊이 있는 품위와 무게감도 마음에 든다.

늘 그러하듯 오전 수업이 끝나자 학교 앞 거리 식당에 가서 식사하고 부근의 커피숍에 들러 아이스 아메리카노 한 컵을 시켜 마시며 오후에 해야 할 일들을 생각했다. 오후에는 수업이 없기 때문이다. '기적' 그림은 더 이상 그려나갈 흥미를 잃어버렸다.

"대따 아폰 돼찌" 허유정이 생각났다. 휴대폰을 꺼내 그녀의 사진을 터치하여 화면에 띄웠다. 커피숍에는 여자들이 많았지만 재동이 보기에는 유정의 미모가 단연 최고였다. 그런데 주변의 여자들은 모두 넘쳐나는 월화·수목·주말드라마 얘기에만 열을 올린다. 이러다가 대한민국 여자들의 수준이 드라마 수위에 고착되지나 않을까 두렵다. 가는 곳마다 여자들의 화제는 드라마

이기 때문이다. 그나마 남자들의 화제는 허익범 특검이 김경수 경남지사를 불구속 기소하고 징역 5년을 구형한 뉴스를 놓고 논쟁을 펼친다. 남자들의 수준은 뉴스에서 고착되려는 조짐이다. 드라마와 뉴스 화제, 그것은 이미 대한민국 국민들의 일상화제가 돼 버린 지 오래다.

그냥 앉아 있기 불편해 커피를 들고 일어나 밖으로 나왔다. 그때 전화벨이 울렸다.

"애비냐, 전화해도 되냐?"

"네, 어머니. 말씀하세요."

"지금 집에 오면 안 되냐?"

"왜요, 무슨 일이라도 생겼습니까?"

아내가 또 말썽을 일으킨 모양이다. 요즘 어머니한테는 이 문제가 가장 큰 대사이다.

"유리가 눈이 보인단다."

"네? 눈이 보인다고요!"

"글쎄, 점심 먹으라고 낮잠 자는 걸 깨웠는데 일어나 앉더니 갑자기 눈앞이 보인다는구나. 세상에 어떻게 이런 일이……."

"오빠, 내 눈이 보여. 자고 일어났는데 갑자기."

옆에서 기쁨에 겨워 외치는 유리의 흥분한 목소리가 들렸다.

"애비가 빨리 와서 유리를 데리고 안과 다녀와야겠다."

"알았습니다. 바로 출발할게요."

전화를 끊고 지하주차장으로 걸어가면서도 방금 들은 말이 믿어지지가 않았다. 분명 의사가 실명된 눈의 회복은 불가능하다고 그가 듣는데서 말했었다. 그래서 별로 치료도 하지 않았었다. 다만 초기에는 염증을 방지하려고 아침, 저녁으로 한동안 안약만 넣었을 따름이다.

집에 도착하니 거실 안에는 유리가 보이지 않았다.

"하루 종일 1층, 2층을 오르내리며 금은보화라도 발견한 듯 집 안의 물건들을 일일이 만져보고 확인하면서 날듯이 기뻐한다."

강수애 여사의 말이 끝나기 바쁘게 2층에 올라갔던 유리가 재동이 온줄 알고 1층으로 퐁당퐁당 달려 내려왔다.

"오빠, 내 눈 다 보이거든! 아직은 희미하지만 뭐가 뭔지 형태는 다 알아볼 수 있어."

그대로 달려와 오빠의 목을 부여안고 동동 매달린다.

"이 소파도, 탁자도 그리고 저기 벽시계와 화분, 에어컨도 싹 다 보여. 이것 봐. 나 거실에서 막 달아 다닐 수도 있거든. 아, 모든 게 한없이 신기하고 희한해!"

철부지 어린애처럼 소파 주위를 맴돌며 이리저리 뛰어다닌다. 뭐가 저렇게 신기하고 희한하다는 건지 실명 경험이 없는 재동이로서는 알 수가 없어 그냥 어리둥절한 채 동생의 모습을 바라보기만 했다. 벽 모퉁이의 새로 구입한 입식 에어컨을 내놓고는 소파, 탁자, 화분 등 거실의 모든 가구들과 물건들은 죄다 수십 년 동안이나 저 자리에 놓여 있던 것들이다. 유리가 실명되기 전과 비해 아무것도 달라진 건 없다. 그런데도 동생은 마치 신세계, 마법의 세계라도 발견한 듯 기뻐서 어쩔 줄을 모른다. 딸이 기뻐하는 모습에 덩달아 감동되어 눈물을 흘리던 강수애 여사가 한참만에야 제 정신이 드는 듯 재동에게 돌아섰다.

"어서 쟤를 데리고 안과 다녀오너라. 안 보이던 눈이 왜 갑자기 보이는지, 시력은 얼마나 나오는지?"

"네. 유리야, 옷 입어라 안과 가보자."

"알았어."

유리는 방으로 들어가더니 눈 깜짝할 사이에 옷을 갈아입고 나왔다.

자동차가 거리에 나서자 유리는 금시 차창 밖 경치에 시선을 빼앗겼다. 차가 지나가는 곳마다에서 탄성을 지른다. 모두 평범하기 이를 데 없는 풍경이다.

"야~ 서빙고역이다!"

매일 변함없이 그 자리에 죽치고 서 있는 초라한 서빙고전철역에도 놀라며 환성을 연발한다. 왼쪽 창을 통해 내다보기에 동생의 시선에 방해될까봐 재동은 상체를 의자등받이에 바싹 기댔다.

"저건 동작대교잖아!"

유리가 앞창 밖을 손가락질했으나 재동은 대답하지 않았다. 매일 지나가는 그 다리는 그에게 아무 감동도 없는, 그저 하나의 평범한 콘크리트 구조물에 불과했기 때문이다.

"와~ 한강이다! 너무 아름답다."

유리는 당금이라도 밖으로 뛰쳐나가기라도 할 기세로 상반신을 일으키며 창밖에 시선을 던진다. 조금이라도 더 자세히 보려고 머리를 재동의 가슴 앞까지 들이밀며 학처럼 목을 길게 빼들었다. 하지만 오늘도 한강은 어제와 다름없이 호수처럼 잠잠하게 죽어 있다. 잔물결 한 가닥 보이지 않는다. 이 도로를 통과하며 재동은 저 한강에 한 번도 시선을 준 적이 없다. 그냥 그곳에 게으름을 피우며 변함없이 길게 드러누워 있으니까.

유리는 장난꾸러기처럼 잠시도 가만있지 못하고 좌우전후로 번갈아 시선을 옮기며 집 한 채, 도로표지 하나라도 놓칠세라 낱낱이 확인했다. 그럴 때마다 마치 심마니가 산삼을 발견한 듯이 흥분하고 감격하면서.

동생의 입에서는 이 세상을 사는 사람이라면 누구에게나 끝없이 익숙한 단어들이 쏟아져 나왔다. 교량카페, 아파트단지, 선유도공원 심지어 도처에 널려 있는 버스정류장들과 가게, 커피숍, 가로수, 신호등은 물론 지나가는 행인들까지……. 그 모든 것들은 죄다 그녀에게는 경탄이 없이는 지나칠 수 없는 대상들이었다. 엉덩이를 들썩거리며 일어났다 앉았다를 반복했고 몸을 비틀거나 고개를 돌리며 부산을 떨었다.

"그렇게 신기해? 저거 다 네가 실명하기 전의 그대론데. 변한 거 아무것도 없어. 저기 새로 토목공사 하는 한두 곳 제외하고는."

"신기해. 신기해서 죽을 것 같아. 돌멩이 하나까지도 보물로 보여. 나도 이전엔 저런 사소한 것들이 이렇게 신기한 줄을 몰랐어. 거들떠보지도 않고 지나다녔지. 그런데 오늘은 모두 새롭게 보여."

안과에 도착해서도 주변 사람들을 보기가 민망할 정도로 유리는 시골뜨기처럼 여기저기 다 기웃거린다. 번호표 나오는 기계를 신기한 듯 바라보는가 하면 천장의 조명등까지 손가락을 빼들고 하나, 둘 개수를 세어본다. 그런데 재동을 놀라게 한 것은 진료 전 시력검사에서 유리의 시력은 겨우 0.3이 나왔다는 사실이었다. 그것도 오른쪽 눈은 아직도 시력이 잡히지도 않는다. 그런 미미한 시력에도 이렇게 날듯이 기뻐하다니. 시력이 두 눈 다 1.0이라고 해도 유리의 나이로 치면 그리 높은 수준도 아니다. 하지만 그 평범한 시력이 회복되기라도 한다면 유리의 기쁨은 아마도 하늘에 닿을 것 같다.

예약을 하지 않아 사진촬영을 한 다음에도 30분도 넘게 대기하고서야 진료실로 들어갈 수 있었다. 실명되었을 때 진료 받은 적이 있는 여의사였다. 다시 나가서 사진을 촬영하고 오라고 해서 또 몇 십 분을 기다려야만 했다.

안과의사는 플래시를 비치고 육안으로 눈을 자세히 진찰한 후 의자에 앉으며 말했다.

"시력이 왜 갑자기 회복되었는지 저로서도 단정할 방법이 없습니다. 의학상으로 설명이 안 되니까요. 실명 당시 범죄자들이 환자분의 눈에 뿌렸다는 그 약의 정체를 알 수 없기 때문입니다.

그들 스스로 제작한 자약일 텐데, 어떤 성분이 배합된 것인지 알아야 진단이 가능한데. 그놈들이 환자분을 풀어줄 때 이 점을 미리 알고 눈 안의 약 성분을 물로 깨끗이 씻어 버렸거든요. 아무튼 시력이 회복된 건 다행스러운 일입니다. 축하합니다. 왼쪽 눈이 회복된 점을 미루어 짐작하면 오른쪽 눈도 회복될 가능성이 없지 않아요. 그리고 지금은 시력이 0.3밖에 안 나오지만 시간이 지나며 호전되면 원상태로 회복될 가능성도 배제할 수 없는 것 같습니다. 그러니 신심을 가지고 기다려 봅시다."

"선생님, 감사합니다. 오른쪽 눈도 시력이 회복될 가능성이 있다니 정말 감사합니다."

유리는 연신 고개를 숙여 고마움을 표시했다. 실명되었던 눈이 떠져서 볼 수 있게 된 것이 변함없이 고정된 일상의 모습일 텐데 유리는 그것을 갈망하고 있다. 그런데 나는 그것이 무료하고 짜증난다고 가거도로 내려갔다.

병원에서 집으로 돌아왔지만 재동은 또다시 할일이 없어 무료함에 빠져들었다. 그림을 그릴까도 생각했지만 동생 희사 때문에 사고가 뒤죽박죽이 된 탓인지 상상이 일상에 묻혀 좀처럼 떠오르지 않는다. 허유정도 식사를 시작했으니 자주 전화하기도 무엇하다. 테라스로 나가 담배를 태우며 휴대폰을 꺼내 유정의 사진을 터치했다. 애수에 잠긴 아가씨가 액정 속에 앉아 그를 말없이 마주본다. 눈 하나 깜짝하지 않은 채 정면으로 그를 쳐다본다.

그때 등 뒤에서 문소리가 났다. 흠칫 놀라 휴대폰을 끄고 고개를 돌려 보니 유리다.

"야~ 테라스 존나 좋다. 난 우리 집이 세상에서 최고임. 그런데도 올케는 싫다고 화이트 페인트칠을 했으니 엄마한테 혼날 수밖에 없잖아."

"넌 이 집의 원래 모습이 좋은지 몰라도 환이 엄마는 거기 질렸나 보지."

재동은 일어나서 스튜디오로 들어왔다. 그제야 문득 할일이 생각났다. 아이바조프스키가 언젠가 아라랏산에 그를 초대하여 아포비안과 만나도록 주선해주겠다던 기억이 떠올랐기 때문이다. 컴퓨터가 놓인 테이블로 다가가 전원을 켰다. 가기 전에 아라랏산에 대한 자료를 검색하여 좀 더 요해하고 싶었던 것이다. 사실 그는 재작년에 아르메니아를 비롯한 코카서스 지역 3국을 여행한 적이 있어 그곳에 대해 초보적인 지식을 갖고 있었다. 하지만 사전지식을 더 쌓아두는 게 나쁠 것은 없다. 내일은 대학도서관에 들러 아르메니아 관련 서적도 찾아볼 예정이다.

그러나 컴퓨터에 마주앉아 관련 검색어를 두드려 자료 몇 건을 보던 중 재동은 쏟아지는 졸음을 참지 못해 그대로 테이블에 잠시 엎드려 눈을 감았다. 그의 머리 위 모니터에는 백년설에 뒤덮인 아라랏산 사진이 걸려 있었고 그 밑에는 노아의 방주가 정착했다는 전설에 관한 글귀가 달려 있었다……

# 7장

## 아라랏산 유령

### 1

재동은 눈을 떴다. 순간 그는 정수리에 하얀 백년설을 떠인 삿
갓 모양의 한 산기슭에 서 있는 자신을 발견했다.

"정 선생, 또다시 만나서 반갑습니다. 얼마 전에 만났던 아이바
조프스키입니다."

갑자기 키가 껑충하고 수염이 더부룩한 고수머리의 젊은 사내
가 주걱 같은 커다란 손을 내밀며 악수를 청했다. 재동은 영문도
모른 채 얼떨결에 남자의 손을 잡았다. 양복에 구두를 신고 하이
칼라를 한, 얼마 전에 만났던 아이바조프스키와는 전혀 다른 옷
차림과 얼굴 생김새 때문에 당황스러웠다. 때가 구질구질한 여
우 가죽옷과 투박한 부츠……

"하하하, 이전과 다른 내 모습 때문에 정 선생이 놀랐구려. 내 몸은 저쪽 아랫동네의 마을포수이고 영혼만 아이바조프스키입니다. 아포비안 문사의 주선으로 잠깐 시골사냥꾼의 육체를 빌렸을 뿐입니다."

그 말에 재동은 금시 영문을 알아차렸다. 딸 알렉산드라의 육체를 빌려 다른 시간대에 나타났던 줄리아의 기억이 떠올랐기 때문이다.

"지금은 1829년 9월입니다. 내 뒤에 보이는 설산은 바로 아르메니아의 성산 아라랏이고 정면에 보이는 마을은 아후리입니다. 촌의 주민은 2,000여 명가량 됩니다. 그리고 오른쪽에 위치한 석조건물은 성야코브스 수도원이죠. 아후리마을은 노아가 여기에 제단을 쌓고 포도원을 가꾼 곳이기도 하지요."

사냥꾼이 아니, 아이바조프스키가 웃는 바람에 텁수룩한 수염 속에서 누런 이빨이 드러나자 재동은 민망하여 시선을 돌렸다.

"우리 아르메니아는 세계에서 제일 먼저, 로마제국보다도 앞서서 기독교를 국교로 지정한 나라입니다. 아픈 역사를 가지고 있지만 노아의 손자인 고멜의 직계 후손이며 동로마황제를 두 명씩이나 배출한 자랑스러운 민족이기도 하지요. 게다가 아르메니아는 예수의 두 제자가 직접 포교하고 순교한 기독교성지이기도 합니다."

"그 역사는 저도 좀 알고 있습니다. 다대오 즉 유다는 주로 아르메니아에서 복음을 전파하다가 십자가에 못 박혀 죽었고, 다른 한 제자 바르톨로메오도 아르메니아에서 선교활동을 하다가 아스티아제스왕에게 살가죽을 벗긴 채 십자가에 못 박혀 죽었지요."

"정 선생은 아르메니아의 역사를 어떻게 그렇게 잘 알죠?"

"솔직히 말씀드리면 인터넷에서 검색해 보았습니다."

"'아홉 번째 파도' 그림이 수백, 수천 점씩 떠돌아다닌다는 거기 말입니까?"

"네. 요즘은 인터넷에 접속하면 웬만한 정보는 거의 알 수 있습니다."

"그럼, 다대오가 예수께 뭐라고 질문했는지도 알겠네요?"

"네. '주님께서는 왜 세상에는 나타내 보이지 않으시고 저희에게만 나타내 보이시려 하십니까?'라고 말했던 걸로 기억합니다만……."

"맞습니다. 그 얘기가 이제 이 땅에 예수가 강림했었다는 기적적인 사건과 연결될 터이니 미리 숙지하고 있는 것이 도움이 될 겁니다. 노아의 방주가 아라랏산에 정박하고 홍수가 멎자 산에서 내려와 이곳에 첫 포도원을 가꾸었다는 전설은 내 그림에도 있습니다만……."

"저도 '노아의 강림'이라는 그 그림을 본 적이 있습니다."

"그 그림도 모든 것이 다 있다는 그 인터넷에 떠돕니까?"

"네."

"허허허, 아무튼 하계의 그 인터넷은 정말 대단하군요. 자, 인

제 수도원으로 내려갑시다. 아포비안과 다른 여러 사람들이 그
곳에서 우리를 기다리고 있으니까요."

성야코브스 수도원은 아후리마을과는 8리 정도 상거한 외딴
산비탈에 자리했다. 돔형지붕과 철제 종탑이 하늘 높이 솟아 돌
담 밖에서도 선명하게 보였다. 돌담 남쪽에 난 쇠살창 대문은 십
자가가 한쪽에 하나씩 조각된 채 개방되어 있었다. 진입통로 노
면에는 산모래를 깔았으며 주변 공지에는 풀들이 자라도록 방치
해두었다. 성당 담벼락은 물론 지붕위에도 잡초가 무성하게 자
라 바람에 흔들렸다. 중세의 요새를 방불케 했으나 고즈넉하고
고색창연하다. 이국적인 분위기 때문인지 조금은 으스스하기도
하고 무시무시한 감도 없지 않았다.

성당 내부로 들어서자 굵고 둔중한 기둥 몇 개 외에 텅 빈 예배
공간이 나타났다. 실내는 어두컴컴한 정적 속에 잠겨 있어 경건
함과 함께 위압감을 준다. 그나마 맞은편의 길고 좁은 수직형 창
문으로 광선 한 줄기가 간신히 비집고 들어와 홀 안을 대충 식별
할 수 있었다.

햇빛에 익숙해지자 그제야 예배당 중앙에 몇 사람이 서 있는
것이 보였다.

"이 분은 도르파트대학에서 오신 요한 야코프 파로트 교수이
십니다."

아이바조프스키가 그 중 몸집이 우람차며 뻣뻣한 콧수염을 기
르고 안경을 건 중년 남자부터 소개했다.

"이 분은 한국에서 오신 인간세상의 정재동 화백입니다."

재동은 파로트 교수와 악수를 하고 수인사를 주고받았다. 이어 키가 작달막하고 뚱뚱한 본지 사내와도 인사를 나누었으나 웬일인지 정작 만나려고 찾아온 아포비안은 보이지 않는다.

"아포비안 선생님은 어디 계십니까?"

"그 친구도 물론 여기 함께 있습니다. 그런데 어떻게 인사를 시켜야지?"

그때 갑자기 창문으로 새어든 햇빛이 예배당 석조바닥에서 벌레처럼 꿈틀거리더니 눈 깜짝 할 사이에 알 수 없는 부호로 바뀌었다. 아이바조프스키가 바닥에 새겨진 빛의 부호를 잠간 내려다보더니 재동을 향해 웃으며 말했다.

"정 선생도 아시잖아요. 이 친구가 나처럼 타인의 육체를 빌릴 수 없다는 사실을. 여기다가 아르메니아에 오신 것을 환영한다고 썼네요."

재동은 다급히 바닥의 문자를 향해 허리를 굽혔다.

"안녕하세요, 아포비안 선생님, 만나 뵙게 되어 영광입니다."

"정 선생과는 이미 구면이고, 다시 만나게 되어 반갑답니다."

아이바조프스키가 다시 변한 빛 문자를 보며 의미를 전달했다.

"그럼 그 때 '乙'부호와 테라스에서 움직이던 담배연기가 정말 선생님께서 오셔서……."

"이제 직접 만났으니 조급해 할 거 없답니다. 곧 알게 될 거라네요."

그때 저만큼 어둠 속에서 한 사람이 모습을 드러내며 이쪽으로 걸어왔다. 발목까지 드리운 기다란 사제복을 입고 손에 십자가 지팡이를 짚고 있다. 머리에 쓴 모자는 햇빛을 반사하며 왕관처럼 금빛으로 번쩍거렸다.

"수도원에 오신 것을 환영합니다."

"이 분은 성야코브스 수도원 원장님이십니다."

아이바조프스키가 소개하자 파로트 교수와 재동은 급히 가슴에 십자를 그리고 두 손을 모아 답례했다.

"무슨 용건으로 아라랏산을 등반하시려고요? 하나님께서 성산의 등반을 금지시키신 건 모두들 아실 텐데."

수도사가 넉가래처럼 큼지막한 손으로 가슴에 드리운 긴 수염을 쓰다듬는다. 신선 같다.

"하나님께서 금지하신 노아의 방주를 보러 가려거나 정상의 얼음을 채취하러 가려는 게 아닙니다. 전 지질학자인데 아라랏산의 화산에 대해 고찰하려고 왔습니다."

파로트 교수가 다급하게 설명했다.

"교수님의 말씀을 믿겠습니다. 어차피 노아의 방주가 방문목적이시라면 등반에 실패하실 테니까요. 여러분도 아시겠지만 야코브스성인께서도 산에 오르시어 신성한 방주에 절을 하시려고 세 번이나 등반을 시도하셨지만 모두 실패하셨습니다. 지금도 그때 등산에 실패하시고 꿈에 천사한테서 받으신 방주의 나무 조각이 저쪽 제단에 모셔져 있습니다. 십자가로 만들어 모셨습니다. 모두들 절 따라 오세요."

수도사는 일행을 데리고 정면 벽의 제단 쪽으로 걸어갔다. 제단 가운데 그리 크지도, 작지도 않은 십자가 하나가 세워져 있었다. 페르시아 특유의 무늬장식이 새겨져 있다. 십자가 밑에는 두꺼운 부피의 고서 몇 권과 알 수 없는 물건들이 놓여 있었다.

"이 고서와 유물들도 방주에서 나온 건데, 그때 천사한테서 선물 받은 것들이죠."

수도사가 책을 몇 장 펼쳐 보였으나 재동은 암호 같은 문자들의 의미를 알 수 없었다. 책장을 번질 때마다 풀썩풀썩 일어나는 먼지만 보일 뿐이다. 다만 파로트 교수는 흥미진진하게 글자들을 살펴본다.

"여러분께서 방주나, 정상의 빙괴에 관심이 있어 등반하는 것이 아니라는 말씀을 믿고 제가 아후리마을 촌장 스테판에게 등산에 필요한 옷과 신스틱, 스패츠, 아이스바일, 로프, 고산 식료품 등을 준비해드리라고 일러놓았습니다. 다만 다시 한 번 강조하지만 하나님의 금지령을 위반하지 마시기를 당부 드립니다. 그러면 하나님의 징벌을 면하지 못하실 겁니다."

"감사합니다. 명심하겠습니다."

파로트 교수가 여럿을 대표하여 인사를 올린 후 일행은 수도원에서 나와 아후리마을로 향했다.

파로트 교수가 저만큼 앞서자 땅바닥의 햇빛이 또 움직였다.

"저 독일인은 정말 화산에 관심이 있는지 몰라도 난 노아의 방주에 관심이 있습니다. 모처럼의 등반이잖아요. 그리고 그건 정 선생의 이번 방문과도 연관되는 것이고요."

아이바조프스키가 걸음을 잠시 멈추고 땅바닥에 그려진 글자를 보며 아포비안의 말을 전달했다.

"내 관심도 방주에 있습니다. 아라랏산에서 하산하는 노아의 그림은 그렸는데 아직 내 눈으로 방주를 보지 못했으니 이번 기회를 놓칠 수 없지요. 정 선생도 같은 생각이리라 믿습니다."

아이바조프스키의 말에 재동은 그렇다고 대답했다. 노아의 방주를 보는 것이야말로 기적일 것이기 때문이다. 그 큰 배가 저렇게 높은 산꼭대기에 있다는 것이 기적이 아닌가…….

아이바조프스키는 재동의 손을 잡고 순식간에 한 달이나 시간을 뛰어 넘어 10월 9일로 진입했다. 등반 팀의 두 번 실패 후 세 번째 만에 정상을 정복한 날이다.

정상에 도착해 주변을 둘러보니 산 아래서 보았던 삿갓 모양의 끝이 뾰족한 것과는 달리 꽤나 넓은 평지가 펼쳐져 있었다. 1년에 2개월 동안만 모습을 드러낸다는, 그래서 그 안에 방주가 있을 거라는 추측을 불러일으키는 산정호수는 여전히 빙하에 묻혀 있었다. 산을 뒤덮은 새하얀 만년설 때문인지 재동은 눈이 부셔 뜰 수가 없었다. 한동안 감았다가 뜨거나 눈꺼풀을 찌푸려도 보았지만 호전되기는 고사하고 도리어 시간이 가면서 눈부심이 더해 서서히 안통까지 발작하기 시작했다. 게다가 호흡도 가빠지고 머리마저 지끈거렸다. 인제는 한 발자국 옮기는 것조차 힘들어졌다. 독일인 교수는 아후리마을 주민 한 명을 데리고 분화구 주위를 돌며 화산석 같은 시료 채취에 나섰지만 재동은 잠시 눈 위에 아무 데나 퍼더버리고 앉아 일단 휴대한 물을 마시며 휴식을 취했다.

"저길 봐요. 아포비안 친구는 하나님이 금지했다는 빙산의 얼음을 병에 담고 있습니다. 하나님이 노하시면 어떡하려고. 하하하."

"말이 그렇다는 것이지 아무러면 징벌이야 하시……."

재동은 말하다가 갑자기 구토가 발작해 입을 다물었다.

"이 산의 정상 저 분화구 안에 뭐가 있는지 아세요?"

아이바조프스키가 밑바닥이 시커멓게 어두워 내부 구조가 일절 보이지 않는 구덩이 안을 손가락으로 가리키며 웃었다. 그의 듬성듬성한 치아가 햇빛을 받아 더욱 싯누렇게 보였다. 수염이 산바람에 헝클어져 잔뜩 굶주린 야수의 몰골 같다. 하지만 말만은 교양 있고 신사적이다. 재동은 입을 열면 당장 토할 것 같아 대답 대신 고개를 가로 저었다. 그러자 또 머리가 어지러웠다.

"여기 정상에는 아르메니아 사람들이 신성하게 여기는 뱀과 살아 있는 돌 우상이 살고 있습니다. 그리고 이 분화구 아래에는 지구를 송두리째 파괴할 수 있는 막대한 에너지를 가진 생물이 있고요. 아라랏산은 만일 사람들이 의로운 삶을 살지 않으면 저 안의 괴물들을 풀어 인간세상을 멸망시킨다는 전설을 가지고 있답니다. 이 산은 노아의 방주가 있어서도 그렇거니와 이런 신비한 생물의 존재로 인해 더욱 신성시되는 겁니다. 아포비안 친구가 또 뭐라고 하네요."

아이바조프스키의 말과 동시에 눈 위에서 햇빛이 움직이기 시작했다.

"방주 접근 금지령을 어긴 것에 대한 징벌도 그렇고, 의롭지 않은 삶에 대한 처벌도 마찬가지입니다. 방주에서 역청을 긁어내거나 유물이나 나무 조각을 훔쳐간다면 몰라도, 확인만 하고 방주의 확실한 존재를 통해 우리 아르메니아인들이 노아의 직계 후손임이 막연한 전설이 아니라 사실이라는 걸 밝힘으로써 그들에게 민족적 자부심과 애국심을 심어주기 위한 접근조차도 징벌의 대상이 될 거라고는 생각하지 않습니다. 방주 존재의 기적이 국민적 자존심을 격상시켜 준다면 이 빙하조각들은 농민들의 농작물을 절단 내는 메뚜기 떼를 소멸하기 위해서 가져가는데도 이것을 만지면 하나님의 징벌을 받는다고 한다면 난 그 징벌을 달갑게 받으려고 합니다. 수없는 외침이라는 슬픈 역사를 가진 아르메니아 민족에게 무엇보다 필요한 것은 방주의 존재 즉 기적입니다. 이 기적만 있으면 우리 민족은 슬픔을 극복하고 자비감에서 벗어나 다시 우뚝 일어설 테니까요."

재동은 두통과 안통, 호흡 곤란, 어지럼증 속에서도 아이바조프스키가 왜 기적을 알리면 반드시 아포비안을 만나야 된다고 권고했는지 그 이유를 어렴풋이나마 알 것 같았다.

"우리가 죽어서도 이 아라랏산을 떠나지 못하는 이유가 뭡니까? 노아의 방주를 찾고 더 나아가 이 땅에 강림하신 예수의 족적을 발견하기 위해서가 아닙니까? 도탄과 절망에 빠진 우리 민족에게 힘을 공급하기 위해서 말입니다. 자, 여기까지 올라왔으니 성야코브스 수도원 그 수도사의 경고 같은 것에 신경 쓰지 말고 지금부터 방주나 찾아봅시다. 우리가 나쁜 일을 하는 것도 아니니까 두려워하지 맙시다. 하나님도 징벌하지는 않을 거라고 난 확신합니다."

"나도 찬성입니다. 정 선생도 함께 찾아봅시다. 기적을 만나야 잖아요."

시간은 놀랍게도 1829년과 현재를 동시에 흘러가고 있었다. 재동은 자리에서 일어나 그들의 뒤를 따라 가려고 했지만 현기증 때문에 다시 눈 위에 쓰러지고 말았다. 아이바조프스키와 아포비안은 그런 줄도 모르고 그냥 앞으로 걸어 나갔다.


## 2


"선생님, 눈을 떠 보세요."

어디선가 여자의 목소리가 아득하게 먼 곳에서 들려왔다. 그러나 재동은 그 목소리의 임자가 줄리아임을 금방 알았다.

"줄리아 부인, 어디 계십니까?"

"정 선생님한테는 제 모습이 보이지 않을 거예요. 우린 서로 다른 시간대에 있고 전 그 시간대에 살았던 누구의 육체도 빌리지 못했으니까요. 이런 얘긴 나중에 하고 먼저 선생님의 고통부터 해결해야죠."

"어떻게 해결합니까?"

"선생님의 안구 통증은 산 위에 뒤덮인 눈과 얼음에 반사된 햇빛 때문이며 호흡 곤란, 어지럼증, 두통, 구토 증세는 고산병 때문이래요. 생전에 간호사였던 제 친구와 물어보고 알았어요. 너무 걱정하지 마세요. 선생님의 육체는 지금 서울 자택에 계시니까 이로 인한 후유증은 없을 테니까요. 다만 영혼이 두통과 어지럼증, 무력감을 느끼는 만큼 약을 복용하여 해소시키면 될 기에요."

"이 산중의 어디서 약을 구합니까?"

"제가 시키는 대로만 하세요. 두 손바닥을 펼치세요. 지금 선글라스와 아스피린이 선생님의 손 위에 놓여 있어요."

재동은 손바닥을 내려다보았으나 아무 것도 보이지 않았다.

"아무 것도 없는데요."

"전 지금 다른 시간 속에 있고 선생님께서는 1829년이라는 과거 시간 속에 계시기 때문에 그래요. 물체가 시간을 넘어 과거로 넘어가려면 그 시간 속에 있는 사람이 손을 움직여 받아야만 해요. 손바닥을 꽉 움켜쥐세요."

재동은 시키는 대로 다섯 손가락을 동시에 굽혀 안으로 거머쥐었다. 거짓말처럼 그의 손 안에 선글라스와 아스피린 약병이 잡했다.

"이 약을 어디서……."

"일단 급하니까 선글라스를 끼시고 약을 병에서 꺼내 드세요. 드시면서 제 얘길 들으세요."

선글라스를 끼자 눈이 한결 시원해졌다. 약병 뚜껑을 열고 알약을 꺼내 입안에 넣고 물을 마셨다.

"조금만 기다리시면 괜찮으실 거예요."

"줄리아 부인은 다른 시간대에 계신다면서 어떻게 과거의 시간대에 들어와 계시는 겁니까?"

"우스운 얘기지만 영혼의 세계에도 예외라는 것이 있어요. 과거의 시간대에 있는 사람과 현재 시간대에 있는 사람이 사랑하는 사이라면 그것이 가능해요. 그리고 영혼은 물체를 움직이거나 옮길 수 없어 그것이 가능한, 자살한 친구에게 부탁해 선글라스와 아스피린을 가져왔어요."

재동은 고맙다고 말하려고 했지만 목이 메어 말이 나가지 않았다. 약을 먹어서인지, 먹었다고 생각해서인지 두통과 어지럼증이 신기하게도 금시 사라졌다.

"정 선생, 거기서 뭐해요? 빨리 이쪽으로 와요."

그때 아이바조프스키가 부르는 소리가 들렸다.

"어서 따라가 보세요. 제가 당신 옆에 항상 있을 테니까 걱정하지 마세요."

재동은 눈 더미 위에서 일어나 아이바조프스키와 아포비안이 보이는 곳으로 걸어갔다. 눈이 미끄러운 데다 발에 커다란 설피까지 신어 걸음을 옮기기가 힘들었다. 아이바조프스키와 아포비안은 호수가 있을 것으로 추정되는 장소 주변을 따라 걸어갔다. 재동은 그들의 뒤를 따라가다가 문득 발걸음을 멈췄다. 남들이 다 관찰을 마친 곳을 따라가 보았자 새로운 것을 발견할 수 없다는 생각이 들었던 것이다. 나는 저들과 다른 방향에서 찾아보자. 어차피 가거도에서도 기적을 만나지 못했는데 여기서라도 방주를 발견하면 기적을 만난 것이나 다름없지 않은가. 재동은 발길을 돌려 서쪽 방향으로 향했다. 그쪽은 눈도 더 깊었고 들쑥날쑥한 바위들도 훨씬 많았다. 뭔가가 숨겨져 있을 것 같은 분위기다. 하다못해 신성하다는 뱀이나, 살아 있다는 돌 우상이라도 나타날지 모른다.

"잘 생각하셨어요. 저들을 따라 가지 않으시길. 전 1829년의 그 시기도 알지만 2018년의 이 시간도 잘 알아요. 저들은 죽어서 혼이 되어서도 방주와 예수 강림의 흔적을 찾는다고 아라랏산을 누비고 다니지만 아직까지 그림자도 발견하지 못했으니까요. 하지만 조심하세요. 이쪽은 저쪽보다 길이 험하네요."

재동은 줄리아의 음성이 들리는 왼쪽을 바라보았다. 아무 것도 없다.

"불안해하지 마세요. 전 당신 옆에 있어요. 선생님의 손목을 꼭 잡고 있어요."

"당신을 보고 싶습니다."

"저도요. 그러나 우리 오늘은 영혼으로만 사랑해요……. 조심하세요. 앞에 웅덩이가 있어요!"

재동은 한 걸음만 더 내디디면 빠질 뻔한 웅덩이 앞에서 흠칫 멈춰 섰다. 허리를 굽히고 웅덩이 아래를 내려다보았다. 바닥이 보이지 않을 만큼 깊었다.

"위험해요. 뒤로 물러서세요!"

줄리아가 경고하는 바람에 허리를 펴려던 재동은 갑자기 웅덩이 오른편에 다른 웅덩이 하나가 더 있음을 발견하고 그쪽으로 향해 돌아서서 다시 허리를 굽혔다. 주차장 안처럼 커다란 공간에 배 모습의 거대한 물체가 보였다.

노아의 방주!

번개같이 뇌리를 스치는 생각에 재동은 흥분했다. 그는 돌아서서 아이바조프스키와 아포비안을 부르려고 했다. 하지만 그들은 어디로 갔는지 보이지 않았다. 차라리 잘됐다싶었다. 이 기적을 혼자 독차지하고 싶었다. 그러자 머릿속에 벌써 장쾌한 '노아의 방주' 그림이 떠오른다. 욕망에 부풀어 다시 허리를 굽히고 아래를 유심히 관찰했다. 발로는 얼음벽에 튀어 나온 돌부리를 밟고 손으로도 그것을 잡고 내려가면 방주가 있는 바닥에 닿을 수 있을 것 같았다. 그는 몸을 돌이켜 먼저 왼발을 아래로 들이밀고 돌부리를 찾아 밟았다.

"안 돼요, 위험해요! 바윗돌에 모두 얼음이 붙어 있어 미끄러질 수 있어요."

줄리아가 다급히 만류했으나 재동은 눈앞에 펼쳐진 기적을 이대로 지나칠 수는 없었다. 다행스러운 것은 줄리아가 그를 잡을 수 없다는 사실이었다.

"부인은 밖에서 다른 사람들의 동정이나 알려주세요. 금방 올라 올 테니까요."

대여섯 걸음 내려갔을 때 갑자기 얼음이 언 돌부리에 발바닥이 미끄러지며 재동은 몸의 균형을 잃고 벌렁, 구덩이 아래로 굴러 떨어졌다.

"선생님!"

줄리아의 목소리가 순식간에 아득히 먼 하늘가로 사라졌다. 바닥에서 일어나 보니 구덩이 안은 좁고 축축했다. 위를 올려다보니 높이가 백 미터는 되는 것 같고 하늘도 쥐구멍만 하다. 아무 것도 보이지 않고 아무소리도 들리지 않았다. 선글라스도 어디로 달아났는지 찾을 수가 없었다. 여기저기 바위틈에서 물줄기가 쏟아져 내려와 눈 깜짝할 사이에 옷이 다 젖어버렸다. 아, 인제 죽었구나! 하는 생각이 뇌리를 치는 순간 금방 옆에서 줄리아의 목소리가 들렸다.

"무서워하지 마세요. 제가 옆에 있으니까요."

재동은 줄리아의 목소리를 듣고서야 안도의 숨을 내쉬었다.

"부인, 여길 왜 내려 왔습니까? 죽을지도 모르는데."

"전 선생님처럼 이런 육체가 없는 영혼뿐이에요. 구덩이 같은 데 빠져서는 안 죽어요. 하지만 정 선생님은 여기서 나가지 못하면 이승으로 회귀하실 수 없어요. 밖의 분들도 선생님을 구할 수가 없어요. 일반적으로 물체는 영혼의 시야를 가리지 않지만 특정 과거 속에 진입한 동안은 물체가 시야를 막아 저들은 이 속에 빠진 당신을 찾을 수가 없으니까요. 설상가상으로 영혼은 미끄러운 얼음 속에서 울리는 목소리를 들을 수도 없어요."

"그럼, 전 이렇게 여기 갇혀 인간세상으로 영원히 돌아갈 수 없는 겁니까?"

"방법은 있어요."

"무슨 방법요?"

"제 손을 잡고 함께 올라가시면 돼요."

"혹시 그것 때문에 부인께 해로운 영향은 없습니까?"

"정 선생님을 데리고 지상으로 올라가면 평상시에도 물체를 관통하는 제 시야의 능력이 퇴화될 뿐이에요."

"그럼, 안 됩니다. 저 때문에 부인이 그런 피해를……."

"전 정 선생님을 위해서라면 영혼이 소멸된다 해도 두렵지 않아요. 자, 눈을 감으세요."

재동은 눈을 감아서는 안 된다고, 줄리아에게 피해가 되는 일을 해서는 안 된다고 생각하면서도 생존의 본능으로 자신도 모르게 눈을 감았다.

"됐어요. 이제 눈을 뜨셔도 됩니다."

몇 초도 지나지 않아 재동이 눈을 떠보니 그는 다시 원래의 그 구덩이 앞에 서 있었다. 하지만 아래를 내려다보니 아까 보았던 배가 꿈에서 본 것처럼 가뭇없이 사라져버렸다. 귀신이 곡할 노릇이다.

"원래부터 방주 같은 건 없었어요. 선글라스를 껴서 착시현상이 일어난 것뿐이에요. 선글라스가 없어지자 방주도 덩달아 사라진 거고요. 지금 여기서 확실한 건 우리 두 사람의 사랑뿐이에요. 노아의 방주가 아니라 그게 기적이에요."

줄리아의 해석을 들으며 재동은 그저 멍하니 선 자리에 굳어버렸다……

재동은 아라랏산에서 하산하여 페오도시아의 아이바조프스키의 저택으로 장소를 이동했다. 시간은 1898년 여름이다. 원래는 예레반의 아포비안의 저택으로 자리를 옮겨야만 했지만 여러 가지 상황 상 불편하여 포기할 수밖에 없었다. 일단 아포비안이 어린 자식과 젊은 부인을 버리고 집을 나왔기에 가족을 대면할 면목이 없다는 사실이 걸렸다. 방주를 찾기 전에는 영혼일망정 처자를 만날 수 없다는 것이 아포비안의 생각이었다. 남편으로서의 책임도, 아버지로서의 임무도 이행하지 못했기 때문이다.

재동은 1898년의 시간대에 이곳으로 와본 적이 있다. 그래서인지 페오도시아의 저택은 '아홉 번째 파도' 그림과 함께 자연스럽게 줄리아를 떠올렸다. 그런데 침대에 쓰러져 오열하던 줄리아 즉 그녀의 딸 알렉산드라는 보이지 않았다. 두 번째 부인 안나만 그 석고상 같은, 아름답고 무표정한 얼굴로 손님을 맞이하여 식탁으로 안내했다.

"자제분들은 안 계십니까?"

재동은 지정된 손님의 자리인 상석에 앉으며 지나가는 말처럼 슬쩍 물어보았다.

"우리끼리만 조용히 얘기하려고 애들은 모두 제 생모한테로 놀러 보냈습니다."

아이바조프스키가 재동의 옆 빈 의자에 앉은 아포비안을 바라보며 말했다.

"알렉산드라만 보낸 게 아니에요."

안나가 재동에게 술을 따르며 대화에 슬쩍 걸터앉는다.

"걔 생모가 혹시 몰라 염치없이 이 자리에 나타날까봐 미리 영혼 금지선을 쳐놓았어요. 금지구역이 없이 드나든다는 사랑도 넘지 못하게 2중으로 방비했어요."

"당신 전실이 여기 왜 나타납니까? 당신을 보고 싶어서인가요?"

아포비안이 사모바르에서 피어오르는 수증기로 문자를 새기자 아이바조프스키가 웃으면서 읽었다. 그리고는 대답까지 했다.

"아닙니다. 그럴 리가요."

"그 여자는 주책머리가 없으니까요. 아마 지금쯤 여기 들어오지 못해서 금지선 밖에서 안달이 났을 거예요."

안나는 고소한 듯 오랜만에 얼굴에 엷은 미소를 짓는다. 새하얀 이빨이 가지런하게 드러나며 매혹적인 젊음을 뽐낸다.

"왜, 그 금지선은 우리들 중 누구라도 좌중이 다 듣도록 그 여자의 이름을 세 번만 호명하면 들어올 수 있잖아요."

사모바르에서 피어오르는 수증기가 분망해졌다. 그걸 읽는 아이바조프스키의 얼굴에 익살맞은 미소가 지나갔다.

"누가 그런 여자 이름을 부르겠어요. 호명이 없어도 그 금지선에 만 번 부딪치면 방선이 무너지긴 해요. 하지만 만 번째 만에는 그 여자 영혼이 소멸될 거예요. 미치지 않고서야 어떻게 그런 어리석은 짓을 하겠어요. 자, 그러거나 말거나 우리는 우리 술이나 즐기면서 천천히 이야기나 나눕시다."

안나는 술잔을 들더니 각별하게 재동을 향해 권하며 눈웃음을 지었다. 그녀의 말이 끝나기 바쁘게 하늘 공중에서 우레가 울듯 쿵— 하는 소리가 울렸다. 마른하늘에 웬 우렛소리인가 싶어 재동이 창밖을 내다보는데 안나가 말했다.

"저 여자가 정말 정신 나갔어요. 벌써 시작했잖아요."

나는 속으로 빌었다. 줄리아, 제발 부딪치지 말아요. 당신 영혼이 소멸된다잖아요. 그러나 겉으로는 아무 내색도 내지 않은 채 웃으며 잔을 비웠다.

"줄리아더러 벽을 허물라 하고 우리는 우리 얘기나 합시다."

아포비안이 준비해온 묵직한 이야기보따리를 풀기 시작했다.

"1829년 파로트 교수와 함께 아라랏산을 처음으로 정복한 이후 나는 1840년 여름에도 두 명의 독일인 여행자를 안내해 아라랏산을 등반한 적이 있습니다. 하지만 그때에도 정상에서 빙하

얼음조각만 병에 넣어 가지고 내려 왔을 뿐 기적 즉 방주는 발견하지 못했습니다."

아포비안이 잠시 하던 말을 중단했다. 그러자 말소리에 묻혀 있던 쿵쿵 소리가 다시 선명하게 들리기 시작했다. 재동의 눈길은 우연하게도 안나의 시선과 마주쳤다. 그녀는 오른손 식지를 펴들고 자신의 귓가에 대고 몇 번 회전했다. 돌았다는 뜻이다. 하필이면 재동이를 겨냥해 그 동작을 취했다. 그녀의 손동작을 보고 재동은 줄리아의 진입을 막은 저 금지선이 여자의 질투의 산물임을 알았다. 자신의 남편도 아닌 재동이를 만나려 하는데도 안나는 시기하는 것이다. 줄리아의 행동을 제지할 수도 없고 그렇다고 그들 앞에서 그녀의 이름을 세 번이나 큰 소리로 부를 용기도 없어 재동은 속이 타서 재가 되었다.

그런데 재동은 그 와중에도 햇빛과 수증기가 만들어내는 문자에서 캔버스에 그려졌던 그 신비의 부호가 여러 번이나 나타남을 보았다. 확실히 'ζ'자였다. 이제는 이 이미지가 부호가 아닌 아르메니아 문자의 자모 중의 하나이며, 이 자모는 '기적'이라는 말이 나올 때마다 'ζnω2f'의 형태로 등장함도 확인했다. 그래서 아이바조프스키에게 물어보려 했지만 그는 마침 그려지는 아포비안의 글을 읽기 시작했다.

"그런데 기적은 나타나지 않고 도리어 뜻밖의 재난이 닥쳤습니다. 1840년 7월 2일 아침 아라랏산에서 지진이 발생한 겁니다. 그 번 지진은 하필이면 산 북동쪽 비탈에 있던 아후리마을은 물론, 천사가 방주조각을 선물했던 곳에 세워진 성야코브스 수도원을 덮쳐 훼멸시켰습니다. 눈사태와 수많은 얼음덩이, 바윗돌들이 쏟아져내려와 마을과 수도원과 경작지를 덮어버렸어요. 그 수도원은 1829년 등반 때 캠프를 설치했던 곳이며 방주조각으로 만든 십자가를 모셔두었던 곳입니다. 뿐만 아니라 나병은 물론 만병통치효과가 있던, 마을 중간으로 흐르던 빙하수도 바윗돌 밑에 매몰되어 사라졌습니다. 도처에 바위, 돌덩이들과 뱀들만 우글거렸지요. 어쩌면 아라랏산 정상의 살아 있는 돌 우상들과 분화구 밑에 있던 뱀과 괴물들이 일제히 풀려 나왔는지도 모를 일이었습니다. 그런데 문제는 그 지진이 단순한 자연재해로 끝나지 않고 기적을 찾으려던 나의 인생을 뒤바꿔놓는 계기를 제공했다는 사실입니다……."

사모바르의 수증기가 갑자기 움직임을 멈췄다.

"잠시만 기다리세요. 물이 다 졸았나 봅니다."

아이바조프스키가 자리에서 일어나 주전자에 물을 담아다가 사모바르에 보충했다. 그러는 사이 쿵쿵! 소리는 다시 하늘에서 울려 지붕을 뚫고 방 안으로 전달되어 내려왔다. 안나는 미소를 지으며 재동의 안색을 살폈다. 저 소리가 저토록 우렛소리처럼 요란하게 들리는 건 내가 유난히 줄리아를 신경 쓰기 때문일까?

오, 줄리아 부인, 제발 멈추세요!

텅텅……. 쿵! 쿵! 쿵!…….

## 3

아포비안의 이야기를 듣는 동안 식사가 끝났다. 일동은 자리를 테라스로 옮겨 커피를 마셨다. 건조한 날씨에 햇빛이 유난히 쨍쨍하다. 아포비안이 또 장난기가 발동한 듯 햇빛이 테라스의 바닥에서 강물처럼 출렁인다.

밖으로 나와서인지 쿵쿵 소리가 더 크게 들렸다. 처음보다 속도가 빨라진 것 같다. 육체가 없으니 탈진 현상은 없을 테지만 소리가 난다는 자체가 신기하기만 했다. 아무튼 만 개 만에는 영혼이 소멸된다지 않는가. 지금 몇 개나 되는지…….

"3,128개에요."

안나가 재동의 마음 속 말을 엿듣기라도 한 듯이 말했다. 아포비안의 말은 관심도 없고 줄리아가 금지선을 두드리는 숫자만 센 모양이다. 그녀는 줄리아가 만 개를 채워 영혼이 소멸되기를 바라기라도 하는 걸까.

"그만 하면 된 것 같은데. 이제 금지선을 풀어주는 게 어떻습니까?"

아포비안이 듣다못해 줄리아의 처지가 딱해보였던지 한마디 거들었다. 아니, 어쩌면 아이바조프스키가 입으로는 친구의 말을 전달했으나 실은 자신의 속마음을 내비치고 있었는지도 모른다. 육체가 없는 이곳에서 당연히 육체에 따르는 순결도 불륜도 도덕도 없을 텐데 손님과 눈이 맞으면 어때? 하는 관용의 표정이 그랬다.

"이 댁에서 줄리아를 들여놓아 보았자 손해 볼 건 커피 한잔, 과일 한두 조각뿐입니다. 그렇지 않습니까, 아이조프스키 선생."

"글쎄, 아포비안 선생의 말에도 일리가 있지만 여자들 일은 부인이 알아서 할 겁니다."

재동이 보기에는 아이바조프스키가 혼자 자문자답하는 것처럼 들렸다.

"안 돼요. 저 여잔 살았을 때나 죽은 지금이나 워낙 품행이 나쁘니까요."

안나가 처분 권한이 자신의 수중에 넘어오자 쌀쌀맞게 잘라 말했다. 그녀의 단호함에 두 남자도 입을 다물고 금방 움츠러들었다.

"그럼, 저 소리를 장단 삼아 우린 하던 얘기나 계속합시다."

아포비안이 자리를 옮기느라 잠시 중단되었던 이야기를 다시 이었다.

"지진이 발생하기 전에도 일부 수도사들이나 성직자들은 내가 노아의 방주를 찾으려고 아라랏산을 뒤지고 다녔고 만지면 안 된다는 정상의 얼음덩이를 가지고 내려왔다는 이유로 하나님의 금지령을 어겼다며 비난했었습니다. 그러던 참에 7~10급이나 되는 대지진이 일어나자 이 참극을 내 죄라고 질책하며 비난의 수위를 한껏 끌어 올렸습니다."

아포비안은 자신의 존재감을 나타내고 싶은지 햇빛에서 피어

오르는 커피잔의 수증기로, 다시 재동의 담배연기로 물체와 위치를 옮겨 다니며 문자를 만들어 냈다. 쿵쿵! 줄리아가 금지선에 격돌하는 충격음이 갈수록 다급해졌다. 거기에 절주를 맞추듯 이야기의 템포도 덩달아 빨라져 마치 담배연기가 춤을 추는 것만 같았다.

"많은 동료들과 성직자들이 공개적으로 나한테 적대감을 드러냈습니다. 1843년에는 그 역풍에 밀려 학교에서도 해고되었습니다. 안 그래도 학생들에게 성경이나, 교회의 책이 아닌 현대과학과 소설, 문학, 철학 등 계몽교육을 한다고 날 미워하던 사람들이 많았었는데 이 사건을 빌미로 아예 쫓아낸 거죠. 그들의 주장은, 이번 지진은 내가 아라랏산에 등반하여 금지된 방주를 찾아 헤매고 정상의 얼음을 훔쳐와 하나님께서 진노하여 인간을 징벌했다는 논리였습니다. 난 그건 자연재해이고 수많은 지진 중의 하나일 뿐 아라랏산 등반과는 아무런 관계도 없다고 그들과 맞섰습니다. 그러자 그들은 내 죄에 의한 하나님의 징벌이라는 증거까지 제시했습니다."

"그 증거가 뭔데요?"

나는 마음 한 구석이 줄리아에 대한 걱정이 도사리고 있는 중에도 그것이 궁금했다. 아포비안은 국민정신을 고양시키고 대중들에게 민족적 자부심을 심어주기 위해 기적을 찾아 떠났다고 했기 때문이다. 방주를 찾아서 나무의 부식을 막기 위해 표면에 바른 역청을 긁어내거나 나뭇조각 또는 유물을 몰래 훔치려고 찾으려 한 것이 아니라고 했다. 민족과 나라를 위해 좋은 일을 한 사람에게 하나님이 은혜는 몰라도 징벌을 가할 리는 없기 때문이다. 그런데 증거까지 제시했다고 하니 말이다.

"그 증거라는 것이 그 번 지진이 마을과 촌민들과 수도원, 농경지, 식수원을 모조리 파괴하면서도 오직 공동묘지만은 훼손되지 않았다는 궤변이었습니다."

"그게 어떻게 증거가 됩니까? 아포비안 선생님 때문에 내려진 징벌이라면 당연히 마을과 주민들, 수도원, 경작지, 식수원은 놔두고 아포비안 선생님과 그때 함께 등반했던 일행에게만 피해를 입혔어야죠."

재동은 저도 모르게 목소리가 높아짐을 깨닫고 말끝을 사렸다.

"그렇습니다. 바로 정 선생께서 지적한 그런 이유 때문에 나는 그들이 아무리 비난해도 굴복하지 않았습니다. 도리어 그 일로 인해 방주의 종적을 반드시 찾아내고야 말겠다는 결심만 굳어졌지요. 그리고 한 걸음 더 나아가 아이바조프스키 선생과 함께 예수강림의 흔적도 찾아내고야 말겠다고 속다짐했습니다."

햇빛의 움직임이 잠시 멈추자 아이바조프스키도 그 틈에 커피를 마셨다. 그런데 쿵쿵거리는 소리가 아까보다 낮아지고 속도도 느려졌다. 재동은 자꾸만 그녀가 금지선과 충돌해 주먹이며 이마며 등이며 피투성이가 되고 탈진 상태에 빠진 채 가쁜 숨을 헐떡이고 땀을 철철 흘리고 있을 거라는 생각이 들어 안절부절했다. 무슨 방법을 대서라도 줄리아를 제지해야 한다고 생각했지만 아무 묘책도 떠오르지 않았다. 물론 줄리아는 육체가 없으니 재동이 걱정했던 것처럼 신체적인 고통은 없을지도 모른다. 그러나 만 개에 도달하면 영혼이 멸한다고 한다.

"벌써 5천 개를 훨씬 넘었어요. 이제부터는 숫자가 늘어나는 데 따라 사고력, 판단력, 식별력이 그만큼 퇴화될 거예요. 저러다가 인간 세상의 치매환자처럼 지인조차도 몰라볼 수도 있어요."

안나의 시선은 유독 재동에게만 꽂혀 있다. 그녀는 아마도 줄리아 뿐만 아니라 재동이까지 한 몽둥이에 고문하려고 작심한 듯싶다.

"난 이해가 안 됩니다. 영혼소멸까지 감수하면서 여기 내려오려는 목적이 뭡니까? 아이바조프스키 선생을 보러 오는 것도 아니라면서요. 여기 계신 정 선생도 이승에서 오신 손님이니 모를 테고."

햇빛이 다시 움직이며 문자를 새기자 아이바조프스키가 큰소리로 읽었다.

"그러니까 정신 나간 여자라는 거 아녜요. 제 말이 맞죠?"

안나는 이번에도 영락없이 재동이를 향해 질문한다. 재동은 대답 대신 시선을 피하며 커피를 마시는 척 했다.

재동은 그 이유를 알고 있다. 줄리아에게는 재동을 만날 수 있는 기회가 이번이 마지막이다. 재동이 여기서 이승으로 내려가면 다시는 만날 수 없다. 그래서 그녀는 체면이나 수모 같은 건 둘째 치고 영혼소멸까지 감수하며 결사적으로 재동을 만나려고 하는 것이다. 그런데도 재동은 줄리아의 소원을 이루게 할 그 이름 세자를 불러주지 못한 채 안나의 눈치만 살피며 전전긍긍하고 있다. 아직도 하계도덕에 젖어버린 일상에 굳게 결박되어 있다.

"줄리아가 정 선생과는 전번에 페테르부르크에서 만나 구면입니다. 그건 그렇고, 부인, 이제 그만 귀찮아서라도 금지선을 풀어줍시다."

아이바조프스키의 건의에 안나가 마시던 커피잔을 탁 소리 나게 탁자에 내려놓는다. 순간 좌중이 물 뿌린 듯 조용해졌다.

"여보, 당신 아직도 전처한테 미련이 남아 있어요? 페오도시아에서 살기 싫다고 당신을 내버린 여자잖아요. 1만 2천 에이커의 토지를 소유한 부자라는 조건으로 40살이나 어린 나를 데리고 살면서, 남편이 죽은 지 얼마 되지도 않은 미망인이었던 나를 재물로 꼬셔서……."

"부인, 그런 뜻이 아닙니다. 부인이 싫다면 좋을 대로 하시오."

손님들 앞에서 체면을 구기는 과거사가 부각되자 난감해진 아이바조프스키가 어린 아내를 구슬리며 부랴부랴 상황을 수습했다.

"자자, 쓸데없는 일 때문에 시간 낭비하지 말고 하던 얘기나 마저 끝냅시다. 그렇게 보고 싶다면, 이승 사람이 만나기를 원하기만 하면 아이바조프스키 선생이 가거도에서 정 선생을 만났던 것처럼 서울로 내려갈 수도 있는데 하필 저렇게 요란하게 영혼소멸까지 걸고……."

아포비안이 부부 갈등에 끼어들어 화해를 붙인다.

"물론 줄리아의 입장에서는 이승에서 자기를 만나려고 소원을 빌 사람이 있을지 확실한 보장이 없으니까 그럴 테지만……."

"저런 주책없는 여자를 이승에 사는 누가 만나고 싶어서 소원을 빌겠어요. 우리 정 선생님 같으시면 저런 여자 만나고 싶으세요?"

"그거야 사람 나름이지요……. 자자, 그만합시다. 내가 아까 어디까지 말했지요?"

아포비안은 재동을 향한 안나의 집요한 시선과 빈정거림 또 상트페테르부르크에서 이미 두 사람이 구면이었다는 아이바조프스키의 말을 미뤄 줄리아가 만나려는 사람이 누군지 눈치 챈 듯 재동에게 지나가는 말 삼아 슬쩍 재회 방법을 귀띔해주었다.

재동은 안나가 아무래도 자신 같은 미녀가 살고 있는 집에 온 손님이, 그것도 이승에서 온 손님이 다른 여자랑 추태를 벌이는 꼴을 보고 분노한 모양이라고 생각했다. 다행히도 아포비안이 하던 이야기를 계속하며 어색한 분위기가 얼마간은 가라앉았다.

"세상에 소문이 자자한 이 아포비안의 실종 사건에 대해서는 아마 정 선생도 알고 계시리라 생각합니다."

"네. 선생님께서 당시 극단적인 선택을 하신 걸로 알고 있습니다만."

"자살 루머뿐이 아닙니다. 페르시아 식민자들에게 잡혀가 살해되었다느니, 체포되어 시베리아로 추방되었다느니, 서유럽에 살고 있다느니……. 지금까지도 별의별 추측들이 다 떠돌아다닙니다."

안나 때문에 무안을 당하고 가만히 글만 읽던 아이바조프스키도 한마디 거들었다. 안나는 방주나 기적 같은 데는 관심이 없는 듯 고개를 들고 하늘을 쳐다보며 쿵쿵거리는 소리의 숫자만 열심히 세고 있다. 그녀는 어서 빨리 만 개가 되어 줄리아가 영혼의 세계에서 사라지기를 바라고 있을 것이다. 하지만 재동이로서는 속만 탈 뿐 줄리아를 도와줄 방법이 없다. 그리고 아포비안의 말을 듣지 않을 수도 없는 처지였다. 그가 찾는 기적은 바로 재동이가 바라는 기적과 같은 것이기 때문에 관심이 쏠릴 수밖에 없었다.

"과연 5,000년 전 선박제조 기술로 길이 135미터, 폭 22.5미터, 높이 13.5미터나 되는 6만 6천 톤급의 배수량을 가진 거대한 선박을 제조할 수 있었을까요? 그것도 단 8명뿐인 노아의 가족이 말입니다. 뿐만 아니라 세계각지에 흩어져 있는 수천 킬로미터 밖의 동식물을 운반하고 적재하는 작업은 말처럼 쉬운 일이 아니었을 겁니다. 게다가 사료까지 싣고 온도까지 조절해야 됩니다. 그러니까 노아의 방주가 실존할 가능성은 거의 제로라는 말씀입니다."

재동은 용기를 내어 한마디 찔렀다. 사실 이 말은 줄리아라면 했을 법한 것을 그가 대신 던진 것뿐이다.

"정 선생의 답안은 그 판단 기준이 일상과 상식의 관점에서 얼어진 것입니다. 그런데 일상과 상식의 관점으로는 인간세상은 물론 지구, 태양계, 은하계 더 나아가 우주만물의 무수한 현상에 대해서는 아무것도 설명할 수 없습니다. 그냥 불가능할 따름이지요. 하지만 우리가 그 일상과 상식의 한계를 돌파하는 순간 불가능은 가능태로 변합니다. 아이바조프스키 선생의 '아홉 번째 파도'는 일상과 상식의 관점에서는 이해가 불가능합니다. 본 적도 없고 스케치 같은 것도 없기 때문입니다. 그러나 그 파도의 '기적'은 아이바조프스키 선생의 붓끝에서 거짓말처럼 탄생했습니다. 무엇에 의해서일까요?"

"상상입니다."

"그렇습니다. 인간은 상상을 통해 일상과 상식의 벽을 넘어 기적과 만납니다. 그리고 하나님은 초능력을 발휘해 기적을 창조합니다. 노아도 바로 그런 하나님이 주신 초능력을 빌려 불가능을 현실로 바꿔 방주를 만들었을 겁니다. 초능력은 상식으로는 이해가 안 됩니다. 그런 믿음을 가지고 방주를 찾아 나섰던 겁니다."

"그러시다면 아포비안 선생님께서는 극단적 선택을 할 이유가 없으신데요?"

"정 선생은 정말 총명하시네요. 난 자살 같은 거 할 인격자가 아닙니다. 누구든 내가 쓴 장편소설을 한번만 읽어보아도 그 사실을 알 것입니다. 『아르메니아의 상처』라는 제목의 이 소설은 내가 처음으로 모든 국민이 다 읽을 수 있도록 아르메니아어 구어체로 쓴 장편입니다. 주인공 아가시의 형상을 통해 애국심과 국가의 정체성 그리고 침략자들에 대한 증오심을 국민의 가슴에 불러일으킨 계몽문학 작품입니다. 아직 그 계몽이 이루어지지도 않았는데 내가 왜 자살합니까. 그리고 나에게는 사랑하는 아내 에르미아와 당시 여덟 살, 다섯 살 난 자녀까지 있었습니다."

"그러시면 무슨 사정이 있어서 1848년 4월 2일 갑자기 실종되셨던 겁니까? 트빌리시 네르시안학교 총장직까지 수락하셨던 걸로 알고 있는데요."

"정 선생이 어느새 아포비안 선생의 가족사에 대해 많은 정보를 확보했군요."

아이바조프스키가 대화에 끼어들며 큰 소리로 껄껄 웃었다. 안나는 여전히 숫자를 세느라 여념이 없다. 숫자가 늘어날수록 재동의 가슴도 불더미에 던져진 젖은 장작처럼 지글지글 타들어 갔다. 입으로는 아포비안과 대화를 주고받았지만 청각과 신경은 깡그리 줄리아에게로 향해 있었다. 이 대화가 끝나는 대로 아이바조프스키에게 제발 도와달라고 사정할 생각이다. 그는 이미 그와 줄리아와의 정분관계를 알고 있다. 그리고 그는 육체가 배제된 이곳에서는 도덕이나 불륜 같은 것도 없다고 했었다. 그게 사실이라면 줄리아에게는 죄가 없을 터이고 그렇다면 두 사람이 만나지 말아야 할 이유도 없을 것이다. 안나가 느끼는 여자의 지독한 질투심에 영혼까지 소멸된다는 건 줄리아에게는 너무 혹독한 징벌이 아닐 수 없다. 게다가 인제 날도 저물어 해가 지평선에 지려고 서두른다. 햇빛만 사라지면 아포비안의 말도 중단될 수밖에 없을 것이니 그때면 테라스에서 집안으로 장소를 옮겨야 될 것이다. 그 기회를 놓치지 말고 아이바조프스키를 잡아야 한다. 빠르면 빠를수록 좋다. 시간의 흐름은 곧 줄리아에게는 영혼의 상실을 의미하니까.

"단도직입적으로 말해 타살입니다. 난 살해되었습니다."

"네? 살해되셨다고요!"

누구한테, 무슨 이유로……. 궁금증이 한두 가지가 아니었지만 아포비안의 말이 길어지면 줄리아에게 그만큼 불리할 거라 생각되어 의문을 그대로 꿀떡 삼켜버렸다. 마침 태양도 지평선 너머로 반쯤 굴러 떨어지며 햇빛은 급속도로 테라스에서 사라져 썰물처럼 순식간에 바다로 빠져나갔다.

"자리를 옮겨야겠습니다. 마침 저녁식사시간도 됐고요. 부인은 그만하고 먼저 들어가 식모한테 식사준비나 시켜주세요."

아이바조프스키가 의자에서 일어나 숫자를 세는 데 정신이 팔린 안나의 어깨를 다독였다.

"저녁식사준비는 벌써 식모한테 준비하라고 일러두었어요. 상을 차리기만 하면 돼요. 제가 주방에 들어가 볼 테니 당신은 손님들을 모시고 먼저 방으로 들어가세요."

안나는 아쉬운 듯 의자에서 일어나 주방 쪽으로 걸어갔다. 하지만 시선은 줄곧 하늘에 향해 있고 숫자를 세면서 걸어갔다. 숫자가 만 개에 거의 육박하는지 그녀의 발걸음이 춤을 추듯 가볍다. 어깨까지 들썩인다. 재동은 안나가 복도 끝으로 가서 주방 안으로 들어가는 모습을 확인하자마자 저만큼 앞선 아이바조프스키에게로 달려가 무작정 팔소매를 부여잡았다.

"아이바조프스키 선생님, 도와주세요."

"내가 정 선생이 이럴 줄 알았습니다."

아이바조프스키가 걸음을 멈췄다. 그때 바닥에서 벽 위에까지 올라간 마지막 햇빛이 다급하게 꿈틀거렸다.

"두 사람의 사정이 딱하다며 아포비안 선생도 나더러 도와주라고 정 선생을 거드는군요. 나도 도와주고 싶지만 보다시피 안나는 원래 한번 마음먹으면 굽힐 줄 모르는 강퍅한 성미인지라……. 식사시간에 한번 말은 해보겠습니다만 기대는 하지 마세요. 내가 이렇게 바보처럼 젊은 여자 데리고 사는 대가를 단단히 치르고 삽니다. 하하하."

아이바조프스키가 허탈하게 웃으면서 방문을 열었다. 하지만 남편의 권고를 들을 안나가 아니라는 생각이 재동의 눈앞을 캄캄하게 했다. 그나마 쿵쿵 소리가 인제는 그 속도가 갈수록 느려져 다행스러웠다. 하지만 재동의 느낌에도 숫자가 만 개를 얼마 남겨두지 않았을 것 같았다.

여자의 질투는 사람을 죽인다. 아니, 영혼마저도 죽인다.

그런데 더 무서운 것은 그 잔인함이 기적처럼 가끔씩 나타나는 것이 아니라 일상적이라는 사실이다.

# 4

식탁에는 아르메니아 전통음식이 상다리가 부러지도록 풍성하게 차려졌다. 쇠고기를 고아 만든 하리사, 채소와 쌀, 다진 고기를 넣어 만든 톨마와 함께 그 향기로운 코냑도 올라왔다. 하지만 재동은 음식에는 하나도 관심이 없었다. 안나가 자꾸만 권해서 뭔가를 억지로 입안에 넣었지만 목이 메어 넘어가지 않았다. 재동은 간절한 눈빛으로 아이바조프스키만 쳐다보았다. 난감해진 아이바조프스키는 부인의 기색을 살피며 말할 기회만 엿보고 있었다. 드디어 안나가 술잔을 들어 남편에게 권했다.

"부인, 이제 그만하고 풀어줍시다. 저러다가 영혼이 소멸되면……."

"누가 강요한 사람 있나요. 자기 맘이고 선택이잖아요. 영혼이 소멸되기 싫으면 스스로 포기하면 될 텐데. 그렇게 아까우면 당신이 나가 줄리아를 도와주시던지……."

"그런 게 아니라 보기가 딱해서……."

아이바조프스키는 더 말을 못하고 술잔만 비우고 말았다. 그때 하시 요리에서 피어오르던 김이 흔들리며 글자로 변했다. 아이바조프스키가 손님의 청을 들어주지 못해 기가 죽어 읽을 생각을 안 하자 안나가 대신 읽었다.

"아이바조프스키 선생이 손님이 무안해 할까봐 말을 못하는 것 같습니다. 사실은 줄리아가 여기 정 선생을 보러 온 것 같아요. 이전에 만난 적도 있고 구면이라 작별인사나 하려고 온 것 같으니까 그냥 금지선을 풀어주시죠."

아포비안의 말을 전달한 후 안나는 의아한 표정을 지었다.

"아니, 줄리아가 정 선생님을 만나러 왔다고요! 아포비안 선생님의 말씀이 정말인가요?"

안나가 금시초문이라는 듯 두 눈을 커다랗게 뜨고 재동을 바라본다. 이 마당에 더 속일 것도 없었다. 줄리아를 위해 체면도 버릴 때가 온 것 같다.

"부인, 죄송합니다. 그때 불민한 처사로 인해 부인의 심기를 불편하게 해드린 거 늦었지만 사과드립니다. 지금까지 소모된 줄리아의 영혼을 죗값으로 받은 셈 치고 그만 금지선을 풀어주시면 감사하겠습니다."

"정 선생님께서 저한테 사과할 무슨 잘못을 저질렀는데요? 금시초문인데요. 그리고 설령 불민한 일이 있었다 하더라도 그건 정 선생님의 사생활이니까 제가 개입할 자격도 없고요. 모든 게 당신 탓이에요. 공연한 화제를 꺼내 놓고 술상의 분위기만 깼잖아요. 제가 알아서 어련히 처리하지 않을까봐……."

안나는 화가 난 듯 포크를 손에서 달그락 식탁에 내려놓더니 방에서 홀연히 나가버렸다.

"정 선생, 미안합니다. 내가 설정한 금지선이라면 한마디면 풀리는데 안나가 설정한 거라 그녀의 말이 없이는 풀 수가 없군요. 운명이라 치고 우리 술이나 마십시다. 아포비안 선생은 하던 이야기나 계속하세요. 아까 누구한테 살해당했다는 건지요?"

재동은 손님의 입장에서 주인의 요구에 순종하는 수밖에 없었다. 나에 대한 줄리아의 사랑이 아라랏산보다 높기 때문에 영혼이 소멸되더라도 절대로 중단하지 않을 거라고 이실직고할 수도 없었다.

"이 상황에 얘기를 계속하기가 거북하지만, 하던 말이니 간단하게 끝내겠습니다."

그때 안나가 다시 방에 들어와 자리에 앉았다. 언제 불쾌한 마찰이 있었던가 싶게 천연덕스러운 표정을 지은 채 유유히 술을 마시며 쿵쿵 소리에 귀를 기울였다.

"나는 교육을 통한 계몽은 한계가 있고 시간이 오래 걸린다는 결론을 내렸습니다. 일단 교육받는 대상이 극히 제한적이며 그 학생들이 사회로 나가 2차 계몽을 해야 되니까요. 국민의 애국심과 민족적 자부심을 단번에 끌어올릴 수 있는 방법은 없을까, 고민하던 끝에 생각해낸 것이 기적을 찾아내는 것이었습니다. 막연한 전설만이 아닌 실제로 존재하는 방주만 찾아낸다면 얼마든지 가능하다는 생각이 들었습니다. 우리는 확실히 노아의 후손이며 인류문명의 선구자라는 의식만 국민의 가슴에 심어주면 문제는 단번에 해결되는 것이니까요. 그리하여 이미 수락했던 총장직도 과감하게 버리고 방주를 찾아 다시 아라랏산으로 떠났습니다. 물론 아내와 자식들께는 말하지 않았습니다. 방주 찾으러 간다고 하면 아내는 무조건 죽으려고 거길 또 가냐고 만류할 테니까요. 그냥 산책만 한다고 나와서 그 길로 아라랏으로 향했습니다. 자, 술을 들면서 들으세요."

모두 잔을 들고 술을 마셨다. 안나도 말없이 잔을 냈다.

"3,500미터 지점에서 우연히 배에서 떨어진 것 같은 나뭇조각이 발견되었습니다. 그 지역에는 식물자체가 없는 곳입니다. 나는 기적에 대한 실낱 같은 희망을 품고 고산병이 없는 당지 포수 두 명을 고용해 해발 2,000미터 지점에 캠프를 설치하고 숙식하며 눈과 얼음, 바위들을 파헤치기 시작했습니다. 웅덩이 밑에 배가 묻혀 있지 않을까, 하는 기대감에서였지요. 그런데 인부 중 한 명이 갑자기 고산병이 발작해 하산하게 되었습니다. 이것이 불행의 씨앗이 된 것이죠. 인부가 병을 치료하던 수도사에게 이 비밀을 누설했던 거예요."

"팔천삼백이십삼……."

안나가 소리 내어 입 밖으로 숫자를 말했다. 만 개가 코앞이다. 재동은 저도 모르게 손에 들었던 술잔을 주단을 깐 바닥에 떨어뜨렸다. 안나가 급히 다가와 바지에 쏟아진 술을 휴지로 닦아주었다.

"괜찮아요. 술잔을 새 것으로 바꿔드릴게요."

병 주고 약 주고도 아니고 안나의 처사가 얄미웠다. 질투가 뭐 길래 이렇게까지 가혹해야 하나…….

"며칠 후 건장한 사내 대여섯 명이 갑자기 우리 캠프를 덮쳤습니다. 자고 있던 나와 인부를 포승줄로 결박한 채 무작정 작업장으로 끌고 올라갔지요. 그리고는 탐사 장소 앞에 무릎을 꿇어 앉혔어요. '말해봐. 하나님의 금지령이 먼저냐, 민족의 계몽이 먼저냐?'라고 따지고 들었습니다. 내가 당신들은 누구냐, 신분부터 밝히라고 하니까, 그런 건 알 필요 없이 묻는 말에나 대답하라고 협박했습니다. 나는 배를 발견하면 역청을 긁어 부적으로 사용하려고 이러는 것도 아니고, 유물을 훔쳐 팔려고 이러는 것도 아니라고 했습니다. 그냥 방주의 존재만 확인하고 국민들에게 민족적 자부심을 높여주려는 목적뿐이라고 아라랏에 등반한 이유를 설명했습니다. 그리고 하나님도 믿지만 조국을 위해서 살고 죽는 것은 어렸을 때부터 내가 가진 신조라고 했습니다. 그러자 이 강도들은 나를 하나님의 법을 어긴 죄인이라며 눈알을 빼고 손발을 자르고 발바닥에 못을 쳐 구덩이 안에 처넣은 다음 얼음덩이들과 바위들로 그 위를 덮어버렸습니다. 그때 인부도 나와 함께……."

아포비안의 말이 아직 끝나기도 전에 방 안에는 갑자기 날카롭게 울부짖는 소리가 울려 퍼졌다.

줄리아! 줄리아! 줄리아!

모두들 놀라 목소리의 임자에게 시선을 돌리는 순간, 일동은 그 사람이 재동임을 발견했다. 재동은 속으로 9,000개까지 숫자를 세자 더 참지 못하고 그녀의 이름을 외쳤던 것이다. 호명소리와 함께 갑자기 쿵쿵 소리가 뚝 멈췄다. 그리고 온천지가 쥐죽은 듯 잠잠해졌다.

"이제는 줄리아가 곧 내려올 겁니다. 마침 내 이야기도 끝마칠 때가 된 듯싶네요. 나는 그렇게 죽은 후에도 아이바조프스키 선생과 함께 하루도 빠짐없이 방주를 찾아 아라랏 산속을 헤맸습니다. 그러나 지금 이 순간까지 아무것도 발견하지 못했습니다. 아이바조프스키 선생한테서 이승의 정 선생이 기적에 목말라 한다는 소리를 듣고 당신의 스튜디오로 내려가 캔버스에 조언 한마디를 남기려 했습니다. 그런데 부인이 들어오는 바람에 그만 오늘에야 알려드리는 겁니다. 그 글자는 아르메니아어 자모로 기적이라는 단어의 첫 글자입니다. 내가 쓰려던 내용은 '기적은 없다'였습니다. 전체 문장은 'Հրաշք չկա'입니다. 차라리 교육사업과 문학창작이라는 일상을 통해 계몽 사업을 진행했던 게 낫지 않을까, 후회될 때가 많았기 때문입니다. 하지만 저로서는 그러기에는 이미 너무 늦었습니다. 물론 나와 아이바조프스키 선생은 아직도 예수의 강림을 기대하고 여기서 기다리고 있습니다만, 성 그레고리 앞에서 금도끼로 땅을 찍고 빛으로 나타났던 예수, 그 전설이 사실이라면 엔젠가는 노아의 땅, 에덴의 땅인 아르메니아에 다시 나타날 것이기 때문입니다. 우리의 이런 기대 역시 '기적은 없다'라는 나의 판단을 증명해 주는 또 하나의 사건이 될 수도 있습니다. 그때 다시 정 선생에게 '기적은 없다'에 '확실히'라는 규정어를 추가할게요. 이제는 줄리아가 곧 도착할 테니까 난 여기서 정 선생과 작별인사를 해야 할 것 같네요. 잘 가세요. 내려간 후에라도 두 번 다시 기적을 기대하진 마세요."

재동이도 아포비안과 작별인사를 하려고 자리에서 일어섰지만 그때 방문이 열렸다. 볼 살과 옆구리 살이 축 늘어지고 허벅지가 유난히 굵고 허리가 뚱뚱한 할머니 한 분이 엉거주춤 방 안에 들어섰다. 모든 사람들의 눈길이 일제히 늙은 여자에게 집중되었다. 지금 이 시각에 이 방 안에 나타날 수 있는 사람은 줄리아뿐이다. 저 할머니가 줄리아일 거라는 추측에 재동은 선 자리에 굳어진 채 할 말을 잃어버렸다. 그 여자는 비단 초췌하게 노쇠했을 뿐만 아니라 이마와 손등은 터져 피가 줄줄 흘러내리고 있었다. 머리카락은 헝클어지고 치마는 구겨졌다. 비틀거리며 몸도 제대로 가누지 못했다. 물으나마나 그녀의 육체는 가상일 것이지만 눈에 보이는 이상 너무 가련하고 처량했다.

　"어머, 이 할망구 누구세요? 줄리아 씨 아니에요! 이런 모습으로 여길 나타나시다니."

　안나는 실컷 비아냥거리고는 문을 쾅 닫고 바람처럼 방에서 횡하니 나가버렸다.

　어안이 벙벙해 서있는 재동의 옆으로 아이바조프스키가 다가와 나직하게 귓가에 속삭였다.

　"정 선생, 곧 이승으로 돌아갈 시간입니다. 이름을 부르면 나와야 합니다."

　아이바조프스키는 줄리아 옆을 지날 때 손으로 소파에 앉으라고 가리키고는 방에서 나갔다. 방에는 두 사람만 남았다. 아포비안이 말로는 간다고 했지만 재동이로서는 아직도 그가 이 방에 머물고 있는지 확인할 길이 없었다. 어쩌면 예수 찾으러 갔을지도 모른다.

안나가 나가며 던진 할망구라는 한 마디가 발길을 잡은 모양 줄리아는 똑바로 서 있지도 못하고 금방 쓰러질 것처럼 비틀거렸다. 두 사람 사이에는 길고 무거운 침묵이 용암처럼 천천히 흘렀다.

저 여자가 정말 내 가슴에 욕정의 불길을 지폈던 그 줄리아란 말인가?!

그렇다. 지금은 1898년 여름이다. 아이바조프스키도 할아버지가 돼 있다. 전 번에도 같은 연도였지만 그때 줄리아는 젊은 셋째 딸 알렉산드라의 육체를 빌려 나타났었다. 제대로라면 당연히 할머니가 되었을 나이일 것이다. 그래서 뭐가 어떻다는 건가.

"정 선생님, 제가 잘못 들어온 것 같아요. 그냥 작별인사만 하려고 왔는데……. 이만 돌아갈 게요."

줄리아의 목소리는 후회와 수치심 때문인지 모기소리처럼 가늘게 떨리고 있었다. 이마에서 흘러내린 피가 눈에서 흐르는 눈물과 섞여 두 볼을 붉게 물들였다. 그녀는 재동을 향해 깊숙이 허리를 굽혀 인사했다.

"안녕히 가세요."

그리고는 문밖으로 나가려고 몸을 돌이켜 걸음을 옮겼다.

순간, 내 가슴 속에서 불덩이 같은 것이 울컥 치솟았다.

"줄리아 부인!"

나는 그녀를 부르려고 했지만 목이 꽉 메어 말이 나가지 않았다. 그대로 그녀에게로 달려가 말없이 뒤에서 허리를 껴안아 가슴에 품었다. 힘차게 꼭 팔 매끼를 조였다. 영혼마저도 기꺼이 버리고 나를 만나러 사선을 넘어온 여자! 할망구의 모습도 아랑곳없이 달려온 여자다. 그렇다. 여자다.

"이름을 불러줘서 고마워요."

울먹임 때문에 말마디들이 토막 났다. 그녀에게서 처음 듣는 고맙다는 인사다.

"미안합니다."

나도 이 말을 처음 꺼냈다. 길거리, 커피숍, 드라마 어디서나 흔해 빠진, 걸레짝 같은 싸구려 일상용어라고 질렸었는데 오늘만은 나름대로 충분한 의미가 실리는 느낌이다.

"선생님께서 불러주지 않으셨으면 이 구질구질한 할망구 몸뚱이로도 당신한테 오지 못할 뻔했어요. 그냥 작별인사도 못한 채 이렇게 영원히 헤어져야 한다는 생각에 눈앞이 캄캄해졌어요."

그녀의 입에서 흘러나오는 말들은 마디마디 눈물에 젖어 질벅했다. 나는 그녀를 안아들어 소파에 옮겨 앉히며 말했다.

"아무리 그렇다고 영혼까지 내던집니까?"

"당신에 비하면 그까짓 영혼은 하나도 아깝지 않아요."

"줄리아!"

나는 그녀를 뼈가 부서지도록 가슴에 와락 그러안았다. 그리고 상트페테르부르크의 그녀의 침실에서처럼 손을 줄리아의 가슴에 가져갔다. 그런데 그녀는 재빨리 내 손을 막으며 옷깃을 단단히 여민다.

"아포비안 선생님의 말씀대로라면 내가 이승으로 귀환해서 줄리아 부인을 만나기를 소원만 하면 다시 상봉할 수 있잖아요."

"그건 그렇지만……."

"날 믿지 않는 겁니까?"

"선생님, 시간이라는 게 원래 그렇게 무심하잖아요. 이승으로 내려가서서 또다시 일상에 파묻히다 보면 제가 잊어지는 건 당연지사가 아닌가요."

"줄리아 씨는 날 만나기 위해 영혼소멸도 마다하지 않는데 난 의리도 모르고 일상에 파묻혀 줄리아 씨를 망각하고 그런다는 겁니까?"

"그런 뜻이 아니라……. 안 돼요!"

줄리아는 좀 더 용기를 낸 내 손의 움직임을 단호하게 차단하며 한 손으로는 옷깃을 움켜쥐고 다른 손으로는 치마폭을 눌렀다.

"내가 싫어진 겁니까?"

"그게 아니라, 제 몸이 할망구라 보이기 싫어요."

"이 상황에 육체가 중요합니까? 난 줄리아 씨의 영혼을 사랑합니다."

"그래도 육체를 빌리고 있는 한은요. 여자의 생명은 아름다움이에요. 아름다움이 없으면 여자도 없어요. 전 페테르부르크에서의 제 육체가 아니고는 절대로 선생님한테 보여드리지 않을 거예요……."

"정 선생, 그만 나오셔야 됩니다."

이때 복도에서 아이바조프스키가 부르는 소리가 들렸다. 그러자 줄리아가 황급히 소파에서 일어났다.

"돌아가셔야 할 시간입니다. 시간을 놓치면 돌아가지 못하니 서두르세요. 그리고 부디 잘 다녀……."

줄리아는 터져 나오는 울음을 참느라 말끝을 흐리며 고개를 돌렸다.

"나도 돌아가지 않으렵니다. 이승을 버리고 여기서 줄리아 씨와 함께 할 겁니다. 이승에는 미련이 하나도 없습니다. 시시한 일상밖에 없으니까요."

나는 아예 소파에 길게 드러누워 버렸다. 그러자 다급해난 줄리아가 두 팔로 내 겨드랑이를 껴안아 몸을 일으키려고 안간힘을 썼다.

"안 돼요. 저 때문에 이러시면 안 돼요. 어서 일어나서 나가세요."

나는 나가기는커녕 도리어 그녀의 목을 덥석 부여안고 격렬하게 입을 맞췄다.

"으으음— 선생님, 시간이 없……."

"정 선생, 들어갑니다."

아이바조프스키가 도어록을 비틀며 들어올 것처럼 재촉했지만 나는 끔쩍하지도 않고 줄리아의 입술만 탐했다.

"선생님, 이러시면 다시는 선생님……. 으으음— 선생님을 만나지도 않을 거예요."

줄리아는 매몰차게 목을 감은 내 팔을 풀어내고 소파에서 일어섰다.

"안 가시면 저부터 나갈 거예요."

단호하게 문 쪽으로 걸어갔다. 나는 다급히 소파에서 일어나 문을 여는 그녀에게로 다가가 팔소매를 잡았다. 그 순간 줄리아는 잽싸게 몸을 피하며 나를 강제로 문밖으로 떠밀었다. 손써볼 사이도 없이 문밖으로 튕겨 나온 나는 다시 문 안으로 진입하려고 시도했지만 줄리아가 안에서 잘칵 문고리를 잠가버렸다.

그때 누군가 내 어깨에 손을 얹었다. 고개를 돌려보니 아이바조프스키다. 방 안에서 줄리아의 울음소리가 들렸다. 아마도 그대로 바닥에 주저앉아 얼굴을 무릎에 파묻고 울고 있을 것이다. 나는 아이바조프스키에게 손을 잡힌 채 그를 따라 두어 걸음 옮겼다. 그러나 오열하는 줄리아를 혼자 두고 차마 그곳을 떠날 수가 없었다. 순간, 눈앞이 캄캄해나며 복도 바닥에 풀썩 주저앉고 말았다.

# 8장

## 귀신들과 사람들

### 1

"오빠, 내려가서 저녁식사 해."

여동생 유리가 외치는 카랑카랑한 음성에 눈을 뜬 재동은 자신이 여태껏 컴퓨터 앞에 앉은 채로 잠들어 있었음을 발견했다. 모니터에는 여전히 아라랏산 이미지와 관련 내용이 켜진 대로이다. 검색을 하다가 테이블에 엎드려 그냥 잠이 들었던 모양이다.

"오빠, 울었어?"

앞이 보이자 하릴없이 1·2층을 분주하게 오르내리던 유리가 재동의 화실에 들어서며 의아한 눈길로 살펴본다. 재동은 얼른 휴지를 뽑아 눈가와 볼을 닦았다. 휴지가 흠뻑 젖었다.

"몰라. 악몽을 꾼 것 같기도 하고. 똑똑히 기억나지 않아."

그는 일어나서 동생의 뒤를 따라 아래층으로 내려갔다. 식탁에 마주 앉았는데 식구들도 모두 의아한 표정이다. 하지만 누구도 영문을 묻지 않았다. 식사가 시작되자 방 안에는 달그락, 후루룩, 쩝쩝거리는 음식물 흡입소리만 여기저기서 들렸다. 재동은 하루 세 끼 반복되는 이 밥 먹는 시간이 가장 귀찮았다. 그래서 기계적으로 손과 입만 움직이며 방금 전 있었던 꿈 아니, 사건에 대해 생각했다. 줄리아의 갑작스러운 등장에 아이바조프스키와 아포비안에게 작별인사 한마디 못한 것이 미안했다. 그리고 그를 밖으로 떠밀어내고 문을 닫아 건 방 안에서 혼자 오열하던 줄리아가 마음에 걸려 밥이 목구멍으로 넘어가지 않았다. 아무 때라도 적당한 시기에 조용한 장소를 택해 그녀의 소환을 시도할 생각이다. 그리고 또 아포비안의 이야기에 대해서도 기억을 더듬어 보았다. 도대체 기적이 있다는 건가, 없다는 건가 아리송하다. "기적은 없다"라고 했지만, 기적이 없다면 지구와 우주만물의 불가사의한 현상에 대해서는 도저히 이해할 수 없을 거라고 했으며, 지금도 예수가 강림하리라는 기적을 믿고 아라랏산에서 떠나지 못하고 있다고도 했다. 그러니까 아포비안과 아이바조프스키의 현재의 일상은 기적을 탐색하는 것이다. 그렇다면 일상은 기적이 준비되는 과정이기라도 한 것인가…….

"오빠."

유리가 느닷없이 부르는 소리에 재동은 생각의 연줄을 놓쳐버리고 말았다.

"우리 내일 캠핑 가자. 텐트 갖고 계곡에."

유리가 던진 화제가 재동의 사색과 너무나 거리가 먼 탓에 즉시 반응할 수가 없었다. 다만 그녀가 눈이 밝아지자 뭐라도 구실을 만들어 그것을 즐기고 싶어 한다는 것을 추측할 수 있을 따름이다. 그런데 유리의 말이 끝나기 바쁘게 이번에는 평소 말수가 적던 환이까지 고모와 맞장구친다.

"나도 가고 싶어요."

"춥지 않을까, 인제 가을인데."

강수애 여사는 우려스런 표정을 짓는다. 그녀는 며느리의 기습으로부터 거실을 사수하느라 집을 비우는 게 걱정되는 눈치다.

"춥긴 뭐가 추워. 내일도 28도가 넘는다잖아. 날씨도 화창하고 미세먼지도 없대. 내가 전에 친구들이랑 놀러가던 계곡이 있는데 우리만 아는 오지야. 한적하고 경치 좋은 곳이거든. 가서 물놀이도 하고 고기도 구워먹자."

"그래 아빠. 계곡에 가요."

환이가 재동에게 다가와 팔에 매달리며 졸랐다. 환이의 어린애다운 응석은 그야말로 오랜만이다. 재동은 아내 이미리의 기색을 살폈다.

"당신은?"

"난 빼고 환이랑 넷이서 다녀와요. 몸살기가 있어서."

"그럼 올케는 집에서 휴식해. 우리끼리 다녀올게."

유리가 얼싸 좋다는 듯 오빠 대신 결정했다.

"애비야, 가도 괜찮겠니?"

며느리가 집에 혼자 남아 또 무슨 사고를 치는 거 아니냐, 하는 말이다.

"간만에 환이가 조르니 갑시다. 유리도 눈이 보여 기분이 좋은데. 괜찮아요, 어머니. 당신은 피곤하면 집에서 휴식해."

"나도 안 갈란다. 애비랑, 환이랑, 유리랑 넷이서……."

"안 돼요. 할머니. 같이 가야 돼요."

손자가 명령조로 조르자 강수애 여사도 차마 거절은 할 수 없는지 그래, 그래 하고 만다.

"그런데 환이 너 내일 오전엔 피아노학원, 오후엔 태권도학원 가야잖아."

강수애 여사의 말에 환이는 이번엔 할머니에게로 다가가 목에 매달리며 응석작전을 펼쳤다.

"할머니, 이번 주말 딱 한번만, 응."

"엄마가 학원에 전화해서 청가 맡을 테니 걱정 말고 할머니랑 놀러가."

이미리가 환이를 거들며 이 문제도 쉽게 해결되었다.

이튿날은 이른 아침부터 일어나 필요한 캠핑도구들과 음식물들을 준비했다. 이미리는 남 먼저 일어나 필수품들과 음식을 챙겨주었다. 그런데 강수애 여사가 아까부터 자꾸만 창밖으로 대문 쪽을 내다본다.

"어머니, 밖에 뭐가 있습니까?"

재동이 텐트를 차에 실으려고 들고 나오며 강수애 여사에게 물었다.

"전번에 말하던 그 이상한 옷차림을 한 남자가 또 우리 대문 앞에서 서성거리 길래 나가봤더니 귀신처럼 순식간에 사라졌지 뭐야. 혹시 또 나타나지 않을까, 해서 살피는 중이다."

"정말요, 그 사람이 아직도 대문 앞에 나타난다고요?"

재동이 설마 하고 밖으로 나가 보았으나 길에는 아무도 없다. 워낙 한적한 골목이라 입주민 외에는 행인이 뜸한 곳이다. 아무래도 예사롭게 지나칠 일이 아닌 것 같다. 행색을 봐서는 집 털이나 할 나쁜 심보를 가진 사람 같지도 않다. 그렇다면 보광동에 유령이라도 나타난 것인가?! 재동은 캠핑을 다녀와서는 좀 더 세심하게 관찰해야겠다고 생각했다.

"오빠, 화구는 안 챙겨?"

"그건 왜?"

"스케치 안 해? 비경이란 말이야. 그럴싸한 폭포도 있고."

"이젠 스케치 같은 거 안 해. 도로 갔다 놔. 여보, 그럼 우리 다녀올 게."

강수애 여사는 마지막까지 며느리한테 무슨 이상한 기미는 없나 간간하게 기색을 살피며 무거운 발걸음으로 차에 올랐다…….

아무도 모르는, 깊숙이 감춰진 오지의 비경이라더니 벌써 다른 가족 행락객이 두 팀이나 먼저 도착해 텐트를 설치하고 있었다.

"대한민국에 이제 오지는 없구나. 여기까지 점령했으니."

유리가 개탄하며 차에서 짐을 내렸다. 그나마 일찍 해서 폭포 근처의 깨끗한 자갈밭에 텐트를 칠 수 있었다. 재동과 유리가 텐트를 설치하는 동안 강수애 여사는 내가에 오도카니 서서 혼자말로 중얼거린다.

"내가 여길 오는 게 잘한 일인지 모르겠다."

"엄만 걱정도 팔자야. 사람이라면 그만큼 말했으면 알겠지. 그렇다고 1년 365일 집구석에서 올케만 지킬 수도 없잖아. 이왕 나온 바 하고 한 번 믿어봐."

재동은 아무 말도 안 했다. 솔직히 아내가 집에서 무슨 행동을 할지 그도 알 수 없었기 때문이다. 다만 텐트를 치느라 자갈밭에서 작업을 하노라니 느닷없이 가거도의 몽돌해수욕장이 기억 속에 떠올랐다. 그리고 거기 앉아 해금을 타며 "멸치잡이 노래"를 부르던 아가씨, 태풍이 불어치는 밤 바닷물에 떨어져 파도에 휩쓸려가던 허유정이 생각났다. 빨리 일을 끝내고 전화해야겠다.

텐트를 다 설치하고 취사도구와 간이식탁, 휴대용의자를 펼쳐놓고 물놀이할 튜브까지 공기를 주입해 냇물에 띄워주자 유리와 환이가 동시에 물 안으로 뛰어 들어갔다. 물장구를 치고 물싸움을 하는 모습이 누가 어른이고 아이인지 분간이 안 된다. 유리는 마냥 지상낙원을 만난 듯 날듯이 기뻐했다. 사람이라면 날 때부터 가능한, 그 앞이 보인다는 사실 하나에 저토록 열광하다니! 좀은 골짜기가 그들의 요란한 웃음소리에 떠나갈 것만 같았다. 세상을 독차지한 듯싶다.

재동은 그 모양을 한동안 바라보다가 슬그머니 한 쪽 옆으로 멀찌감치 피해 허유정에게 전화를 걸었다. 이번에는 간병인 아주머니가 아니라 유정이 직접 받는다.

"네, 교수님. 유정이에요."

"유정 씨, 좀 어때요?"

"괜찮아요. 어제부터 목발 짚고 다녀요. 오늘은 저 혼자서 목발을 짚고 정자까지 걸어 나왔어요."

"장하네요. 그럼 퇴원도 멀지 않을 겁니다."

재동은 시선은 물놀이하는 유리와 환이에게 고정한 채 말했다. 환이도 그렇고 유리도 그렇고 저렇게 좋아하는 모습은 정말 오랜만이다.

"정자에 앉아 교수님 사진 보는 중이에요. 아줌마가 사진이 구멍날까봐 겁나대요."

그때 환이가 물속에서 뭔가를 집어내더니 손에 쳐들고 기슭으로 나와 할머니와 뭐라고 종알거린다.

"내가 보고 싶은 겁니까?"

"넵. 마이마이 보고시포용."

"마이 보고시포용 반사. 빨리 완쾌되어 서울 올라오면 볼 테니 며칠만 참아요. 그리고 아줌마랑 같이 지금 택시 타고 시내에 나가 유정 씨 명의로 최신 폰 하나 사요. 내 카드에 그만한 돈은 있을 겁니다."

"스마트폰 없어도 되는데."

환이가 갑자기 이쪽으로 깡충깡충 뛰어온다. 손에 든 건 가재다. 멀리서부터 아빠, 아빠 부르며 달려왔다.

"저녁에 또 전화할게요. 이만 끊어요."

"넵. 들어가세요."

재동이 부랴부랴 전화를 끄자마자 환이가 들이닥친다.

"아빠, 가재 잡았어요."

"그랬어용?"

재동은 환이의 머리를 쓰다듬어주고 번쩍 들어 품에 안았다.

잠시 후 계곡에는 장작불에 삼겹살을 굽는 향기로운 냄새가 진동했다.

"야외에 나오니 정말 좋다. 평일에는 출퇴근, 주말에는 캠핑. 더도 말고 덜도 말고 이 생활 패턴이 계속 유지됐으면 좋겠다."

유리가 석쇠 위에서 기름을 뿌글거리며 노릇하게 구워진 삼겹살을 집게로 뒤집으며 들뜬 기분으로 말했다. 그녀의 만면에 화색이 출렁거린다.

"난 매일 캠핑 왔으면 좋겠어. 학교, 학원가기 싫어."

환이가 다 익은 삼겹살을 집어 입안에 넣고 호물호물 씹으며 말했다.

"그러면 안 되지. 놀더라도 공부는 하면서 놀아야지."

"왜, 공부가 싫은 데도? 다람쥐 쳇바퀴 돌듯 왜 똑같은 일을 반복해야 돼?"

"인생이란 워낙 그런 거니까. 너 아직 인생이 뭔지 몰라서 그래."

"알아. 일하고 돈 벌어서 먹고 살아가는 거잖아."

"다람쥐 쳇바퀴 돌기", "벌어서 먹고 살아가는 인생" 고모와 나누는 환이의 대화를 들으며 재동은 아들이 몰라보게 성장했음을 느낄 수 있었다.

"엄만 왜 안 먹어? 아직도 올케 생각하고 있어? 좀 내려놓고 즐겨."

강수애 여사는 아무래도 걱정이 놓이지 않는 모양, 고기는 집지 않고 그린 듯이 앉아만 있다. 그러다가 딸의 질문에는 엉뚱한 화제를 꺼냈다.

"애비야, 우리 집 주위를 맴도는 그 남자 아무래도 심상치 않아. 글쎄, 가슴 쪽 흰 옷에 구멍이 두 개나 뚫렸는데 거기 피가 가득 묻어 있더라."

"네? 피가요!"

모두 음식을 먹다말고 놀란 눈길로 강수애 여사를 쳐다보았다.

"우리 집 하고 무슨 인연이 깊은 귀신같아."

"귀신?! 헐~ 대박! 귀신이 어딨어? 오늘 같이 즐거운 날에 무슨 그런 끔찍한 소릴 해. 밥맛 떨어지게."

유리가 화를 버럭 내자 강수애 여사는 입을 다물고 또 가만히 앉아 있다. 재동이 상추에 고기 한 점을 싸서 상심한 모친에게 권했다. 강수애 여사는 말없이 받아먹었다⋯⋯.

일행이 캠핑을 마치고 집에 도착했을 때는 해가 뉘엿뉘엿 지려는 무렵이었다. 트렁크에서 저마다 짐 한 개씩 들고 집 안에 들어서던 식구들은 하루 사이에 확 달라진 거실의 모습을 보고 일제히 아연실색해졌다. 벽은 물론 천장까지 죄다 화이트 페인트 칠로 변해 있었다.

강수애 여사는 손에 들었던 음식그릇을 바닥에 털렁 떨어뜨리더니 아무 말도 못한 채 선 자리에서 쓰러졌다.

"어머니!"

"할머니!"

"엄마!"

셋이서 동시에 불렀으나 반응이 없다. 재동은 급히 휴대폰을 꺼내 119에 전화를 걸었다.

그러나 전화 연결신호음이 울리는데 강수애 여사가 금방 눈을 떴다.

"119 부르지 마라. 괜찮다."

재동과 유리가 노인을 부축해 거실 소파에 옮겨 앉혔다.

"올케, 어디 있어요? 이리 나와 봐요. 아무리 제 집이 아니라고 집 안을 이 지경으로 난장판을 만들 수가 있어요? 보자보자 하니 정말 심보가 나쁜 여자야!"

유리가 2층을 향해 목을 빼들고 이미리를 들으라고 일부러 목청을 높였다.

"왜, 난 좋은데. 안 그래도 벽지 색깔이 싫었는데 새롭잖아."

환이는 도리어 눈앞의 변화에 반기는 기색이다. 아들이라고 엄마 편을 들기 위한 것뿐만은 아닌 표정이다. 하긴 환이는 "다람쥐 쳇바퀴 도는"거 싫어하니까 그럴 만도 하다.

"어머니, 피곤하실 텐데 방의 침대에 들어가 잠시 누워 휴식하세요."

"내가 지금 애비 말처럼 누워서 휴식하게 생겼냐. 내가 이럴 줄 알았어. 집에 혼자 남겠다고 할 때부터 불안했었다. 캠핑 가지 말았어야 하는데. 어디 에미가 이기나 내가 이기나 끝까지 겨뤄보자꾸나. 내 내일 당장 사람을 불러 1·2층 전부 원래대로 도배해 놓을 거다. 이 집이 싫은 사람은 아파트로 이사 가든지, 별장으로 나가든지 알아서들 해라. 이 집은 아직도 우리 영감 명의로 돼 있으니까 내 집이야. 나한테 권리가 있다고. 내 허락 없이는 아무도 이 집에 손을 대지 못한다."

"어머니, 편하실 대로 하세요. 일단 좀 쉬세요. 유리야, 거기 뭐 마실 거 없어? 어머니께 가져다 드려."

유리는 주방으로 나가고 환이는 2층 엄마한테로 올라갔다. 재동은 차마 2층으로 올라갈 용기가 나지 않았다. 이 상황에서도 어머니 편에 서서 아내를 나무라고 싶지도 않았다.

"아직 이 집에 적응되지 않아 그럴 겁니다."

"결혼한 지 8년이 다 된다. 적응하는 데 80년이 걸려야 하냐? 그냥 에미는 이 집이 싫은 거다. 친정집이 생각나는 거라고."

재동은 입을 다물었다. 자신은 두 여자 사이에서 누구도 설득할 수 없다는 것을 깨달았기 때문이다. 집안싸움은 두 여자에게 맡기고 자신은 대문 밖에서 어슬렁거리는 '귀신'의 정체나 밝혀야겠다고 생각했다.


## 2


그날 밤은 아무 일도 없이 무사하게 지나갔다. 재동은 말없이 돌아누운 아내의 손을 살며시 잡았을 뿐이다. 아내의 어깨가 가늘게 흔들렸다. 흐느끼는 듯했다. 그래도 재동은 아무 말도 하지 않았다. 그렇게 밤은 조용히 흘러갔고 이윽고 날이 밝았다. 1층에서 강수애 여사의 기침소리가 들려왔다. 지난밤을 새며 날이 밝기만을 기다렸을 것이다.

재동은 자리에서 일어났다.

"거실만 다시 원래대로 도배할게."

이미리는 돌아누운 채 대답이 없다.

거실로 내려오니 강수애 여사는 소파에 앉아 하얗게 페인트로 칠해진 벽을 어이없는 표정으로 바라보고 있다.

"제가 나가서 될수록 원래 것과 같은 벽지를 고른 다음 도배공을 부르겠습니다. 오늘은 일단 사람을 불러 거실만 도배하고 다른 방들은 나중에 봅시다."

"똑같은 건 없을 테고 비슷한 걸로 고르면 된다. 하루 사이에 1·2층을 전부 도배를 끝낼 수는 없을 테니까, 오늘은 일단 거실만 하는 걸로 하자."

그녀도 지난밤 이즈음에서 자식들과 타협하기로 생각한 모양 아들의 의견을 흔쾌히 받아들였다. 예상했던 입씨름이 없는 것을 다행으로 여기며 집을 나서던 재동은 대문 앞에서 문득 걸음을 멈췄다. 문 앞에서 건물을 쳐다보고 있던 그 유령의 사내와 정면으로 마주쳤기 때문이다. 사내도 재동의 갑작스러운 등장에 놀란 듯 잠시 말없이 우두커니 선 채 상대를 바라본다. 한복 바지 저고리에 백고무신을 신은 사내는 어머니의 말처럼 정말 가슴에 구멍 두 개가 뚫려 있었다. 그 구멍에서 흘러나온 피에 하얀 저고리가 붉게 물들어 있었다. 하지만 물들었을 뿐 더 흐르지는 않는 것 같았다.

한참 만에 재동이 쪽에서 먼저 입을 열었다.

"혹시 저희 집에 무슨 볼일이라도 있으신가요?"

"긍까, 그기 아이고, 이 찝이 볼래 지들 찝자리라 기양……."

사내는 인제는 사라진 심한 서울 사투리로 횡설수설한다,

"이 집이 원래 선생님 댁이시라고요? 무슨 말씀이신지는 모르겠습니다만 아무튼 할 말씀이 있으신 것 같은데 밖에 계시지 말고 일단 집 안으로 들어가시죠. 무슨 사연인지 들어가서 천천히 얘기합시다."

"지가 들어가뚜 일읍을랑가?"

사내는 뭐라고 혼자 중얼거리면서도 공손하게 주인의 뒤를 따라 집안으로 들어왔다. 거실에 들어서자 강수애 여사가 소파에서 일어났으나 피범벅에 헝클어진 머리카락을 보고 뜨악해하며 입을 열지 못했다.

"이쪽에 앉으시죠. 이분은 저희 모친이십니다. 어머니, 이분이 이 가옥이 원래 선생님의 집이라고 하시기에 자초지종을 들으려고 모시고 들어왔습니다."

"네, 댁의 집이라고요? 아무튼…… 일단 들어오셨으니 앉으세요. 그 피는 괜찮으세요?"

"일읍으요."

그때 거실의 떠들썩한 소리에 잠을 깬 유리가 눈을 비비며 침실에서 나오다가 낯선 사내를 보고는 화들짝 놀라 비명을 지르며 도로 들어가 버렸다. 이미리와 환이도 윗 층에서 소리를 들은 모양 깨어났지만 층계위에서 아래를 기웃거리기만 할뿐 감히 내려오지 못한다. 모두들 귀신이 나타났다고 겁을 집어 먹은 것이다.

"뉘길 잡어묵을려꾸 온기 아인데……."

재동은 문득 죽을 때 육체가 훼손된 영혼은 몸을 현시할 수 없다던 아이바조프스키의 말이 생각났다. 그래서 아포비안도 육체가 없이 햇빛과 수증기로 자신의 의사를 표현했었다.

"제가 알기로는 세상을 뜨실 때 육체가 훼손되면 나타날 수 없다던데 선생님은 어떻게?"

"선상님언 귀신덜 일얼 으뚷게 옴팡 아시오? 원체스리 지츠름

멍땡에 구녁이 난 넘언 시상에 나타날 수 웂죠. 그래뚜 죽언 디 맨커먼 나올 수 있으요."

재동은 무슨 말인지 이해되었다. 원혼은 제한된 장소와 시간에만 육체 현시가 가능하다는 뜻이다. 그러니까 그때 아포비안도 그가 타살된 아라랏산 밑에서는 육체로 나타날 수 있었다. 하지만 동강나고 못 박히고 눈알이 빠진 피투성이 모습 그대로 나타난다면 재동이 놀랄까봐 손님을 배려하느라 회피했던 것이었다.

"지 이름언 박광수고 1905년생입니다. 여그메 있뜬 찝에서 나서 자랐죠. 울 어무니가 질 났얼 때 여그메는 단칸 오막싸리찝이였으요. 아부지, 어무니, 삼친 셋, 고모 한 명 그리구 지까장 일곱 식구가 이불 한 채럴 덮꼬 살았습니다. 고때 즈 아페넌 맨날 한강 물이 즐펀하게 개핀 쑤깨꾸덩이었넌디……."

"그쪽이 습지였다고요? 거긴 지금 신동아 아파트가 있고 아스팔트가 한남동까지 뻗어있어요. 아저씬 도대체 언제 적 말씀하시는 거예요?"

언제 나왔는지 유리가 소파 뒤에 멀찌감치 피해서 대화에 끼어들었다. 귀신이라지만 위험이 없다고 판단되어 거실로 나오긴 했지만 경계심은 여전했다.

"그쪽 딜판언 원체스리 옴팡 미나리꽝 천지었어. 한강 컨으론 원산 가는 질이 있었고."

"지금은 지하철, 아이티엑스, 케이티엑스 기차까지 다녀요."

유리는 문명이 발달한 현재를 살고 있는 스스로가 자랑스러운 지 기고만장한 표정이다.

"지차? 참, 그때 마슬사램덜언 그 지차 꼭대기에 가마이 올라 가 석탄얼 도둑질해 불 땠어."

어느새 이미리와 환이도 2층에서 내려와 강수애 여사가 앉은 소파 뒤에 빙 둘러 서있다.

"글꼬 저그년 쑤개꾸덩, 습찌꼬 그 뒤넌 양지고갠디 복수왜 낭 구또 있꼬 배채, 파이럴 슴던 디야."

자칭 김광수라는 유령은 유리가 자랑하는 현대문명에는 전혀 관심이 없고 자신의 과거 기억의 코스만 열심이 추적하며 그것에 도취되어 있었다. 심지어는 당장 눈앞에 보이는 거실 안의 현대 문명의 상징들인 에어컨, 텔레비전, 가습기, 진공청소기 같은 가 전제품에도 눈길 한번 주지 않았다. 그의 머릿속에는 지금도 오 로지 당신의 초가집과 그 옛날 모습뿐인 듯싶었다.

"그쪽에도 지금은 도로변과 언덕 위에 모두 고층 건물들과 아 파트가 들어섰습니다. 선생님도 보셨을 텐데."

재동은 과거에 도취된 유령의 관심을 발전된 현대문화에로 유 인해보려고 유리와 연대했다.

"글꼬 그 아래 시장 쪽언 고땐 마전터루다 여펀네덜 빨래터랬 습니다. 옆에넌 옴팡 포도낭구밭깡 딸기밭이꼬 거그메넌 컨 또 라이 흘렀는데……. 위쪽언 공동묘지여꼬. 소낭기랑, 버섯이 많 았죠. 진 거그 공동묘지로다 한남 초등핵꾜럴 댕기메 공부했습니다. 글꼬 여그 뒤에넌 질도 업읐어요. 옴팡 소낭기밭으루다 사램 모가 가뜩하꼬 여끼새끼덜이 우글거렸습니다."

"아저씨가 저기 오산중학교와 청화아파트 가는 쪽 얘기하시는 거 아니니?"

강수애 여사가 재동에게 물었다.

"맞습니다. 지금은 그쪽에도 오산중고등학교, 삼성아파트, 폴리텍대학이 들어섰습니다. 옛날의 모습은 인제 어디 가도 찾아볼 수 없습니다."

"고땐 사램 댕기넌 질도 읍었넌디. 애덜 땐 거그 산소바게 들어가 복수왜나 딸기, 멀기 따묵우러 댕겟는디. 아, 고때 고 멀기 질루다 맛있읐었넌디."

김광수는 옛날 추억을 되살리자 지금도 입안에 군침이 도는지 잠시 눈을 감더니 입맛을 쩝쩝 다시고 혓바닥으로 마른 입술을 적신다.

"멀기가 뭐야?"

입맛 다시는 모습을 보자 환이가 엄마를 쳐다본다. 이미리도 고개를 저었다.

"머루, 산머루 말하는 거야."

결국 강수애 여사가 알아냈다.

"고때 아부지랑, 컨 삼추이랑, 둘째삼추이넌 저그 삼개포구에 나가 지게루다 젓갈얼 떼다 팔았꼬 남대문장터 가서 명태, 칼치럴 떼다 장사했으요. 어무니와 고모도 함지박에 생선얼 이꼬 청

파동, 한남동, 서빙고럴 돌아댕기메 팔았습니다. 그룽케 모은 돈
으루다 여그메다 3간 토벽찝얼 지었으요. 단칸방에 살다가 을매
나 널직하꼬 좋든지. 그게 끄치 아이야. 망내삼추이넌 핵꼬 졸업
하꼬 용산일본은행에 댕겠꼬 둘째삼추이넌 장가간 후 용산 일본
사램 밑에서 목수일얼 댕겠지. 아부지와 컨삼추이넌 지게루다
강원도서 배루다 날라오는 '쪼꼬리 장작'얼 실어다 주꼬 쌀얼 서
빙고정미소에 운반해주넌 삯일얼 해서 돈얼 벌었다구요. 어무니
와 고모, 아지미넌 방 한 칸얼 내서 주막얼 했꼬. 그룽케 돈얼 모
아 1942년에넌 드뎌 흙벽돌을 찍어 ㄴ자 모양으루다 8간찝을 졌
다는 거 아임까. 강원도서 온 '쪼가리 장작' 장사꾼덜얼 주막에다
멕이꼬 재우꼬 쇠랑, 말이랑, 술기까장 싸서 운반업을 했다니까
요. 글꼬 여자덜언 또 도야지도 이삼십마리 길겄습니다. 거저 돈
얼 깍재루다 검부레기 끌거모으드끼 했죠. 자고나면 산더미츠름
도이 쟁겼습니다. 하, 거저 고때럴 생각카문 지끔또 웃음찝이 흔
들거려요."

김광수는 또 눈을 감고 그 시절을 돌이켜보며 잠시 말을 멈췄
다. 누구도 더 이상 현대문명의 우수성에 대해 말하지 않았다. 말
해도 그가 듣지 않을 것이라는 걸 깨달았기 때문이다. 김광수는
온 집 식구가 맞들어 벌어서 지은 8간 흙벽돌집을 신동아 아파
트, 삼성아파트를 준다 해도 절대로 바꾸지 않을 것이다. 그는 그
때의 그 행복과 영광을 죽어서도 잊지 못해 혼이 되어 이 집 주위
를 방황했으리라. 당시 보광동의 많은 사람들이 김광수네를 부

러워했을 것이 틀림없다. 은행에 다니는 직원, 목수, 우마차를 몰고 장작과 곡물을 나르는 운반업자, 양돈업자, 주막운영자……그 모든 것을 소유한 부잣집을 누군들 부러워하지 않을 수 있었겠는가.

재동 역시 아무 말도 하지 않은 채 그가 다시 입을 열기를 잠자코 기다렸다. 아마도 그는 재동이네 이 2층 빌라를 보는 순간 크게 실망했을 것이다. 하지만 이 건물은 강수애 여사가 목숨처럼 여기는 집이란 걸 그는 모르리라.

"지던 그 찝얼 다 짓꼬서 사헐뱀얼 못잤으요. 넘 기쁘꼬 감격해서. 마당 앞에다던 번듯하게 축사까장 졌죠. 거그메다 쇠하꼬 말얼 드려놨습니다. 찝 아래 켠에넌 컨 도투굴까장 짓꼬……. 마슬사램덜이 너또나또 불버서 배때 아파했다니깐. 그렇게 얼음에 박 밀드끼 한창 잘 나가든 판에 그 망헐넘으 6·25사벼이 터진거래요. 돈깨나 있꼬 반장, 통장 거튼 간부질이나 허던 사램덜언 인민군이 내려오믄 지권다꼬 옴팡 남쪽으루다 피난갔어요. 지덜뚜 삼추이덜이 족바리덜 밑에서 은행 댕기꼬, 목수일얼 허꼬, 도야지 몇 십 마리 길구꼬, 주막 치꼬 쇠, 말에 운수업까장 혔으니 무사헐 리넌 읍자나아요. 그러이까 은행 댕기던 망내삼추이넌 일찌감치 부산으루다 내뺐으요. 근디 지넌 찝얼 내삐리꼬 도망가지 못허깄는기라. 쇠깡 말언 술기에 메워 짐짝얼 싣꼬 가믄 될거지만 도야지넌 으뚷게 하꼬 찝깡 오양간언 또 으뜨게 합니까."

김광수는 지금도 생각하면 그때 일이 한심한 듯 혀를 찼다.

"까짓 토벽집 하나가 목숨보다 더 중하나요. 전쟁이 끝나면 다시 지으면 될 것을. 기와집, 벽돌집, 아파트, 별장…… 그보다 좋은 집이 얼마나 많은데 한사코 죽음을 무릅쓰고 그 집을 지켜야만 합니까? 전 도저히 이해가 안 되네요. 돈과 가축만 챙겨가지고 가면 되지……."

입빠른 유리가 또 속사포를 내두르다가 재동이가 눈짓으로 제지해서야 마지못해 입을 다물었다.

"키아찝, 빅똘찝 글꼬 또 무슨 아빠트…… 그딴 거 다 내캉 먼 상관인디. 고때도 경성 가믄 청찝덜이 많었어. 그게 나헌터 차례져? 새램언 분수에 맞게 샐어야 돼. 기바라 올라 못갈 낭그넌 애시당초 치다버지또 말랬따꼬. 나헌티넌 이 8간 흙벽돌찝이 임금님으 궁전버담또 더 좋았어."

"당연히 그러셨겠죠. 선생님께서 번 돈으로, 선생님 손으로 지은 집이었으니까요."

재동은 김광수에게서 현대문명에 대한 관심을 환기시키지 못할 바에는 차라리 동조하는 편이 나을 거라는 판단에서 태도를 바꿨다. 그는 오늘을 보고 싶어 이곳으로 온 것이 아니라 과거를 보고 싶어 왔기 때문이다. 그에게 오늘은 아무 의미도 없었다. 물론 오늘의 발전상도 포함해서일 것이다.

"근디 인민군이 오지또 않았넌디 벌써 마슬 빨갱이 새끼덜이 날띠기 시작했으요. 광복 후 신탁·반탁 좌우세력으루다 갈라졌넌디 지 아덜님이 한국청년단에서 구국헌다꼬 마슬 빨갱이덜얼 잽년다꼬 좌익 청년덜얼 패고 댕겼넌디 지끔언 팔떡에 완장얼 찬 좌익 빨갱이 청년단덜이 낼뛰메 우익 반동분자덜얼 잽아들였어요. 아덜넘 땜에 지덜 가족이 다 잽혀가 전화줄에 쇤발이 묶여 서빙고 한강변으루다 끌려갔어요. 고때 지덜이랑 반장, 통장 등 마슬 유지덜 서른 세 명이나 인민위원회 빨갱이덜헌티 끌려가 줄 세워 놓고 총으루다 개 쥑이드끼 음팡 쐈쥑인 거요. 가슴팩에 이 구녁이 고때 그 새끼덜 총에 맞언 상처요. 근디 뒤지는 게 무서븐 것 보담 이 찝얼 다시 못 본다는 게 분했으요. 고거 때메 총 맞아 대배지멘서또 눈깔도 못 감았지."

김광수의 눈에서 눈물이 줄줄 흘러내렸다. 눈물방울이 옷자락에 떨어졌지만 신기하게도 스며들거나 젖지 않는다.

"근디 그 우리 8간 찝이 은지 이른 빅덜찝으루다 벤한 겁니까?"

김광수는 눈물을 닦을 염도 않고 하얀 페인트칠을 한 방 안을 휘 둘러본다. 그러자 지금까지 아무 말도 없이 잠자코 경청만 하던 강수애 여사가 화제의 바통이 자신의 손으로 넘어온 것을 눈치 챈 듯 자세를 고쳐 앉으며 분위기를 잡는다.

"나도 집 때문에 온갖 풍상고초를 다 겪은 사람입니다. 선생님께서 말씀하시는 그 8간 흙벽돌집을 허물고 이 자리에 지금 보시는 이 2층 빌라를 짓기까지는 말로는 형용할 수 없을 만큼 별의별 고생을 다 했어요. 원래 후암동에 살다가 철거민 신세로 저 언덕 위 도깨비시장의 공동묘지로 옮겨와서부터…… 아이고, 말하자면 몇 날, 며칠 장편소설을 엮어야 할 거에요."

"맞아요. 저 산둥강부터 산중테까장언 옴팡 공동묘지였어요. 고모캉 같이 버섯 따러도 댕겠는디."

지금부터 두 사람의 이야기는 두 개의 서로 다른 시공간 속에서 평행선을 그을 것이며 누구도 상대방의 말을 듣지 않을 테지만, 이야기는 신기하게도 엮어질 거라는 예감이 들며 재동은 자세를 고쳐 편하게 앉았다. 이제는 집에 대한 말밖에 없는 '귀신'이 무섭지 않은지 다른 식구들도 숙연해진다. 이 두 사람은 눈앞의 눈부신 현대문명을 외면한 채 각자가 속한 과거의 특정된 추억 속에 깊숙이 빠져들고 있었다. 재동이 이하의 식구들은 관심도 없는 과거의 이야기를 들어야만 하는 처지였지만, 웬일인지 자리를 뜰 생각은 하지 않은 채 강수애 여사의 입만 쳐다본다.

## 3

"보광동은 원래 귀신들의 동네였어요."

강수애 여사가 천천히 그러나 힘 있는 어조로 말꼭지를 뗐다.

"귀신동네?!"

첫마디부터 뜬금없는 단어가 튀어나오자 식구들은 모두 눈이 화등잔이 되었다. 하지만 재동은 지금은 미국에서 살고 있는 형이나 일산에 사는 누나랑 이전에 종종 아버지와 어머니한테서 얘기를 들은 적이 있기에 그렇게 생소하지는 않았다. 단지 귀신이라는 단어가 최근 그의 삶에 심심찮게 개입하는 그 수많은 유령들이 이곳이 워낙 귀신의 땅이라는 것과 연관된 것은 아닐까 싶은 새로운 느낌이 들 뿐이었다.

"귀신덜언 저그 산중테부텀 산등강이까장 그릏지 여그 아랫보갱이넌 아인디."

김광수가 팔을 들어 손가락으로 우사단 쪽을 가리키며 강력하게 부정했다.

"맞아요. 여기는 원래부터 마을이 있었고, 토박이들은 복숭아나, 포도 같은 과수를 재배하고 오이, 배추 같은 채소를 기르며 살았습니다. 아까 말씀하신 행상이나, 운수업을 한 사람도 있고 양돈을 한 집들도 많았어요. 지금 폴리텍 1대학 쪽도 옛날 두 언덕과 그 아래 비탈 그리고 이태원 소방서까지는 해방 후까지도 전부 공동묘지였어요. 몇 번 이장을 했지만 그러고도 무연고 묘지들이 수도 없이 많아 말 그대로 귀신의 동네였지요."

이런 말을 처음 듣는 이미리는 무서운지 환이를 품에 껴안으며 몸을 옹송그렸다. 태어나서부터 시집올 때까지 줄곧 아파트에서만 살던 그녀였으니 그럴 만도 했다.

"이태원 소방서까지도 묘지였다고? 헐, 깜놀! 그럼 내가 지금까지 공동묘지에 들어가 춤을 췄던 거였어?"

유리는 이태원 클럽에 다니던 때가 회상된 듯 혼자 중얼거리며 오빠의 옆구리에 바싹 붙어 앉았다. 식구들 중 재동이 혼자만 아무렇지도 않았다. 나이도 있거니와 요즘 유령들과 너무 많이 상종해본 터라 그 말에 조금도 공포감을 느끼지 못했다. 아이바조프스키도 그리고 줄리아도 까놓고 말하면 귀신이니까.

"그쪽이 옴팡 묘덜이었어요. 송장 뼈다귀럴 발루다 툭툭 차면서 핵꾜 댕겼으니까. 귀신 마슬이 맞아요."

김광수도 고개를 끄덕이며 맞장구쳤다.

"후암동철거 때문에 쫓겨나 할 수 없이 우사단에 온 거에요. 이태원 공동묘지를 이전하고 이곳에 택지조성사업을 한다는 공고를 보고서였죠. 그런데 정작 와보니 도처에 무덤만 널려 있을 뿐 사람이 살만한 곳이라고는 하나도 없었어요. 그런데도 철거민, 피난민들이 벌떼처럼 몰려들어 인산인해를 이뤘어요. 이런 곳도 철거민증이 있어야 거주가 가능했는데, 모두들 앞 다투어 아무 무덤에나 먼저 작대기를 박고 새끼줄을 빙 둘러쳐 자기 집터라고 차지했습니다. 우리 아버지와 오빠도 막대기 몇 개를 주어 천막을 칠 만큼 자리를 짐작하여 땅에 꽂아놓았어요. 그런데 새끼줄을 치려고 토리를 푸는 사이 뒤늦게 도착한 가족이 우리가 꽂아놓은 막대기를 뽑아버리고 자기들 자리라고 새끼줄을 둘러친 거예요. 오빠가 그걸 보고 새끼줄을 걷어내라고 하자 전쟁판에 집이고 재산이고 다 잃고 보따리 하나만 달랑 지고 처자를 데리고 살길을 찾아 서울로 올라온 경상도 아저씨가 눈에 불을 켜고 낫을 휘두르며 악에 받쳐 달려들었어요. 하지만 40이 넘은 나이에 열아홉 한창 나이인 오빠의 힘을 당해낼 수가 없었거든요. 힘이 부쳐 새끼줄을 다시 걷어내는 오빠를 막지 못한 경상도 아저씨는 홧김에 낫으로 오빠의 팔을 찍었어요. 옷이 찢기고 금방 피가 솟아올랐어요. 피를 보자 오빠는 성난 호랑이처럼 사내를 덮치더니 무덤위에 둘러메친 후 얼굴을 때렸는데 한 주먹에 이빨이 두 대나 부러져 나갔어요. 그제야 굴복했지. 결국 그쪽에 젖먹이까지 있는 걸 생각해 아버지가 양보해서 무덤 하나는 절반씩 나누기로 결정해서야 싸움이 끝났어요."

"아니, 그까짓 무덤 땜에 피까지 흘리면서 싸웠다고요? 대박! 공짜로 준다 해도 싫은 걸."

생각만 해도 소름이 돋는다는 듯 유리가 상체를 파르르 떨었다.

"네 년이 뭘 몰라 그래. 사람은 집이 있어야 되는 거야. 짐승도 굴이 있고 새도 둥지가 있는 법이거든. 집이 없으면 가족도, 식구도 없어."

"그래도 그렇지. 무덤을 반으로 나누기까지 했다니 믿기지 않아."

"끼어들지 말고 가만히 듣기나 해."

재동이 모녀의 갈등을 중재해서야 유리는 입을 다물었다.

"지가 죽은 뒤에 그른 일도 있었나요? 재밌군요. 집이란 그시 그렇게 중요하다니까요."

김광수도 흥미진진한 듯 말을 짧게 하고 하회를 기다린다.

"하지만 그쯤은 약과였어. 무덤 위에 집을 짓고 산다는 게 얼마나 고통스러운 일인지 네 년은 상상도 못해. 막대기를 땅에 꽂고 그 위에 오빠가 구해온, 미군이 쓰다버린 낙하산 천을 덮어 천막을 쳤지. 아버지와 오빠가 후암동에서 지고 온 문짝 두 개를 무덤 위에 덮어놓은 후 돌을 괴어 평상을 만들고 바닥엔 마른 풀을 간 다음 그 위에 다시 박스를 주어다 폈단다."

강수애 여사는 안 그래도 존댓말이 불편했던지 아예 편하게 유리를 상대로 말했다.

"그러면 끝난 줄 알지? 천만에. 나랑 엄마는 평상 위에 눕고 아버지와 오빠는 바닥에 누웠는데 통 잠을 이룰 수가 있어야지. 잠들라 하면 밑의 무덤에서 귀신이 숨 막힌다고 훌쩍훌쩍 흐느끼는 것 같았어. 간신히 잠들었다가도 이번엔 귀신이 무덤에서 나와 자고 있는 날 물끄러미 내려다보는 악몽을 꾸고는 소스라쳐 깨어나곤 했지. 그뿐이면 그래도 좋지. 개미떼가 무덤 안에서 바글바글 기어 나와 옷 속을 제집처럼 헤집고 다니며 몸이 근질거려 밤잠을 설쳤단다. 똥오줌도 문제였어. 하꼬방들이 게딱지처럼 다닥다닥 붙어사는데 그놈의 납 요강이 어찌나 소리가 센지 부끄러워 오줌을 눌 수가 있어야지. 밖에 나가 누자니 도처에 무덤 천지라 귀신이 나타날까봐 두렵고. 그래서 며칠은 엄마와 나는 그냥 치마에다 쌌어. 우사단에는 물까지 귀해 빨래도 맘대로 못해서 천막 안이 온통 똥오줌 냄새가 꽉 들어찼지 뭐야. 견디다 못해 결국은 요강에다 누긴 눴는데 배탈이나 나면 변을 보는 소리가 온 천막촌에 다 들릴 정도였단다."

환이가 할머니의 말에 그 옛날의 구린내가 여기까지 진동하는 듯 고사리 손으로 입과 코를 틀어막았다. 이미리도 양미간을 찌푸렸다. 그녀는 생각지도 않던 과거사 얘기 때문에 잠시나마 그 명운이 연장된 페인트칠을 다행으로 여기는 듯 듣고 싶지 않은 얘기를 듣는 척 하며 시간을 지연시켰다. 재동은 저 불청객 귀신과 강수애 여사의 집에 대한 집념이 도대체 문화·심리적으로 무엇을 의미하는지를 궁리하면서 귀를 기울였다. 왜 두 사람, 아니 한 사람과 한 유령은 눈앞에 아파트를 두고 하필이면 오래 전의 낡은 집에 대해 집착할까? 아무래도 김 교수한테 자문을 구해야 될 것 같았다. 일단 잘 들어두는 게 첫째다.

"요행 물이 생겨 함지박에 받아 오랜만에 목욕을 하려다가 갑자기 오빠가 천막 안으로 들어왔던 적도 있었어. 나는 놀란 나머지 허둥대다가 그만 함지박 안에 철퍼덕 주저앉았고 오빠는 아무 말도 못한 채 황급히 돌아서 밖으로 나가긴 했으나 한동안 우리는 눈도 마주치지 못했단다. 그래도 그런 것쯤은 다 괜찮았어. 환이가 있는데 이런 말을 해 될 른지 모르겠다만……. 넌 잠시 2층 네 방에 올라가 놀아라."

환이는 아빠를 쳐다본다. 재동은 턱으로 2층 계단을 가리켰다. 환이는 안 그래도 할머니의 이야기가 재미없는 지 오래다. 무슨 소릴 하는지 전혀 이해할 수 없었기 때문이다. 차라리 잘됐다 하고 순순히 일어나 2층으로 올라갔다.

"그때는 지금처럼 텔레비전이 있나, 라디오가 있나, 전기조차 없었어. 날만 어두우면 온 집 식구들이 무덤 안의 송장과 나란히 누워 자는 게 업이었어. 그래서 어른들의 유일한 재미가 부부 간에 껴안고 자는 거였지."

"엄마!"

유리가 벌써 무슨 말이 나올지 눈치 채고는 제지하려 했다.

"다 큰 년이 내숭 떨기는, 속으론 호박씨를 까면서."

"지는 저 아가씨 나이 땐 애가 대여섯 살 됐어요. 하하하."

김광수가 큰소리로 껄껄 웃어댔다. 재동은 손가락으로 가만히 동생의 엉덩이를 찔렀다.

"아버지, 어머니가 며칠 건너 한 번씩 그 일을 할 때면 오빠는 그냥 이불을 머리위에 푹 뒤집어 쓴 채 자는 척 코를 골았단다. 우리 집에서만 그러는 게 아니었어. 앞집, 뒷집, 옆집 여기저기서 이상한 신음소리가 들리고 삐거덕거리는 소리, 철썩대는 소리에……."

"오, 마이 갓! 엄마, 그걸 꼭 입으로 다 말해야 돼? 정말 늙어서 주책이야."

유리가 듣다못해 버럭 언성을 높였다. 재동은 아내와 마주보며 그냥 웃어버리고 말았다. 인간이란 일단 열악한 환경에만 떨어지면 동물과 전혀 다를 바 없음을 깨닫게 했다. 지금은 부모 자식 간에 침실이 서로 달라 같은 행위를 해도 문명해 보일 따름이다.

"그렇게 듣기 싫으면 이 말은 그만하자. 그리고 또 취사도 문제였어. 천막 안에 구덩이를 파고 거기다 땅 가마를 걸고 밥을 짓는데 날씨만 흐리면 연기가 온 천막 안에 들어차 숨이 막히고 눈이 매워나고 기침이 나고…… 난리법석을 떨고 나서야 겨우 한 끼 해먹었어. 우물도 달랑 하나 뿐이었는데 그것마저 아랫보갱이 토박이들은 전재민들이 꼴사납다며 우물뚜껑을 닫고 열쇠를 잠가버렸어. 그래서 멀리 언덕 아래에서 지게로 한강물을 길어다 먹었단다. 게다가 땔감마저 귀해 니탄이 섞인 진흙을 빚어 말려서 때거나, 달리는 기차에 매달려 올라가 석탄을 훔쳐다가 불을 땠지. 한강물을 마시고 이질에 걸려 애들이 죽어나가고, 석탄 연기를 마시고 노인들이 죽어나가고…….”

“사는 건 그렇다 치고 도대체 생계는 무엇으로 해결하셨나요?”

이미리는 그게 궁금한 지 오랜만의 침묵을 깨고 한마디 했다.

“그르니까.”

김광수도 동감이라는 듯 고개를 끄덕였다. 재동은 벌써 몇 번이나 들은 적이 있는지라 아무 말도 하지 않고 하회가 이어지기를 기다렸다.

“네 시할아버지는 막노동을 했지. 한남동, 서빙고를 두루 돌아다니며 닥치는 대로 일을 찾아 했던 거야. 일거리가 없을 때는 워낙 물이 귀한 곳이라 남산에 가서 샘물을 길어다가 팔기도 하고. 오빠는 천성적으로 붙임성이 좋아 언제 사귄 건지 미군부대 가족의 양아가씨들한테서 군부대 폐기물 쓰레기들을 넘겨 받아다가 저녁이면 잠깐씩 열리던 공동묘지 고갯마루에서 팔았단다. 군화, 군복, 담요, 장화, 장갑, 털모자…… 없는 게 없었지. 그때는 미제라면 똥도 좋다던 세월이었으니까. 우사단은 비만 오면 길이 질척거려 마누라, 남편 없이는 살아도 장화 없이는 못 산다는 말이 있을 정도여서 특히 장화가 불티나게 팔렸어. 오빠는 구멍 난 장화를 풀로 때서 팔았단다. 오빠가 그 양아가씨한테서 싫어서 버린 화장품까지 나한테 가져다 줘 난 천막촌에서는 유일하게 화장하고 다녔는데 그래서인지 이쁘다는 소문이 자자했단다. 웃긴, 정말이야. 그리고 엄마와 나는 저 아래 재래시장 뒤 도랑의 마전터에서 미군부대 빨래를 해서 돈을 벌었어. 그 주변이 다 포도과수원이었는데 네 시아버지네 포도밭도 거기 있었어. 어느 날 네 시아버지가 자기네 포도밭에 들렀다가 빨래하던 나를 보고 상사병에 걸려 드러눕자 그 집에서 중매꾼을 보내와 이렇게 결혼한 거란다. 그때는 오빠와 식구들이 번 돈으로 재료를 사서 부엌이 딸린 단칸 흙벽돌집을 짓고 살 때였어."

"아빠를 포도원 빨래터에서 만났어? 듣자니 꽤 낭만적인데. 그 양아가씨가 준 화장품발이 아빠한테 제대로 먹힌 거네."

유리가 슬쩍 끼어들어 재미없던 이야기에 양념을 뿌렸다.

"이년, 주둥이로 나오면 다 말이냐. 에미가 어때서. 젊어서는 너보다 더 이뻤어."

"어련하시겠어요. 여사님께서는 지금도 이렇게 미인이신데……"

강수애 여사가 옆에서 약을 올리는 딸의 뒤통수를 주먹으로 쥐어박았다. 유리가 아프다고 비명을 지르자 김광수가 너털웃음을 웃었다.

"그렇게 시집 온 데가 이 찝이었나요?"

"네. 바로 이 집이었습니다."

"으땠나요? 고대광실 같았죠?"

"공동묘지 집에 비하면 물론 좋았죠. 하지만 내가 시집왔을 때의 그 집에는 앞의 축사까지 모두 네 세대가 살고 있었어요. 우리 시집은 왼쪽 두 칸만 차지했고요."

"그 찝을 누구한티서 싼 건데요?"

"듣자니 은행 다닌다는 분이 헐값으로 팔고 용산으로 이사 가셨다고 했어요."

"그게 지덜 망내 삼춘인디."

"네, 그러셨군요. 저야 모르죠. 아무튼 우리 남편은 60년대 초부터 보광동에서 철물점을 개업하고 저는 삼거리 종점 쪽에서 조그만 구멍가게를 운영했습니다. 그때만 해도 외지 사람들이 집값이나, 세가 싸다고 보광동으로 몰려들면서 장사수입이 제법 쏠쏠했어요. 물론 한때 남편이 지갑이 좀 두툼해지자 저기 이태원 텍사스촌에 다니며 돈을 물쓰 듯 했지만요……."

"어머니."

재동은 서둘러 아버지의 흉을 보기 시작한 강수애 여사의 말을 제지했다. 이태원 텍사스촌 말만 나오면 그녀는 입에서 뱀이 나오는지 구렁이가 나오는지 모르기 때문이다.

"알았다. 그 얘긴 그만 하마. 아무튼 그 양반은 내 성화에 못 이겨 그 후 오입질도 접고 장사에 전념해 돈을 열심히 모았어요. 그 돈으로 70년대에 한창 일어난 빌라 건축 열풍을 빌어 우리도 그 집을 사서 허물고 그 자리에다 지금 선생님이 보시는 이 빌라를 지었던 거예요. 그때 이 집을 지어놓고 너무 좋아서 나는 며칠 밤을 자지도 못했어요. 나한테는 이 집이 창덕궁, 경복궁도 저리 가라할 만큼 고대광실이나 다름없었으니까요……."

그때 재동은 홀연 옆에서 한줄기의 회오리바람이 부는 느낌이 들어 고개를 돌려보았다. 놀랍게도 옆에 앉아 있던 김광수가 눈 깜짝 할 사이에 사라져버렸다. 다시 고개를 돌려 앞쪽을 보니 이번에는 또 강수애 여사는 물론 빙 둘러앉았던 식구들도 보이지 않는다.

"오빠, 아침식사."

식당 칸에서 유리가 거실을 향해 외치는 소리가 들려왔다. 안으로 들어가 보니 식구들은 어느새 모두 조반상에 둘라 앉아 그가 오기를 기다리고 있다. 강수애 여사도 마치 아무 일도 없었던 듯이 담담한 표정으로 지정된 자리에 앉아 있다.

"어머니, 원래 식전에 벽지 보러 나가려고 했는데 그 손님이 오는 바람에……. 아침밥 먹고 금방 나가볼 게요."

"무슨 손님?"

강수애 여사가 의아한 표정으로 아들을 쳐다본다.

"방금 전 그 '귀신'말입니다. 유리 너도 봤잖아."

"무슨 귀신? 귀신같은 소리하고 있네. 엄마가 일어나자마자 그러더니 오빠까지 왜 그래?"

"귀신소리 내 앞에서 하지도 마라. 넌덜머리난다."

강수애 여사가 공포감에 사로잡힌 듯 전신을 부르르 떨었다.

"당신 정말 요즘 이상해요. 뜬금없는 소리만 하면서."

아내 이미리도 재동을 근심어린 시선으로 바라본다. 재동은
식구들의 난데없는 반응에 그만 어리둥절해졌다. 모두들 방금
전까지도 귀신과 함께 대화를 나누고는 갑자기 왜들 이러지. 그
럼 여태껏 나 혼자 꿈을 꾼 건가? 아무튼 식사가 시작되었다. 그
런데 강수애 여사는 밥숟가락을 뜨다말고 자리에서 일어선다.

"너희들이나 먹어라. 난 먹고 싶은 생각이 없다."

"어머니, 걱정하지 마세요, 오늘 꼭 사람을 불러 거실만이라도
먼저 도배할 테니까요."

재동은 어머니가 도배를 한다던 약속을 지키지 않아 삐진 것이
라 생각했다. 하지만 강수애 여사가 방에서 나가자 유리가 나직
한 음성으로 말했다.

"오빠, 엄마 지난밤 꿈에 귀신 봤대."

"귀신! 무슨 귀신?"

"가슴에 총 맞고 죽은 귀신이 꿈에 나타나서 자기네 집을 내놓
으라고 해서 온 밤 쫓겨 다니느라 한잠도 못 잤다잖아."

"현실이 아니고 꿈에서 봤다고?"

재동은 젓가락을 허공에 쳐든 채 영문을 알 수 없어 멍하니 앉
아 있었다.

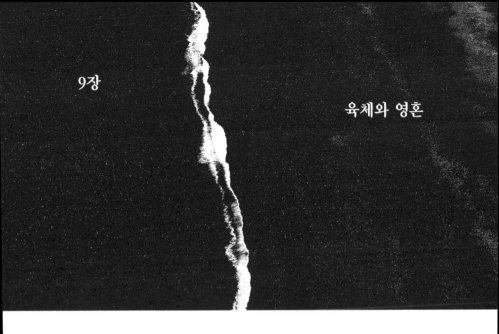

# 9장

육체와 영혼

## 1

레스토랑에 도착한 재동은 벌써 세 번이나 시간을 확인했다. 약속 시간이 15분이나 지났는데 허유정이 나타나지 않아서였다. 아마 광화문 근처라 차가 막히는 모양이다. 허유정은 어제 서울에 도착했지만 재동은 갑작스럽게 강행된 아파트로의 이사 때문에 역으로 마중 나가지도 못했었다. 미안한 김에 아예 오늘 퇴근 시간에 맞춰 광화문에 있는 레스토랑에서 만나기로 약속했다. 갑자기 이사를 하게 된 것은 강수애 여사가 그날 꿈에 귀신을 본 후부터 잠도 이루지 못하고 식사도 못해 하루 이틀 사이에 몸이 급속하게 허약해지자 어쩔 수 없이 계획에도 없던 아파트로 옮기게 되었던 것이다. 마침 이미리의 친정에서 최근 한강 변 반포지역에 새로 분양하는 아파트를 구매했으나 아직 이사도 안하고 세도 놓지 않은 빈 집이 있어 먼저 입주하기로 했다. 보광동집은 부동산에 급매물로 내놓고 부랴부랴 이사했다.

레스토랑에는 저녁 무렵이 되어서 그런지 손님들이 많았다. 벽면과 화사한 장식물들에 가설된 네온사인이 반짝이고 여러 가지 화분과 테이블 위에 놓인 생화에서 꽃향기가 그윽하게 풍겼다. 고풍스럽고 우아한 분위기도 운치 있고 음식 맛도 좋아 이곳을 택한 것이다. 그런데 아파트로 올라오면 호전될 줄 알았던 모친의 심리불안이 해소되기는커녕 더 악화된 것 같아 걱정된다. 어제 저녁부터 모친은 평소 즐겨 드시던 팥죽 그릇에조차 숟가락을 대지 않았고 아예 입까지 굳게 닫아버렸기 때문이다.

우연히 입구 쪽에 시선을 던지는 순간 재동은 움찔하며 몸을 일으키다가 다시 의자에 앉았다. 허유정인 줄 알았는데 아니다. 여자의 등장에 실내 남성들의 시선이 일제히 입구 쪽에 쏠렸다. 마치 태양이 땅 속에서 불쑥 솟아오른 듯 홀 안 전체가 갑자기 환해졌기 때문이다. 재동은 그런 황홀한 미모의 여성은 허유정 말고는 없는 줄 알고 의자에서 일어났었다. 그러나 그녀의 옷차림이 너무 낯설었다.

여자가 입은 테일러닝 슈트는 은은한 조직감과 세련미로 부드러움과 찰랑거림을 가진 멜린지 원단인데 정교한 봉제와 마감을 하고 드라마틱하고 고급스럽게 디자인 되어 여성 몸매의 볼륨을 과하지도 덜하지도 않게 적절한 실루엣을 투과시키고 있었다.

회색 톤의 베이스와 브라운 톤이 어울리며 만들어 내는 고상함과 멋스러움, 중후함과 매쉬니함은 눈부시게 돋보였다. 속에 받쳐 입은 화이트 프릴 블라우스의 화사하고 고급스러움, 단아하면서도 깊은 곡선으로 부각된 허리 라인과 팬츠의 넓은 통에 일자로 떨어지는 핀은 절제된 섹시함을 은밀하게 풍겼다. 그리고 여자의 옷차림은 이 레스토랑의 분위기와 너무 잘 어울렸으며 매너 역시 혼연일체가 된 느낌을 준다.

그녀의 시선이 여유 있게 그리고 이런 장소에 익숙한 동작으로 자연스럽게 실내를 돌아 재동에게로 향했다. 여자의 얼굴이 정면으로 현시되는 순간 재동은 저도 모르게 가슴이 꿈틀했다. 그 절세의 미인은 다름 아닌 허유정이었다. 반갑기 전에 놀라웠다. 아니, 그 찬란한 아름다움이 너무 버겁게 다가와 그냥 슬그머니 도망가고 싶을 정도였다. 주변 사람들이 저런 미녀와 미팅을 즐기는 남자를 눈여겨 볼 것이 쑥스러워서였다. 자신은 나이도 많고 게다가 유부남이다. 하지만 재동은 어느새 의자에서 일어나 그녀를 향해 손짓을 하는 자신을 발견했다.

허유정의 눈길이 잠시 그의 몸에 멈췄다. 하지만 금방 지나치며 다른 곳으로 옮겨갔다.

다른 사람을 만나러 온 건가?

순간 재동은 멍해졌다. 그럴 리가 없다. 분명 15분 전에 이곳에서 기다린다고 통화까지 했었다.

그럼 날 벌써 잊은 걸까.

그때 그녀가 홀 중앙으로 걸어 들어왔다. 눈길이 홀 저쪽 끝까지 갔다가 다시 재동에게로 돌아왔다.

"유정 씨."

실내 손님들의 시선이 그림자처럼 그녀의 뒤를 쫓아오는 바람에 재동은 그만 기가 죽어 목소리까지 잠겨버렸다. 그 시선들에 아가씨, 고작 저런 남자를 만나는 거야, 하는 조소가 섞여 있는 것만 같이 느껴졌다. 순간 재동은 이 자리에 앉아 저렇듯 우아하고 화려한 아가씨를 기다릴 남자는 당연히 젊고 멋진 재벌 3세쯤은 돼야 어울린다는 생각이 들며 얼굴이 화끈해졌다.

그제야 허유정은 재동을 알아본 듯한 눈치다. 그런데 기뻐하며 다가올 대신 도리어 걸음을 멈추더니 한동안 그를 낯선 사람 쳐다보듯 했다.

재동이도 다시 한 번 그녀를 자세히 훑어보았다. 가거도 몽돌해변에서, 민박에서, 목포병원과 정자에서 만났던 유정이 아니었다. 그때의 순수함, 거칠기만 하던 야성, 여성성, 관능적 육체미는 가뭇없이 사라지고 대신 지적이고 도시적이며 교양미, 숙녀미, 절제미가 흐르고 있었다.

"교수님, 안녕하세요."

그제야 유정이 나지막한 음성으로 그를 부르며 식탁에로 다가왔다. 이런 장소에서만 어울리는 우아한 자태로 착석한다.

"다른 분이신줄 알았어요."

"내가요, 어딜 봐서요?"

재동은 고개를 숙여 자신의 모습을 내려다보았다. 출근하니까 어쩔 수 없이 양복을 입고 넥타이를 맸을 뿐이다. 물론 가거도에서는 머무는 내내 편하고 수수한 아저씨 차람이었다.

"그럼, 타이를 풀까요?"

"아니, 멋지세요. 그냥 대학시절 교수님 만난 것처럼 어려워요."

재동은 허유정의 만류에도 굳이 타이를 풀어 가방 안에 집어넣었다. 다른 사람은 몰라도 허유정 앞에서는 교수가 되고 싶지 않았다. 지금 같아서는 연인 대용품까지는 몰라도 적어도 오빠쯤은 돼 보이고 싶었다.

"나 때문에 다른 사람들이 창피할까봐 두렵군요."

"제가 할 말씀을 하시네요."

마주앉았으나 한동안 어색한 침묵이 흘렀다. 홀 안의 모든 눈과 귀가 일제히 두 사람한테 집중된 것 같은 긴장감 때문에 숨이 막힐 지경이었다. 어쩌면 허유정이 그 젊고 잘생긴 재벌 3세와 이곳에 자주 다녀 직원들이나 단골 중에 지인이 있을지도 모른다는 생각에 더구나 위축된다. 농담 한 마디도 가려서 해야 할 만큼 불편할 줄 알았더라면 진작 뒷골목의 허름한 포장마차에서나 만났을 걸, 하는 뒤늦은 후회마저 들었지만 이미 엎지른 물이었다. 식사가 끝날 때까지 저것들 무슨 관계야, 하는 의문의 대상이 될 수밖에 없었다.

"뭐라도 드셔야죠, 유정 씨는?"

"전 매너풀코스로 할게요."

허유정은 메뉴판도 보지 않고 말한다.

"그럼 난 쉐프코스로 하죠."

요리가 올라오기를 기다리는 동안 또 짧은 침묵이 깃들었다. 두 사람은 고개를 숙인 채 무엇이든 다 있고 무엇이든 다 시시한 것뿐인 스마트폰만 이리저리 뒤적거렸다.

먼저 올라온 요리는 쉐프코스의 식전빵과 소스였고 이어서 수프가 나왔다. 재동은 나이프로 빵을 조금 잘라서 유정이 쪽에 밀어놓았다.

"곡물향이 깊어 맛이 괜찮습니다. 먹어봐요."

허유정이 포크를 들고 빵을 찍으려다가 웬일인지 손으로 입을 막으며 울컥 한다.

"실례합니다."

일어나서 화장실 쪽으로 급히 걸어갔다. 그녀가 이곳의 빵맛을 모를 리가 없다. 그리고 이 수프에서 피어오르는 해산물향기에도 익숙할 것이다. 그러니 알레르기 반응이 발작할 이유도 없을 것이다. 재동은 저도 모르게 주변을 둘러보았다. 안 그래도 이쪽을 주시하던 사람들이 허유정을 바라보며 저들끼리 뭐라고 수군거렸다…….

2, 3분 정도 지났을 때 한 발 먼저 화장실에 갔던 옆 테이블의 아가씨가 돌아와 일행에게 재동의 귀에도 들릴 만큼 큰소리로 말했다.

"어떤 여자가 화장실에서 울고 있어. '나쁜 새끼!'라고 누군가를 욕하며."

옆에 앉았던 뚱뚱한 아가씨가 그 아가씨의 옆구리를 툭툭 치며 슬그머니 재동이 쪽을 턱으로 가리켰다. 그러자 금시 목소리가 낮아졌고 몇 개의 단어만 겨우 알아들을 수 있었다. 임신, 불륜……. 왜 이런 불길한 단어만 재동의 귀에 들리는지 그도 모른다. 못들은 척 하고 스마트폰만 뒤적거렸다. "나쁜 새끼"가 설마 날 두고 하는 말은 아니겠지. 그럴 리가 없다. 그녀한테 별로 잘한 것도 없지만 욕먹을 짓을 한 적도 없으니 말이다.

5분 넘게 시간이 지나서야 허유정이 홀에 나타났다. 언제 울었던가 싶게 차분하고 의연한 표정이다. 그녀는 주변의 이상한 분위기를 감지하고 금방 재동이가 처한 불리한 상황을 파악한 듯 의자에 앉으며 아까보다 좀 높은 음성으로, 주변 사람들도 들을 수 있게 말했다.

"여기만 오면 전 남친이 바로 거기 교수님 자리에 앉아서 '이거 먹어라, 맛이 괜찮아.' 그랬었거든요. 갑자기 그때 생각이 나서 역겨웠는데 나가서 욕하고 왔더니 이제 괜찮아졌어요."

잠시나마 억울하게 뒤집어썼던 재동의 오욕을 한마디로 벗겨주었다.

"교수님, 이 랍스타 드셔보세요. 고소하고 짭조름한 맛이 일품이에요. 새우도 매콤한 향이 좋아요."

유정은 자신이 주문한 요리들의 맛을 일일이 소개하며 재동에게 권했다. 바삭하게 구워져 식감이 만족스러운 오리고기, 살이 통통하게 찬 왕새우, 새콤한 소스, 립아이구이의 육질이 쫀득쫀득한 고기, 꽃등심 재료로 요리한 고소한 향기가 나는 스테이크……. 요리는 정해진 코스에 따라 계속해서 올라왔고, 새로운 요리가 오를 때마다 두 사람은 마치 미식가라도 된 듯이 열심히 품평하고 맛을 음미했다.

재동은 화제가 요리에 빨려들어 정작 할 말은 거기 묻혀버리는 상황이 못내 안타까웠다. 하지만 그들이 하고 싶은 말은 주변사람들의 부정적인 호기심을 만족시켜주는 말들이어서 쉽게 꺼내지 못했다. 동개해수욕장, 태풍, 아홉 번째 파도, 멸치잡이 노래, 해금연주, 양주, 파도에 휩쓸려 간 그녀, 그녀를 구해 등에 업고 비바람 속을 헤치며 도착한 민박, 피범벅이 된 그녀의 나체, 다리 수술, 정자에서의 작별 연주……. 그 어느 하나도 사람들 앞에서 드러내놓고 말할 수 있는 내용은 없었다.

이러려고 만난 것이 아닌데. 만나서 그간의 회포를 풀고 그리움을 해소하려고 모처럼 마련한 시간인데. 앉아서 무료하게 음식얘기나 하고……. 정말이지 이 순간 두 사람은 폭풍이 몰아치고 파도가 울부짖던 동개해수욕장과 텅 빈 무덤 같은 섬마을의 그 한적한 민박이 그리워졌다. 태풍이라도 불어서 저 사람들이 다 없어졌으면 좋겠다. 이 방 안의 화려한 디자인이 모두 파도에 휩쓸려갔으면 좋겠다. 하지만 그것은 이제는 불가능하다. 그들은 이 장소가 강요하는 분위기에 맞춰 언행에 교양과 절도를 갖춘 신사·숙녀인 것처럼 할 수밖에는 없었다. 너무나 숨 막혔지만 아무런 탈출구도 없었다. 허유정은 말없이 음식만 먹는다. 걸신 들린 것처럼. 며칠 굶은 사람처럼……

"그럼, 인제 어떻게 할 생각입니까?"

재동은 더 이상 견딜 수 없어 용기를 내어 사생활과 연관된 은밀한 이야기를 꺼냈다.

"우리 악단으로 다시 돌아가야죠."

"악단?!"

너무 생경하고 그래서 거창하게만 들리는 명칭이다. 단어가 그대로 사람을 압도한다. 그런데 놀라운 것은 그 단어가 지금의 허유정의 이미지와 너무도 잘 어울린다는 사실이었다. 아까부터 허유정의 모습에서 바뀐 것이 있다고 생각했지만 딱히 짚을 수가 없었는데 '악단'이라는 단어가 그 해답을 주었다. 해금이다. 가거도에서도 병원에서도 해금은 한순간도 그녀의 신변에서 분리된 적이 없었다. 그러나 그때는 해금이 악단과는 아무런 연관도 없었다. 그런데 정작 지금 악단으로 돌아가겠다는 그녀의 신변에는 해금이 없다. '우리 악단'이라고 했다. '우리'에는 우리만의 규칙이 있다. 허유정은 이미 독립적인 존재라기보다는 그 '우리'의 공동체 속의 하나의 성원이 될 것이다. 그것은 많건 적건 그들의 만남에도 일정한 영향을 줄 것이 틀림없다. 이제 그 '우리'는 스스로의 규칙에 따라 그녀의 삶을 '우리'가 없었던 가거도에서와는 전혀 다른 궤도에로 몰아넣을 것이다. 그리고 어떤 의미에서는 재동은 그 '우리'의 밖으로 배제된 존재임을 말해주기도 한다…….

부웅—붕!

전화벨이 울렸다. 미리 진동으로 전환된 단말기는 테이블 위에서 마치 로봇 청소기처럼 붕붕 떠다닌다. 주변 사람들의 시선이 다시 이쪽으로 쏠렸다. 아내의 전화다. 지금까지 술자리에 나간 남편에게 전화 같은 거 한 적이 없는 아내다. 그러니까 이 전화는 집 안에 그만큼 다급한 상황이 벌어지고 있다는 의미이기도 할 것이다. 하지만 물어보나 마나 강수애 여사의 신변에…….

재동은 취소버튼을 눌렀다. 아무리 급한 일이라고 해도 허유정을 버리고 훌쩍 일어나 나갈 수는 없었기 때문이다.

허유정이 식사를 하다말고 아무 말 없이 그를 말끄러미 쳐다본다.

"제잡니다."

적당하게 에둘러댔지만 지금까지 그의 속내를 거울처럼 꿰뚫어본 유정의 전례를 보아선 십중팔구는 아내의 급한 전화임을 눈치 챘을 것이 틀림없다. 허유정이 손에 들었던 포크를 테이블에 내려놓았다. 식사가 끝났다는 무언의 표시이다. 둘 다 별로 말도 없이 술도 마시지 않고 식사에만 열중하다 보니 의외로 빨리 끝났다.

"나가서 커피나 한잔 할까요?"

"아니요, 오늘은 이만해요. 교수님 덕분에 잘 먹었습니다."

허유정이 먼저 의자에서 일어섰다. 전혀 생소한 인사예법이라 재동은 도리어 당황해졌다. 그렇다고 가거도에서처럼 허물없이 대화를 주고받을 수도 없다. 아무튼 오늘은 날도 잘못 잡고 장소도 잘못 잡은 것 같다.

1층 로비를 지나 정원으로 나왔다. 지나가는 택시를 잡았다. 그들이 방금 내려온 2층의 손님들은 아직도 호기심을 버리지 못한 듯 창문에 얼굴을 댄 채 짓궂게 그들이 갈라지는 모습까지 관찰하고 끝끝내 불결한 스캔들을 확인하려고 했다. 전화 진동음이 또 울리기 시작했다. 그러자 유정은 재동이 당황스러울 만큼 허리를 깊숙이 숙여 90도 경례를 했다.

"교수님, 감사합니다. 잘 먹고 갑니다. 조심해서 들어가세요."

그녀는 택시에 올라 창밖으로 손을 저었다. 택시가 크게 원을 그리며 도로로 빠져나갈 때 재동은 얼핏 손수건으로 눈물을 훔치는 유정의 모습을 보았다. 가슴이 뭉클했다. 택시가 멀어질수록 그들 사이에 깊은 계곡이 파이고 사이가 점점 넓어지는 창연한 느낌이 들었다. 그제야 휴대폰을 꺼내 보니 이번에는 동생 유리다. 통화버튼을 터치했다.

"오빠, 어디야? 빨리 집에 와. 엄마가 쓰러졌어!"

"알았어. 금방 갈게."

전화를 끊고 주차장으로 급히 달려갔다. 그때 문자 도착음이 울렸다. 차에 올라 확인해 보니 허유정이다.

> 오빠!

문자를 보는 순간 재동은 울컥했다. 즉시 눈시울이 젖어들었다.

> 음식이 하나도 맛없었어. 오빠가 해준 죽이 먹고 싶어.

저도 모르게 두 볼로 눈물이 주르륵 흘러내렸다. 액정화면에 눈물이 떨어져 글자가 보이지 않았다. 손가락으로 닦았다.

> 우리 가거도에서 올라오지 말았어야 했어.

재동은 아무 말도 할 수 없었다. 그냥 소리내어 "유정아!"하고 불렀다. 그리고는 핸들에 이마를 박고 소리 내어 흐느꼈다.


2


강수애 여사는 벌써 앰뷸런스에 실려 대학병원으로 이송되어 있었다. 재동은 그대로 차머리를 돌려 병원으로 달려갔다. 응급실에 들어서자 모친은 잠들어 있고 그 옆에 아내 이미리와 여동생 유리가 앉아 있었다. 유리가 자다가 그대로 따라나선 모양 맨 얼굴에 머리도 빗지 않은 채 앉아서 스마트폰을 보고 있다가 뒤늦게 도착한 오빠를 보더니 서슴없이 가시 돋친 말을 내던졌다.

"엄만 죽는다 산다 하는데 오빤 어딜 그렇게 쏘다녀?"

이미리가 다급히 손가락을 입술에 가져다 대며 쉬— 한다. 모친이 금방 잠이 든 모양이다. 재동은 버르장머리라고는 없는 동생을 흘겨보았으나 그 말이 틀린 데 없다는 생각에 겸연쩍게 웃어넘겼다. 동생의 시선을 피해 아내를 향해 물었다.

"의사선생님이 뭐라서, 괜찮으시대?"

이미리는 아무 말도 없이 남편의 옆을 지나 응급실 밖으로 나갔다. 재동이도 따라 나갔다.

"다행히도 큰 문제는 없으시대요. 며칠 식사를 거르신 데다 심리적으로 스트레스까지 적치되고 몸이 허약할 뿐이시니 음식만 정상적으로 드시면 회복되실 거래요. 전 잘못되는 줄 알고 가슴이 철렁했잖아요. 당신까지 없어서 더구나 무서웠어요."

그럴 뿐 어디 가서 뭘 하다가 인제야 나타났냐고 추궁 같은 건 하지 않았다.

"당신 고생했어. 내가……."

"됐어요. 어머님은 내가 돌볼 테니 당신은 집에 가서 쉬세요. 내일 또 출근해야잖아요."

"하룻밤 쯤 자지 못해도 괜찮아. 당신이나 들어가 쉬어. 이사하느라 피곤할 텐데."

"난 괜찮다니까요. 빨리 들어가세요. 환이가 집에 혼자 있어요."

억지로 재동의 등을 밖으로 떠밀고는 응급실 안으로 들어갔다. 그러나 금방 다시 나왔다.

"참, 내일 어머님 방과 거실만이라도 사람을 불러 보광동집에 붙였던 벽지로 다시 도배해야겠어요."

"왜? 당신 그 벽지 싫어하잖아. 하얀 벽지로 도배했지만 어머니도 아무 말씀 안 하셨는데."

"말씀은 안 하셔도 그것 땜에 스트레스가 더 심했던 것 같아서요. 젊은 내가 양보하는 게 맞는 처사 같아요. 당신은 그냥 알고나 있어요."

그리고는 다시 응급실로 사라졌다. 아내의 가냘픈 뒷모습을 물끄러미 바라보고 있으려니 재동은 저도 모르게 측은한 생각이 갈마들었다. 그리고 처음으로 미안하다는 생각도 들었다. 결코 그녀에게 미안한 짓을 한 적은 없다. 유정이와의 관계도 넘지 말아야할 선은 한 치도 넘지 않았다. 그런데도 아내를 대하기가 거북했다. 다른 여자 때문에 눈물을 흘렸다는 것 때문인가. 아내는 그를 잠자리에서 밀어내면서도 한 번도 남편 대접을 소홀히 한 적은 없다. 남자란 원래 그저 이렇게 시시한 존재인지도 모른다. 현처양모를 집에 두고도 시선은 생소한 여자에게 향하는 뭐 그런…….

집에 돌아와 환이가 잠든 걸 확인하고는 아직 리모델링을 마무리하지 못한 스튜디오로 들어갔다. 그 '기적'이라는 그림은 가거도에서 올라온 뒤로 한 번도 꺼내보지 않고 가방 안에 넣어둔 채로이다. 아직 정리되지 않은 화구들이랑 함께 도배도 하지 않은 방구석에 되는대로 방치되어 아무것도 건드리고 싶지 않았다. 그냥 거실로 나와 소파에 앉아 무심결에 텔레비전을 켰다. 그러나 과장된 갈등 속에서 입에 거품을 물고 싸우는 시어머니와 며느리의 마찰을 다룬 드라마가 방영 중이어서 채널을 돌리자 이번에는 어제 얼핏 본적이 있는 똑같은 뉴스를 횡설수설 하는 전문가들을 불러내어 재탕하는 화면이 떴다. 넌더리가 나 아예 꺼버리고 침실로 들어와 옷을 입은 채로 침대에 벌렁 드러누웠다. 잠이 오지 않는다. 아니, 잠이 오지 않을 것만 같았다. 모친 걱정 때문에도 그랬고 허유정 때문에도 그랬다. '가거도에서 올라오지 말았어야 했어요.'라던 그녀의 문자가 자꾸만 머릿속에서 맴돌았다. 상경하지 않을 수가 없었다. 물론 그곳에서 아이바조프스키와 아포비안을 만났고 허유정을 만났다. 하지만 그곳에서 떠나지 않으려면 가거도 주민이 되거나, 용왕의 아들이나 선녀들처럼 산이나 바위로 변해야 한다. 아니라면 그들은 거기서 어부가 되든지 민박집 사장님이 돼야 한다. 그리하여 지금까지의 모든 일상을 버리고 새로운 일상의 노예가 돼야 한다.

그리고 가거도 하면 떠오르는 인물이 또 한 사람 더 있다. 사람?! 일단 사람이라고 해두자. 줄리아, 그렇다. 줄리아다. 가거도가 없었다면 재동은 줄리아와 만나지 못했을 것이다. 그제야 재동은 서울로 올라온 후 이러저러한 잡다한 일상에 휘둘려 지내다

보니 줄리아의 얼마 남지 않은 영혼 해체도 더 많이 진행되었을 거라는 생각이 들었다. 지금이야말로 그녀를 소환할 절호의 기회이다. 집에는 그와 환이밖에 없다. 환이는 자기 방에서 잠든 지 오래다. 적어도 내일 아침까지는 이 집에는 그 혼자만 있을 것이다.

나는 자세를 고쳐 천장을 바라보고 반듯하게 누웠다. 그리고 두 눈을 감았다.

"줄리아! 줄리아! 줄리아!"

아포비안의 말을 떠올리며 큰 소리로 세 번 불렀다.

"당신이 보고 싶습니다."

주위는 물 뿌린 듯 조용하다. 들리는 건 오로지 나 자신의 숨소리뿐이다. 내가 이런 황당한 짓을 다 하다니! 산사람이 와주기를 바란다고 죽은 혼이 생사의 경계를 넘어 이승에 나타난다는 게 과학적으로 가능하기나 할 일인가.

헛웃음을 지으며 눈을 뜨는 순간 거짓말처럼 누군가 문을 노크하는 소리가 들렸다. 설마 하면서도 나는 두려움 반, 호기심 반으로 고개를 들어 문 쪽을 바라보았다. 그녀가 정말 나타난 걸까. 미심했지만 일어나서 문 쪽으로 다가가 도어록을 열었다. 그 순간 내 눈앞에는 거짓말이 아닌, 실제로 줄리아가 활짝 웃으며 현관에 서있었다.

"선생님!"

줄리아는 갑자기 내 목을 얼싸안고 어린애처럼 동동 매달렸다. 환희와 기쁨 속에서도 나는 그녀에게서 전혀 몸무게를 느낄 수 없음을 느끼고 놀랐다. 종잇장처럼 가벼웠다.

"줄리아, 끝내 또 이렇게 만나네요."

"선생님께서 꼭 절 불러주시리라 믿고 기다렸어요."

"늦어서 미안합니다."

영혼소멸이 당금일 텐데, 하는 말은 차마 꺼내지 못했다.

"아니에요, 조금도 늦지 않았어요. 아직 우리가 즐길 수 있는 시간은 충분해요."

나는 그녀를 목걸이처럼 목에 매단 채로 침대에 돌아와 시트위에 내려놓았다. 그러자 줄리아가 내 입술에 맹렬하게 키스를 퍼부었다.

"너무너무 보고 싶었어요. 보고 싶어 죽는 줄 알았어요."

평소에는 있는지 없는지조차 알 수 없을 만큼 깊숙이 숨어 있다가도 이럴 때면 주인이 허락하기도 전에 앞장서서 설쳐대는 놈이 따로 있다.

"어머나! 인사가 늦었다고 노하셨나 봐요. 안녕, 잘 지내셨죠? 너무 조급해하지 마세요. 곧 바라시는 선물 한껏 드릴 테니까요."

나는 민망하여 얼굴이 빨개졌다. 본의 아니게 저 욕망의 시니피앙 때문에 이런 걸 유난히 밝히는 사람처럼 보이기 때문이다. 그래도 명색이 교수이고 교양인인데 항상 이놈 때문에 순식간에 이미지가 망가지고 만다.

줄리아는 아주 천천히 부서질 듯, 금이 갈 듯 조심스럽게 내 단추를 하나하나 끄르기 시작했다. 그녀의 손길의 움직임에 따라 내 피부도 해금줄처럼 팽팽하게 조여들었다. 나는 육체의 욕망에 집착하는 자신의 저급함을 속이기 위해 일부러 딴전을 부리기 시작했다.

"아이바조프스키와 아포비안 선생님은 잘 계시죠?"

나는 내 눈 위에서 탐스러운 은백색 달덩이 두 개가 휘영청 떠오르려고 구름 밖으로 고개를 내미는 모습을 차마 바라볼 수 없어 눈을 감았다. 바야흐로 그 두 개의 달은 은쟁반처럼 천장 위에 찬란하게 떠오를 것이다.

"몰라서 물으세요. 그 양반들은 지금도 있지도 않은 기적을 운운하며 아라랏산에서 배회하고 있어요."

그녀의 손길과 시선이 아래로 내려갈수록 나는 그쪽에 벌어진 볼썽사나운 모습이 적나라하게 드러날까 몸서리를 쳤다. 그런 줄도 모르고 그 놈은 좋아라고 그녀의 손길이 닿기만을 고대하고 있다.

"줄리아 씨는 기적이 정말 존재하지 않는다고 단정하나요?"

"물론이죠⋯⋯. 호호호. 조금만 기다리세요. 곧 시작할 테니까."

"무슨 근거로요? 당신이 나한테로 온 것도 기적이라면 기적일 텐데요."

"제가 당신한테 나타난 게 기적이라고요? 천만에요."

허리를 조였던 가죽벨트가 덜컥, 하고 헐겁게 풀리는 순간 나는 굳게 닫혔던 성문이 열리며 저수지처럼 쏟아져 나올 흥분이 예감되며 모든 것이 끝났구나 하고 체념했다.

"제가 여기로 온 건 그 무슨 기적 때문이 아니라 선생님께서 고생하셔서 놓은 상상의 다리 때문에 가능했던 거예요."

"상상의 다리?!"

나는 그녀의 손길이 인도하는 대로 육신을 큰 대자 모양으로 취하면서 그 말을 되뇌었다.

"그럼, 아이바조프스키 선생님께서 전번에 나한테로 오신 것도 내가 놓은 그 상상의 다리 때문에 가능했다는 겁니까?"

"그래요. 정확하세요."

줄리아의 손이 내 손을 잡아 자신의 옷 단추에로 유인했다. 나는 그녀가 이끄는 대로 그 분홍빛 구름에 걸려 보름달의 모습을 드러내지 못하게 막는 옷 단추를 벗기기 시작했다. 손이 화들화들 떨렸다. 곧 떠오를 그 휘황찬란한 보름달이 나를 지레 흥분시켰다. 단추가 터질 듯이 팽팽하게 끼워져 쉽게 끌러지지 않아 몇 번이고 다시 시도했다.

"왜, 하필 내가 다리를 놓아야 합니까? 아이바조프스키 선생님이나 줄리아 씨도 스스로 상상의 다리를 놓으면 이곳으로 올 수 있잖아요."

"그건 안 돼요. 상상은 인간에게만 존재하니까요. 인간의 육체는 한계가 있기 때문에 그것을 극복하기 위한 대안으로 상상의 혜택이 주어진 것이니까요. 영혼의 세계에는 실존밖에 없어요. 있으면 있고 없으면 없어요. 지금 저처럼 존재하면서도 부재하는 경우는 없다는 말씀이에요. 저는 선생님의 상상과 함께 나타나며, 그래서 그때만 존재하고 상상이 종료되면 저도 사라지기에 그래서 동시에 부재하죠. 그런데 그 두 양반은 조국과 민족 운운하며 인간 세상에 대한 미련을 버리지 못하고 사람들의 방법을 쓰고 있는 것뿐이에요."

나는 단추를 끝내 벗기지 못했다. 그러나 단추는 저절로 부풀어 오르는 만월의 탄력을 이기지 못하고 총알처럼 튕겨나갔다. 드디어 구름이 터지며 두 덩이의 커다란 보름달이 내 눈 앞에 두둥실 떠올랐다. 눈부시도록 밝고 찬란했다.

"줄리아 씨, 그런데 당신의 몸이 왜 이렇게 가벼워졌습니까? 볼륨도 그대로이고 탄력도 그대로인데 중량감만은 느낄 수가 없습니다."

나는 참고 있던 의문을 끝내 입 밖으로 뱉어내고야 말았다.

"당연하죠."

"뭐가 당연하다는 겁니까?"

"선생님도 아시잖아요. 제 영혼은 머지않아 소멸된다는 사실을."

나는 할 말을 찾지 못한 채 입만 떡하니 벌렸다.

"중량감이 완전히 없어지면 제 영혼은 사라질 거예요."

"줄리아 씨, 그럼 난……."

"걱정하지 마세요. 아직 시간은 남아 있으니까요. 그 동안이면 충분히 우리 자신의 존재를 즐길 수 있어요."

시간을 아끼기 위해서인지 그녀는 스스로 자신의 치마를 벗었다. 그녀의 육체에서는 가거도해수욕장에서 보았던 그 세찬 파도가 굽이치고 있었다. 파도가 치솟아 높은 봉우리를 이루는가 하면 천길 아래로 뒹굴어 떨어지며 깊은 계곡을 만들기도 하면서 발끝까지 쉼 없이 물결쳤다.

"영혼이 소멸되어 사라진다 하더라도 서러워하실 거 없어요, 그 나머지 한 조각의……."

"줄리아 씨, 제발 그만해요. 듣고 싶지 않아요. 당신을 내 옆에서 떠나보내고 싶지 않아요. 그러니 제발 빌어요."

"'님은 갔지만 나는 임을 보내지 않았습니다'라는 한용운의 시도 있잖아요. 선생님께서 절 보내신 게 아니라 저 스스로……."

"줄리아! 그 입 닥치라고요!"

나는 미친놈처럼 그녀에게 덮쳐들어 허리를 으스러지게 그러안았다. 그리고 아까부터 참지 못하고 서둘러대던 그 놈에게 자유를 허락했다. 아홉 번째 파도는 끝난 게 아니었다. 아이바조프스키의 상상 속과 그의 그림 속에만 있는 것이 아니었다. 그와 줄리아와의 사이에서도 아홉 번째 파도가 울부짖기 시작했다. 그리고 그 파괴적인 광기에 바야흐로 누군가는 죽고야 말 것이다. 결코 부러진 돛대 하나로 그 죽음을 막을 수는 없을 것이다. 그것을 알면서도 파도는 이미 멈출 수가 없었다. 아니, 그 파도를 제지할 힘은 누구에게도 없었다.

"아~ 좋아요! 계속하세요. 전 이대로 죽는 게 소원이에요. 이 파도에 휩쓸려 죽어버리고 싶었어요."

"아이바조프스키 선생님은 그 아홉 번째 파도를 당신에게 사용하지 않으셨나요?"

"보셨잖아요. 아쉽게도 캔버스 한 장에 쏟아버리고 말았잖아요."

"그 대신 내 캔버스에는 아홉 번째 파도가 없습니다."

"삶은 캔버스보다 위대하니까요. 삶이야말로 진정한 캔버스니까요."

나는 내 몸뚱이의 어디에 야수 같은 이런 광기가 숨어 있었는지 도저히 알 수 없다.

그걸 꼭 알아야 하는가.


## 3


폭풍도 멎고 아홉 번째 파도도 지나가고 바다는 다시 잠잠해졌다. 재동도 몸 안에 비축된 에너지를 한 방울도 남김없이 쏟아내고는 탈진으로 인해 네 활개를 뻗어버리고 잦아드는 행복감에 취해 있었다. 뒤풀이 삼아 가볍게 땀이 번진 몸을 애무하는 줄리아의 은은한 손길이 달콤했다. 소르르 졸음이 찾아든다.

그러나…….

피로감과 졸음의 유혹에 빠져들던 재동은 불현듯 이상한 느낌이 들었다. 가슴을 쓰다듬던 줄리아의 손에서 기운이 빠져나가고 중량감이 사라지고 있었던 것이다.

소멸!!

재동은 소스라치게 놀라 눈을 번쩍 떴다. 천만다행으로 줄리아는 여전히 그의 옆에 나란히 누워 그를 보며 미소를 짓고 있었다.

"그냥 주무시지 왜 깨나셨어요?"

"아무 일도 없는 거죠?"

"네."

하지만 재동은 자신의 가슴에 드리웠던 그녀의 가슴이 눈에 띄게 왜소해져 있음을 발견하고 벌떡 상반신을 일으켰다.

"가슴이 왜 이래요?"

"인제 시간이 얼마 남지 않았으니까요."

야자열매처럼 둥글고 부풀던 그녀의 유방이 금방 초경을 지낸 소녀의 그것처럼 작아졌다. 재동은 그녀의 가슴이 자신의 눈앞에서 문득 사라질까봐 저도 모르게 두 손으로 와락 움켜잡았다. 하지만 손아귀에 넘쳐나던 그 가슴은 손바닥에도 차지 않는다. 더욱 힘차게 움켜쥐었다.

"안 돼, 사라지면 안 돼요!"

"진정하세요. 어차피 상상이 사라지면 함께 사라질 허상이잖아요."

"상상이 왜 사라져요. 난 상상할 겁니다. 내 상상은 멈추지 않을 거라고요. 그러니 제발 내 앞에서 사라지지 말아요!"

"상상이란 충족되면 끝나기 마련이에요. 그리고 상상의 끝은 현실이고요."

"난 아직 충족되지 않았습니다."

"방금 전 상상의 크라이막스—아홉 번째 파도가 지나갔잖아요. 그래서 아홉 번째 파도를 만나면 죽음에 이른다고 하는 거예요."

그렇게 말하는 중에 그녀의 가슴은 손안에서 완전히 사라졌고 남자처럼 뾰족한 유두 두 개만 남았다. 그리고 육체도 눈에 띄게 얇아져갔다. 재동은 정말 그녀가 면전에서 영영 자취를 감출까 봐 허둥대며 줄리아의 가는 몸뚱이를 으스러지게 그러안았다.

"가면 안 돼요. 난 아직 마음의 준비도 안 됐단 말입니다."

"선생님, 제 모습을 기억해주세요. 저는 당신이 창조해낸 작품이에요. 당신은 저의 조물주이고 주님이세요."

"그거 유정이…… 허유정이 한 말인데 줄리아 씨가 왜 합니까?"

"그래요. 허유정 씨. 선생님한테는 저 말고도 또 허유정 씨가 있잖아요. 그녀는 저처럼 허상도 아닌, 실존하는 인간이고요."

"허유정은 내 여동생일 뿐입니다. 살을 비빈 여자는 줄리아 당신이라고요."

"호호호."

줄리아는 웃었다. 그러나 그녀의 음성도 처음보다 훨씬 낮아져 있다. 이제 미소 짓는 그녀의 얼굴에는 입체감마저 없이 그림처럼 평면으로만 나타났다.

"선생님께서는 이제 곧 그 살이 원래는 존재한 적이 없다는 사실을 깨닫게 될 거예요. 그 육체를 통해 우리는 더 이상 즐길 수 없을 만큼 이미 충분히 소비했으니까요."

재동은 더 이상 그녀를 품에 그러안을 수도 없음을 느끼고 허탈감에 전율했다. 그녀는 마치 한 장의 종이 그림처럼 누워 있었다. 다시 포옹한다면 구겨지고 찢어질 것만 같아 재동은 그저 망연한 눈길로 끝없이 얇아지고 작아지는 그 그림만 바라보았다.

"가지 마, 줄리아. 날 두고 가지 말라고!"

줄리아의 몸뚱이는 점점 더 고속도로 줄어들기 시작했다. 목소리도 모기소리만큼 낮아져 겨우 알아들을 정도였다. 이제는 문자 그대로 손바닥만 해졌다. 재동은 시야에서 사라지는 그녀를 물끄러미 바라만 볼 뿐 아무 방법도 없어 발만 동동 굴렀다.

"이년아, 나쁜 년! 가지 말랬잖아!"

그녀는 그냥 웃고만 있다. 벌써 스마트폰 액정화면 만큼 작아졌다.

"너무 슬퍼하지 마세요. 마지막 한 조각 티끌로 남아서라도 선생님께서 저를 보실 수 있도록 해드릴 테니까요."

"뭐라고? 안 들려."

그녀는 조급하게 같은 말을 반복했다.

"그럴 거 없이 안 가면 되잖아."

"오빠!"

오빠?!

이 갑작스러운 호칭에 재동은 그만 입을 다물었다. 목이 꽉 메었다. 허유정이 생각났다.

"오빠, 가슴의 그 검은 점 저한테 주세요. 그리고 절 보고 싶으시면 허유정 씨를 보세요."

"뭐라고?"

"전 오빠 가슴의 그 기미가 될 거라고요. 절 보고 싶으시면 허유정 씨를 보세요."

"허유정을 보라고, 뭘?"

"오빠, 안녕……."

줄리아는 그 말을 마지막으로 재동의 눈앞에서 완전히 자취를 감춰버렸다. 재동은 순간 바위처럼 그 자리에 굳어져버렸다. 아무 말도 못하고 멍하니 앉아 있었다. 한참만에야 제정신이 돌아와 침대에 풀썩 엎드렸다. 그리고는 엉엉 소리 내어 울기 시작했다……

"아빠."

환이가 아빠의 방에서 들리는 울음소리에 잠을 깨어 들어왔다. 재동은 급히 일어나 눈물을 닦았다.

"왜 울어? 할머니가 죽었어?"

"아니, 아프신 할머니가 불쌍해서. 넌 알 거 없어. 어서 네 방에 가서 자."

"괜찮겠어?"

"괜찮아. 아빠 어른이잖아."

시름이 놓이지 않는지 환이는 다시 한 번 아빠의 기색을 살피고서야 제 방으로 돌아갔다.

재동은 다시 침대에 쓰러져 베개에 얼굴을 파묻었다. 줄리아가 너무 불쌍했다. 모든 걸 다 주고 혼자 떠나간 여자……

문득 보고 싶으면 허유정을 보라던 줄리아의 말이 생각났다. 시계를 보니 새벽 3시 50분이다. 만나자고 부를 수도 없는 시간이다. 그리고 한창 자고 있을 것이다. 그러나 이대로는 파도처럼 밀려드는 슬픔에서 헤어 나올 수가 없었다. 그는 휴대폰을 들고 허유정에게 문자를 보냈다. 다른 사람의 수면을 방해한다는 미안함도 없었다.

> 유정아.

겨우 세 글자를 쳤는데 어느새 눈물이 나와 앞이 흐려졌다. 더 써내려갈 수가 없었다. 휴대폰을 확 내던지고 다시 이불위에 쓰러졌다. 그런데 뜻밖에 금방 답장이 왔다.

> 오빠 생각 중.

조금은 의아했다. 새벽인데 자지 않고 날 생각했다는 말이 믿기지가 않았다.

무슨 생각?

오빠 왼쪽 가슴 젖꼭지 옆의 검은 점.

가거도에서 옷을 갈아입히며 내 몸을 보았을 것이다. 하지만 새벽까지 잠들지 못하고 그 기미를 생각하다니. 그것도 줄리아가 자신이 소멸되면 그 점이 되겠다고 금방 말한 뒤에 말이다.

왜?

몰라, 그냥 생각났어.

그것뿐이야?

줄리아.

줄리아?!

재동은 벌떡 일어나 앉았다. 우연의 일치라고 하기에는 너무 신기했다. 줄리아의 말처럼 정말 허유정과 무슨 텔레파시라도 통한 걸까?

줄리아가 누군데?

오빠가 알지 내가 어떻게 알아.

그러니까 이른 새벽에 줄리아 생각이 왜 났냐고?

나도 몰라. 우리 사이에 끼어든 유령인가 봐.

재동은 줄리아에 관한 화제는 전화보다는 만나서 하는 게 더 낫겠다고 생각했다.

오늘은 뭐해?

악단에 나가 보려고. 오빠가 날 죽지 말라니 어떡해. 살았으면 뭐라도 해야잖아.

잘 생각했어. 그럼 날이 밝으면 출근해야 할 텐데 한 잠 더 자.

알았어. 어젠 오빠가 쐈으니까 이번엔 내 차례 맞지?

그래.

난 그런 곳에 안 갈 거임. 그 나쁜 놈이 생각난단 말이야.

알아서 택해. 난 아무 데나 다 돼.

오빠도 자.

잘 자.

문자도 종료되었다. 허유정, 이 여자 지내볼수록 귀엽다. 비단 미안하다, 고맙다 같은 일상적인 시시껄렁한 인사치레를 안 할 뿐더러 다른 사람이 대답하기 난감한 말은 한마디도 묻지 않는 대범함도 그렇다. 줄리아에 대해서도 알려고 하지 않는다. 설령 줄리아라는 여자가 실존하고 재동이와 치정관계라고 할지라도 그건 두 사람만의 사생활이지 자신과는 무관한 일이라고 생각하는 것 같다. 그래도 보통 여자 같으면 어디 살며, 몇 살이냐는 것쯤은 물었을 법도 한데 그마저도 모른 체 하고 도리어 자기 쪽에서 '유령'이라며 어색함을 무마해주고 있다. 그리고 분명 레스토랑에서 받은 전화가 아내의 독촉전화라고 생각했을 텐데 일언반구도 없었다. 그녀와 나 두 사람과 연관된 화제에서 한걸음도 선을 넘지 않았다. 요즘 드라마 같았으면 미주알고주알 캐고 들고 따지고 들어 결국엔 파국에 이르고 말았을 것이다. 어쩌면 그녀의 사전에는 질투라는 단어가 아예 없는지도 모른다. 심지어 자신을 버린 재벌 3세와 결혼한 여자에 대한 비난 역시 한마디도 들은 기억이 없다.

나는 줄리아가 달라던 가슴의 점에 대해 생각해보았다. 왜, 내 몸의 많은 부위에서 하필이면 기미를 요구했을까. 일단 그 검은 점은 내 몸에서 사라진다고 해서 해로울 것이 없다. 하지만 그것뿐은 아닌 것 같다. 그 점 때문에 나에게는 어린 시절 재미있는 일화가 있다. 일곱 살인가, 여덟 살인가 되었을 때 바깥세상에 호기심이 동한 나는 보광동의 다른 한 친구와 함께 가출하여 종로에로 달아났던 적이 있었다. 아버지와 어머니는 금쪽같은 자식이 실종되었다고 울고불고 야단법석을 떨었다. 사람 찾는 전단지 수천 장을 만들어 서울 시내 각 파출소에 돌리고 길거리 전봇대에 붙였을 뿐만 아니라 길가에 나서서 행인들에게 배포했다. 그 전단지에는 이름 정재동, 나이 7살, 특징 왼쪽 가슴 젖꼭지 옆에 검은 점이 있다는 문구가 적혀 있었다. 결국 우리는 집에서 훔쳐간 돈이 동이 나자 슈퍼나 빵가게에서 음식을 훔쳐 먹다가 경찰에 잡혔고, 파출소에서는 내 가슴의 반점을 확인하고 우리 집에 연락했던 것이다. 그 일이 있은 후 형과 누나는 나를 흑기미라고 놀려댔고 학교에서 내 별명은 '꼭지점'으로 통했다. 그 꼭지는 젖꼭지의 줄임말이고 점은 기미였다.

결국 점은 나를 대신하는 기호이자 상징물이다. 그러니까 줄리아가 그것을 가졌다는 건 내 몸을 전혀 훼손하지 않으면서도 전부를 가진 것이나 다름없다고도 할 수 있다. 줄리아가 내 가슴의 반점을 원한 것은 그녀의 주도면밀하면서도 기발한 아이디어임을 알 수 있다. 그런데 그 점이 왜 허유정과 연결되는가. 줄리아가 사라진 즉시 허유정의 입에서도 줄리아라는 이름과 '반점'이라는 단어가 나왔다. 그때 가거도에서 허유정이 술에 취한 나를 업고 민박으로 돌아와 비에 젖은 옷을 벗기며 그 '반점'을 발견했을 것이다. 하지만 반점은 여자의 흥미를 끌만한 아무것도 없다. 남자 가슴의 검은 반점, 그건 결코 여성의 기억에 남을 만한 그렇게 섹시한 성감대도 아니다. 그럼에도 그녀는 새벽까지 잠들지 못한 채 그것을 생각하고 있었다. 그러고 보니 그것은 나와 줄리아뿐만 아니라 허유정과도 연관이 있다고 해야 할 것 같다.

그러나 아무리 생각해도 무슨 놈의 귀신의 조화인지 알 수 없었다. 일어나서 옷을 벗고 가슴을 거울에 비춰보았다. 그대로 원래 자리에 박혀 있다. 그저 평범한 '기미'에 불과했다. 줄리아의 어떠한 흔적도 찾아볼 수 없었다. 어쩌면 줄리아가 자신의 소멸로 인해 과분한 슬픔에 빠진 나를 위로하려고 별 의미 없이 홀 내던진 말일 수도 있다. 내가 지나치게 그 말에 집착했을 따름이다. 허유정도 잠이 안 와 가거도 일을 추억하다가 우연히 '반점'에 대한 기억이 떠올랐을 것이고. 묘하게도 젖꼭지 옆에 박혀서 웃겼을지도 모른다.

나는 욕실로 들어가 샤워기를 틀었다. 아래 허벅지가 사정으로 인해 완전히 젖어 있었다. 그것을 일일이 물로 깨끗이 씻어냈다. 줄리아는 상상이 끝났다고 말했다. 상상은 충족되면 현실로 복귀한다고도 했다. 그렇다면 줄리아뿐만 아니라 아이바조프스키와 아포비안은 물론 김광수도 내가 알고 싶었던 모든 정보를 제공했으니 다시는 내 앞에 나타나지 않을 것이다. 만일 김현재 교수의 말이 옳다면, 그래서 그들이 죄다 상상의 다리를 건너와 상상의 공간에서만 존재했던 허상들이었다면 말이다. 하지만 나는 물에 씻겨 내려가는 희멀건 액체를 보며 그것은 결코 상상이 아니었다고 확신했다. 적어도 나한테만은 그것은 실제로 존재했던 현실이었다고.

느닷없이 허유정이 보고 싶다. 주변상황의 강요로 어쩔 수 없이 신사·숙녀 연기를 하고 예의를 지킬 수밖에 없었던 레스토랑의 스트레스를 카톡대화를 통해서나마 훌훌 털어버린 것이 개운했다. 그리고 줄리아는 자신을 보고 싶으면 허유정을 보라고 했다.

아내에게 미안했다.

하지만 나는 아내에게 미안한 짓을 한 적이 없다.

# 4

　재동은 약속시간보다 15분이나 늦어서야 포장마차에 도착했다. 위치도 도심지에서 한참 외진 곳인데다, 골목도 서울에도 이런 곳이 있었나 싶을 만큼 좁고 지저분하다. 포장마차의 출입문은 정체불명의 온갖 전단지들이 덕지덕지 붙어 있는 자그마하고 삐걱거리는 알루미늄문이다. 문을 열자 허리가 휘청거리며 당장이라도 부러질 것만 같다. 문지방이 어찌나 낮은지 고개를 깊숙이 숙여야만 간신히 비집고 들어갈 수 있었다. 게다가 반지하여서 계단까지 서너 층 내려가야만 했다.

　하지만 실내에 들어서는 순간 재동은 홀 안에 꽉 차 넘치는 눈부신 광채에 걸음을 우뚝 멈췄다. 방에는 테이블이 세 개뿐인데 그 광채는 맨 구석 쪽의 테이블에서 햇빛처럼 쏟아져 나왔다. 그 빛의 광원은 다름 아닌 허유정이다. 문 쪽에 앉은 두 중년 사내는 막걸리와 안주는 저리가라 버려둔 채 허유정만 멍하니 바라보고 있었다.

　그를 보자 허유정이 의자에서 일어서며 "오빠"하고 반색한다. 고요하던 방 안의 빛이 파도처럼 출렁거렸다. 그녀는 그냥 헐렁한 긴팔 화이트 셔츠 한 장에 통이 너른 밤색 치마바지 한 장을 몸에 걸쳤을 따름이다. 요즘 여자들한테 그 흔한 귀고리, 목걸이, 반지, 팔찌 같은 것조차도 없다. 셔츠자락을 바지춤에 살짝 집어넣는 센스가 패션의 전부이다. 화장도 하지 않은 맨 얼굴에 헤어는 그냥 어깨위로 자연스럽게 드리웠다. 단추 두 개가 열린 틈으로 오른쪽 가슴과 어깨가 노출되었을 뿐이다. 은색 실크로 섬세하게 봉제된 분홍색 브래지어 끈이 투명할 만큼 말쑥한 어깨 피부를 압박하며 드러난 은은한 탄력은 뭇시선을 독점하고도 남을 만큼 매력적이었다. 그것만으로도 재벌 3세는 당연지사이고 미의 여신 아프로디테도 무릎 꿇게 할 만큼 미모가 돋보였다.

"기다리느라 지쳤죠?"

"아니요, 벌써 와 계셨잖아요."

"누가요?"

"마음요."

"그 입 여전하군요."

재동은 가방을 벗어 옆 의자에 내려놓고 유정의 앞자리에 앉았다. 그리고 넥타이도 풀어서 가방에 집어넣었다. 퇴근길이라 옷을 갈아입을 사이도 없었을 뿐만 아니라 허유정이 이런 초라한 서민식당에서 만나자고 할 줄도 예상하지 못했었다.

"악단 동료가 추천해준 식당이에요. 세상과 동떨어진 곳, 그래서 맘 놓고 망가질 수 있는 곳 어디 없냐고 물었거든요."

"잘했습니다. 분위기가 짱이네요."

"오빠, 오늘은 소주, 막걸리, 맥주로 가는 게 어때요? 삼겹살에."

"좋습니다."

재동은 아예 웃옷도 벗어 의자 뒤에 걸쳤다. 레스토랑에서 쌓였던 답답함을 실컷 풀 수 있을 것 같다.

"아유, 오늘은 우리 가게에 복이 터졌네요. 이쁜 아가씨가 찾아오더니 멋진 선생님도 이렇게 오시고."

사장님이자 주방장이며 서빙이기도 한, 인상 좋은 할머니 한 분이 주방에서 나오며 수다를 떨었다.

"난 이렇게 이쁜 아가씨는 난생 처음 봐요."

그러자 옆 테이블의 두 사내도 고개를 끄덕였다.

"연예인이신가 봐요. 요즘 뜨는 그 주말드라마에 나오는 여주인공……."

"할머니, 저 연예인 아니에요. 그냥 일반인입니다. 삼겹살 이 인분과 참이슬 다섯 병 먼저 주세요."

"그런데 두 분은 어떤……."

아무래도 노인은 두 사람의 관계가 궁금한 모양이다. 재동은 갑작스런 질문에 뭐라고 대답할지 몰라 잠시 머뭇거리는 데 허유정이 주저 없이 먼저 대답했다.

"남자친구예요."

재동이 놀라 그녀를 바라보자 유정은 태연한 표정이다.

"오빠 맞잖아요. 그럼 뭐라고 해요. 아빠라고 부를까?"

재동은 웃고 말았다. 할머니도 "재미있을 때다." 이러며 주방으로 들어갔다.

삼겹살이 노랗게 구워지자 술이 시작되었다. 그즈음엔 사내들도 술상이 파해 나가고 포장마차에는 두 사람만 남았다. 할머니도 문 쪽에 앉아 끄덕끄덕 졸며 드라마를 시청했다.

"악단 출근 소감을 듣고 싶습니다."

"'듣고 싶습니다'가 뭐야? 그런 고린내 나는 예법이나 지키려고 이런 곳에 왔어."

허유정이 먼저 말을 놓자 재동이도 덩달아 그녀를 따라갔다. 그러지 않아도 불편했었다.

"그래, 악단에 나가보니 어땠어?"

"날 환자 취급하잖아. 피해자처럼 슬픈 기색을 짓고 수심에 잠겨 있어야만 할 것 같은 분위기 있지. 웃어도 이상한 눈으로 쳐다보는 거야. 실연하더니 재 정신이 어떻게 된 거 아니야, 이런 눈길? 해금 연주도 하지 말라, 커피도 자기들이 뽑아다 줄 테니 가만 앉아 있어라 이러잖아. 난 내가 '아리랑 처녀'가 되는 줄 알았어. 여차하면 임을 기다리는 여인상이라도 세워줄 것처럼 측은한 시선으로 바라보는 거 있지. 난 정상인으로 대접받고 싶은데. 날 정상인으로 바라보는 사람은 오빠밖에 없어."

"시간이 지나면 정상으로 돌아올 거야. 걱정 마."

유정의 제의로 소주를 소맥으로 바꿨다……

"오빠, 나랑 같이 오늘 실컷 마시고 죽자."

"그래, 레스토랑에서 못 마신 것까지."

연달아 잔이 부딪쳤다. 먼저 올라온 술 다섯 병은 동이 난지 오래고 다시 청한 다섯 병도 바닥이 나 또 추가했다. 삼겹살도 이인분이나 더 추가했지만 보아하니 또 모자랄 판이다. 허유정의 발음이 모호해졌고, 재동도 말할 때마다 혀가 잘 돌아가지 않았다.

"오빠, 있잖아. 요즘 내 몸에 이상한 변화가 생겼거든."

"무슨 변화?"

"맞춰봐."

"살쪘다고."

"오빠, 혹시 머리 나쁜 거 아님?"

"모르겠어. 뜸들이지 말고 그냥 말해봐."

"내 가슴에 검은 반점이 생겼따아~"

"검은 반점?"

"그렇다니까. 오빠 가슴에 있던 그런 거."

"그게 무슨 말이야?"

"볼래?"

"여기서? 남들이……."

"할머니도 주무시잖아."

허유정이 셔츠 단추를 벗기더니 주저 없이 브래지어까지 아래로 내리자 재동은 당황하여 급히 주변을 둘러보았다. 할머니는 자는지 듣는지 눈을 감은 채 끄덕끄덕 졸고 있다. 그래도 그렇지…….

"이것 봐."

재동이 고개를 돌리려 했지만 허유정은 손으로 그의 귀를 잡아당겼다. 일순간 재동의 눈앞에 하얀 가슴이 활짝 드러나며 눈이 부셔 감았다.

"눈 떠. 내숭떨지 말고. 이거 주님 거잖아."

어쩔 수 없이 눈을 떴다. 거짓말처럼 그녀 가슴의 젖꼭지 옆에 검은 반점이 찍혀 있었다.

"장난치지 마. 유성펜으로 점을 찍어놓고 날 골리려고……."

"아니거든. 정말이야. 요즘 여기가 자꾸 가려워서 샤워할 때 보니까 이게 갑자기 생겨난 거임. 만져봐."

허유정이 재동의 손을 잡아 자기 가슴에 가져다 댔다. 순간 재동은 심장이 쿵쿵 요동치며 숨이 차올랐다. 그것은 돌기처럼 오돌토돌했다. 재동은 요즘 자신의 몸에서 일어난 변화가 오버랩되었다. 재동이 역시 그곳이 가려워서 우연하게 거울을 보았더니 놀랍게도 점이 사라져 버렸던 것이다.

"내 건 없어졌는데……."

"그러니까 맞잖아. 이거 확실히 오빠 거야. 우리 이제 한 몸이 된 거야."

"그럴 리가 없어. 어떻게 내 몸의 점이 네 몸에 옮겨갈 수가 있어. 전염되는 것도 아닌데. 이건 우리 둘의 상상이 만들어낸 허상이야. 우리 말고 또 다른 누군가의 상상이 개입된 건지는 모르겠지만……."

재동은 그녀의 브래지어를 올리고 셔츠 단추를 채워주며 말했다.

"줄리아!"

느닷없이 허유정의 입에서 그녀의 이름이 튕겨 나오는 바람에 재동은 놀란 나머지 전신에 소름까지 돋았다.

"여기서 줄리아가 왜 나와."

재동은 사실 줄리아를 생각했지만 그 이름이 허유정의 입에서 나오자 아연실색했다.

"오빠가 가거도 민박에서 상상 속에서 만났던 여자잖아."

"그럼 줄리아까지는 인정, 포함시키고. 하지만 제삼자의 눈에는 이 반점이 아마 보이지 않을 거야."

"삼자라니, 누구?"

"시집 안 갈 거야?"

"야, 이 나쁜 놈아!"

허유정이 갑자기 새된 소리를 지르며 재동에게 달려들어 주먹으로 마구 어깨를 때리기 시작했다. 그 바람에 자고 있던 할머니가 싸움이 벌어졌나 해서 깜짝 놀라며 눈을 떴다.

"아파, 잘못했어. 다시는 그 말 안 할 게. 이렇게 빌게."

그제야 유정은 매질을 멈췄다.

"다시 그 말 했다간 나한테 맞아죽을 줄 알아. 남의 가슴에 이렇게 제집처럼 턱하니 들어앉아 도청기, 몰카 구실 다하면서 나더러 어딜 가라고. 일거수일투족을 감시할 거면서."

허유정은 화가 난 모양으로 아예 소주병채로 쳐들고 꿀떡꿀떡 단번에 병을 비웠다. 재동은 그러는 그녀의 모습을 물끄러미 바라만 볼뿐 제지하지 않았다. 그녀의 피범벅이 된 마음의 상처는 아직도 전혀 아물지 않았음을 깨달았기 때문이다. 그녀는 그 아품을 알코올로 마취시키며 간신히 버텨내고 있는 중이다. 재동은 그때 가거도 동개해수욕장에서 원래 그녀가 파도 속에 휩쓸려가 선녀가 되도록 방치했어야 했는지도 모른다는 생각이 들었다.

술상이 끝나자 대리기사를 불렀다. 하지만 재동은 그녀가 불러주는 주소를 듣고 의아해졌다.

"주소 맞아?"

"그 자식이 맡아준 오피스텔에서 나와 원룸으로 이사했어."

그녀는 재동의 무릎을 베고 누우며 말했다.

"잘했어."

도착해 보니 15평 될까 말까 한 원룸이다. 소파 한 개, 식탁, 옷장, 책장 따위가 몇 개 있고 화장품조차 보이지 않는 간소한 살림이다.

일단 그녀를 소파에로 부축해 가 앉혔다.

"좀 쉬어. 너무 많이 마셨어."

"싫어. 오늘은 안 자. 마시고 죽자 했잖아. 저기 양주 갔다 줘. 한잔씩 더 하고 내 자작곡 들려줄 게."

나는 아무 말 없이 그녀가 시키는 대로 했다. 역시 그 파도에도 넘어지지 않는 스윙이다. 양주를 두 개의 잔에 절반씩 나누어 따랐다. 잔을 쳐들 때 술이 쏟아지긴 했지만 해금연주는 가능할 것 같다. 그녀와 잔을 부딪치고 양주를 마셨다. 이젠 취해서 술이 독한 줄도 모르겠다. 그냥 물 같다.

"해금 갔다 줘."

"이번엔 무슨 곡인데?"

나는 해금을 가져다주며 물었다.

"오빠, '기적' 그림 다 그렸어?"

"아니."

"게을러터졌어. 그러니까 '기적' 바라지 마. 우리 일상에 그냥 만족하자. 오늘 연주할 곡의 제목은 '검은 반점'이라고 할까. 아까 차에서 가사와 곡을 잠깐 생각했던 거야."

해금을 무릎 위에 올려놓고 몇 번 삑삑 소리를 내보더니 더운지 셔츠를 벗었다. 브래지어가 드러나자 나는 시선을 피했다. 그녀의 몸은 너무 황홀해 정면으로 쳐다볼 수 없어서였다.

"등 뒤의 단추 벗겨줘. 너무 조여 답답해."

나는 망설였다. 그러자 허유정이 때릴 것처럼 해금활대를 쳐들었다. 나는 어쩔 수 없이 그녀 등 뒤로 돌아가 폭포처럼 쏟아지는 머리카락을 헤치고 옥색 호크를 벗겼다. 가슴의 부풀어 오르는 탄력 때문에 조여 있던 호크가 풀리자 그녀는 숨을 후 내쉬며 다시 해금을 잡았다. 가슴 밑바닥을 후벼내는 것 같은 해금의 멜로디가 그녀의 거칠면서도 청아한 노랫소리와 어울리며 자그마한 방 안에 울려 퍼지기 시작했다.

오빠의 가슴에는 검은 반점이 있었어
심장이 쿵쿵 뛰고 피가 끓는

가슴의 문을 여는 단추였지
문이 열리고 붉은 피가 흘러
혈관을 따라 내 가슴에 옮겨 온
남들의 눈에는 보이지 않는
신비한 문이야

그녀의 몸은 세차게 경련했다. 하얗고 탱탱한 젖가슴은 스프링처럼 탄력 있게 좌우로 흔들렸고 해금의 소리는 흐느끼는 듯 물결쳤다.

내 가슴에 흘러드는 그대의 붉은 피
줄리아의 인도대로 혈관 속을 누비네
오빠가 내 몸으로 들어오는 문
줄리아가 내 안으로 통하는 문

허유정은 문득 눈을 감았다. 그러자 눈시울에 고였던 이슬이 두 줄기를 이루며 양 볼을 타고 주르륵 흘러내렸다. 그녀의 육체는 놀랄 만큼 섹시했지만 털끝만큼도 속되거나 음탕하지 않았다. 이제는 성적 충동을 넘어 순수한 아름다움만 발산했다. 그 육체는 성적 대상이기를 거부하고 티 없이 맑고 깨끗한 아름다움으로 승화되고 있었다. 어쩌면 그것은 저 반점을 통해 연결된 내 육체와의 일체감과, 그것을 통해 허유정을 유도하는 줄리아의 영혼 때문인지도 모른다. 저 육체에는 세 사람의 몸과 정신이 녹아 있다. 저 육체는 단 하나 아름다움뿐이다. 그리고 아름다움은 순수할 때에만 태양처럼 빛나는 것이다.

　내 가슴에 구비치는 그대의 피…….
　오빠의 피는…….

　허유정의 노래와 연주는 거기서 중단되었다. 그녀는 더 이상 몸을 지탱하지 못한 채 밑동 잘린 나무처럼 뒤로 천천히 넘어졌다. 나는 재빨리 그녀에게로 다가가 쓰러지는 그녀의 상체를 받아 안고 머리에 내 무릎을 베웠다. 그렇게 그녀는 잠들었다. 그리고 나도 잠들었다. 나는 졸음에 밀려 넘어지면서도 그녀의 허리를 껴안았다. 그녀의 두 팔도 잠결인 듯 포도넝쿨처럼 내 허리를 칭칭 휘감았다. 그리고 다리를 내 배 위에 걸쳐 놓았다. 그렇게 우리는 서로 칡넝쿨처럼 칭칭 얽혀든 채 달콤한 숙면에 빠져들었다.

　그리고 우리 옆에는 귀신인 줄리아도 나체로 나란히 누워 있었다.

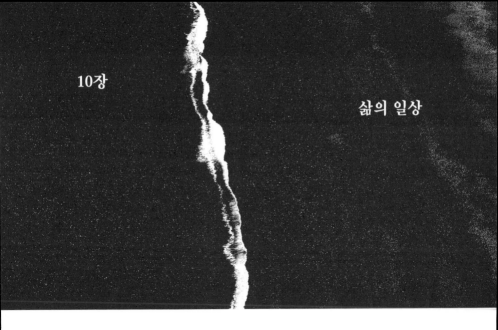

# 10장

## 삶의 일상

### 1

오늘은 주말이다. 9시 28분, 허유정의 집에서 새벽 4시에 나왔었다. 죽을 끓여 놓고 꿀물도 타놓고 그녀 몰래 살그머니 빠져나왔다. 그녀와 알몸뚱이를 껴안고 다리를 포갠 채 자면서도 아무런 일도 일어나지 않았다는 게 믿어지지 않았다. 가거도에서의 일을 미루어 짐작할 때 그녀는 오늘 하루 종일 잘 것이다. 아니, 하루 동안 죽을 것이다.

아내는 아침식사 준비하러 주방으로 내려갔는지 침대 옆자리가 비어 있다. 침실에서 나와 아들의 방문을 열어보니 환이는 벌써 일어나 다람쥐 쳇바퀴 도는 그림에 색칠을 하느라 여념이 없다. 색칠을 다하고는 마음에 안 드는지 구겨서 쓰레기통에 버리고는 다시 그리고 칠하기를 반복했다.

여동생 유리는 모친을 모시고 아파트 정원의 놀이터로 산책하러 내려갔는지 보이지 않는다. 강수애 여사는 식사를 수용하는 조건으로 일단 집으로 모셔왔지만 정작 도착하자 하루에 겨우 죽 몇 숟가락, 꿀물 두세 방울이 식사의 전부였다. 신체가 몰라보게 수척해졌을 뿐만 아니라 넋이 나간 사람처럼 한 자리에 멍하니 앉아 있기가 일쑤였다. 초점을 잃은 시선은 박제동물의 눈알처럼 고정된 채 움직이지 않았다. 하지만 시집 와서 지금까지 살던 집에서 난데없는 귀신에게 쫓겨나 낯선 아파트로 올라왔으니 시간이 흐르면서 점차 적응되면 괜찮을 것이라고 믿을 수밖에 없었다.

이렇게 아무것도 기대할 것 없는, 그렇고 그런 시시한 하루가 또 시작되었다.

오늘은 뭘 할까?

테라스로 나가 담배를 피우며 묵묵히 생각해보았다. 오늘과 내일 이틀 동안 방치해 두었던 스튜디오나 정리해야겠다. 그리고 그림도 마무리해야 한다. 아무래도 '기적'이라는 제목 뒤에 '일상'이라는 몇 글자를 더 첨부해야 될 것만 같다. 그리고 붙일 바에는 꼬리가 아니라 머리에 '일상'을 붙여 '일상과 기적'이라고 하는 것이 차라리 낫지 않을까. 왜냐하면 그는 이미 완전한 일상의 회전 궤도에 올라탔기 때문이다. 출근·운전·강의·퇴근·식사·잡담·수면······.

혹시나 해서 가물가물 피어오르는 담배연기를 눈여겨 관찰했지만 아포비안의 장난 같은 건 없었다. 상상은 욕구가 충족되면 현실로 복귀한다던 줄리아의 말이 떠올랐다. 이제 유령 같은 건 나타나지 않을 것이다. 밋밋하고 무미건조한 일상만 끝없이 반복될 것이다. 절망감에 빠져들며 담배를 끄고 의자에서 일어나는데 전화벨이 울렸다. 액정에 김현재가 떴다.

"어, 김 교수. 아침부터 웬일이야?"

"정 화백한테 한 가지 물어볼 게 있어서."

"김 교수도 나한테 물어볼 게 있어? 해가 서쪽에서 뜨겠다."

"거두절미하고, 그 여자 누구야?"

"그 여자라니, 어느 여자?"

"그 양귀비 저리 가라 할 만큼 미모가 출중한 여자 말이야?"

재동의 머릿속에 자연스럽게 허유정의 모습이 떠올랐다.

"허유정을 말하는 거야?"

"그 아가씨 이름이 허유정이었어? 그래, 그 허유정이 정 화백과 무슨 관계냐고?"

재동은 어떤 상황에서도 태연자약하고 여유만만하고 차분하기만 하던 김현재가 이렇게 흥분하고 횡설수설하는 건 난생처음 본다.

"그냥 아는 여자야. 그런데 김 교수가 유정일 어떻게 알아?"

"우연하게 알게 된 거야. 어제 나도 지인들과 그 포차에서 술을 마셨거든. 술상이 거의 끝나갈 무렵 그 아가씨 참, 그 허유정 씨가 들어왔지. 나는 그 눈부심에 눈이 머는 줄 알았잖아. 동굴 속 처럼 어두컴컴하던 방 안이 삽시에 환해졌다니까. 어언 내 나이 마흔 중반에 들어섰지만, 그동안 연예인, 배우와 같은 아름다운 여자들을 수도 없이 보아왔지만 그렇게 황홀한 미모를 가진 여자 는 처음이야. 그 아가씨를 본 후로 나 지난밤 한 잠도 못 잤어. 온 밤 그 여자 생각만 했어."

김현재가 한 번 입을 열어 이처럼 길게 그것도 단숨에 이야기 했다는 것은 그야말로 기적이 아닐 수 없다.

"그런데 허유정이 나랑 만난 건 어떻게 알았어?"

"밖에 나와서도 그 아가씰 한 번이라도 더 보고 싶어서 자전거 바퀴에 바람을 넣으러 가야한다고 지인들을 먼저 돌려보내고 가 끔씩 포차 앞을 지나가며 창문으로 훔쳐보곤 하는데 갑자기 골 목으로 차가 들어오더니 김 교수가 내려서 안으로 들어가잖아. 설마하고 안을 들여다봤는데 정말 김 교수가 그 여자와 마주 앉 아……."

"여보, 식사하세요."

아내가 스튜디오문을 열고 부르는 소리에 재동은 급히 전화를 마무리했다. 아내 앞에서 유정의 말을 할 수는 없었기 때문이다.

"이따 봐, 일이 있어."

1층으로 내려왔으나 환이와 아내만 있을 뿐 유리와 모친은 보 이지 않았다. 전화를 걸려고 휴대폰을 손에 들었는데 먼저 유리 한테서 전화가 걸려왔다. 수락버튼을 누르자마자 유리의 다급한 음성이 들려왔다.

"오빠, 큰일 났어! 빨리 내려와 봐."

유리의 목소리는 황황함과 두려움에 떨렸고 울먹이기까지 했다.

"왜? 어머니가……."

"엄마가 숨졌어!"

"뭐라고? 얘가 무슨 정신 나간……."

조반상을 차리던 아내의 손에서 반찬 접시가 타일바닥에 떨어져 박살났다. 금방 튀겨낸 고등어의 몸뚱이가 산산조각 나며 도처에 흩어졌다.

11층에서 엘리베이터를 타고 놀이터로 내려와 보니 강수애 여사는 정자 안의 기다란 벤치위에 반듯하게 누워 있었다. 몸집이 한줌밖에 안 돼 보였다.

"119에 알려야지."

재동은 너무 뜻밖의 상황이라 어찌할 바를 몰라 아무 생각도 나지 않았다.

"벌써 알렸어."

"어쩌다가 이렇게 되셨어?"

"내가 요 앞 커피숍에 갔다 오는 사이에 돌아가셨어. 움직이지 않고 조각상처럼 가만히 앉아 있기에 '엄마'하고 부르며 어깨를 흔들었는데 그냥 나무통처럼 뒤로 넘어졌어."

"아무 말도 없으셨어?"

"우사단 공동묘지 말만 했어."

"어머니, 정신 차리세요. 어머—니—"

이미리는 시어머니의 손발을 주무르며 울면서 허둥지둥했다.

노인은 대학병원 응급실로 옮겨졌으나 오전 11시 10분에 사망 신고가 내려졌다. 시신은 영안실로 옮겨지고 식구들은 장례식장 으로 이동했다. 친척과 지인들에게도 부고를 띄웠다.

저녁부터 조문객들이 모여들었다. 재동은 마치 녹음기처럼 조 문객들을 맞이할 때마다 모친이 세상을 뜨게 된 운명과정을 수없 이 반복해야만 했다. 그리고 사람들의 똑같은 조문인사를 들어 야만 했다. 반나절이 지나기도 전에 그 끝없는 반복놀이에 지쳐 버렸다. 죽은 사람은 말이 없고 산 사람은 반복놀이에만 열중한 다.

일산에 사는 누나가 오후에 도착했다. 미국에 사는 형님도 이 튿날 비행기로 서울로 날아왔다. 저녁식사 때 잠시 이미리와 유 리가 빈소를 지키고 형제들은 식탁에 빙 둘러 앉았다. 먼저 미국 에 사는 큰형 정재범이 말문을 열었다. 그런데 모친상과는 전혀 상관없는 화제를 끄집어낸다.

"흑기미, '기적' 그림은 다 그렸어?"

재동은 저도 모르게 주변을 둘러보았다.

"형, 흑기미가 뭐야. 내가 어린애야."

"나한텐 영원한 애지. 흑기미를 흑기미라하지 그럼 뭐라고 해. 정 교수님이라고 부를까?"

"맞아. 너 중학교 때까지도 집안에서 흑기미라고 불렀잖아."

누나 정혜선이 맞장구를 치자 사람들이 와— 하고 웃었다.

"환이도 저기 있는데……. 그리고 나 지금은 그 점이 없어졌어."

"점이 없어졌다고? 수술한 거야?"

"아니, 저절로."

"말도 안 돼. 점이 어떻게 저절로 없어져. 너 거짓말이지. 어디 보자."

정재범이 더워서 양복을 벗고 타이를 푼 채 셔츠만 입고 있는 동생의 옷섶을 헤치려 했다. 재동은 급히 옷섶을 여미며 몸을 피했다.

"왜 이래, 엄마 시신을 옆에 눕혀놓고."

"엄만 호상이야. 어디 보자. 우리 정 교수 기미가 없어졌나."

누나 정혜선이 막무가내로 달려들어 재동의 옷자락을 당겼다. 그 바람에 왼쪽 가슴이 불쑥 드러났다.

"봐도 없다니까."

"여기 있잖아."

"어디 있는데?"

그러자 재범이 손가락으로 동생의 가슴을 짚었다. 재동은 자신의 가슴을 내려다보았다. 눈여겨보니 형이 가리킨 자리에 사라졌던 반점이 또다시 뚜렷하게 박혀 있었다.

"분명 없었는데……. 웬일이지?"

재동은 의아해졌다. 줄리아가 점을 빌린다고 말했고, 그녀에 의해 진작 유정의 가슴에 옮겨지지 않았던가. 귀신이 곡할 노릇이다. 다시 내려다보았다. 이번에는 또 사라졌다.

"이것 봐. 없잖아."

"너 벌써 노안든 거니. 여기 깨알만 한 거 있잖아."

누나가 다시 손가락으로 건드렸다. 그렇다고 보니 또 있는 것처럼도 보였다.

"나도 모르겠어. 있는 것 같기도 하고, 없는 것 같기도 하고."

"페오도시아의 유령이랑 상종하더니 정신이 잘못된 거 아냐?"

"형이 페오도시아의 유령을 어떻게 알아?"

"이것 봐. 네가 전에 전화로 나한테 말했잖아. 요즘 페오도시아에 살던 화가 아이바조프스키가 그린 '아홉 번째 파도' 그림에 흠뻑 빠져 있다고. 그래서 너도 아이바조프스키처럼 '기적'이라는 그림을 그리겠다고."

"내가 그랬어? 생각 안 나."

모친의 시신은 3일 만에 발인했다. 고인과의 간단한 고별식에서 눈물을 흘린 사람은 재동과 아내 그리고 유리뿐이었다. 관은 영구차 아래의 좁은 구멍 안에 실려 화장장으로 운구 되었다. 재동은 그 위에 앉아서 모친의 말을 회상했다. 그 우사단공동묘지에서 천막을 치고 산사람은 무덤 위에, 죽은 사람은 밑에서 함께 살았다던 이야기를. 지금 또 잠시나마 그때의 상황이 재현되고 있었다.

화장장에 도착하자 관은 자동운반벨트에 실려 화장로에로 옮겨졌고 상주들과 일행은 대기실로 들어갔다. 재동이 모친의 유골함에 대한 문제를 꺼내놓았다.

"어머니가 돌아가실 때 '우사단공동묘지'라는 말씀을 하셨다는데……. 형과 누나는 골회를 어떻게 처리했으면 좋겠어?"

"당연히 납골당에 모셔야지. 자식들이 제사도 지내야잖아. 아버지와 함께."

유리가 좌중을 앞질러 입빠르게 끼어들었다.

"내 짐작엔 어머니가 골회를 우사단 고개에 뿌려 달라고 유언하신 것 같아."

"저도 같은 생각입니다. 여사님께서 자신의 집이라고 생각했던 보광동 빌라에서 뜻밖에 집주인 귀신이 나타나 내 집을 내놓으라는 악몽을 꾸셨다면서요. 아마도 그래서 당신께서 가실 곳은 우사단 천막 터뿐이라고 생각하셨던 게 아닌가 생각됩니다."

김현재 교수가 그만의 기발한 분석력을 발휘하여 가족의 대화에 참견했다.

"사람은 자신에게 속한 특정 문화와 함께 생존하고 그 문화와 더불어 사라질 수밖에 없는 존재이니까요."

"난 김 교수와는 견해가 다릅니다. 현대과학이 얼마나 발달했는데요. 골회를 보관할 필요 없이 그냥 화장장에서 날리는 게 좋습니다. 무식했던 옛날에는 죽은 혼이 살아 있는 후손들의 부귀영화를 지켜준다는 어리석은 믿음 때문에 시신을 모시는데 신경 썼지만 요즘은 그런 유교적인 교리가 통하지 않는다고요."

S대를 수석으로 졸업한 뒤 미국에서 박사학위를 따고 그 자리에 눌러 앉아 변호사로 사는 형은 서양문명을 대변할 만한 자격이 충분했다.

"그럼, 이렇게 하는 게 어때요. 각자 의견을 다 수렴해서 유골의 일부는 우사단고개에 뿌리고 더러는 여기서 날리고 나머지는 납골당에 모시는 걸로 타협하는 게."

정혜선의 기가 막힌 중재안에 모두 입을 다물었다. 여자들의 머리는 그만큼 실용적이다.

"나가서 담배 한 대 피우지 않을래?"

김현재가 재동의 어깨를 툭 치고 먼저 베란다로 나갔다. 재동은 안 그래도 담배 생각이 나던 참이라 말없이 뒤를 따랐다. 김현재가 그를 조용한 곳으로 불러낸 의도는 십중팔구는 허유정에 관한 말일 것이다. 아니나 다를까 김현재는 재동이 나오자마자 허유정의 이야기를 꺼냈다.

"난 이 며칠 동안 허유정 그 아가씨 땜에 한잠도 제대로 못 잤어."

"왜?"

"담장 너머로 우연하게 황진이의 미모를 훔쳐본 옆집 사내가 상사병에 걸려 죽었다는 이야기 못 들었어? 이런 느낌 처음이야. 정 화백도 내 우유부단한 성격을 알잖아."

"알지. 그런데 유정일 황진이와 비교하지 마. 그런 여자 아니야. 샘물처럼 말쑥하다고."

"알았어. 그런데 왜 흥분하고 그래. 정 화백 유정 씨하고 그런 사이지?"

"아니야, 아니라고. 우리 그냥 알고 지내는 사이일 뿐이야……."

그때 고인의 유골이 나왔으니 확인하라는 전갈이 들어와 대화가 중단되었다. 그들은 가족들과 함께 그쪽으로 이동했다.

유리벽 안에는 갈비뼈와 부서진 뼛조각들이 담긴 인골박스가 덩그러니 놓여 있었다. 그 모양을 보자 유리가 엄마, 하고 새된 비명을 지르며 무작정 그쪽을 향해 돌진했다. 큰오빠 정재범이 동생의 어깨를 부여안아 제지시켰다. 이미리는 말없이 재동의 가슴에 얼굴을 묻으며 어깨를 들먹였다. 재동은 아내의 어깨를 힘주어 껴안았다. 웬일인지 그 유골을 보니 모친이 말하던 우사단공동묘지에 나뒹굴던 그 옛날의 무연고 인골들이 떠올랐다…….

가족들은 시내 식당에서 저녁을 먹고 늦게야 집으로 올라왔다. 누나네 식구는 숫제 일산으로 돌아가고 큰형네 부부는 엄마 방에 머물렀다.

재동은 침실로 올라와 자리에 누웠으나 잠이 오지 않아 이불만 뒤척거렸다. 모친의 사망, 유정의 모습이 오버랩 되며 자꾸만 머릿속을 어지럽혔다.

유정인 지금 뭐하고 있을까.

"여보."

잠자코 누워 있던 아내가 나직하게 불렀다.

"아직도 안 잤어?"

"우리 방마다 흰색 벽지 대신 어머님께서 좋아하시던 벽지로 다시 도배해요."

"왜? 이제 어머니도 안 계신데 어머니방과 거실도 다 당신이 좋아하는 화이트벽지로 바꿔도 되잖아."

"싫어요. 어머님이 나 땜에 돌아가신 것 같아 은근히 죄책감이 들어요. 혼이라도 가끔씩 들르시면 편하게 계시다 가실 수 있게 해드리고 싶어요."

"자기야."

나는 돌아누워 아내를 살며시 가슴에 품었다. 뿌리치지도 않는다. 대신 아내의 어깨가 가늘게 경련하고 있었다. 오랜만에 그녀를 가지고 싶었다. 안아서 돌려 눕혔다. 그리고 조심스럽게 셔츠와 브래지어를 차례로 벗겼다.

"어머님도 금방 돌아가셨는데. 신물 나게……."

"식구가 한 사람 사라졌으니 또 한 사람 보충해야잖아."

재동이 고집을 부리자 아내는 더 이상 거부하지 않았다. 이불을 젖히고 나체가 된 그녀를 반듯하게 눕혔다. 그녀의 몸매는 여전히 아름다웠다. 먼 훗날 어떤 미술학도가 죽은 내 유령을 만나러 온다면 내가 줄리아와 했던 것처럼 이미리의 아름다운 육체에 매혹될 지도 모른다. 그만큼 그녀는 아직도 싱싱하고 맑고 부드럽고 탄력이 넘쳤다.

하지만 재동은 그녀와의 잠자리에서 그래왔던 것처럼 탐험과 점검을 생략한 채 직접 본론에로 돌입했다. 그녀의 육체는 그만큼 익숙했고 모든 탐험은 진작 끝났기 때문이다. 그리고 예나 다름없이 얼마 지나지 않아 성 고조에 도달했다. 하지만 아내는 이제야 갓 출발이다. 재동은 동작을 멈췄다. 그러자 아내가 하염없이 갈망했다. 어쩔 수 없이 재차 동작을 진행했지만 역시 막바지에 이르자 또 중단했다. 아내는 몸부림쳤다. 아내를 만족시키기 위해서는 중단이 아니라 속도를 높여야 했다. 하지만…….

재동은 서리 맞은 풀잎처럼 맥없이 그녀의 몸 위에서 떨어지며 고개를 숙였다.

"안 되겠어."

"괜찮아요. 오늘 하루만 살 것도 아니잖아요."

아내는 다정한 손길로 재동의 몸에 흠뻑 번진 땀방울을 닦아주었다. 재동에게 그것은 그냥 그 많고 많은 일상의 또 한 번의 반복에 지나지 않았다.

## 2

재동은 큰형의 가족을 공항까지 배웅하고 서울로 돌아오는 중이었다. 학교에는 내일까지 연가를 냈다. 집에 도착하면 오후 4시 30분 정도가 될 것 같았다.

오늘은 뭘 하지?

모친이 돌아가서인지 손맥이 풀려 스튜디오를 정리하기도 싫다. 오늘은 화요일이라 허유정도 악단에 출근했을 것이다. 재동은 잠시 졸음쉼터로 들어가 차를 세우고 일요일 날 허유정과 나눈 카톡대화창을 열어보았다.

> 유정 삐짐! 도망쟁이.

> 갑자기 사정이 생겨서.

> 됐네용. 오빠 사정에는 관심이 없어. 중요한 건 우리 어제 첫날밤 보냈다는 사실이야.

> 첫날밤?

> 안고 잔 건 처음이잖아. 그런데 첫날밤 치고는 너무 조용하고 깨끗한 거 아니었나?

장난꾸러기. 못 말려.

우띠! 장난 아님. 나 지난밤 태몽꿈까지 꿨단 말이야.

태몽꿈?!

엄마가 내 손가락에 은반지를 끼워주는 꿈을 꿨어. 반지는 딸이잖아.

그냥 꿈인 거야. 넌 신성하니까.

아니거든. 난 여자임. 나 여기…… 몰라…… 다 젖었었단 말이야. 유정이 오늘 9월 22일 토요일 기억할 거에용.

우리 유정이 언제 동정녀 마리아가 되셨나?

난 왜 마리아가 못 돼. 오빠 창조주잖아. 창조주니까 날 임신시킬 수 있잖아. 인간적인 수태과정을 생략하고서도.

좋을 대로 생각해. 생각에야 무슨 죄가 있겠어.

그리고 나 죽을 때까지 이 팬티만 입을 거야.

왜, 돈이 없어?

오빠랑 첫날밤 입었던 거니까.

유정아……

　그때 재동은 뭐라고 말하면 좋을지 몰라 기다란 생략부호만 찍었다. 유정의 그 팬티 별거 아니다. 그냥 시중에서 흔히 볼 수 있는 평범한 삼각팬티였다. 화이트 색상의 실크소재로 제작된 것이다. 그러나 지그재그로 규칙 있게 이어진 실선, 미니 보조개처럼 폭폭 파인 바늘 자국이 있는 봉제선의 섬세함과 선명함마저도 그녀와 만나면 화려한 장식이 되는 마법을 연출한다. 완벽한 다림질과 알찬 바디볼륨으로 팽창된 그녀의 팬티는 물방울이 떨어지면 스며들지 않고 그대로 굴러 떨어질 듯 구김살 하나 없이 반듯하고 깔끔했다. 폭신하고 도톰한 언덕을 넘어 낙차로 떨어지는 곡선의 부드러움은 비경을 이룬다. 아무리 평범하고 수수한 것이라도 그녀와 만나면 옥이 되고 구슬이 된다.

　대화창을 다 보자 재동은 휴대폰을 끄고 차의 엔진을 가동한 후 졸음쉼터에서 빠져나왔다. 허유정은 일요일에는 시골의 아버지한테 내려갔다. 부모님을 뵌 지가 너무 오래 되어서였다. 그리고 어제는 "해금을 연주하면서도 오빠 생각"이라는 문자가, 오늘 아침에는 "해금이 자꾸 울어용. 오빠 보고 싶대용"라는 문자가 날아왔다.

재동은 오늘은 열흘 전 끝내 교수직을 버리고 시골로 귀농한 친구 김현재를 찾아가기로 했다. 어차피 그와 미뤄둔 얘기가 많았다. 하룻밤 자고 내일 올라오면 될 것이다. 재동은 전화를 걸었다. 신호음이 끝났지만 전화를 받지 않는다. 다시 걸었다.

"여보세요."

뜻밖에도 술에 취한, 목 갈린 음성이다. 성격이 차분해 좀해서 취하지 않는 스타일인데 오늘은 웬일이지?

"나 지금 그쪽으로 갈 거야. 집 구경도 할 겸."

"나, 집 아니야. 서울이야."

"집에 간다고 했잖아. 아직도 안 갔어? 서울 어딘데?"

"여관."

"여관, 어느 호텔? 주소 불러줘. 그리로 갈 테니."

"여기가 그러니까…… 어디지? 호텔은 아니고, 장여관 같은 곳이라고."

"그러니까 거기가 어디냐고? 도둑놈처럼 왜 우물쭈물 해."

"그때 정 화백이 허유정 씨랑 술 마시던 그 포차가 있는 골목 끝이야."

"정 교수가 거길 왜 갔어? 아무튼 만나서 얘길 하자."

재동은 전화를 끊고 차머리를 서울 방향으로 돌렸다. 뭔가 심상치 않다. 시골에 내려간다던 친구가 집에 안 간 것도 그렇고, 허유정과 술 마시던 포차 골목에, 그것도 호텔도 아닌 장여관에

든 것도 이상했다. 언제나 수정처럼 마음이 깨끗한 친구였다.

허름하고 불결한 골목 여관 2층에 올라가니 김현재는 방바닥에 술과 마른안주들을 벌여놓고 혼자 술을 마시고 있다.

"웬일이야? 뒷골목 여관에서 혼술 다 마시고. 무슨 안 좋은 일이라도 있어?"

재동이 신을 벗고 방으로 올라가 자리에 마주앉으며 묻자 김현재는 말없이 잔에 술을 따라 그에게 건넸다.

"나가자. 식당가서 마시자."

"싫어. 나, 좀 있다 가볼 데가 있어."

"어딜?"

"이왕 정 화백이 왔으니 속일 거 뭐 있어. 저 아래 그대들이 술마시던 그 포차로 갈 거야."

"거긴 왜? 누구 만날 사람 있어?"

"아니."

"그럼 왜 그런 곳에 혼자 가려는 건데?"

"나도 몰라. 그냥 발길이 저절로 여기까지 찾아왔어. 갑자기집에 내려가기 싫어졌어."

재동은 그가 내미는 잔에 술잔을 부딪치고 참이슬 한 모금을마셨다.

"그러니까 좋은 직장 버리고 왜 시골로 내려가. 벌써 후회할걸."

"이런 일이 생길 줄 누가 알았어."

"무슨 일?"

"허유정."

"허유정? 허유정이 왜?"

"그 여자를 본 후부터 잠도 안 오고 아무 일도 손에 잡히지 않아. 저 포차에 내려가서 술을 마시노라면 그녀가 다시 나타날 것만 같은 막연한 기대감에 이끌려 여기까지 온 거야."

재동이 어이없는 웃음을 웃자 김현재는 술병을 들고 또 그의 잔에 따른다. 취해서 상체를 흔들거리며 술을 바닥에 쏟았다.

"나도 알아. 이런다고 달라지는 건 아무것도 없다는 걸. 허유정이 기적처럼 내 앞에 나타날 리도 만무하고. 설령 나타난다 하더라도 그녀한테 다가가 말을 걸 용기조차 나한테는 없어. 죽을 용기를 다 내 말 한마디를 걸어본다 한들 또 달라지는 게 뭐겠어. 그녀는 여전히 정 화백을 좋아할 거고. 나 같은 놈은 거들떠보지도 않을 테지. 난 정 화백과 게임이 안 된다는 것도 잘 알아. 난 키도 작고 뚱뚱한 데다 벌써 탈모로 이마까지 훌렁 벗겨진, 한물 간 아저씬 데다 작은 눈, 납작한 코, 튀어나온 입을 가졌잖아. 그러나 정 화백은 후리후리한 키에 쭉 빠진 몸매에, 말갈기처럼 굵고 윤기 도는, 숱 많은 머리가 시원한 이마 위에 드리워 걸을 때마다 물결처럼 출렁이고……. 그뿐인가. 구렁이가 승천하는 듯한 짙은 눈썹에 곧고 유창한 콧날, 부드러우면서도 강인한 입술, 완벽한 곡선의 턱선이며……. 죄다 여자들이 첫눈에 반할 미모잖아. 유정 씨는 또 어떻고. 키는 훌쩍 크고 몸매는 물찬 제비인

양 날씬하고 바디라인은 파도처럼 출렁이고 삼단 같은 머리는 등 뒤에 폭포처럼 쏟아지는 절세가인이니 두 사람이 만나면 선남선 녀지만 나랑은 야수와 선녀……."

"누가 소설가 아니랄까봐 또 소설 쓰고 있네. 자자, 술이나 마 셔."

"소설 아니야. 정말이야. 내가 소설에 미남 인물을 쓸 때면 정 화백을 모델로 삼는 거 알잖아. 내가 여자라도 정 화백을 좋아했 을 거야."

"쓸데없는 소리 그만하고 술이나 마셔."

두 사람은 허공에서 잔을 부딪치고 술을 비웠다.

"오해하지 마. 나랑 허유정 아무 사이도 아니야. 불륜관계는 더구나 아니고. 가거도 갔을 때 재벌 3세와 연애하다 소박당한 후 실연의 아픔을 이기지 못해 바다에 뛰어들어 자살하려는 걸 구해준 일 때문에 우연히 알게 된 거라고."

"그러니까, 그런 기적이 왜 정 화백한테만 생기냐고. 정 화백 지금도 두 살이나 연하인 미녀 제수랑 살고 있잖아. 난 네 살이나 연상인 누나랑 사는데. 대학 다닐 때 방학에 시골집에 내려가면 어머니가 암으로 앓아누워 아무것도 못하셨어. 그때 이웃집 누 나가 지방대학에 다녔는데 방학이 되면 우리 집에 와서 밥도 지 어주고 빨래와 집 청소도 도와줬지. 부모님은 그 누나를 친딸처 럼 사랑했고, 나는 스무 살 혈기에 방구들을 닦는 그녀를 덮친 죄 로 결혼까지 했잖아. 그런데 정 화백한테는 또 저런 절세미인이 따르잖아. 왜, 난 그때 기적을 찾아 가거도로 내려가지 않았던지 후회 돼. 정 화백이 아니라 내가 갔더라면 내가 유정을 구했을 거잖아. 그러면 기적의 주인은 정 화백이 아니라 내가 됐을 테고."

생각할수록 억울한 듯 김현재는 안주도 집지 않고 술잔만 입안에 연거푸 털어 넣는다,

"기적? 김 교수는 기적이 두려워 시골로 도망갔잖아. 그게 누구 탓인데."

"그래 맞어. 이상기후 아니, 기적을 피해 일상을 복귀한답시고 직장도, 아파트도, 자동차도 다 버리고 시골로 도망갔지. 그래, 뭐가 달라졌어? 지금까지 시골 가서 70세 아래 젊은 사람을 구경조차 못했어. 모두 얼굴에 검버섯이 총총하고 꼬부랑 허리에 지팡이를 짚고 다녀. 멀쩡한 늙은이들도 얼굴에 주름살투성이 뿐이라고. 그날은 토요일이었어. 서울로 올라왔다가 우연히 허유정을 보고 나는 그 시골로 내려가기가 죽기보다 싫었어. 나도 정화백처럼 일상을 버리고 기적을 바랐어야 했는데……. 인제 너무 늦었어. 막연하게 이곳으로 어정어정 찾아와, 그것도 차도 없이 초라하게 자전거를 타고와 오지도 않을 그녀, 이른바 기적을 기다리는 신세가 됐다고."

"말이 난 김에 하는 말이지만."

재동은 먼저 잔부터 비웠다. 김현재가 이렇게 많은 말을 하는 건 처음 본다. 지금까지 그는 항상 논리정연하고 마디마디 옳은 말만 했었다. 그러나 오늘은 그가 횡설수설하는 걸 보자 재동이

도 한 마디 할 기회가 왔다는 느낌이 들었다.

"김 교수는 내가 존재하지도 않는, 기적이나 찾아다니는 어리석은 사람으로 여겨왔다는 걸 나도 진작 알고 있었어. 김 교수는 무의미한 반복뿐이라는 구실로 내가 포기한 일상을 복구한다는 명분으로 기적을 포기했잖아. 그러나 이 기적 아닌 기적, 이상기후현상이 왜 인류를 위협하는 건데? 그건 다름 아니라 저 일상의 무미건조한 반복의 반복 때문이지. 공장, 자동차, 아파트와 도로 건설이라는 현대인의 일상은 끝없는 반복을 거쳐 누적되면서 이상기후현상을 초래한 거니까. 그리고 김 교수는 말끝마다 아파트를 버리고 자동차를 버림으로써 일상을 회복한다지만 김 교수가 버린 건 기적이 아니라 다름 아닌 일상 즉 아파트, 자동차와 같은 것들이야. 인류는 그 일상의 반복을 진작 멈추거나 절제해야 했어. 일상을 포기해야 기적이 나타나는 법이거든."

재동은 말하다보니 저도 모르게 흥분되어 자신의 말에 논리적 근거가 있는지 따져볼 겨를 마저도 없었다. 사실 그는 최근에 발생한 일련의 사건들을 통해 기적이란 따로 존재하지 않으며 혹여 존재한다면 일상 속에 섞여 있을 뿐이라는 생각도 들었었다. 줄리아가 그렇게 말해주었다. 그렇다고 기적이 과연 존재하지 않는가. 김현재는 지금 허유정의 존재를 기적으로 단정 짓고 있다. 그리고 내가 허유정이라는 기적을 가지게 된 것도 김현재와는 달리 일상을 포기하고 가거도로 도피했기 때문에 가능했다고 믿고 있다. 지금 김현재에게 여기 포장마차는 가거도이고 허유정은 아이바조프스키나 다를 바 없다. 그는 저녁이 되면 내가 가거도 동개해수욕장에 나가 기적이 도래하기를 기다렸던 것처럼 홀로 포차로 내려가 술을 마시며 기적이 나타나기를 기다리려고 이곳으로 온 것이다. 그는 4살이나 연상인 옆집 누나가 아니, 케케묵은 일상이 되어 버린 아내가 질려버린 것이다. 물론 그가 사랑하는 여자는 아내이다. 그 자신도 그가 여기서 이렇게 멍청하게 기적을 기다린다고 달라지는 건 아무것도 없다고 말했다. 재동이처럼 기적을 만나지 못하자 가거도를 떠나 서울로 올라온 것처럼 그도 여기서 허유정을 만나지 못하면 시골로 내려가 그 4살 연상인, 익숙하다 못해 식상해진, 그래서 누구보다 사랑하는 아내 옆에 베개를 나란히 베고 누워 잘 것이다.

"그렇게 절박하면 내가 불러서 만나게 해 줄까? 친구로 지내게."

"안 돼. 그건 날 무시하는 짓이야. 절대 불러내지 마. 그럴 거면 차라리 지금 집으로 내려갈 거야."

"집에는 벌써 20년 째 변함없는 일상이 기다리고 있잖아."

"그래도 정 화백이 불러내서 만나는 것보다는 나아. 난 정숙 씨를 사랑해. 그리고 누가 소개로 만나는 거 그거 기적이 아니야. 내가 정 화백보다 미술은 못해도 다른 건 결코 못한 거 없잖아."

"물론이지. 나보다 우월한 면이 훨씬 더 많다는 걸 나도 인정해. 일단 김 교수는 우리나라에서도 알아주는 소설가잖아."

"소설가라서 그러는 게 아니야."

"그래, 모든 면에서 우월해. 됐지?"

"그리고 내가 지금 그녀를 만나서 구애하려는 것도 아니야. 그냥 그런 여자와 친하게 지나고 싶을 뿐이야. 난 여자로는 아내만으로도 만족하니까."

"알아. 나도 가거도로 기적을 찾아 내려갔지만 기적에서 혜택을 받으려는 거 아니었어. 그냥 일상에만 지쳐 기적의 모습만이라도 보고 싶었을 뿐이었어."

김현재는 주기가 올라 풀린 눈으로 자꾸만 벽시계를 쳐다본다. 포장마차가 문을 열 시간이 되었나 확인하는 것이다. 재동이도 동개해수욕장에서 이렇게 술에 취해 아이바조프스키가 나타나기를 고대했었다.

재동은 벗었던 웃옷을 걸치고 자리에서 일어났다.

"더 있어 보았자 난 도움이 안 될 것 같으니 이만 일어날게. 혼자서 잘해봐."

"우리 둘은 앞으로 만날 기회가 많잖아. 그리고 걱정 마. 나 저급한 사람 아닌 거 알잖아."

"알다마다. 나, 간다."

바닥에 내려서서 신을 신고 문을 열다 말고 재동은 몸을 돌이켰다.

"소설가님 앞에서 이런 말을 하는 게 주제넘은지는 모르겠지만 현실에만 너무 집착하지 마. 현실에서 풀리지 않으면 다른 통로를 뚫어야지."

"다른 통로?"

"그 통로 소설가님이 나보다 더 잘 알 거 아니야."

재동은 문을 열고 나왔다. 저 친구가 일상의 지루함에 탈진했구나 하는 생각이 들었다. 아무 탈출구라도 찾아야 한다. 그게 현실이든, 비현실이든 탈출구는 어딘가에 반드시 있을 것이다. 안 그러면 일상에 묻혀 속절없이 질식해 죽을 것이다.

카톡문자음이 울렸다.

> 칼퇴근. 오빠 생각나지만 참는 중. 어느 날 또 술 마시고 죽으려면 충전 만땅해야지. 뿅—

> 오빠도 충전 중.

자신을 무작정 기다리는 남자가 있다는 걸 허유정은 모른다. 아마 그녀가 쫓아버린 쉬파리 떼가 천 마리도 넘을 것이다.

친구야, 미안하다. 그대를 쉬파리에 비유하려던 건 아닌데. 그대가 쉬파리라면 나도 그 중의 한 마리일 뿐이겠지. 우린 친구니까.

재동은 땟국이 얼룩덜룩한 더러운 여관 벽을 한번 쳐다본 후 차에 올랐다.

재동은 주말에는 이틀 동안 품을 들여 스튜디오를 정리하려고 맘먹었다. 스튜디오를 정리해야 연말 전에 '기적' 그림을 마무리할 것이기 때문이다. 그는 물건들을 이사할 때 넣어둔 박스 안에서 꺼내 적당한 위치에 하나하나 배열해 나가기 시작했다. 전에 아이바조프스키와 만났을 때 본적 있는 대가의 화실을 떠올리며 될수록 그대로 모방하려고 신경 썼다. 마침 허유정도 며칠 전 커피숍에서 만난 뒤로 소식이 잠잠하다. 카톡에다 "유쩡 임신 중. 대화방 운영 잠시 중지함"이라는 공지만 걸어놓았을 따름이다. 새로운 곡을 작곡하는지도 모른다. 재동은 물건을 정리하는 한편 그날 커피숍의 장면을 다시 떠올려보았다.

재동은 허유정을 배려해서 젊은이들이 많이 찾는 대학로 커피숍에서 만나자고 했지만 그녀가 거절했다. 물으나마나 럭셔리한 식당이나 커피숍은 재벌 3세와 같이 가보지 않은 곳이 없을 것이다. 그녀는 그런 장소에 다시 감으로써 과거의 기억을 떠올리고 싶지 않았던 것이다. 그런데 허유정이 선택한 곳은 전혀 엉뚱한 장소였다. 이태원 이슬람사원이 있는 도깨비시장 근처의 커피숍에서 만나자고 제안해왔다.

"하필이면 거기야. 거기 귀신동네거든."

"귀신동네라고? 오빠가 그걸 어떻게 알아?"

"내가 그 도깨비시장 아랫동네 보광동 태생이잖아."

"그랬어! 그럼 더 가봐야겠네. 난 그냥 이전에 이태원 클럽 갔을 때 그 윗동네가 도깨비시장이라는 말만 듣고 명칭이 신기해서 가보고 싶었을 뿐이었는데."

우리가 간 커피숍은 이슬람사원을 지나 한참 가면 나타나는 자그마한 건물이었다. 홀 안은 좁고 어두웠지만 미국 여가수 사이렌스의 팝송이 흘러나와 운치가 괜찮았다.

나는 좁은 공간에서 코를 맞대고 마주 앉은 참에 오랜만에 허유정의 얼굴을 유심히 바라보았다. 볼록거울처럼 시원하게 펼쳐진 이마와 미풍에 하늘거리는 버들가지 같은 가느다란 눈썹, 새벽이슬에 씻어낸 수정처럼 말쑥한 눈의 흰자위에 반짝이는 흑진주 두 알을 떨어뜨린 것 같은 눈동자가 너무 인상적이었다. 위는 쌍무지개가 걸린 듯 아롱진데 아래는 활짝 핀 꽃잎 같은 유연한 곡선을 이룬 눈매는 마냥 황홀하기만 하다. 콧날은 유창하고 미끈하지만 U자 모양의 능선은 한없이 부드러우면서도 매끄럽다. 그 흐름이 끝에 이르러서는 잠시 숨을 고르고는 몸을 굽히고 물속으로 낙하하는 다이빙선수의 바디처럼 우아하고 현란하다. 봄기운에 금방 돋아난 동백나무 잎처럼 파릇파릇하고 물기가 촉촉한 입술은 풍선처럼 통통 튀는 탄력과 볼륨을 거느린 채 빨갛게 익어 있다. 그리고 두 볼과 턱 선은……

"뭘 그렇게 쳐다 봐. 구멍 나겠다. 내 얼굴에 뭐가 묻었어?"

이 동네가 왜 귀신동네지, 이러며 옹알거리던 허유정이 재동의 집요한 시선을 느끼고 물었다.

"똑똑히 기억해 두려고."

"왜, 나랑 다신 안 만날 거야? 피범벅에, 흙투성이에, 눈물범벅에 온갖 망가진 몰골을 다 보고도 아직도 기억 못했어?"

"만나지 못할 때도 있으니까."

"사진 있잖아."

"사진 못 볼 때도 있고."

"그럼 내가 오빠 안경 되어줄까. 항상 눈에 걸고 다니며 볼 수 있게."

나도 웃고 허유정도 웃고 말았다. 잠시 말없이 창밖을 바라보며 혹시 귀신이라도 지나가나 주시했다. 가끔씩 유령쯤은 지나가야 귀신동네라는 이름과 걸맞을 테니까.

"귀신 하니까 생각난 건데. 오빠, 왜 여기다 기적 같은 이야길 두고 하필이면 가거도로 기적을 찾아 내려갔어?"

"뜬금없이 그런 건 왜 물어? 넌 다른 사람의 사생활 같은 거 관심 없잖아."

"내가 궁금한 게 아니고 얘가 궁금해 해서 그래."

허유정은 가느다란 손가락을 펴서 자신의 아랫배를 가리켰다. 그러면서 자연스럽게 주변을 둘러보았다. 다행히도 커피숍엔 외국인 남녀 두 사람뿐이었다.

"야, 너 또 시작이냐?"

나는 그 임신화제가 전개되기 전에 싹부터 잘라버리려고 흘겨보았다.

"얘가 이담 엄만 아빠와 어떻게 사귀게 됐어? 하고 물으면 나도 할 말이 있어야잖아. 가다오다 만난사람처럼 아무것도 모르면 어떡해."

"몰라, 애도 아니고 장난만 치려고 해."

"장난 아님. 오빠 말해줘용 으으응~ 말해주라."

허유정이 내 팔을 부여잡고 허리를 비틀며 어린애처럼 응석을 부린다. 외국인들이 그러는 유정을 바라보며 웃더니 남자가 나를 향해 엄지를 빼들었다.

"유쩡 삐짐. 커피 안 마실 거에용."

허유정이 내 팔을 뿌리치고 등을 뺑 돌렸다. 소담한 머리채가 깃발처럼 날리며 내 얼굴을 스쳤다. 그 모양이 너무 귀여워 나는 그만 백기를 들 수밖에 없었다.

"알았어용, 공주님. 말해줄 테니 삐지지 말아용."

그제야 유정은 토끼처럼 깡충 돌아앉는다. 눈동자가 금강석처럼 반짝인다. 외국인 남자는 컵을 입술에 댄 채 마시는 것도 잊은 듯 넋이 빠진 시선으로 유정만 쳐다본다. 그러거나 말거나 그녀는 먹이를 주기를 기다리는 제비새끼처럼 초롱초롱한 시선을 말끄러미 뜨고 내 입만 쳐다본다. 외국인 남자는 여자 친구가 어깨를 툭 쳐서야 마지못해 고개를 돌렸다.

"그게 그러니까 말이지. 이전에 크리미아반도의 페오도시아라는 도시에 러시아 화가 아이바조프스키가 살았는데, 그 화가가 그린 '아홉 번째 파도'라는 그림을 우연히 보게 된 후 내가 충격을 받았던 거야. 나도 그런 그림을 그리고 싶었어. 그런데 난 '아홉 번째 파도' 같은 걸 본 적이라곤 없었어. 그걸 경험한다는 건 기적을 만나는 것이나 다름없었지. 마침 태풍이 온다기에 가거도에 가면 그런 기적을 만날 수 있지 않을까, 하는 기대감에서 떠났던 거야. 그런데 기적은 못 만나고 공주님만 만났잖아."

"후회해?"

"아니, 행운이라고 생각해."

"그래서 오빠 그림 제목이 '기적'이었구나. '아홉 번째 파도', 또 아이바…… 뭐라고?"

"아이바조프스키. 이반 아이바조프스키야. 주로 바다그림을 그리는 해양화가야."

"이반 아이바조프스키, '아홉 번째 파도', 페오도시아."

허유정은 화가의 이름과 그림 제목 그리고 도시 명칭을 몇 번이나 입속으로 되뇌었다. 그러면서 무슨 생각인가 깊이 빠져드는 표정을 지었다. 오랜만에 그녀의 얼굴에서 그 지적인 분위기와 예술가의 풍모가 드러나 다시 한 번 나를 놀라게 했다. 그녀야말로 지적임과 순진함의 경계를 자유자재로 넘나드는 귀신같은 존재라는 생각이 들었다. 유정이 광화문 레스토랑에서처럼 이렇게 숙녀로 변신할 때면 나는 잘못을 저지르고 엄한 큰누나 앞에서 꾸지람을 듣는 꼬마 동생 같은 기분이 된다. 나는 그냥 철부지에 불과할 따름이다. 아마도 지금은 내가 나이가 많아서 애교와 응석을 부리지 동갑내기였던 재벌 3세와는 누나구실을 톡톡히

했을 것이다. 어느 역할이 그녀에게는 소화하기가 더 쉽고 재미있는지는 나도 모른다……

그날 커피숍에서 헤어진 후 카톡대화창에는 "임신중"이라는 공지가 걸렸고 그녀는 며칠 동안 침묵을 지킨 채 모습을 드러내지 않았다.

마침 나는 박스 안에서 '기적' 그림을 찾아냈고 그것을 어디다 놓을까 잠시 망설였다. 그때 문자 도착음이 울렸다. 허유정이다.

> 오빠, 엄마 돼찌랑, 아가 돼찌랑 지금 어디 있게용? ♡♡

그놈의 장난기 꺾일 줄 모른다. 그래도 지적이고 숙녀로 바뀔 때보다 낫다. 유정은 그 "임산부놀이"를 계속 밀고나갈 모양이다. 하긴 말은 안 해도 유부남을 좋아한 결과가 얼마나 비참하리란 걸 그처럼 똑똑한 허유정이 모를 리 없다. 항상 불륜의 그림자가 따라다닐 뿐만 아니라 법적 관계를 가지고 있는 아내와의 경쟁에서 패배할 수밖에 없다는 건 예고된 결말이다. 그래서 그녀는 법적인 관계는 아니더라도 육체적으로라도 나와 연대를 구축하려는 무의식에 떠밀려 이 놀이를 고안해냈을 것이다. 가슴의 반점만으로는 부족하다고 느꼈던 모양이다. 이런 유치한 놀이가 유정에게 비극적인 결말을 망각할 수 있는 위안이 된다면 구태여 까밝혀 놓을 필요는 없다. 모르는 척 그냥 장난으로 받아주면 그만이다.

귀신동네 커피숍.

틀렸지롱. 오빠, 바보!

그럼 어딘데?

여기 페오도시아임.

어디라고?

나는 자신의 눈을 의심했다.

러시아 크리미아의 아이바조프스키 고향 페오도시아라고?!

거긴 언제 간 거야? 혼자야?

어제. 이틀 연차 내고 언니랑 같이 왔어.

거길 왜 가, 네가. 미쳤어? 여행도 아닐 테고.

화내지 마. 오빠, 검찰 같아. 유쩡 무서워용!

알았어, 화 안 낼게. 그러니까 거길 네가 왜 갔냐고?

오빠가 좋아한 거 나도 좋아하고 싶어. 유정 오빠 거잖아.

못 말려. 우리 유정이 누가 좀 말려주세요.

오빠가 만든 건데 누가 날 말려. 그러니까 날 죽게 내버려 두지 왜 살렸어? 끝까지 지켜본다며? 안 그러면 난 또 죽어버릴 거야.

제발, 그러지 마.

거기 치안 좋지 않으니까 여자 둘 뿐이라니 각별히 조심해야 돼.

호텔에서 밖에 나오면 우리 뒤에 러시아 총각들이 줄을 서서 따라 다녀. 그래도 내 눈엔 오빠밖에 하나도 안 보임.

그래 어디랑 가봤어?

어딘 어디야. 오늘 아침 일어나자마자 아이바조프스키박물관부터 찾아갔지.

'아홉 번째 파도' 그림은 봤어?

안 그래도 그 그림 얘길 하려던 참이거든. 무슨 그림이기에 우리 오빠를 놀라게 했나, 궁금해서 여기까지 왔거든. 그런데 나 그 그림 보는 순간 너무 놀랐어. 가슴이 막 쿵쿵 뛰고 숨쉬기도 힘들었다. 하루 종일 그 그림 앞에 선 채 자리를 뜰 수가 없었어. 언니가 밥 먹으러 가자고 졸랐지만 난 발길이 떨어지지 않았어. 눈물이 쏟아졌어.

왜?

나도 몰라. 가거도의 밤이 생각났고 나를 삼켰던 태풍 속의 파도가 떠올랐어. 그 그림의 위쪽 하늘에 떠오르는 밝은 태양은 태양이 아니고 오빠의 얼굴로 보였어. 눈물을 계속 흘리니깐 언니가 당황해서 어깨를 잡아 끌어서 밖으로 나왔어. 할 수 없이 호텔로 돌아왔지만 낮잠을 이룰 수가 없었어. 자꾸만 풍랑이 솟구치던 가거도의 몽돌해수욕장이 떠올랐어. 노래를 부르고 술을 마시다가 그 파도에 뛰어들었잖아. 하지만 아홉 번째 파도가 조난당한 선원들을 삼키지 못한 것처럼 나도 삼키지 못했잖아. 오빠 덕분에. 난 오후에 또 가볼 거야. 오빠가 받은 감동 나도 똑같이 느끼고 싶어. 그리고 돌아가서 오빠랑 같이 다시 가거도로 내려가고 싶어. 왜냐하면 뱃속의 우리 아기가 엄마가 그러기를 바라고 있으니까.

나는 그림을 마주서는 순간 허유정의 눈에서 눈물이 흘러나왔음을 안다. 나도 아이바조프스키의 화실에서 그 그림을 보는 순간 눈시울이 젖어들었기 때문이다.

그리고 그림 말고 또 하나의 중요한 사실을 발견했어.

유정은 이미 장난기가 죄다 증발하고 다시 지적인 모드로 전환해 있었다. 그것이 원래의 유정의 모습인지도 모른다. 그녀는 진지하고 논리적이고 조리정연 했다.

뭔데?

줄리아.

줄리아?

줄리아가 아이바조프스키의 첫 번째 부인이라는 사실을 알았어. 그녀의 사진을 보았을 때, 그 출중한 미모를 마주하는 순간, 오빠가 가거도에서 실신했을 때 왜 줄리아의 이름을 불렀는지 알게 되었어. 죽은 사람을 질투하는 거 아니야. 내가 보기에도 줄리아는 남자들의 마음을 사로잡을 만큼 드물게 아름다운 여자였어……. 언니가 일어났어. 저녁에 다시 연락할게. 내려가서 점심 먹어야 됨. 뿅~

이어서 사진 몇 장이 전송되었다. 그림 앞에 서있는 허유정의 얼굴에 흐른 눈물자국이 아직 마르지 않은 채로다. 그녀의 머리 오른쪽에는 밝아오는 아침의 태양이 떠 있다.

나도 점심을 먹고 하려고 스튜디오에서 나왔다. 그때 문밖에 서 있던 아내 이미리가 남편의 갑작스런 등장에 당황한 듯 급히 몸을 돌렸다.

"자기야."

내가 부르자 그녀는 고개를 돌리며 멋적게 웃었다.

"식사하라고 알리러 왔어요. 마침 나오시기에……."

그녀의 표정이 내 주변에서 일어나는 뭔가를 눈치 챈 듯 했지만 그럴 리가 없다고 나는 스스로를 위안했다. 그녀는 허유정이라는 존재 자체를 모른다. 줄리아는 더 말할 것도 없다.

오후에는 스튜디오 정리가 일찌감치 대충 끝났다. 테라스에 나와 아내의 시선을 피해 눈치껏 담배를 붙여 입에 물자마자 문자가 왔다. 유정은 내가 집에 있을 때는 전화 받기 불편한 줄 알고 문자로만 연락했다.

오빠, 오후에 우스운 일 있었다.

보통 처음엔 어린애처럼 장난조로 시작하기 마련인데 처음부터 진지한 걸 보니 무슨 일이 생긴 게 틀림없다.

글쎄 오후에 또 박물관에 가서 '아홉 번째 파도'를 감상하는데 어떤 외국인이 불쑥 다가와 뜬금없이 말을 거는 거야. 뭐, 이 그림이 좋으냐, 자기도 이 그림이 좋아서 미국에서 왔다며. 자신은 미국 무슨 대학의 미술 강사이고 화가라면서 묻지도 않는 자기소개까지 하면서…… 보고 있어?

말해.

삐진 거야?

내가 왜 삐져.

난 그딴 남잔 관심 없어서 대충 응수했지. 그만한 영어대화는 대학 때 배운 걸로도 얼추 가능했으니까. 내가 시큰둥해하니까 이 남자가 아예 대놓고 데이트 신청하는 거 있지. 난 이런 남자들 수도 없이 봤거든. 시끄러워서 그냥 떨어지라고 남편이 있다고 했어. 그런데 언니가 그 남자가 마음에 드는지 아가씨라고 이실직고하는 게 아니겠어. 아마 미국에 사는데다 대학 강사라지, 뭐, 생긴 것도 멀쩡하니…… . 보고 있는 거야?

말하라니까.

난 짜증나서 그 자리를 뜨려고 했는데 글쎄 이 남자가 그 숱한 사람들 앞에서 내 앞에 무릎을 털썩 꿇지 않겠어. 창피하게. 아무것도 요구하지 않으니 커피만 한잔 같이 마실 기회를 달라면서…… . 언니는 또 옆에서 커피 한잔 마시는 데 죽느냐며 소원 들어주라 부추기고…… .

그러니까. 커피 한잔 마시는 데 뭐가 안 될 거 있어.

오빠! 또 나한테 맞고 싶어?

아니, 나야 그냥 그렇다는 얘기지.

나는 허유정이 남자를, 그것도 미국에 사는 대학 강사를 사귀는 게 나쁜 일은 아니라고 생각했다.

사진 보내봐.

그건 왜?

그냥, 어떤 남잔지 궁금해서.

미쳤어? 내가 왜 낯선 남자 사진 찍어. 그냥 뿌리치고 나왔더니 언니가 우리호텔 주소와 전화번호를 알려줬나 봐. 호텔 밑 정원벤치에 와 앉아 아까부터 창문을 쳐다보고 있어.

나가 봐. 불쌍하잖아.

오빠! 주님 맞어? 됐어. 오늘은 이만하자……

허유정이 뿅~ 하는 인사도 없이 문자를 끊은 걸 보니 나한테 화가 단단히 난 모양이다.


## 4


극장근처의 커피숍인데도 그녀는 10분이나 늦게 도착했다. 재동을 보자마자 애교를 부리려고 하다가 홀에 손님이 만원인 걸 보자 금시 숙녀모드로 전환했다.

"교수님, 먼저 와 계셨네요."

"어, 왔어……요. 어서 이리 와 앉아요."

재동도 그 모드에 자신을 맞춰야만 했다. 오늘은 그녀가 누나 역할을 할 차례다. 허유정이 들어서자 커피숍 안 남자들의 시선이 약속이나 한 듯이 그녀에게 집중되었다. 옷차림은 다른 여자들보다 튀는 것도 없는데 그냥 눈길을 끌었기 때문이다. 아래에는 회색 청바지를 입었고 위에는 화이트 색상의 티를 입었을 뿐이다. 티 자락을 허리춤에 살짝 집어넣어 하체를 드러냈다. 그리고 그 위에 걸친 연한 갈색 코트는 깃을 열어놓은 채로였다. 청바지는 ∧자 상단 갈림목에서만 공작새의 깃 같은 ∨자 모양의 가느다란 빗살 주름이 한두 가닥 대칭을 이뤘을 뿐 둔부, 허벅지, 종아리 등 나머지 부분은 아이론으로 섬세하게 다림질한 것처럼 구김살 하나 없이 반듯하다. 팬츠는 진이 가지고 있는 수축성능을 최대한 발휘하여 그녀의 바디라인과 볼륨이 만들어내는 환상적인 곡선을 담아내느라 숨마저 가빠 보인다.

"연말 순회공연 준비 때문에 밤샘 연습을 하느라 요즘 바빠요."

"게다가 해외여행까지 다녀오느라 더 피곤하겠네요?"

허유정은 재동의 맞은편에 앉더니 밖에서 가을바람에 헝클어져 어깨 위에 흐트러진 머리카락을 손으로 모아 쥔 후 뒤로 넘겼다. 소담한 머리채가 물결처럼 등 뒤에서 출렁거리며 또 한 번 주변의 시선을 흔들었다. 요즘 아가씨들이 손에 들고 다니는 지갑과 스마트폰도 주머니에 그냥 집어넣고 어깨에 명품가방도 걸치지 않았지만 허유정은 그녀 자체로 식당이든 커피숍이든 모든 공공장소에 가면 단연 중심이 되었다.

"4박 5일 기습방문이라 아닌 게 아니라 조금은 피곤해요. 저보다 애가 고생이죠. 갈 때는 모스크바에서 하루 묵고 비행기와 열차를 번갈아 탔어요."

"더구나 우크라이나와 러시아의 분쟁지역이잖아요. 게다가 러시아어도 모를 테고……. 카톡은 어떻게 보낸 거예요?"

재동은 애를 언급하는 유정의 말에는 못 들은 척 했다.

"사촌여동생이 모스크바에서 유학을 하는데 걔가 도와주었어요. 마침 페오도시아에 여행 다닐 때 사귄 고려인 아가씨를 소개해줘 불편 없이 관광했고요. 그 아가씨가 당지의 심카드를 사용하는 불라폰을 빌려주어 카톡문자도 가능했어요."

"다행이네요. 언어도 안 통하고 분쟁지역이라 난 은근히 걱정했는데……."

언제나 그랬던 것처럼 사람 많은 장소에서 그들 사이는 서먹서먹하고 어색했다. 짧은 침묵이 건너간 뒤 허유정이 다시 입을 열었다. 모든 사람들이 그들의 대화에 귀를 기울이는 것 같아 신경이 쓰였다.

"아이바조프스키가 그렸다는 '아홉 번째 파도' 그림을 본 후 전 며칠 밤을 제대로 자지 못했어요. 자꾸 가거도 동개해수욕장이 떠올랐어요. 언제 또 교수님과……."

"그 미국인 화가는 어떻게 되었나요?"

재동은 유정의 말을 자르고 화제를 다른 데로 비틀었다.

"그 얘긴 왜, 또……."

허유정의 음성이 저도 모르게 높아지자 재동은 주변을 살폈고 그걸 보자 유정은 목소리를 낮췄다.

"왜, 또 그 얘길 꺼내세요? 말하기도 싫어요."

"그냥, 궁금해서 해본 말이에요."

"몰라요. 언니가 막무가내로 등을 떠밀어서 한 번 커피를 같이 마셨을 뿐이에요."

"이름이나 압시다."

"오빠!……."

허유정의 목소리가 또 높아졌고 불시에 교수님에서 오빠로 호칭이 바뀐 그들에게 주변의 시선이 집결되었다.

"교수님, 오늘은 참을 게요. 저 일이 바빠서 먼저 실례해야 겠어요."

허유정은 사람들이 못 보게 등을 돌린 채 재동이 만을 향해 자그마한 주먹을 가만히 흔들어 보이고 나갔다. 기다려. 오빠, 죽었어! 라는 뜻이다. 그녀는 마치 토네이도처럼 남자들의 시선을 모조리 거느리고 나갔다. 그녀를 보낸 죄로 재동은 시선의 뭇매를 맞아야만 했다. 절반도 마시지 못한 커피만 그녀가 앉았던 자리에 달랑 놓여 있다. 왠지 모르게 쓸쓸해 보인다. 미국인의 느닷없는 등장은 재동이한테도 달갑지만은 않은 일이었다. 그렇다고 허유정이 유부남인 나한테만 매달려 청춘을 허망하게 날려 보내게 할 수는 없다. 나와의 관계를 지속해 보았자 애들 소꿉장난 같은 "임신놀이" 외에 뭐가 더 있겠는가. 그녀와의 정을 뗀다는 것이 가슴이 아프지만 그럴 수밖에 없다고 그는 생각했다.

"까똑" 소리에 휴대폰을 들고 문자를 확인했다.

> 의자에 선물 두고 왔어. 미워! 오빠 잘못으로 일주일 간 연락 안 할거야. 또 그 말 하면 이담 아기한테 아빠라고 부르지 못하게 할 거임.

일어서서 보니 유정이 앉았던 맞은편 의자 위에 물건 하나가 놓여 있다. 안경집이다. 손으로 집어 들고 뚜껑을 열어보니 안에 러시아제 선글라스가 들어 있다. 안경대 위에 금박으로 "2018년 9월 22일 J·H"이라는 문자가 새겨져 있었다. "J"는 정재동의 첫 번째 글자이고 "H"는 허유정의 첫 자모이다. 그리고 9월 22일은 이른바 그녀가 주장하는 "첫날밤"이다.

"유정아!"

재동은 목이 메고 눈앞이 흐려와 더 앉아 있을 수가 없어 밖으로 나왔다.

그날부터 유정은 카톡대화창에 "임신중"이라는 문자만 띄운 채 아무런 소식도 없다. 일주일은 벌을 받아야만 할 모양이다. 재동이 할 수 있는 일은 또다시 반복되는 일상의 쳇바퀴를 돌리는 것뿐이었다. 허유정이 사라진 세상은 태양이 사라진 것과 다름없었다. 그동안 그림이나 완성하려고 캔버스를 마주섰으나 번마다 실망하고 말았다. 머릿속이 백지장처럼 하얗다. 기적도 상상도 아무것도 없었다.

하릴없이 아내의 감시를 피해 테라스에 숨어서 도둑담배만 뻑뻑 빨아대는데 그야말로 백년 만에 카톡 하나가 날아왔다. 재동은 피우던 담배를 아무데나 내동댕이치고 부랴부랴 문자를 확인했다.

> 보기 싫다니까 그 미국인이 서울까지 날 찾아왔어. 어떡하면 좋아?

결국 돌고 돌아 미국인의 화제였다. 우리 둘 사이에 끼어든 굴러온 돌이 본격적으로 박힌 돌을 뽑아낼 작정인 모양이다.

> 어떡하긴? 미국으로 쫓아 보낼 수도 없잖아.

> 언니가 나 몰래 불러들인 거야. 호텔도 아닌 형부네 집에 재우고 먹이는 것도 모자라 부모님께 인사까지 시켰어.

> 언니가 그 남자 마음에 드나보다. 부모님들의 반응은 어때?

> 오빠, 그 입 닥치세요! 난 지금 속 타 그러는데 도와줄 생각은 안하고 빈정거리다니. 그러고도 내 남자, 내 배속 아기의

아빠야? 밥만 먹고는 우리 집 앞에서 서성거리지 않으면 악단까지 따라와 밖에서 어슬렁거려.

뭘 요구하는데?

그냥 데이트만 허락해달라는 거야. 경찰에 신고했더니 언니, 형부, 부모님이랑 총동원해 파출소로 찾아가 풀어내왔잖아. 난 결혼 안한다고, 혼자 살 거라고 선언했는데도 저들은 귓등으로 듣고 날 어떡해서라도 그 미국 놈과 붙이려고 해. 오빠, 날 좀 도와줘.

내가 뭘 어떻게 도와줘. 그 사람한테 서양식으로 결투라도 요청할까?

됐거든. 오빠한테 부탁한 내가 바보지. 나 스스로 알아서 해결할 테니 지켜만 봐.

뿅— 그녀가 대화창에서 나가버렸다. 재동은 드디어 올 것이 왔음을 감지했다. 그런데 안도감은커녕 도리어 불안하다.

나는 이튿날 차를 끌고 허유정이 근무하는 악단으로 향했다. 아니나 다를까 정원의 잔디밭에 낯선 서양남자가 캔버스를 벌여놓고 스케치를 하고 있었다. 키도 훌쩍 큰데다 남자답게 얼굴도 시원하게 잘 생겼다. 미국사람 특유의 교양미와 우월감, 자신만

만함까지 더해 첫눈에도 호감이 가는 스타일이었다. 뒤에서 그림을 가만히 들여다보니 뜻밖에도 허유정의 초상이다. 벌써 완성된 그림만 수 십장이나 된다. 수채화여서 그리는 속도가 빨랐다.

"할로."

나는 유창하지도 못한 영어로 더듬더듬 인사를 건넸다. 그도 웃으며 답례한다. 나는 나도 화가이며 이름은 정재동이라고 자아소개부터 했다. 그러자 그 남자는 자기 이름은 토니(Tony)이며 역시 화가이며 여자 하나가 마음에 들어 한국에 왔다고 이실직고한다. 그 여자가 이 건물 안에 출근한다고 턱으로 가리키며 웃었다. 나는 내가 그림을 그려도 되겠냐고 묻자 그는 흔쾌히 자리를 내주었다. 나는 전공이 유화이지만 한때는 취미삼아 수채화도 꽤 많이 그렸었다. 잠깐 사이에 허유정의 초상 하나가 완성되었다. 그녀의 모습이 마음속에 아로새겨져서인지 어렵지 않게 그릴 수 있었으며, 생각 밖으로 그녀의 지적이면서도 순수한 복합적인 내면이 잘 표현되었다. 대신 토니의 그림 속의 허유정은 대체로 지적이기만 하다. 하긴 토니가 그녀의 귀여운 일면을 접할 수 없었을 테니까.

토니는 엄지를 뽑아들고 초면의 나를 스승이라며 추켜세웠다. 나는 내가 그녀를 잘 아는데 커피숍이나 식당보다도 가거도라는 섬이 있으니 그곳을 가장 좋아한다고 넌지시 귀띔해주었다. 바다를 그리고 싶으니 가거도에 좀 안내해달라고 부탁해보라고 방법까지 알려주었다. 토니의 고맙다는 인사를 등 뒤에 남기고 나는 그 자리를 떠났다. 말을 달려 장검을 휘두르며 천하를 손안에 넣은 영웅호걸이 적장에게 강산을 송두리째 넘겨준 씁쓸한 기분이었다. 금방 후회되었지만 이미 쏟아진 물이었다. 허유정한테 만회할 수 없는 죄를 지은 것 같았고 그녀의 진심을 팔아먹고 배신한 자신이 미워졌다.

유정아, 나 같은 놈은 네 손에 맞아 죽어야 해. 너 하나도 지켜주지 못한 못난 놈이니까.

아니나 다를까 다음 날 유정이한테서 이런 문자가 날아왔다.

> 그 자식이 갑자기 아이바조프스키처럼 바다그림을 그리고 싶다며 나더러 가거도로 안내해 달래. 가거도는 어떻게 알았는지 몰라. 언니랑, 형부랑 관광객 안내해주는 게 무슨 큰 문제냐며 갔다 오라고 마구 등을 떠밀어. 나 어떡해야 돼?

> 관광 가이드하는 것쯤이야, 뭐 문제 될 거 없잖아.

> 가더라도 조건을 달 거야. 이게 마지막 데이트라는 거. 민박은 다른 곳에 들고, 술도 마시지 않고 해가 지면 만나지 말 것. 그리고 날짜는 1박2일. 서울로 돌아와서는 내 앞에 얼씬도 하지 말고 사라질 것, 이 조건에 동의하기 전에는 절대 가지 않을 거야.

그래, 그게 좋겠어. 조건에 동의하면 안전이 보장될 테니 마지막이
라 치고 한 번 다녀와. 그러지 않으면 포기하지 않을 거니까.

오빠 꼭 남의 말 하듯이 한다. 뱃속의 아기까지 가야 하는데
도 걱정 되지 않아? 미워!

유정아, 오빠를 실컷 미워해. 그리고 가서 잘해 봐.

난 속으로 중얼거렸다. 이제 나는 그들 둘 사이에서 빠질 때가
되었다고 생각했다. 허유정의 마음속으로 토니가 걸어 들어가고
나는 걸어 나와야 한다. 그렇게 생각하니 저도 모르게 가슴이 쓰
려오고 눈앞이 흐려졌다.

유정아, 오빠 나쁜 놈이야! 꿈속에서도 날 만나지 마. 다시는
생각하지도 마.

나는 떨리는 손으로 그녀의 카톡을 휴대폰에서 삭제해 버렸
다. 난 인간도 아니다. 하늘이 무너지는 것 같았다. 지진이라도
일어나서 지금 당장 그녀와 내가 함께 죽어버릴 수는 없는지. 나
는 길을 걷다가 폭풍에 조난당한 배처럼 갑자기 천지가 뒤집어짐
을 느끼며 땅바닥에 풀썩 쓰러졌다⋯⋯.

카톡이 삭제되자 유정은 문자메시지를 보냈다. 왜 카톡을 삭
제했냐, 왜 아무 대답도 없냐, 주말에 만나자⋯⋯. 문자가 폭풍
같이 쏟아져 들어왔지만 나는 답장을 보내지 않았다.

그러던 어느 날 이런 문자가 왔다.

난 오빠 마음 다 알아. 유부남 따라다니다가 아까운 청춘 날리지 말고 시집가라 이거 아냐. 난 안 가. 나한테 남자는 오빠 하나 뿐이야. 그리고 가슴엔 오빠의 반점이 찍혀 있고 내 몸 안엔 오빠의 생명이 꿈틀거리고 있어. 오빠가 날 싫다면 알았어. 더 강요하지 않을게. 하지만 다른 남자한테는 안 가. 저녁에 포차에서 기다릴 게. 안 와도 돼. 강요 안 해. 어차피 오빠가 구해준 목숨이잖아. 내 옆에서 지켜본다고 했잖아. 내 옆에서 떠나고 싶으면 떠나. 그러면 난 다시 죽어버리면 될 거니까. 포차에서 기다리다가 오빠가 끝끝내 오지 않으면 술 마시다가 그냥 죽어버릴 거야. 오든지 말든지 알아서 해…… 야, 이 새끼야! 이럴 걸 왜 가거도에서 죽는다는 날 구했어. 개새끼! 나, 너 하나 보고 여태까지 산 거 너도 알잖아. 알면서 날 두고 떠나려고 해? 인간도 아닌 새끼! 그러고도 주님이야.

나는 북받치는 설움을 억누를 수 없어 휴대폰을 땅바닥에 내동 댕이쳤다. 그리고는 두 손으로 머리를 부둥켜 쥐었다.

그래, 난 인간이 아니야. 그러니까 날 기다리지 말고 토니한테로 가란 말이야!

나는 이성을 잃고 마구 울부짖었다. 마침 나는 캠퍼스 내 공원에 있었고 주변엔 사람이 없었다.

네깐 년이 죽겠으면 죽고 나랑 무슨 상관이야.

서둘러 귀가한 나는 저녁도 먹지 않고 몸이 불편하다는 핑계로 스튜디오 안에서 문을 닫아 건 채 들어박혀 있었다. 조명도 모조리 끄고 시커먼 방 안에 정신 나간 사람처럼 우두커니 앉아 있었다. 아내는 그러는 나에게 한 마디 말도 하지 않고 자신의 방에 조용히 있었다. 벽시계소리만 요란하게 들릴 뿐 방 안은 쥐죽은 듯 잠잠하다. 시간은 일곱 시를 넘어서고 여덟시도 지났다. 유정은 그 포장마차에서 내가 오기를 기다리며 혼자서 술을 마시고 있을 것이다. 그리고 내가 오지 않으면 그대로 거기서 죽을 것이고 아침이면 시신 한 구가 들려나올 것이다…….

시간은 물 흐르듯 빠르게 지나간다. 벌써 아홉시 5분이다. 포장마차에는 가거도처럼 태풍도 아홉 번째 파도도 없다. 죽자고 마음먹었으니 사약쯤은…….

여기까지 생각이 미치자 나는 드디어 인내심의 둑이 무너지며 벌떡 일어섰다. 그곳까지 차로 이동하려면 막히지 않아도 1시간은 족히 걸려야 한다. 내가 오지 않을 거라고 최종 판단이 되는 순간 허유정은 술잔에…….

안 돼. 유정아, 절대로 안 돼. 오빠가 갈 테니까 꼼짝 말고 기다려.

나는 정신없이 스튜디오에서 뛰쳐나와 층계를 지나 거실로 내려갔다. 아내가 침실에서 나와 뒤에서 나를 지켜보는 줄도 몰랐다.

"개새끼들아, 죽기 싫으면 길 비켜! 우리 유정이 죽는다고…….”

나는 앞에서 달리는 수많은 차들을 추월하고 욕설을 퍼부으며 미친 듯이 액셀을 밟아댔다.

포장마차에 도착해 보니 허유정은 정신을 못 차리고 테이블 위에 엎드려 있었다. 다행스럽게도 아직 극단적 선택은 하지 않은 듯싶다.

"오빠, 안 와. 나한테 죽을래?"

혀 꼬부라든 소리로 중얼거리고 있었다.

"그래, 너 대신 내가 죽자. 너는 살고 나는 죽고…….."

동개해수욕장에서 부르던 "멸치잡이 노래"를 더듬거린다.

나는 아무 말도 안 하고 허유정을 등에 업었다. 할머니가 안쓰러운 표정을 짓고 있다가 축 늘어진 그녀를 업는 나를 거들었다. 나는 카드를 꺼내 테이블에 내려놓고 식당에서 나왔다. 할머니가 알아서 계산하고 밖으로 따라 나와 카드를 내 호주머니에 집어넣는다.

"안주는 하나도 집지 않고 종일 강술만 마셨어요. 선생님께서 오셨기에 망정이지 저러다가 죽지나 않을까 두려웠어요."

원룸에 도착하여 그녀를 방구들에 내려놓았지만 허유정은 이제는 노래조차 부르지 못하고 거의 실신 상태에 빠져들었다. 나는 싱크대로 다가가 그녀가 좋아하는 죽을 끓여 그릇에 담아서 머리맡에 놓았다. 그리고는 한동안 우두커니 서서 눈을 감고 잠든 듯한 허유정을 묵묵히 내려다보았다. 정말이지 그녀를 껴안고, 짐승처럼 와락 힘차게 부둥켜안고 옷가지를 발기발기 찢어버리고 그녀가 그토록 원하는 아기를 만들어 주고 싶었다. 하지만 나는 그럴 수 없었다. 마음이 동요되기 전에 당장 이 집에서 나가야만 한다. 그러나 이대로 나갈 수는 없었다. 어쩌면 이번이 그녀와의 마지막 육체적 접촉인지도 모르기 때문이다.

나는 무릎을 꿇고 그녀 옆에 앉았다. 오빠 내 거야, 하고 종알거리던 그 도톰한 입술에 키스했다. 셔츠 단추를 끄르고 내 검은 반점이 박혔다고 좋아하던 봉긋한 젖가슴에 키스했다. 내 아기가 자란다는 배에도 키스했다. 지퍼를 내리고 바지를 벗긴 후 오빠랑 첫날밤 입었던 거라 영원히 입을 거야, 하던 하얀 팬티에 키스했다. 나를 찾아 헤매던 두 발바닥에 키스했다. 그럴 때마다 그녀의 육신은 감전이라도 된 듯 심하게 경련했다.

"유정아, 죽으면 안 돼. 오빠가 꼭 지켜볼 거야. 이 속에 내 아이가 있잖아."

나는 천근 같이 무거운 다리를 가까스로 이끌고 출입문으로 걸어갔다. 그때 등 뒤에서 유정의 가느다란 목소리가 들렸다.

"당신은 내 거야. 영원히. 세상에서 유일무이한 내 남자야. 죽어서 귀신이 된 다음에도 난 당신의 여자가 될 거야. 잘 가!"

나는 정신없이 원룸에서 허둥지둥 도망쳐 나왔다. 밖으로 나오자마자 땅바닥에 털썩 주저앉았다.

"유정아, 나도 죽고 싶다. 죽어서 넌 무덤 위에 살고, 난 네 밑에 누워 백골이 되고 싶어!"

눈앞에서 하늘과 땅이 빙글빙글 돌아갔다. 별들이 와르르 쏟아지고 달이 덜러덩 떨어졌다. 거기 텅 빈 하늘에 줄리아가 거인처럼 서서 나를 향해 두 팔을 활짝 벌린다.

5

나는 전화번호를 바꿨다. 스튜디오에도 들어가지 않았다. 아무 일도 손에 잡히지 않았다. 출근, 강의, 퇴근, 식사, 텔레비전 시청, 수면……. 정해진 코스를 로봇처럼 매일 맴돌았다. 그런데 문제는 주말과 휴일이었다. 시간을 보내기가 너무 무료하고 지루했다. 뭐, 취미 붙일 거라도 없을까, 궁리하던 끝에 궁여지책으로 찾아낸 것이 자전거 라이딩이었다. 요즘 라이딩이 유행이다.

나는 어느 날 시간을 내서 자전거와 헬멧, 옷을 구입한 후 휴일이 되면 라이딩으로 지루한 시간을 달랬다. 한강은 물론 두물머리, 북악, 마티고개, 피조령, 별마로……. 라이더들이 다니는 곳들은 죄다 누비고 다녔다. 그런데 어느 날 아내가 불쑥 이런 말을 했다.

"나도 라이딩 하면 안 돼요?"

"자전거 타고 싶어?"

"당신이 타니까 부러워요."

"그래, 그럼."

아내의 자전거와 헬멧, 고글, 빕숏, 져지를 구입한 다음 시간이 있으면 함께 라이딩을 했다. 나로 말하면 라이딩은 목적이 아니었지만 아내는 보기 드물게 얼굴에 화색이 돌았다. 난 그냥 머릿속에서 떠나지 않는 허유정의 모습을 잠시라도 지울 수만 있으면 그것으로 족했을 뿐 라이딩 때문에 기분 전환 같은 건 느끼지 못했다. 그런데 아내와의 커플 라이딩으로 인해 무미건조한 일상에 미묘한 변화가 일어나기 시작했음을 느꼈다. 아내가 평상복을 벗고 몸에 빕숏과 져지를 입고 머리에 헬멧을 쓰고 눈에 고글을 끼고 나서자 전혀 다른 사람으로 변신했기 때문이다. 나이도 열 살은 젊어지고 몸매도 평소보다 훨씬 날씬해보였다. 져지와 빕숏의 특유한 고강도 밀착성과 빛을 반사하는 광 성능으로 인해 여성만의 화려한 곡선미가 유난히 밝고 선명하게 드러나며 시선을 현혹했다. 더구나 항상 옷자락에 덮여 가려졌던 둔부와 배꼽 아래가 완전히 개방되면서 팽팽한 가슴에서부터 발목까지 옷을 벗은 것보다 더 완벽한 바디라인을 과시하며 새롭게 섹시한 이미지로 내 앞에 나타났다.

나는 익숙함 때문에 오랫동안 생략했던 애무가 떠올랐고 연애할 때처럼 조용한 곳에 가면 그녀의 몸을 어루만졌다. 아내도 거절하지 않았으며 가끔씩은 여대생 때처럼 가느다란 신음소리까지 토해냈다. 이미리의 갑작스런 변신으로 나는 아내와의 잠자리에서 변변치 못한 남자로 찍혀진 낙인을 오랜만에 벗어던지는 행운까지 맛보았다.

"당신, 여기 라이딩하는 남자들 중에서 가장 멋져요."

아내의 칭찬에 괜히 우쭐해지며 일종의 쾌감마저 느꼈다.

하지만 그런 쾌감도 오래 가지는 못했다. 라이딩을 할 때마다 같은 모습을 보면서, 주변에 널린 똑같은 이른바 "로드타는 여자"들을 보면서 3개월도 못 지나 점차 시들해졌다. 그것을 눈치 챘는지 아내는 점점 더 섹시한 최신 져지와 빕숏 상품을 구입해 들였지만 그 또한 하루·이틀 반짝 눈에 띌 뿐 금방 익숙해 버렸다.

그러던 어느 날 나는 반포신축아파트에서 나와 두물머리 쪽으로 가려고 막 잠수대교에 진입했는데 맞은 편 오르막 위에서 갑자기 태양이 떠오르더니 나를 향해 굴러 내려옴을 느꼈다. 자세히 보니 그건 눈부신 몸매를 소유한 여자 라이더였다. 여신이라는 단어가 자연스럽게 떠올랐다. 모두 인스타그램에 자신을 로드여신이라 칭하지만 아내를 포함하여 내 눈에는 여신의 자격이 될 만한 우먼라이더는 보이지 않았었다. 그러다가 오늘 처음 그 여신을 발견한 것이다. 그녀는 하얀 헬멧에 노란 고글, 화이트 져지와 검은 빕숏을 입은 채 등 뒤로 불어오는 바람에 긴 머리채를 깃발처럼 날리며 내 옆을 휘이익— 스쳐지나갔다. 이상한 것은 그녀의 체취에서 풍기는 어디선가 경험한 것 같은 익숙함의 느낌이었다.

"여보, 아는 여자예요?"

뒤에 따라오던 아내가 물었다.

"아니."

"그런데 저 아가씨가 당신을 계속 유심히 쳐다보고 지나갔어요. 저것 보세요. 저 아가씨 자전거에서 내렸어요. 돌아서서 우리 쪽을 쳐다봐요."

"신경 쓰지 마. 일행을 기다리겠지."

나는 나한테 차례진 절세가인 허유정도 감당하지 못한 사내다. 인제 다시는 여자의 미모에 현혹되지 않을 것이다. 그리고 유정에게는 토니가 있다. 솔로 라이딩을 할 이유가 없다.

다음 주에도 그 로드여신을 바로 잠수대교 오르막에서 지나쳤다. 역시 지나간 다음 아래쪽에서 자전거에서 내려 뒤를 돌아본다고 아내가 말해주었으나 나는 고개도 돌리지 않았다. 설령 허유정이라고 하더라도 나는 고개를 돌릴 수 없었다. 이튿날부터 나는 아예 코스를 바꿨다.

그렇게 힘들게 허유정이 없는 4개월을 보냈다. 미친 것처럼 자전거를 타는 동안 2018년이 저물고 2019년이 밝아온 어느 날 나는 대학 연구실 앞에서 조교가 건네는 편지봉투 하나를 받았다.

"어떤 예쁜 아가씨가 교수님께 전하라고 저한테 맡기고 갔습니다. 굉장한 미인이시던데요."

나는 아무 대답도 하지 않은 채 편지를 들고 연구실로 들어갔다. 남자들은 저렇게 다 예쁜 여자만 보면 침을 흘리고 정신이 빠진다. 아무튼 허유정이 내 전화번호를 모르니까 직접 대학까지 찾아온 모양이다.

놀랍게도 결혼청첩장이었다. 그것은 내가 기다리던 결과였다. 당연히 기뻐해야만 한다. 그런데 기쁘기 전에 가슴이 철렁했다.

끝내 모든 것이 끝났구나 싶으며 절망감마저 들었다. 그런데 다시 보니 청첩장이 어딘가 여태 보아왔던 것과는 다른 점이 있었다. 일단 피초청인 이름이 "내 남자 정재동 오빠"로 되어 있다. 그리고 신랑과 신부 앞에는 "법적"이라는 규정어가 달려 있다. 내용에도 놀라운 문구가 보인다.

오늘 신랑과 신부는 법적인 부부가 되기로 협약했습니다. 하지만 육체적으로는 여전히 각자 독립적인 존재임을 인정합니다. 갑·을 쌍방은 어느 쪽도 상대방의 육체적인 소유권을 가질 수 없습니다. 한 집에 살고 시설물을 공유하지만 침실만은 각방을 사용하고 상호출입을 금지합니다. 이상 변호사가 증명합니다.

그 밑의 여백에는 육필로 "오빠, 안 오면 신부 입장 안할 거야"라는 문구가 첨부되어 있다.

허유정, 역시 너답구나.

나는 소리 내어 중얼거렸다. 이런 이상한 결혼을 그녀의 부모가 동의한 것은 일단 결혼만 하면 육체적 결합은 시간문제라는 타산 때문이었을 것이고 유정은 그것을 역이용한 것이다. 나도 같은 생각이다. "법적"이라는 이 단어가 중요하다. 일단 결혼한다니까 실망감도 없지는 않지만 유정을 위해서는 다행스러운 일이라 하지 않을 수 없다…….

결혼식 날 재동은 참석여부를 고민하다가 늦게야 식장에 도착했다. 허유정은 결코 헛말을 하는 성격이 아니기 때문이다. 그가 안 가면 이 결혼은 반드시 무산되고 말 것이다.

벌써 신부 입장 진행순서이다. 재동은 맨 끝 뒤쪽 테이블에 앉았다.

"다음 순서는 신부 입장입니다. 내빈들께서는 박수로 맞아주시기 바랍니다."

사회자의 소개와 함께 허유정의 모습이 멀리 통로의 끝에 나타났다. 태양보다 더 빛난다. 객석에서 일시에 탄성이 터졌다. 하지만 정작 신부 허유정의 얼굴은 깊은 애수에 잠겨 있었다. 금방이라도 울음을 터뜨릴 것만 같은 어두운 표정이다. 그녀의 시선이 재빨리 객석을 훑었다. 부친이 딸의 팔을 당겨 눈치를 주었지만 재동을 찾는 그 시선은 멈추지 않았다.

그녀의 시선이 재동이 앉아 있는 객석 뒷문 쪽에 이르는 순간 이동을 멈췄다. 그쪽은 조명이 어두웠는데도 허유정은 한눈에 재동을 알아본 것이다. 그런데 이때 유정은 갑자기 아버지의 팔을 꼈던 자신의 팔을 빼내더니 머리에 쓴 면사포를 벗어던지고 무작정 단 아래로 뛰어내려 재동이가 있는 곳을 향해 달려왔다. 유정의 부친과 도우미들이 황급히 달려와 신부를 잡았다.

"오빠, 날 구해줘!"

허유정이 결사적으로 울부짖고 몸부림쳤지만 여러 사람들이 달려들어 견제하는 통에 아무 소용없었다. 하객들의 시선이 일제히 뒤쪽으로 향했다. 하지만 그쪽은 워낙 불빛이 미치지 못한 탓에 어두컴컴했고 주로 남자하객들이 많아 누군지 알 수는 없었다. 재동도 덩달아 뒤를 돌아보는 척 할 수밖에 없었다. 이상한 청첩장 내용 때문에 그러지 않아도 하객들은 수군거리던 참이었다. 다행히도 허유정은 사람들의 부축을 받으며 다시 단 위로 올라갔다. 도우미들이 면사포를 씌우느라 잠시 중단되었던 팡파르가 다시 연주되고 신부입장이 재개되었다. 유정의 두 볼로 눈물이 흘러내리자 재동은 차마 볼 수 없어 슬그머니 밖으로 나왔다.

집에 도착한 재동은 슬픔을 참을 수 없어 곧장 스튜디오로 들어갔다. 오랫동안 방치된 채 먼지만 뒤집어 쓴 '기적' 그림에 마주섰다. 손에 잡히는 대로 튜브를 집어 팔레트에 물감을 짜냈다. 피 같은 붉은색이다. 브러시에 물을 적셔 안료를 듬뿍 묻혔지만 머릿속에는 허유정의 얼굴에서 흘러내리던 눈물만 가득 차 있을 뿐이다. 재동은 붓을 움직여 그 눈물을 그렸다. 두 줄의 피눈물이 캔버스 좌우에서 구불구불 흘러내렸다. 그리고는 붓을 바닥에 내던지고 의자에 털썩 주저앉아 흐느꼈다.

이튿날 아침 나는 허유정에게 문자를 보냈다. 결혼을 했으니 전화번호를 알려주어도 괜찮을 것이다. 만나지만 않으면 된다. 문자대화까지 중단하면 그녀가 감내해야할 심적 고통이 너무 클 것 같았다. 만나지 않으려는 건 나 자신의 마음이 동요될까봐 두려워서이다. 이제 다시 그녀를 만나면 허유정은 둘째 치고 내가 헤어지지 못할 것 같아서였다. 토니를 몰아내고 아내와 갈라서고서라도 그녀를 가지려 할지도 모른다. 그래서는 안 된다. 난 아내를 사랑한다.

> 결혼 축하해! 잘 살아.

의외로 금방 답장이 날아왔다. 아마 올 걸 예견하고 기다렸던 것 같다.

내가 진짜 결혼하지 않은 거 오빠가 와서 확인해 줘 고마워.

> 왜 진짜 결혼 아닌데?

내가 결혼한 건 이런 위장결혼이라도 하지 않으면 오빠가 나를 만나주지 않을 것이고 나를 위해 이민이라도 갈 거라는 걸 알고 할 수없이 내린 결정이었어. 전화번호 바꾸고 토니에게 내 초상을 그려주고 가거도로 가라고 알려주고…… 그때 알았어. 오빠랑 이렇게 문자대화하고 만나려면 가짜 결혼이라도 하지 않으면 안 되겠다는 생각이 들었지. 내 몸 안에 오빠 아이가 자라고 있어. 난 어떤 남자와도 몸을 섞지 않을 거야. 난 오빠 거니까.

> 제발, 인제 임신놀이 그만하고 신혼생활이나 즐겨.

싫어. 한 집에서 살뿐 토니는 토니이고 나는 나야. 참, 오빠 잠수대교에서 라이딩하는 거 봤어. 남자들 중 제일 멋졌어. 오빠 날 알아보지 못했지? 벌써 잊은 거지. 나쁜 사람!

그게 너였어? 그러니까, 너 말고 그런 여신이 나타날 수 없지.

우리 언제 만날까?

안 돼. 만나는 건 절대 안 돼. 내가 무너질까봐 무서워서 그래.

알았어. 그럼 아기 태어날 때까지만 문자대화만 할 게. 태교에 집중해야 하니까. 언니가 왔어. 날 감시하러. 뿅—

나는 내일부터 당장 라이딩을 접어야겠다고 생각했다. 적어도 그녀가 토니와 명실상부한 부부가 되고 그녀 말처럼 토니의 아이를 낳을 때까지는……. 어차피 일상으로 복귀한 바 하고는 제대로 궤도에 올라야 한다. 내일부터는 전국을 돌아다니며 다시 산수화의 소재를 찾아 스케치작업을 할 것이다.

나는 차를 몰고 그림소재가 될 만한 풍경을 찾아다니며 스케치를 한 후 집에 돌아와서는 그림을 그리며 시간을 보냈다. '기적' 그림은 잠시 미뤄두었다. 환이도 "다람쥐 쳇바퀴 도는 그림"을 거의 완성 단계에 이른 듯싶다. 나를 닮아 미술에 끼가 있나보다.

허유정한테서는 날마다 문자가 날아왔다. "임신중"이라는 문자가 가장 많았고 한 달에 한 번씩 "다섯 번째 파도", "여섯 번째 파도"라는 이상한 문자가 날아왔다. 아마도 뱃속의 태아가 자라는 상황을 파도에 비유하는 모양이다. 어느 날은 이런 문자가 왔다.

> 오빠, 우리 아기 방금 전 발로 내 배를 찼어. 이 여석이 힘이 어찌나 센지 배가 아파.

나는 그냥 "그거 상상이야." 하는 간단한 답장을 보냈다. 토니가 그녀가 술 취한 틈을 노려 협약을 어기고 침실로 몰래 숨어들어와 유정의 몸을 범했다하더라도 겨우 2개월 정도밖에는 안 된다. 벌써 태아가 발길질을 할 리가 만무하다.

일상이 아무리 지루하고 무료해도, 무의미한 반복 속에서도 시간은 제멋대로 흘러갔다. 허유정이 결혼한 지도 어언 6개월이 되었고 여름이 시작되었다. 그녀의 문자에 '아홉 번째 파도'하고 찍혀왔기 때문에 나는 그것을 알 수 있었다. 그 "아홉"이라는 숫자는 이른바 그들 사이에 발생한 "첫날밤"으로부터 한 달에 한 번씩 더해진 것이다. 그러니까 그녀와 "첫날밤"을 보낸 지 만 10개월이 되었다는 의미이다. 다음 문자는 아니나 다를까 "만삭중. 출산 임박"이었다. 나는 아무 말도 하지 않았다. 토니와 결혼한 지

6개월이 되었으니 신혼 초에 임신해도 배는 부를지언정 "만삭"이
나 "출산 임박"은 아닐 것이다.

며칠 후 문득 카톡으로 공연관람권 한 장이 날아왔다.《허유정
해금독주회》라는 제목 아래에 날자와 공연장소가 찍혀 있었다.
잇달아 문자가 날아왔다.

> 말이 독주회지 오빠만 위한 공연이야. 오빠가 안 오면 공연
> 취소할 테니까 알아서 해.

공연 관람은 직접 만나는 것도 아닌지라 재동은 별로 고민도
하지 않고 그날 극장으로 향했다.

무대에 오른 허유정은 지금까지 재동이 본 모습과는 전혀 다른
이미지였다. 아침이슬이 내린 꽃송이처럼 청초하고 싱싱하면서
도 예술가의 풍채가 도도하고 지적이었다. 품이 너른 블라우스
를 입어서인지 "만삭"의 배는 알리지 않았고 그냥 무대 위에 십오
야 밝은 달덩이가 내려앉은 것만 같았다.

먼저 "육자배기", "물레타령", "동백꽃 타령", "방아소리" 등 대
표적인 남도가락이 연주되었다. 이렇게 끝나는가 싶었는데 마지
막 부분에서 갑자기 연주자가 의상을 갈아입었다. 블라우스를
벗고 셔츠와 바지를 입고 등장했다. 무심코 그 모습을 쳐다보던
재동은 깜짝 놀랐다. 그 셔츠와 바지는 가거도에서 그녀가 입었
던 그의 옷이었기 때문이다. 수술실로 들어갈 때 허유정은 이동

병상에서 저 셔츠를 쳐들고 엄지를 펴 보이기도 했었다.

"마지막으로 여러분들께 들려드릴 곡은 특별한 사연이 깃든 가락들입니다. 제가 한때 실의에 빠져 가거도 섬마을에 내려갔던 적이 있었습니다. 그때 극단적 선택을 하려고 태풍이 부는 동개해수욕장의 바다에 들어간 저를 죽음도 무릅쓰고 뛰어들어……."

허유정은 목이 메어 잠시 말을 멈추더니 격정을 누르고 목청을 몇 번 가다듬은 후 다시 말을 이었다.

"파도치는 바닷물에 뛰어들어 저를 구해준 한 분을 위해 특별히 준비한 곡입니다. 그분도 지금 이 자리에 와 계십니다."

관객들이 주변을 두리번거리며 술렁거렸다.

"첫 번째 곡은 '가거도 멸치잡이 노래'인데 물에 뛰어들기 전에 불렀던 노래예요. 두 번째 곡은 파도에 상처 입은 다리를 목포병원에서 수술한 후 서울로 상경하던 그분 앞에서 즉흥적으로 불렀던 노래입니다. 마지막 곡은 그분과 제가 '첫날밤'을……."

그녀가 그날의 감격이 되살아난 듯 울먹이기 시작했다. 한참 동안 감정을 억누른 후에야 가까스로 진정하고 말을 맺었다.

"그날 밤에 그분께 불러드렸던 곡입니다. 그럼 지금부터 들려드리겠습니다."

재동은 무슨 정신에 그 세 곡을 들었는지 모른다. 눈물이 자꾸만 흘러내려 옆 사람 보기가 민망해 고개를 쳐들 수 없었다. 그리고 자신에게로 자주 향하는 허유정의 시선을 마주볼 용기가 없었다. 그녀의 애절한 노랫소리와 해금연주 그리고 객석 여기저기서 들리는 흐느낌, 코를 훌쩍이는 소리만 들렸을 따름이다.

언제 연주가 끝났는지 우레 같은 박수소리가 터져서야 재동은 비로소 고개를 쳐들었다. 그리고 사람들과 함께 박수를 쳤다. 허유정이 일어나서 거듭 허리를 굽히고 관중석을 향해 인사하며 답례했다.

"감사합니다. 그리고 오빠, 사랑해요!"

허유정이 재동이 쪽을 향해 90도 경례를 한 후 돌아서서 천천히 퇴장했다. 그녀의 걸음걸이가 비틀거렸다. 그녀는 끝내 무대에서 채 나가지 못한 채 맥없이 바닥에 쓰러졌다. 해금이 떨어지며 요란한 소리가 났다.

재동은 저도 모르게 벌떡 일어섰다.

유정아!

소리쳐 불렀으나 많은 관객들이 놀라서 소리치며 일어나는 바람에 아무도 듣지 못했다. 무대 뒤에서 진행요원들이 달려 나왔고, 객석 앞자리에 앉아 있던 토니가 무대 위로 쏜살같이 뛰어 올라갔다. 그녀를 번쩍 안아들고 무대 뒤로 사라졌다.

# 6

정재동은 과속운행을 마다하지 않고 허유정을 실은 119를 따라 잡으려고 했지만 차도 막히고 교통지시등에 걸리다보니 30분은 늦어서야 병원 응급실에 도착했다. 아무 일도 없어야 될 텐데, 그렇게 속으로 빌며 응급실 앞 복도에서 서성거리며 안절부절 했다.

한참 지나 문이 열리더니 안에서 간호사가 나왔다. 재동은 급히 그녀를 향해 걸어갔다. 간호사는 품에 강보에 쌓인 갓난아기를 안고 있었다.

"정재동 선생님 맞으시죠?"

"그렇습니다만……. 어떻게 제 이름을……."

"허유정 산모님이 복도에서 정재동이라는 분이 기다리실 거라고 하셨어요. 그 분이 아기의 아빠라고 하시면서요. 따님입니다. 축하드려요."

"남편이 옆에 있었을 텐데……."

"외국분이라 한국말을 알아듣지 못하는지 아무 말씀도 안하셨어요."

아기는 두 눈을 초롱초롱하게 뜨고 재동을 쳐다보았다. 아직은 누구를 닮았는지 전혀 알 수 없다.

"그런데 해산할 때가 아직 아닌 것 같은데……."

"의사선생님께서 그러시는데 무대 공연을 하며 감정이 과분하게 북받치며 흥분상태에서 잠시 쇼크하신 거래요. 그래서 조산

한 거고요. 산모는 무사하세요."

"6개월 만에도 출산이 가능한가요?"

"흔하진 않지만 가능합니다. 외국의 사례를 보면 6삭둥이는 보통 체중이 700g 미만이고 피부도 완전하게 형성되지 않아 혈관이 비쳐 보이고 아이의 팔은 어른의 손가락만큼 한데, 이 아이는 열 달이 다 되어 출산한 것처럼 모든 것이 정상적이어서 따로 특별한 간호를 할 필요도 없대요."

"산모가 아이를 보고 뭐라 하지 않았나요?"

"아기를 보시더니 '너 페오 무슨 아'라고 하시던데……."

"페오도시아라고 하던가요?"

"맞아요. '너 페오도시아의 유령이지? 엄마처럼 아홉 번째 파도를 타고 왔구나.' 그러셨어요. '아가야, 오늘은 2019년 7월 22일이야. 꼭 열 달 만에 세상에 태어났구나.' 그러셨어요. 참, 그리고 또 산모님이 선생님더러 아기 이름을 지어달라고 부탁하셨어요."

"이름을요?"

페오도시아의 유령, 아홉 번째 파도……. 그 뒤에 따라오는 건 자연스럽게 줄리아 뿐이다.

"줄리아라고 하면 어떨지……."

"신기하네요. 산모님도 아마 줄리아라고 지으실 거예요, 하셨는데."

간호사는 웃으며 갓난애를 안고 안으로 들어갔다.

돌아서서 밖으로 나가려던 재동은 뒤에서 누군가 부르는 소리에 발걸음을 멈췄다. 고개를 돌려보니 뜻밖에도 토니다. 몸에 전혀 어울리지 않는 한복차림을 한, 키가 껑충한 그가 그에게로 다가와 한국식으로 90도 경례를 한다.

"선생님, 안녕하세요."

유정의 환심을 사려고 한국 전통복장을 입고 한국말까지 하며 애를 쓰는 모습이 갸륵하다. 하지만 아직은 인사만 한국말로 떼고 본론은 역시 영어다. 재동이 이해한 토니가 말한 한국어의 뜻은 대략 이러했다.

"선생님 덕분에 제 소원을 이뤘습니다. 선생님이 가르쳐준 대로 가거도에 다녀온 후로 그녀가 커피숍에서의 데이트는 거절하지 않아 우리 사이가 많이 친해질 수 있었고 결국 결혼에까지 이르게 된 것입니다. 감사합니다."

서툴지만 감사합니다,만 한국말이다. 그리고는 다시 90도 경례를 올린다.

"지금은 보다시피 한복도 입고, 어학원에 다니며 한국어 공부도 합니다. 미국 대학의 강사직도 사표 내고 아예 귀화하여 서울 Y대학의 원어민강사로 취직도 할 예정입니다."

"따님을 보셨다니 축하합니다."

사실 재동이 알고 싶은 건 이런 게 아니었다. 협약에 따르면 육체적 독립이 명시되어 있는데 줄리아가 어떻게 탄생할 수 있었냐는 것이었다. 재동은 궁금한 나머지 완곡하게 에둘러서 탐문했다.

"다행입니다. 협약도 있던데 두 분 사이에 자식까지 생겨서
요."

그 말에 토니가 응급실 쪽을 흘끔 돌아보더니 재동의 팔을 잡
고 아예 문밖으로 데리고 나왔다. 아마도 유정이 들을까봐 두려
운 모양이다.

"말도 마세요. 하마터면 성추행범으로 감옥에 갈 뻔했습니다.
유정의 언니와 남편이 도와줘서 겨우 성사됐거든요. 두 분이 결
혼식 날 저녁 유정을 붙들고 양주에 폭탄주를 권해 취하게 한 다
음 절 와이프 침실로 들여보내줬어요. 전 무서워서 싫다고 했어
요. 와이프가 알면 감옥살이 해야 할지도 모르니까요. 그런데 언
니와 남편이 문제가 생기면 자기들이 책임질 테니 걱정하지 말라
며 제 등을 억지로 떠밀어 넣어서…… 하하하……. 이 사실 우리
와이프 알면 큰일 나는데……. 우리 둘만의 비밀입니다."

토니는 다시 문을 열고 복도 안의 동정을 엿본다.

"처형이 그랬어요. 여자는 한 번 잠자리만 같이 하면 굴복하고
나근나근해지는 법이라고. 하지만 미국 여자들은 절대 그렇지
않거든요. 전 겁이 나서 온몸이 후들후들 떨렸지만 와이프는 대
취해서 아무것도 몰랐습니다. 다만 가끔씩 '오빠, 내 오빠, 내 남
자.' 그런 알 수 없는 잠꼬대만 반복했을 뿐 일이 끝날 때까지 다
행히도 눈을 뜨지 않았어요. 그래서 이렇게 아기가 태어난 겁니
다. 하하하."

토니는 무슨 장한 일이나 한 것처럼 의기양양한 표정을 지었다. 그 모양을 보고 있으려니 재동은 저도 모르게 기분이 착잡해졌다. 영문도 모르고 당한 허유정이 불쌍했다. 마치 자신이 토니와 공모하여 유정을 유린하도록 부추긴 것 같은 죄책감마저 들었다. 유정이 이 사실을 알면 토니는 말할 것도 없고 알고도 비밀을 지킨 나 역시 가만 두지 않을 것이다. 다시 가거도로 내려갈 것이고, 이번에는 누구도 그녀의 고집을 꺾지 못할 것이다.

재동은 볼일이 있다는 구실을 대고 토니와 갈라졌다. 그의 말을 들어준다는 자체가 유정에 대한 배신이고 토니와 공범자가 되는 행위라고 생각되었다.

재동은 집에 도착하자마자 곧장 스튜디오로 향했다. 아내가 기다렸다는 듯이 냉커피를 만들어가지고 화실에 들어와 테이블 위에 놓고는 아무 말도 없이 돌아 나갔다. 어쩌면 이 모든 걸 죄다 알면서도 모른 척 하는 눈치 같기도 했지만 재동은 지금 그런 데 신경 쓸 여유가 없었다.

외출복을 벗고 유화작업복으로 갈아입었다. 화구 박스를 열어 튜브와 브러시, 팔레트를 준비하고 오일, 물통도 챙겼다. 모든 것은 이전에 항상 해왔던 전통방식대로였다. 팔레트에 물감을 짜서 브러시로 정밀하게 배색한 후 붓에 묻혀 캔버스에 칠하기 시작했다. 반짝이는 아침이슬을 머금은 듯 촉촉하고 영롱한 유정의 눈과 빵처럼 폭신하면서도 향기로운 그녀의 입술, 인간의 언어로는 도저히 표현할 수 없는 가슴과 검은 반점을 차례로 그려

나가기 시작했다. 될수록 실감이 나도록 현실주의 기법을 적용
했다. 거기에는 더 이상 아이바조프스키의 그런 상상은 존재하
지 않았다. 잠시의 멈춤도 없는, 두 시간 남짓한 터치 끝에 모두
완성했다. 마지막으로 금방 태어난, 누구의 딸인지도 모르는 갓
난아기 줄리아의 얼굴을 캔버스 왼쪽 밑에 그렸다. 그 역시 십 여
분 동안에 끝냈다.

드디어 그림이 완성되었다. 제목은 "일상과 기적"으로 최종결
정했다. 잠시 "인간과 유령"이라는 제목을 놓고 고민도 했지만 결
국 전자를 택했다. 그림 밑 부분에 사인을 한 후 재동은 브러시와
팔레트를 탁자위에 내려놓았다. 작업복을 벗으려는데 카톡문자
가 도착했다. 휴대폰을 꺼내 확인해보니 허유정이다.

> 오빵! 낭군님 딸래미 때메, 줄리아 때메 유쩡 돼찌 되는 중.

이어 사진 한 장이 날아왔다. 유정이 줄리아를 옆에 눕히고 누
워 있다. 소담한 머리채가 베개 위에 부챗살처럼 활짝 쏟아져 있
다. 얼굴이 약간 부은 듯하다. 이제 엄마가 된 것이다. 그녀의 얼
굴에 모성애의 한없는 자애로움까지 더해져 그 아름다움을 뭐라
고 형용할 수 없을 정도로 눈부시다. 익살맞은 표정을 짓고 카메
라를 향해 입술을 뾰족하니 오그려 보인다. 재동에게 보내는 키
스일 것이다. 그 입술을 보자 재동은 문득 가슴이 뭉클해졌다. 마
지막으로 그녀의 원룸에서 맞추었던 입술이 생각났다. 그때 밖

에 나오자 하늘과 땅이 흔들렸고 그 진동으로 천상의 별이 죄다 쏟아지고 달이 땅바닥으로 곤두박질했었다. 엄마가 된 마당에도 "오빵"이라며 애교를 부리고 장난치는 어린애 같은 허유정!

이제 나는 정말 그녀를 떠나야 될 때가 왔음을 깨달았다. 그녀에게는 이제 줄리아가 생겼기 때문이다. 줄리아가 내 바통을 이어받을 것이고 나는 아침안개처럼 스르르 사라질 것이다. 나 때문에 토니는 자녀 소유권에 위기감을 느낄 것이고 그리하여 자신의 자녀 소유권을 수호하기 위해, 아내 유정의 마음을 차지하기 위해 줄리아의 친자 확인 절차도 주저하지 않을 것이다. 만일 유전자 검사에서 내가 줄리아의 친부가 아니라는 사실이 밝혀진다면 허유정의 실망은 말로 표현할 수 없을 만큼 거대할 것이다. 나의 배신감에 대한 증오는 또다시 재벌 3세에 대한 적개심에서 행해졌던 극단적 선택으로 이어질 것이기 때문이다. 차라리 나 하나가 그들 셋 사이에서 증발해 버리면 허유정의 증오는 나 하나에 그칠 것이고 그 사랑을 내 혈육인 줄리아에게 돌리고 딸에 의지해 살 수도 있다.

그녀로부터 연기처럼, 줄리아의 유령처럼 사라져야 한다고 작심하자 나는 홀연 눈앞이 캄캄해졌다. 영원히, 끝까지 유정의 옆에서 그녀를 지켜보겠다던 언약을 지키지 못했다는 죄책감 때문에 또다시 스튜디오가 파도를 만난 배처럼 좌우로 흔들리기 시작했다. 그 파도는 점점 높아지며 눈앞에서 아홉 번째 파도로 변했고 창밖의 산과 들을 차고 넘어 하늘 끝까지 치솟았다. 태양이 파도에 휩쓸려 떠내려갔고 천하는 순식간에 암흑으로 변했다.

나는 그대로 바닥에 털썩 주저앉아 오열했다. 허유정이 동개해수욕장에서 통곡했던 것처럼 방바닥을 주먹으로 치며 울었다.

유정아, 잘 살아라! 오빠 널 지켜주지 못하고 간다.

둑이 터진 저수지처럼 눈물이 걷잡을 수 없이 쏟아지는데 느닷없이 누군가의 팔이 등 뒤에서 내 어깨를 가만히 감싸 안았다. 묻지 않아도 아내 이미리일 것이다. 그녀가 줄곧 남편을 지켜보고 있었음을 나는 비로소 알았다. 나는 울음을 참느라고 입술을 깨물었다.

"울어요. 그냥 실컷 우세요."

나는 터지도록 한 입 가득 물고 있던 울음을 다시 왈칵 토해냈다.

"자기야, 미안해. 당신한테 너무 미안해."

"돌아오셨으면 됐어요. 일상이 아무리 무의미하고 신물 난다 해도, 여긴 또 내가 있고 환이가 있잖아요. 잘하셨어요. 당신이 자랑스러워요."

"여보!"

나는 어린애처럼 그대로 몸을 던져 그녀의 가슴에 얼굴을 묻었다. 그녀는 두 팔로 아기를 안 듯 나를 포근하게 보듬어 주었다.

"그동안 고생하셨어요. 기적은 좋지만 거기 오래 머물면 몸이 상해요. 제때에 잘 돌아오셨어요. 제가 더 잘할게요."

"다 알고 있었어?"

"네."

"왜, 날 욕하지 않았어?"

"당신을 믿으니까요. 남자니까 그럴 수도 있잖아요. 당신은 날 사랑하니까 반드시 돌아오실 거니까요. 이제 돌아오셨으니 됐어요."

이미리는 내 얼굴에 번진 눈물을 손으로 닦아주었다. 그녀의 눈에서도 눈물이 흐르고 있었다. 그리고는 내 얼굴을 두 손으로 보듬어 쥐고 내 입술에 자신의 입술을 가져다 댄다. 뜨겁고 말랑말랑했다. 나는 그녀를 와락 품에 껴안았다. 그리고 아내의 불덩이처럼 달아오른 입술을 입안으로 힘껏 빨아들였다.

8월 말, 폭염이 계속되는 속에서 재동은 개인 유화전시회를 열었다. 전시회 타이틀은 "일상과 기적"으로 최근 그린 산수화에, 전시회 타이틀로 사용되어 제목이 바뀐 "인간과 유령" 그리고 환이가 완성한 "쳇바퀴 도는 다람쥐"도 함께 전시했다. "해금독주회" 초대의 답례로 허유정에게도 초대장을 보냈다. 물론 다른 사람들과 똑같은 초대장이었다. 어쩌면 그것은 그녀와의 마지막 작별인사이기도 했다.

아내 이미리는 남편을 도와 처음부터 함께 전시회준비를 거들었고 관람객들을 맞이했다. 그녀의 건의를 받아들여 "인간과 유령"은 가장 눈에 띄는 중앙부에 금박액자에 넣어 전시했다. 대학의 동료 교수들과 제자들은 물론 미술계의 지인들도 많이 관람했다. 물론 김현재 교수도 이른 아침에 서울로 올라와 재동을 도와 관람객들을 맞이하고 안내했다. 아마도 그는 오늘 허유정이 이곳에 나타날 것이라는 기대감에 부풀어 일찍 상경했을 것이다.

허유정은 늦지도 빠르지도 않은 시간에 토니와 함께 전시장에 나타났다. 줄리아가 앉은 유모차는 한복을 입은 토니가 밀고 그녀는 한 발 앞서서 들어왔다.

"어서 오세요. 왕림해주셔서 감사합니다."

재동은 여느 내빈들과 똑같은 인사를 건넸다. 허유정도 허리를 굽혀 공손하게 답례했다. 위에는 평범한 하늘색 반팔 티셔츠를 입고 아래는 짧은 진 바지를 입었다. 선글라스를 끼고 머리는 풀어 어깨와 가슴, 등에 드리웠다. 역시 귀고리, 목걸이, 반지와 팔찌는 물론 손목시계조차도 없다. 스마트폰은 반바지 뒷주머니에 반쯤 드러나게 찔려 있다. 그것만으로도 그녀의 등장은 전시장 안의 조명을 일제히 밝힌 듯한 눈부신 효과를 일으켰다. 하지만 재동은 인사만 했을 뿐 안내는 하지 않았다. 그녀는 내빈 명부에 "줄리아"라고 적었다.

아내가 줄리아에게로 다가가 예쁘다고 찬사를 쏟으며 손등에 입을 맞추고는 미리 준비한 듯 한 손 선풍기를 선물했다. 토니가 고맙다고 인사하며 받아서 줄리아에게 바람을 부쳐준다. 아내는 다른 손님들은 상관하지 않고 허유정만을 전문 안내하며 그림들을 일일이 설명했다. 홀 안에 있던 김현재가 허유정을 보자 허겁지겁 달려와 자신의 나이도 잊은 채 허리를 굽혀 인사했다.

"환영합니다. 어서 오세요."

"감사해요. 고생하십니다."

허유정도 허리를 굽혀 정중하게 답례한다. 머리채가 가슴 앞으로 쏟아졌다가 허리를 펴자 다시 등 뒤로 일제히 넘어 갔다. 김현재는 넋이 나간 사람처럼 자신의 앞을 지나가는 허유정을 따라 급히 시선을 움직였다.

허유정은 "인간과 유령" 그림 앞에서 걸음을 멈췄다. 다른 사람들은 모두 그 그림 앞에 이르러 조금 쳐다보다가는 알 수 없다는 듯 고개를 젓고 지나갔지만 그녀는 그 앞에서 움직일 줄을 모른다. 누구보다 그 그림의 역사를 잘 알기 때문일 것이다. 가거도에서 '기적'이라는 제목으로 그려질 때부터이다. 그리고 그녀는 그 그림 속의 눈과 가슴과 입술의 주인이 자신이라는 것도 알 것이다. 거기 가슴둘레에 암호처럼 찍혀진 '내꺼'라는 글자도 오로지 그녀만 발견해냈다. 그리고 그 갓난애의 얼굴이 딸 줄리아라는 것도 유정은 알았다. 아내도 그 그림 앞에 와서는 아무 설명도 하지 않은 채 유정을 혼자 남겨두고 잠시 자리를 비켜주었다.

유정은 유모차에서 줄리아를 안아 들어 품에 안았다. 그리고 딸의 고사리 손을 잡아 갓난아기를 그린 이미지 위에 가져다 댔다.

"아빠가 널 그린 거야. 이건 엄마 눈, 찌찌, 입······."

재동은 멀리서도 그녀의 목소리를 알아들었다. 입모양만 보고도 그녀가 무슨 말을 하는지 알 수 있었다. 다른 손님에게 다른 작품을 소개하던 아내도 분명 들었을 것이다.

그때 김현재가 옆으로 다가와 재동의 귀에 대고 흥분한 목소리로 속삭였다.

"나 오늘 소원 이뤘어."

"잘했어."

"내가 저 그림을 평론할 거야. 허유정 씨가 각별한 관심을 보인 작품이니까."

재동은 그냥 씩 웃고 말았다.

그때 허유정이 저쪽에서 재동을 향해 엄지를 뽑아보였다.

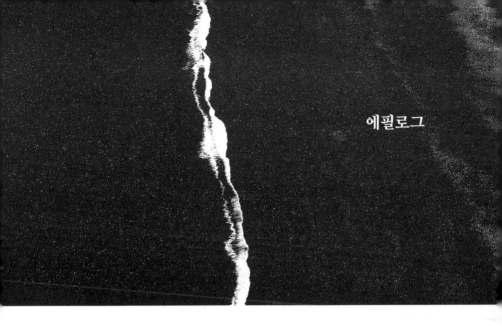

에필로그

　전시회가 끝나자 일단 뉴스와 SNS에 속보가 올라왔다. 이제
조만간 일간지와 월간지, 전문지에도 미술평론이 뜰 것이다. 가
장 빨리 신문 문화면에 실린 관련 평론은 김현재 교수의 글이었
다. 글의 내용을 요약하면 대략 아래와 같다.

　이 그림의 원제는 내가 아는 한 "기적"이다. 기적은 누구에게는 일상
이고 그 일상이 다른 누구에게는 기적일 수도 있다. 그림에 보이는 아
름다운 눈동자, 가슴, 입술은 그것을 소유한 사람에게는 일상일 것이
지만 그것을 바라보는 타자에게는 기적일 수도 있다. 그런데 이른바
유령 즉 무의식—태풍이 그려낸 "기적"은 일상의 렌즈로 포착할 수
없을 때 무효화된다. 그것은 의미의 거세를 뜻하기도 한다. 하지만 유
령도 상상 앞에서는 그 모습을 감출 수 없다. 그래서 기적은 때로는

유령의 모습을 지니기도 한다. 화가가 전통적인 화법을 거부하고 그려낸 "기적"은 색채와 점·선·면이라는 미술의 온갖 요소들을 동원하고서도 일상의 그물에 포획되지 않지만 상상의 낚시에는 쉽게 잡히는 이유가 거기에 있다. 화가는 탈전통과 전통화법이 혼용된 복합적인 이미지를 통해 일상과 기적, 현실과 상상의 이중적인 삶의 공간을 절묘하게 표현해내는 작업에 성공한다. 안정과 평안을 바라는 사람들은 일상의 화면에서 위안을 얻을 것이지만 변화와 새로운 것을 기대하는 사람들은 기적의 흔적에서 일탈을 꿈꾸면 될 것이다.

필자는 개인적으로 일상을 선호했지만 얼마 전 우연한 기회에 하나의 "기적"을 만난 뒤로는 기적을 선호하게 되었다. 내가 만난 그 기적은 그림 속에도 숨어 있다. 아이러니한 것은 필자에게 기적이었던 그것은 그림 속에서는 일상의 화폭에 담겨 있다는 사실이다. 기적은 누군가 일상의 무의미함과 기계적인 반복에 지친 사람들에게만 그 모습을 드러낸다. 그래서 기적에는 죽은 일상에 생명을 불어 넣는 마력을 지니고 있음을 우리는 이 그림을 통해 알게 된다.

화가가 이 그림을 그리게 된 계기는 러시아화가 이반 아이바조프스키의 유화 '아홉 번째 파도'였다고 한다. 그럼에도 그림에는 인간도 있고 유령도 있는데 유독 "파도"만은 없다. 파도의 광기는 인간과 유령을 이어주는 질료적인 교량일 텐데도 말이다. 하지만 걱정할 필요는 없다. 아이바조프스키도 '아홉 번째 파도'를 상상을 불러내 그렸기 때문이다. 파도가 필요하면 상상을 소환하면 될 것이다. 그러면 인간과 유령의 사이에 자연스럽게 다리가 놓이고 소통이 이루어질 것이기 때문이다. 그 파도가 다름 아닌 기적의 은유일 것이다.

재동은 김 교수의 글을 읽으며 그가 전시회에서 자신의 귀에
대고 속삭이던 말이 떠올라 저도 모르게 웃었다. 그에게 기적은
허유정이었고 일상은 귀농 살이 하는 시골일 것이다. 소설가는
역시 소설을 쓸 수밖에 없다. 그것이 평론일 경우에도 그랬다.

뉴스는 물론이고 동료들의 SNS에도 전시회에 출품된 다른 작
품들은 언급하면서도 "인간과 유령"에 대해서는 일언반구도 없
었다. 모든 찬사는 "달빛아래의 고요한 한강", "안개 내린 우포
늪", "동해의 해돋이" 등 몇 점의 전통화법으로 그린 산수화 작품
에만 집중되었다. 환이가 그린 "쳇바퀴 도는 다람쥐"도 거의 무
시되었다. 아마 얼마 지나지 않아 나올 일간지나 전문지들의 평
론들도 일맥상통하거나 혹은 대동소이할 것이다. 그런 의미에서
비록 소설냄새가 물씬 풍기지만 김 교수의 칼럼이 고마웠다. 진
짜 속내는 허유정을 말하고 싶었겠지만 아무튼 "인간과 유령"에
대해 언급했으니 말이다.

놀라운 것은 허유정의 반응이었다. 평소 같으면 당일로 축하
문자와 찬사가 날아왔을 것이다. 그런데 무려 닷새가 지나서야
그것도 만장 같은 장문의 문자가 날아왔다. 장난기도 말끔히 절
제되고 분위기가 짐짓 진지하기까지 하다. 나름 문장을 여러 번
수정한 흔적까지 엿보였다.

나는 "인간과 유령"이 오빠가 나한테 보내는 마지막 작별인 사라는 걸 알았어. 가거도에서 보았던 "기적"이라는 원래의 제목이 사라졌으니까. 오빠는 나한테 기적이었고 이제 그 기적은 사라지려고 하는구나, 하는 생각이 들었거든. 나한테는 줄리아가 있으니까 줄리아한테 자리를 내주고 떠나려는 거잖아. 그래서 마지막으로 내 모든 걸 그림에 그려 넣었잖아. 눈, 가슴, 입술…… 그리고 줄리아까지…….

그러나 오빠는 나한테서 떠나가지 못해. 오빠는 내 거니까. 또 줄리아가 아빠가 떠나가는 걸 허락하지 않으니까. 오빤 내 곁에서 떠나겠다고 생각하지만 가장 중요한 걸 빠뜨렸어. 팬티! 내가 그 팬티를 입는 한은. 오빠는 그 팬티를 그렸어야 했어. 하지만 오빤 절대로 팬티를 그리지 못해. 오빠 말고 다른 사람이 그걸 보아서는 안 되니까. 그러니 내 옆에서 날 지켜줘야 해.

오빠가 한사코 내 옆에서 떠난다고 해도 언제든지 태풍이 불고 파도가 치면 우린 다시 만날 거야. 오빠가 그 아홉 번째 파도가 유정이를 삼켜버리는 걸 보고만 있지 않을 거니까. 오빤 날 창조한 조물주잖아.

그리고 유정인 아무 때나 내가 원할 때 아홉 번째 파도를 문자는 아직 끝나지 않았다. 그러나 재동은 카톡을 꺼버렸다.
그리고 소리 내어 중얼거렸다.

"이 바보야, 줄리아는 토니 애야."

목이 메었다.

"그리고 난 와이프가 있다고."

재동은 눈을 감았다. 그렇게 눈을 감은 채 가슴 깊은 곳에서부
터 서서히 용솟음치는 슬픔의 응어리를 가까스로 억눌렀다. 결
국 나는 기적도 만나지 못했다. 몇 명의 유령은 만났으나 모두 안
개처럼 사라져 버렸다. 이제 마지막 남은 허유정마저 곧 상실하
게 된다. 그리고 환이의 그림 속의 다람쥐처럼 그 무의미하고 지
루한 일상의 쳇바퀴에 다시 올라서게 되었다. 나는 죽고 싶다. 허
유정이 그랬던 것처럼 가거도로 내려가 풍랑 속에 뛰어들어 죽고
싶다. 그러자면 또다시 태풍이 불어야 한다.

태풍아, 다시 몰아쳐 나에게로 오라. 하루가 지겹다.

이럴 때, 살아갈 앞날이 막혀 캄캄할 때, 열어 보라던 부친의
그 유물함이 문득 생각났다. 나는 벌떡 일어나 책장 뒤에 깊숙이
간직해 두었던 유물함을 꺼냈다. 부친의 70여 년 인생이 고스란
히 담긴 함이라고 했다. 아버지의 70여 년 인생이 과연 어떤 것
일까.

그 케이스는 금속으로 제작한 박스인데 얼핏 보기에는 '티파니의 보물 상자'를 연상시킨다. 테두리엔 월계수 금띠를 둘렀고 뚜껑 표면에 양각한 다이아몬드 조각 때문이었다. 네 면에는 오른쪽에서부터 봄·여름·가을·겨울 풍경이 차례로 부각되어 있다. 소년·청년·장년·노년의 사람들이 덮개 위의 다이아몬드를 향해 두 팔을 쳐들고 손바닥을 벌려 영문 대문자 Y모양을 취하고 있다. 마치 하늘에서 기적이 떨어지길 갈망하는 것만 같다. 그렇다면 이 함 안에는 십중팔구는 다이아몬드에 맞먹는 "기적"이 기다리고 있을 것이다. 70여 년 인생이 응축된 "기적"은 과연 무엇일까?

재동은 자물쇠도 키도 없는 상자를 쳐들고 이리저리 살펴보았다. 그러다가 손에서 미끄러져 툭! 바닥에 떨어졌다. 놀랍게도 간단한 충격 한 번에 견고해만 보이던 뚜껑이 거짓말처럼 비스듬히 열려 있었다. 그 틈에 뾰족한 가위 끝을 밀어 넣고 슬쩍 비틀자 금방 열렸다. 안에는 붉은 비단에 쌓인 무언가가 들어 있다. 위쪽이 비주룩하게 올라와 손가락으로 눌러보니 돌처럼 딴딴하다.

금강석인가, 아니면 아버지의 영혼이라도 감춰둔 것일까?

비단보자기의 매듭을 풀었다. 또 매듭이 드러나 그것도 풀었다. 그렇게 매듭을 여덟 번이나 풀자 아홉 번째 매듭이 드러났다. 순간 재동의 머릿속에는 불길한 예감이 불쑥 떠올랐다. '아홉 번째 파도'다. 테오도시우스의 전설에서 아홉 번째 파도는 죽음을 의미한다. 그리고 이 9 라는 숫자는 가장 큰 수인 동시에 끝자리

이기도 하기 때문이다. 9 다음의 숫자는 0이다. 이 안에 든 것이 결코 보석 같은 "기적"이 아닐 것이라는 예감이 그래서 앞섰다. 매듭을 풀려고 시도하려는데 저도 모르게 손이 떨렸다.

"그 상자를 끝내 여셨군요."

그때 아내 이미리가 상자가 바닥에 떨어지는 소리를 들었는지 방 안으로 들어왔다.

"궁금해서 못 참겠어."

"그러니까요. 이제 열어볼 때도 됐어요. 어서 풀어 보세요. 안에 뭐가 들었나 보게."

이미리가 재동의 곁에 바싹 붙어 앉아 그의 무릎에 손을 얹으며 철제 궤 안을 눈여겨본다. 재동은 긴장된 나머지 두 눈을 딱 감고 매듭을 풀었다. 보자기는 풀렸지만 차마 눈을 뜰 수가 없었다. 어떤 형식으로든 기대에 부합되는 결과는 없을 거라는 예감이 그를 불안하게 했다. 그리고 여기까지 이르러서야 자신이 이 함 속에 무엇이 들어 있기를 기대했는지조차도 아리송해졌다.

"어머, 이게 뭐예요? 신물 나게. 바람개비 아니에요! 전 적금통장이라도 든 줄 알았는데……."

무너진 기대 앞에서 터트리는 아내의 실망한 목소리가 들려왔다.

"바람개비?!"

재동은 전혀 예상 밖의 명칭에 눈을 번쩍 떠보았다. 상자의 바닥에는 누렇게 녹슬고 새똥이 발린, 날개에 닳아서 절단된 쇠막대기가 달린 바람개비 하나가 달랑 놓여 있었다.

"이거, 저기 보광동 집에서 살 때 아버님께서 테라스 화분 앞에 세워두셨던 그 바람개비 아닌가요?"

"맞는 것 같아."

이 바람개비는 할아버지 때 둔지미 마을에서 윗보광동으로 이주한 후 아버지를 낳은 기념으로 자식에게 선물로 만들어준 장난 감이라고 알고 있다. 양철과 쇠막대기로 철공소에 가서 주문 제작해 굴뚝 옆 지붕 위에 세워놓고 시간만 있으면 할아버지가 갓 난아기였던 아버지를 안고 마당에 나와 바람에 돌아가는 바람개 비를 구경시켜주곤 했었다고 부친은 과거를 회상하곤 했었다. 아래보광동에 집을 사고 이사한 후에도 빌라를 지은 후에도 부친 은 그 바람개비를 지붕에 달아매 놓았었다. 처음에는 아마 잡음 도 흔들림도 없이 싸륵— 싸륵— 경쾌하게 돌아갔을 것이다. 정 재동이 태어났을 때까지도 쇠막대기가 닳아서 드르륵거리는 마 찰음과 그로 인해 떨리는 흔들림은 있었지만 별 탈 없이 잘 돌아 갔다. 뒤 부분에 바람방향판을 달아 언제나 바람과 정면으로 마 주서서 회전이 거의 멈추는 일이 없었다. 그러나 재동이 결혼하 고 환이가 태어난 뒤부터 쇠막대기가 너무 많이 닳아서인지 덜 커덩거리는 잡음도 높아지고 흔들림도 세지더니 어떤 날에는 아 예 어딘가에 걸려 덜컥 멈춰버리기까지 했다. 어린 시절 재동은 때론 하릴없이 돌아가는 그 바람개비를 물끄러미 쳐다보며 가련 하다는 생각이 들곤 했었다. 하루도 쉬지 않고 그 자리에서 돌기 만 해야 하니 말이다. 그런데 그렇게 멈춰버린 걸 보자 차라리 바람개비한테는 잘된 일이라고 생각되기조차 했었다. 그러나 그럴 때마다 부친은 바람개비를 매단 막대기를 내려 다시 수리해 계속 돌아가도록 했다. 그러다가 부친이 돌아가시기 전해에 불어온 태풍에 드디어 바람개비는 쇠막대기가 닳아 끊어지며 땅바닥에 떨어져 박살나고 말았던 것이다.

"그때 뒤쪽의 바람방향판은 찾아서 버렸는데 바람개비는 찾지 못했잖아요. 어딜 갔냐며 종일 찾았는데 아버님께서 여기다 보관해 두셨을 줄이야 누가 알았어요. 이걸 왜 상자까지 정교하게 짜서 보관하셨을까요? 게다가 당신에게 몰래 유품으로 남기셨지?"

"글쎄. 나도 잘 모르겠어."

"인생이 바람개비 같다는 걸 알려주신 걸까요?"

"그런 것 같기도 하고……."

재동은 어렴풋하게나마 부친의 뜻을 알 것 같기도 했지만 말로 표현하기는 어려워 그냥 얼버무렸다. 나중에 김 교수의 고견을 들어봐야 확실하게 알 것 같다. 그 친구의 분석은 엉터리인 것 같지만 나름 설득력이 있기 때문이다.

그때 TV의 KBS뉴스에서 태풍속보가 방송되었다.


오늘 오전에 18호 태풍 미탁이 발생했습니다, 다음 주 수요일쯤 우리 나라에 가까워질 텐데요…….

텔레비전 스크린에 태풍이동경로와 날짜가 지도와 함께 떴다. 이동경로가 가거도를 지나 목포를 통과하고 있다.

"신물 나게 또 태풍이 가거도와 목포로 북상하네요. 오늘이 28일이니까 수요일이면 10월 3일이에요."

아내가 혼잣말처럼 입속으로 중얼거렸다. 태풍, 가거도, 목포 이 세 단어가 아내의 입에서 너무 정확하게 발음되며 재동의 청각을 자극했다.

공교롭게도 이미리의 말꼬리를 잡고 "아똑" 하는 문자도착 음이 울렸다. 이미리는 남편의 휴대폰에서 울리는 소리임을 확인하자 살며시 자리에서 일어났다.

"서울을 관통하지는 말아야 할 텐데……. 유리창이 깨질까봐 괜히 걱정돼요."

아내가 방에서 나가며 무심코 떨어뜨린 말이 방바닥을 굴러 재동의 귀에까지 굼실굼실 기어올랐다.

아내가 자리를 피해주었지만 재동은 일부러 문자를 확인하지 않았다. 누가, 어떤 내용인지 열어보지 않아도 알 수 있었기 때문이다. 태풍이 오기를 바라는 사람은 그 말고도 또 한 사람이 더 있다. 그리고 묻지 않아도 그 사람은 곧 가거도로 내려 갈 것이다.

태풍과 바람개비!

예상과는 어긋나게 페오도시아의 유령 같은 건 어디에도 존재하지 않았다. 내가 만났던 그 모든 것들은 한낱 허망한 일장춘몽에 불과했던 것인가. 어쩌면 또 한 번의 가거도행을 통해야만 비로소 부활하는 것들인지도 모른다. 아이바조프스키와 줄리아 그리고 아포비안도. 물론 그곳에는 허유정도 있을 것이다.

재동은 부친의 70여 년 인생이 담겼다는 그 녹슬고 부러진 바람개비를 물끄러미 내려다 보았다.

아버지.

저더러 어떡하라고요?

# 작가의 말

　누구나 자신의 인생에는 남다른 의미가 부여되기를 기대한다. 하지만 인색한 현실은 한사코 그 흔해 빠지고, 평범한 일상만 골라서 배당한다. 그러면 일상은 견고한 시공간의 로프로 당신을 꼼짝달싹 못하도록 거미줄처럼 전신을 단단히 옭아맨다. 인생은 그렇게 일상의 포로가 되어 덧없이 흘러가 버리기가 일쑤이다.

　인간의 삶은 흔히 일상의 무료함에 절어 있다. 그런 이유 때문에 일상에서 도피하려는 욕망이 싹틀 수밖에 없다. 그런데 인간이 바람개비처럼 공전을 반복하는 일상으로부터 탈출할 수 있는 방법은 두 가지밖에 없다.

　하나의 탈출구는 우연을 통해 실존적인 기적과 조우하는 것이다. 그러나 훼멸적인 "아홉 번째 파도"처럼 그 기적에는 위험이 도사리고 있어 현실공간에서 용납되지 않는다. 다른 하나의 탈출구는 상상을 통해 추상적인 기적과 만나는 것이다. 그러나 아이바조프스키의 유화처럼 그런 기적은 위험은 제거되지만 상상이 사라지면 동시에 상실되는 가상이기에 현실성도 백지화된다. 수많은 사람들이 현실에서 이루지 못한 욕망을 남들의 시선을 따돌린, 혼자만의 은밀한 상상의 공간에 숨어서 불만을 해소한다. 상상 속에는 현실에는 없는 많은 기적들이 준비되어 있기 때문이다. 현실의 굳게 닫힌 성문 앞에서 좌절된 욕망을 상상의 다리를 건너 그곳의 가상공간에서 실현한다. 소설의 주인공은 통과할 수 없는 불륜의 강을 상상의 다리를 통해 건넌다. 그러나 그것은 어디까지나 심리적인 만족일 따름이지 육체적인 만족은 아니라는 지점에서 아쉬움이 남는다.

인간의 욕망은 시대의 프레임에 단단히 묶여 있다.

자신에게 속한 특정 문화와 함께 생존하고 그 문화와 더불어 사라질 수밖에 없는 존재이다. 사람들은 자신이 속한 제한된 시대와 환경 속에서 욕망을 이루어 나갈 수밖에 없다. 하지만 어느 시대, 어떤 환경이든 욕망을 제어하는 도덕과 룰이 장치되어 인간을 구속한다. 인생의 육체적 고통과 정신적 고민은 다름 아닌 이 지점에서 산생하는 것이다. 산 사람에게 죽음은 미래이고 죽은 사람에게 삶은 과거일 뿐이다. 소설에서 이승과 저승세계가 공존하는 이유이다. 인간은 죽어도 산 사람들의 기억 속에 여전히 살아 있기 때문이다. 살아 있다는 것은 육체적인 의미만이 아니라 정신적인 의미이기도 하다. 죽은 자의 영혼은 산 자의 기억 속에서 상상의 공간을 매개로 만날 수 있다. 그럴 경우 상상은 유령과 다르지 않다. 죽은 사람은 산 사람들과 함께 살았다는 과거가 소설 속의 생사혼용에 충분한 개연성의 이유를 제공한다.

필자는 이 소설을 통해 인칭혼용이라는 초유의 과감한 문체실험을 시도했다. 일인칭과 삼인칭을 서사의 필요에 따라 자유자재로 엇갈아 활용했다. 어색하거나 읽히지 않는 생소함이 없었을 뿐만 아니라 더 순통하고 이야기가 생동하게 살아나는 결과를 얻을 수 있었다. 하나의 작품에서 시점이 고정된 전통서사의 틀을 깨고 다중 형식을 취함으로써 서술의 효과를 입체화하려는 목적에 도달한 셈이다.

끝으로 얼어붙은 소설 시장의 어려움 속에서도 출간을 허락해주신 윤석전 사장님께 진심으로 되는 사의를 표한다. 예쁜 책을 만들기 위해 애쓰신 문혜수 책임편집님과 어진이 디자이너님, 마케팅부의 김유미님에게도 감사의 인사를 전한다.

2022년 4월 18일 서울에서

# 페오도시아의 유령

**초판 1쇄 발행일** 2022년 05월 06일
**지은이** 장혜영
**펴낸이** 박영희
**편집** 문혜수
**디자인** 어진이
**마케팅** 김유미
**인쇄·제본** 제삼인쇄
**펴낸곳** 도서출판 어문학사
　　　　서울특별시 도봉구 해등로 357 나너울카운티 1층
　　　　대표전화: 02-998-0094 / 편집부1: 02-998-2267, 편집부2: 02-998-2269
　　　　홈페이지: www.amhbook.com
　　　　트위터: @with_amhbook
　　　　페이스북: www.facebook.com/amhbook
　　　　블로그: 네이버 http://blog.naver.com/amhbook
　　　　다음 http://blog.daum.net/amhbook
　　　　e-mail: am@amhbook.com
　　　　등록: 2004년 7월 26일 제2009-2호

**ISBN** 979-11-6905-002-9 [03810]
**정가** 16,000원